霍玉东 著

昆仑阁

K U N L U N G E

当代世界出版社
THE CONTEMPORARY WORLD PRESS

图书在版编目（CIP）数据

昆仑阁 / 霍玉东著. —北京：当代世界出版社，2017.8
ISBN 978-7-5090-1238-3

Ⅰ.①昆… Ⅱ.①霍… Ⅲ.①长篇历史小说—中国—当代 Ⅳ.①I247.5

中国版本图书馆CIP数据核字（2017）第171338号

书　　名：	昆仑阁
出版发行：	当代世界出版社
地　　址：	北京市复兴路4号（100860）
网　　址：	http://www.worldpress.org.cn
编务电话：	（010）83908456
发行电话：	（010）83908409
	（010）83908455
	（010）83908377
	（010）83908423（邮购）
	（010）83908410（传真）
经　　销：	全国新华书店
印　　刷：	北京天宇万达印刷有限公司
开　　本：	710毫米×1000毫米　1/16
印　　张：	18
字　　数：	288千字
版　　次：	2017年8月第1版
印　　次：	2017年8月第1次
书　　号：	ISBN 978-7-5090-1238-3
定　　价：	39.80元

如发现印装质量问题，请与承印厂联系调换。
版权所有，翻印必究；未经许可，不得转载！

功成画麟阁,谁家麟阁上?

——题记

目录

序篇 昆仑画 001

正篇 昆仑殇 011

尾篇 昆仑阁 273

序篇　昆仑画

赫赫我祖，来自昆仑

太初二年（公元前103年）的一天，恢宏的大汉皇宫之中，群臣列队站立，一场别开生面的朝议即将展开。

汉武帝刘彻一改往日的威严，面色轻松道："今日朝议，主要内容是一位冯姓使者的上书！"

大臣中有人小声嘀咕，姓冯的使者何许人也？上书里写的是什么？竟然劳陛下亲自为他主持这样一个朝议？

其实，冯使者曾是太史令司马迁的学生，可称得上博古通今，早年游历天下，对诸多事物都有独到见地，尤其渴望异域建功。他曾随张骞出使西域，探寻过河源，在汉武帝钦定昆仑位置后，又孤身一人前往，游历探究。游历期间，冯使者患染寒毒奇症，病危之际，拟好了给汉武帝的奏书。

这时，刘彻提高声音宣布："冯使者的上书就是要朕赴昆仑封禅！"

朝臣听后一片唏嘘。

汉武帝自登基以来，通过兴太学、举贤良、改革币制、开疆拓土，使汉朝成为一个东方大国。他先后在东南方向收复了闽越，西南方向令朝鲜归顺，还派大将军卫青、霍去病多次在西北方向痛击匈奴，封狼居胥，战果辉煌，把匈奴赶到大漠深处，大漠以南再没有匈奴的王庭。同时，他还派张骞出使西域，开辟出以运送丝绸为主，贯通中原、西域和其他遥远国家贸易大通道的丝绸之路。

只听一位大臣小声道："从元封元年（公元前110年）起，陛下多次赴泰山封禅，敬天祭祖，彰显德威。这位冯使者真是不知天高地厚，竟然让陛下弃泰山而登昆仑封禅，他这是什么意思啊！"

"这人也太胆大了吧？分明就是说陛下以前选择的封禅之地甚为不妥！"另一位大臣悄声附和。

游历昆仑时，冯使者遇见昆岗部落酋长，得知昆仑山崖壁下有六幅昆仑天岩画，记录了我们祖先最早由来的原始符号。他恳请酋长，陪他登上昆仑，亲眼见证，并临摹了那六幅昆仑天岩画，上呈武帝。

武帝示意侍者把冯使者绘制的昆仑天岩画当殿依次打开，请众臣仔细观看。

六幅昆仑天岩画分别传达出不同的信息。

第一幅，洪水滔天，大地汪洋，拔地而起的巍巍昆仑变成无垠大海之中的孤岛。昆仑成了各种动物的避难所，也是人类祖先唯一的逃生地。

第二幅，洪水之后，在昆仑的东南方，有一片很大的内海，气候非常温暖湿润，四周分布着茂盛的森林和成片的沼泽地，是各种动物繁衍生息的天堂，也是人类祖先生活的乐园。

第三幅，不知过了多少年后，原先那片内海下火山忽然开始喷发，大火蔓延到四周的森林和沼泽地，动物四散逃命，人类祖先也被迫逃离那里。

第四幅，人类祖先逃到昆仑的西北方，发现那里同样是气候温暖湿润，森林茂密，沼泽罗列，动物遍野，是人类理想的栖身之地。

第五幅，不知过了多少年后，人类祖先生活的昆仑西北方，绿洲严重退化，流沙大肆蔓延，赤水流淌，人类被迫再次迁徙。

最后一幅表现的是，人类祖先为了寻找合适的生存之地，再次从昆仑西北方迁徙，穿越大流沙，经由昆岗，开始分为三支：一支蜿蜒经湟水进入中原，一支长途跋涉抵东南海滨，另一支就近到了西北大漠草原。

以上六幅昆仑天岩画合在一起，传达出一个非常原始而清晰的信息：赫赫我祖，来自昆仑！

冯使者由此认为，昆仑不仅是匈奴、乌孙人等的守护神，同样是华夏祖山。人类祖先走下昆仑后，沿湟水定居建国的，就是中原华夏；在大漠草原游牧建国的，就是后来的西北戎狄；滨海渔猎建国的，就是所谓"东南蛮夷"。如今中原华夏，虽由秦始皇统一，但国界尚未超过长城，汉人的足迹也罕至昆仑，不仅是因为通往那里的路途漫长，极不好走，也因为有匈奴和众多西域国家的阻挡。

上书中建议，收服匈奴势力，统一西域各国，将昆仑纳入汉朝版图，实现中原、西域和谐共处，西上昆仑山举行封禅大典，才算真正的敬天祭祖，彰显武帝的德威！冯使者指出，这听起来虽有些遥不可及，但凭陛下的大志和能力，一定能够实现"天下一家，四海统一"，届时，陛下之功劳，当乃冠古绝今，秦始皇亦不能相提并论！

游历昆仑时，冯使者行至一个名为"公主堡"的小国。当地国民都相信，他们是"汉日天种"，即汉人和太阳神的后代，自认为母亲是汉人，父亲是太阳神。那里人的相貌，确实像中原人，但穿着打扮却是狄人的装束……冯使者认为，这也从另一个侧面证明，不论是匈奴人，还是乌孙人、龟兹人等，其实内心都希望与汉人交融交往。诸如"公主堡"这样的西域国家，之所以把与华夏联姻看作非常光荣的事，是因为他们以游牧为主，居无定所，吃不饱穿不暖，不懂文明礼仪，还处在蒙昧未开时期；而汉人长期居住生活的中原，沃野千里，物产丰饶，人人崇文尚礼，所以他们向往中原的华夏文明。冯使者进而指出，大汉天子离开狭隘的中原到西域昆仑进行封禅，必然会把华夏文明和先进技术传到西域，这也正是西域各国的人心所向。纵然一些西域小国与汉朝时有冲突，但这更像兄弟翻脸、姊妹怄气。只要汉朝像手足般真诚以待，西域何愁不归附汉朝？天下又何愁不太平呢？！

冯使者游历昆仑时，亲眼看到西域一个名叫"尼雅"的小国，却虔诚地供奉着"五星出东方利中国"织锦。汉朝元年，"五星出东方利中国"织锦首次出现，五星真的在中原东边的天空聚齐了，从此开启了汉朝兴盛。冯使者强调，西域出现"五星出东方利中国"织锦，正是武帝封禅昆仑所需的祥瑞之兆。

刘彻面朝众臣，隐隐透着一丝喜色道："诸位爱卿，现可就上书内容各抒己见，所陈内容朕全部免责，尽管直言不讳！"

片刻安静。

刘彻把目光投向专司礼仪的太常道："上书内容多涉礼仪，你先说说看？"

太常是一位年长夫子，他缓慢出列行过礼，呆滞古板地回道："该上书实为一家之言，老臣不敢苟同。泰山封禅，乃依历朝祖制，远有三皇五帝，近有一统天下的始皇帝,陛下承天地之意封禅泰山,以彰显我大汉的威名和功勋,乞求上苍护佑天下黎民百姓,正是按照祖宗规矩,遵从传统礼仪,有何不妥?为何要打破以前的礼制标新立异,前往遥远艰险的昆仑封禅?"

"太常所言虽有道理,但我们也不能食古不化,墨守祖宗礼制一成不变。既然那些所谓的规矩是人定的,就会有不合时宜的时候,因此需要因时而变,任其是祖宗所制也应如此。"刘彻轻微摇了摇头道。

无论从地理抑或神话来看,昆仑自古以来作为世人公认的龙脉祖山,被认为是华夏的发源地之一,始终承载着华夏精神传承重任。早就有"昆仑是天之柱、地之心,乃神国仙乡,四方山岳之尊"的说法。天下之山,无不发端于昆仑,天下之水,无不源自昆仑。昆仑可以接通天地。史料古籍中,有说天皇被遗于昆仑下,有说昆仑是太帝之居或帝之下都,百神所在……但当时所说的昆仑范围很大,其代表性的地标究竟在何处莫衷一是,直到张骞出使西域归来,才由汉武帝钦定下来。

丞相暗中揣摩了一下武帝的面色,慷慨陈词:"圣上英明!冯使者的奏书,确实也让臣非常感动。臣以为,冯使者临摹带回来的六幅昆仑天岩画,足以证明我华夏祖先确实来自由圣上钦定的昆仑山……陛下若一改旧例远赴昆仑封禅,按理,当更具意义。"

"丞相分析补充得好,不过你话里有话,什么'按理更具意义'?朕还是听出来了,你为何不直接说出来呢?"刘彻笑容微妙。

丞相立即辩解道:"启奏陛下,老臣愚笨,尚不知如何回答,亦不敢轻易定论,在此只是抛砖引玉,也许朝臣们更另有高见。"

刘彻颔首:"好,众臣都说说!"

太仆本想表现一下,因有些口吃,一着急声音在嗓子眼卡住,就是出不去,道:"臣闻……臣闻……"

"太仆闻到了什么?朕怎么什么也没闻到?"刘彻想活跃一下大殿气氛,打趣道。

众臣哄堂大笑。

太仆窘得汗水从额头上沁了下来,结结巴巴道:"陛下……又……拿卑臣……打趣……臣……听说……周穆王曾到昆仑封禅!"

"太仆博学，果有此事？"刘彻故作惊讶地笑着。

"有，陛下！"有人故意回道。

众臣又是一阵笑声。

周穆王在祭祀河神时受到点拨，远赴昆仑，分别在昆仑山及其支脉祭祀黄帝，祭拜天地。穆天子祭祀礼毕，驾着八匹骏马的大车，闯进西王母修炼的瑶池仙境。两人一见钟情，临别之时，还互赠情诗一首。

刘彻笑道："朕想起来了，确有此事！西王母恋恋不舍地表白：天上白云飘，高山出天际，万水千山隔，有情再相聚。穆天子甚为动情地回道：我归东方祖国，只为那里百姓，等他穿暖吃饱，我就赶回来陪你。太仆你说，是这样吗？"

"陛下……智……慧，愚臣……不……及！"太仆也解嘲地笑起来。

众臣又爆出一阵笑声，大殿气氛活跃起来。

"言归正传，众臣围绕正题，多多发表意见！"刘彻仍然一脸笑容。

太常再次启奏："据上书中云，从'汉日天种'和'五星出东方利中国'两例看，西域诸国中，熟知我大汉文明富有和强大的，多会心归于汉。然则，还有不少对我大汉并不知晓，抑或不够了解，恐不会与我朝方便。"

太史令接上："上书中提到，我华夏与匈奴、西域诸国同源于昆仑，虽我朝愿以华夏文明之繁荣富庶，影响他们，帮助他们，可他们会认同这些，视我们为兄弟，甘愿同我们和谐相处吗？"

西域诸国依然延续着被匈奴人奴役的命运，因而也受其操纵和指使，明里暗里与汉朝作对。虽然匈奴武装曾一度受到卫青、霍去病大军的重创，其战斗力仍然不可小觑。幽灵般来无影去无踪的匈奴骑兵，仍是汉朝之劲敌。尤其位于交通要道上的车师、楼兰、乌孙、龟兹等国，更是匈奴人拉拢、争夺的重点。

刘彻微笑着点点头。接着，他把目光转向负责与各国交往的大鸿胪，问："爱卿如何看？"

大鸿胪上前一步，跪拜道："恕臣直言，现在谈论封禅昆仑，为时尚早。从汉地到昆仑，中间隔有剽悍的匈奴人和西域诸邦。这些处于夹缝之中的小国，对我朝采取的往往是首鼠两端、左右摇摆的政策，并时有劫杀汉使的情况发生。如此境况，陛下焉能涉险赴昆仑封禅？臣以为，冯使者不过是异想天开、白日做梦，陛下切不可当真！"

春秋以来，戎狄杂居泾渭的北方，华夏政权筑长城借以保护中原，边界没有越过临洮。广阔的西域大地，尚未受到中原文化的影响。然而，武帝派张骞出使西域后，当地异族同汉朝的联系日益加强，华夏的影响力也扩散至昆仑山下。

刘彻目光中掠过一丝不悦："朕意已决，使李广利远征大宛，以此威震西域。朕以为，西域诸国势必将遣子弟入汉朝贡，并为人质，届时，还恐哪个国家不归顺吗？"

丞相和大鸿胪素来交好，一看龙颜不悦，赶紧替大鸿胪解围，斥责他道："与陛下商议正事，何故扯出什么梦来？"

刘彻提高音量道："人无梦必靡，国无梦将衰！朕有言在先，今日廷议但说无妨。爱卿还有何高见？"

大鸿胪鼓了鼓勇气，接着道："陛下，臣方才所奏确为实情，只不过道出众臣想说而未说的内容。就说元封三年（前108年），大将军赵破奴攻打车师，令其臣服我大汉，而我军一走，他们就又和匈奴眉来眼去。楼兰、龟兹莫不如此，对汉、匈左右逢源，见风使舵，风向稍微一变，便击杀汉使，讨好匈奴人。"

丞相这时一甩袍袖，双膝跪地道："陛下，眼前形势确实不适合昆仑封禅，但并不意味今后也是如此。冯使者上书所云，也并非即刻赴昆仑封禅。臣以为，封禅昆仑不但势在必行，而且意义重大。陛下所言'人无梦必靡，国无梦将衰'，实乃圣明。倘若我君臣齐心协力，降服匈奴，一统西域，令昆仑归于大汉，使天下一家、四海一人，还有何事何人能阻挡昆仑封禅呢？"

刘彻听罢，大喜道："丞相所言，甚合朕意。"

丞相趁热打铁道："陛下若将此事诏告天下，以激励更多子民建功立业，更有助于这一宏图早日实现。"

"准奏！"刘彻深以为是。

紧接着，刘彻令人拟好诏书，命内卫官当廷宣诏：

奉天承运，皇帝诏曰：

人无梦必靡，国无梦将衰。汉朝，乃东方大国，为彰显大汉功勋和威名，乞求上苍护佑天下黎民百姓，赴祖山昆仑封禅，实乃我大国之梦也。然昆仑遥为西极之地，中隔西域诸国，更有匈奴势力。自高祖以来，匈奴屡犯我边境，杀我吏民。今自朕始，决定痛击匈奴，驱逐单于势力，归顺西域诸国，实现天下大统、四海归一，封禅大昆仑！是故，朕望举国一心，上下同行，不问出身贵贱，唯论功行赏，激励天下之人，建功立业，各显神通！

特诏告天下，钦此！

大殿下，众臣跪倒一片。

正篇 昆仑殇

同是昆仑一脉根，怎分你我两家人

1

坐落于长安城一处僻静之所的深宅大院，因年久失修，显出几分颓废和破败，却掩盖不了其昔日的辉煌和荣光。

屋内，名叫铁男和不曲的两位女子，看上去刚至及笄之年，可言谈举止尽显超出其年龄的成熟。

"姐姐，常惠大哥多日不见来了。他是个好人，别看如今落魄，凭他的本事和志向，肯定不会久屈人下，早晚都会出人头地，你可要对他好点。"不曲劝慰道。

铁男脸上掠过几丝悲凉，幽幽道："说什么落魄，我怎么对他好？你也知道，我出身的家庭当年是何等荣光，不仅是皇室宗亲，还是赫赫有名的楚王。可这一切在祖父刘戊参与七国之乱兵败自杀后，就都变了。我生下来就被打上谋逆的烙印，人人避而远之，我……远离他才是真正对他好！"

不曲颇不以为然："姐姐，你是真心爱常惠大哥，才设身处地为他着想，可常大哥会这样想吗？他能理解姐姐的良苦用心吗？"

"不管他怎么想，也不管他理不理解，反正我这样决定了！"铁男娇叹。

不曲略一沉吟："姐姐何必那么决绝，这事得看缘分，还是顺其自然的好！"

此时，常惠正向铁男房门口走来。

他轻轻推门，看不曲也在，便大声道："不曲妹妹，你知道吗，令尊给皇帝的上书被采纳了！他给我们，不，是全天下人，创造了建功立业和青史留名的好机会！"

"常大哥，你说是谁？我父亲？"不曲怔了一下，随后欣喜若狂。

常惠语带兴奋："是啊！"

不曲激动道："也就是说，我父亲……他……他还活着！你有他的消息，对吗？！"

常惠面对不曲一连串的提问，不知如何作答。这时，郑吉跨步走了进来。

"大家都在啊！我就知道不曲妹妹会在这里。"郑吉喜笑颜开道。

郑吉这时朝铁男点了一下头，径自来到不曲身边，却面朝常惠道："常大哥，皇帝向全国颁布的诏告文书刚贴出来，内容你知道吗？"

此时，已是心急火燎的不曲打断道："我父亲孤身一人前往昆仑游历，多年都杳无音讯，现在终于有了消息，常大哥赶紧告诉我吧！"

常惠扫了一眼不曲和郑吉，掩饰不住激动的神情道："我也是刚听说，昨日朝会上，皇帝对冯大叔关于昆仑封禅的上书进行朝议，并颁布诏书，激励有志者为降服匈奴、统一西域、封禅大昆仑而建功立业……你说，冯大叔这是不是在给天下人创造大展宏图的好机会？"

"我们现在顾不上这些，只想知道冯大叔究竟如何了，现在人在哪里？"铁男的语气略显不满。

郑吉吃惊道："诏书和冯大叔有关？"

"听说冯大叔游历昆仑时，染患了重病，病危之前给皇帝上书……至于其他情况，就不得而知。"常惠据实陈述道。

不曲悲痛道："这么说，我父亲还在西域，他老人家可能已经不在人世了！只是，他的上书是如何到了皇帝那里？"

"哦，据说是扜弥国的赖丹太子和昆岗部落的巨人酋长二人，通过颇为周折的努力，才差人将上书呈报给圣上的。"常惠回忆道。

不曲嘴里念叨着："扜弥国太子赖丹和昆岗部落巨人酋长……"

"妹妹平素是个爽朗之人，千万不要想不开而过度伤悲！"铁男安慰道。

不曲突然喜从中来道："我觉得父亲必定尚存人世。我是他唯一的亲人，不看我一眼，他怎么舍得离开呢？姐姐、常大哥，还有郑哥哥，你们说呢？"

不曲说完，径自蹲在地面，呜呜地哭了起来。

铁男一边伸手去拉不曲，一边安慰道："妹妹说得有理。这上书如是冯大叔病危前写下的，说明他当时只是病情有所加重，完全有可能尚存人世，你又何必如此悲痛？"

"姐姐，我想父亲了。我一出生就没见过母亲的面，是父亲一把屎一把尿把我拉扯大的，后来又教我练习功夫，习诵经文史书……我想见他！"不曲站起来，抱住铁男的肩膀抽泣道。

铁男也哽咽着伤感道："好妹妹，我刚出生不足一月，父母也因祖父谋逆被诛杀，皇上看在宗室血脉和我尚过于年幼的情分上，才免我一人不死。我生来无依无靠，孤苦伶仃，冯大叔让我和你一起学功夫、诵读经文……我心里早就把冯大叔看作父亲了，我也想他啊！"

"姐姐，我想好了，两日后我就去西域寻找父亲。"不曲说着抹了把眼泪。

郑吉接话："我陪不曲妹妹去。"

"谁要你去，我一个人去！"不曲并不领情。

铁男接道："西域山高路长，我陪妹妹一起！"

"好姐姐，西去的道路凶险难料，你有这份心足矣，我不能让秉承皇室血脉的你，跟我去冒险呢！"不曲破涕为笑。

铁男忽然扬起头，把脸转向常惠，正色道："你今天怎么又来了？没听到吗，我到底还是皇室脉裔，你我二人原不般配，从今以后不要再来找我了，我们不可能有希望！"

常惠的脸"刷"地红了。他望了一眼自己刚带来的一筐物品，像犯了错的孩子般解释道："我是想着你这里要添些生活物品，所以今天得空才出来的。这段日子没来……你也知道是因为没时间，我被选为郎官了！"

"谁请你来了？别以为你被选为郎官我就稀罕了！"铁男绝情道。

"铁男，你以前不是这样的啊！你不能给我一次机会吗？我会努力的！"常惠含泪道。

"不能！你就是当上将军，依然改变不了……"铁男稳了稳即将失控的情绪，嘶声道。

常惠终于忍无可忍，一跺脚，大声道："好，不必再说，我走！我不会再来了！永远都不再来了！"

"我也走！我们的血统一样，都……不配做她的朋友！"郑吉也有些义愤填膺，并看了一眼不曲。

不曲白了郑吉一眼，道："我不走，你走吧！"

铁男突然像决了口的大堤，一发不可收拾，号啕大哭起来，哭声里透着不尽的无奈、凄凉和衰怨。

郑吉看着铁男，一时无措。

不曲轻轻拍着铁男的后背，朝郑吉不耐烦道："你倒是走呀！"

郑吉更是丈二和尚摸不着头脑，只好犹豫不决地离开了。

不曲感同身受地对铁男道："姐姐如此刺激常大哥，可真正内心滴血的人却是你自己啊！"

铁男停止哭泣，缓缓道："常大哥现在已为郎官。我自是知道这个官职的意义，品级虽小，但随时有可能被皇帝委以重任。他有远大的抱负，又生得恰逢其时！正因如此，我才不能让他为我这样一位背负谋逆大罪的旧翁主误了锦绣前程！"

不曲似乎若有所思。

铁男试探道："妹妹可又是在挂心冯大叔？"

不曲摇头答："我在想，常大哥是聪明人，你刚才的所为会不会被他识破？"

"所以我决定陪你去西域，让他找不到我！"铁男毅然决然。

不曲点头道："也好，我们两姐妹索性结伴西行！"

"郑吉不是要陪你吗？妹妹真舍得丢下他？"铁男笑道。

不曲语气坚决道："我可不愿意他整天跟屁虫一样粘着我，像小丫头似的。让他留下和常大哥一起，可以多学着点，将来成为一个顶天立地的大丈夫！"

"郑吉虽家境贫寒，但功夫好，对你也是一腔真情！"铁男流露出艳羡的口吻。

不曲点了点头，满脸幸福的憧憬道："郑哥哥确实对我很好，只是过于儿女情长了，腻得我有些受不了……姐姐该知道我欣赏的男儿，即使不能像大将军霍去病那样驰骋沙场建功，也要像张骞那样纵横西域立业！"

"妹妹说得是，可惜我们都是女儿身，世上没有我们女儿家的用武之地啊！"铁男感慨。

不曲颇有些不服气道："女儿身又如何！女子哪点不如男？我就不信女儿身就不能建功立业青史留名！"

铁男有些诧异地望着不曲。

不曲"扑哧"一笑道："姐姐何故如此看我？你忘了我一出世，父亲就给我取了'不曲'这个名字，这可不是白叫的。我任何时候都没认过输、放弃过。我们完全可以寻找甚至创造机会啊！"

"就等着妹妹成就伟业了，到时候我虽不指望封狼居胥，但一定也要……"铁男也莞尔笑道。

不曲满脸期待道："姐姐怎么不说了？你也要什么？"

铁男想了想，认真道："那就寻梦西域，让出生于'谋逆之家'的我，从此不再背负重压在心头上的耻辱！"

不曲赞叹："姐姐有如此大志，妹妹也不让须眉，愿同姐姐一起西域寻梦，才算对得起我的父亲。"

铁男和不曲不约而同地伸出双掌互击道："谁说女子不如男？闯荡西域把功建！"

说完，姐妹俩四目相对，哈哈大笑起来。

2

通往西域的漫长道路上，偶见行进中的驼马队伍。其中有两匹骏马，一前一后正奔驰而去。

马背上，不曲和铁男女扮男装成两位青衣人。二人虽衣着朴素，却简洁得体，彰显出难以掩饰的俏丽。

进入沙漠地带后，热风拂面，铁男和不曲感到口干舌燥。两人手勒马缰，马儿慢了下来。不曲取出水壶仰头喝了几口。

铁男喝罢，抬头眺望了一眼远方，道："妹妹，这条路上不乏驼马往来行走，看来我们不会孤单了。"

"张骞两次出使西域，才逐步形成这条商道。姐姐你看，都是些贩运货物的商人！"不曲也将目光聚焦到远方。

铁男一脸新奇和兴奋："我看到了，不仅有中原到西域的汉商，也有西域到中原的胡商。"

不曲有些担心道："听说汉商贩运丝绸到西域，胡商贩运玉石到中原，都能牟取巨额红利。这些物品甚是贵重和抢手，因此，这条路上也常有强盗劫匪现身！"

"上天保佑，但愿我们不会遇上强盗！"铁男祈求道。

说时迟那时快，不远处烟尘四起，一伙手拿弯刀的蒙面人，飞马来到铁男和不曲面前。不曲手按佩剑迎到前面。领头的蒙面人叽里咕噜说了一通西域土话，不曲一句也没听懂。

见来者没反应，蒙面人又用汉话道："想活命，把丝绸钱财留下！"

不曲定了定神，上前一步施礼道："各位误会了，我们不是商人，哪有丝绸钱财呢？"

"把行李马匹留下！"领头的蒙面人又道。

不曲摇头道："马匹是我们赶路用的，行李路上更少不了要用，哪能留下呢？"

领头蒙面人听后咕噜一句，众人挥刀而上。不曲和铁男不敢怠慢，抽出佩剑，抖出了缤纷剑花。不一会儿，不曲和铁男香汗淋漓，眼看快要支撑不住。

突然，一位年轻的汉人骑士赶来挥剑加入。只见他剑气如虹快似闪电，三下五除二，把那伙强盗打得落花流水。

"多谢公子相助！"不曲和铁男向汉人骑士行屈膝礼。

汉人骑士欠身还礼后，看了看两人，摇头道："你们两位姑娘家的，也没个人保护，就敢闯西域？走吧，我护送你们一程！"

三人同行，汉人骑士自我介绍："在下名叫傅介子，二位姑娘不要见笑，我就是在这段路上，专门从事为商人提供保护的活计。"

铁男一脸惊讶："傅公子这是在刀尖上滚日子！"

不曲附和着笑道："这可不是个容易活计，我们姐妹俩也应该向公子交保护费吧？"

"保护费就免了，交个朋友吧！也不枉我为二位姑娘当一回护花使者！"傅介子诙谐地。

铁男和不曲欣然同意。

分手时，傅介子道："我送二位姑娘到此，后面的路你们要找行人队伍结伴行走，那样会更安全一些。"

铁男和不曲拜别傅介子，按照他的建议行走，一路上还算平安。

姐妹俩一日进入龟兹国地界。

绿色越来越少，沙丘连绵起伏。突然之间，乌云压顶，黑风暴排山倒海般呼啸而来，西行队伍顿时马吼人叫，被风暴狂卷四散……

龟兹是一个西域大国，西南与扞弥、昆岗，北与乌孙相接，地理位置非常重要，有"若得龟兹，则西域未得者百分之一耳"的说法。现任龟兹国王膝下有两个儿子：长子绛礼为太子，刚到及笄之年，偶尔协助国王处理一下政务；二王子绛宾，刚满七岁，生性聪明，喜欢游猎。

绛宾发现不曲时，她刚刚苏醒，正吃力地从半掩的沙子里往外爬，若非倒卧一旁的那匹高大马身的挡护，她早就被风沙全部掩埋。

绛宾捧着水壶跑过去，把壶嘴拧开对着不曲的嘴巴，稚声道："来，这里是水！"

不曲喝了几大口水，顿时感觉有了精神。她站立起来，朝四周张望，焦急地问："小弟弟，我还有个姐姐一起，你看到了吗？"

"我只看见你了！"绛宾摇头道。

不曲一听，即刻边跑边喊："姐姐，铁男姐姐，我是不曲啊！你在哪里？"

不曲在远处的一个沙梁子下，找到了昏迷的铁男。她抱起铁男，听到对方嘴里轻声呼喊着："水……水……"

"快给她饮些水。"绛宾递上水壶道。

不曲让铁男饮了几口水。不一会儿，铁男开始慢慢苏醒。

她忽然迷迷糊糊地喊道："常大哥！常大哥！"

不曲抱紧铁男，轻声道："姐姐醒醒！姐姐醒醒！"

铁男睁开惺忪的双眼。

绛宾把水壶放到铁男嘴边道："先别说太多，要多喝些水，体力才能恢复得快！"

铁男迷迷蒙蒙中，看到不曲朝她微笑了一下，有些难为情地说："我说梦话了……"当她忽然发现眼前的绛宾，禁不住惊叫道："你！你是谁啊？我怎么会在这里？"

"你遇到了沙漠黑风暴，所以在这里。我是龟兹国的二王子，游猎中碰到了你们，你们是汉人姐姐吧？"绛宾的面孔写满了诚挚。

不曲这时屈膝行礼："谢谢二王子救命之恩，我们确是自汉朝而来。"

绛宾右手抚胸单腿屈膝还礼，小脸上露出亲昵的神情："用不着客气，我叫你们'汉人姐姐'，你们叫我'绛宾弟弟'吧！"

"绛宾弟弟真可爱！"不曲看了看铁男，亲切地笑道。

绛宾充满稚气道："两位汉人姐姐好漂亮！"

"绛宾弟弟既然叫我们'汉人姐姐'，你了解我们汉朝吗？"不曲微笑着问道，带着几分好奇。

绛宾稚气的脸上充满崇拜，道："我知道，汉朝很文明，很强大！"

"那你知道汉朝怎么个文明强大？"不曲更加好奇。

绛宾歪着小脑袋，想了一下，道："老百姓都很富裕，人人遵守礼仪……嗯，还有军队特别能战斗……"

"你听谁说的？"铁男颇为惊奇。

绛宾自豪道："是赖丹哥哥告诉我的！"

"赖丹！是扜弥国的太子赖丹吗？"不曲惊讶道。

绛宾不禁面有得意之色道："是啊，他十分了解汉朝……汉人姐姐也认识他？"

"不认识！但我们就是来找他的！"不曲解释道。

绛宾有些不解："汉人姐姐不认识赖丹哥哥，为什么说要找他呢？"

不曲叹道："绛宾弟弟，我怎么对你说呢？这事有些复杂，一两句话说不清楚，简单说吧，就是我来西域寻找父亲，他或许知道我父亲在哪里！"

绛宾点了点头，表示理解。

不曲以央求的语气道："绛宾弟弟，赖丹太子现在哪里？你能帮我们找到他吗?"

"当然可以。赖丹哥哥就在龟兹国都延城王宫。汉人姐姐,走,我现在就带你们回宫见他!"绛宾爽朗邀约。

铁男惊奇道:"赖丹不是扜弥国太子吗?何时来了延城,他要待多久?"

"赖丹哥哥来快半年了,听说我父王不点头,他一直要留在延城不能走。"绛宾道。

不曲和铁男对视了一下,表情明显有些诧异。

绛宾带领两位汉人姐姐进宫,引起了一位叫"姑翼"的人的注意。姑翼是龟兹国的左骑君,也是太子最信任的侍从。他立即将此事向太子禀报。

太子绛礼不以为然道:"这有什么好大惊小怪的吗?"

"这里面必定有问题。太子想想,扜弥国亲近汉朝,匈奴大单于才让我们把赖丹太子质留于龟兹王宫内。如今,年幼无知的二王子竟然把那两位汉朝女子带到王宫里和赖丹私下会面,你说这事正常吗?"姑翼煽风点火道。

绛礼不禁颔首:"有道理,依你之见该如何处理?"

"我已为太子筹谋好了。眼前,匈奴使者扎喀尔不是还在龟兹吗?何不趁机将这两位汉人女子悄悄扣押,交给扎喀尔使者令其带回匈奴,作为太子敬献匈奴大单于的礼物呢?"姑翼表现得老谋深算。

绛礼大喜道:"好主意,这事就交给你办吧!"

"事不宜迟,我现在就去!"姑翼匆忙道。

接着,姑翼立即离开了太子府。

在绛宾的引领下,不曲和铁男很快见到了赖丹。

彼此见过礼,听完不曲的陈述,赖丹又惊又喜道:"令尊的上书得到汉朝皇帝的采纳,他可以死而无憾了!"

"家父尚在人世吗?也不知他的病如何了……"不曲神情急切。

"令尊在扜弥国滞留良久,起草完上书后,病情甚是严重,被巨人酋长带到昆岗部落进行医治。我不久就质留龟兹,对以后的情况也一无所知。"赖丹喃喃道。

不曲又提了一些新问题,很想从赖丹处了解更详细的情况。

赖丹这时提醒她道:"匈奴使者扎喀尔就在王宫,太子绛礼和姑翼特别亲近匈奴，从安全角度出发，二位姑娘还是赶快离去吧！"

不曲和铁男尚未得以离开，姑翼已然带着一队兵丁，大呼小叫地赶来了。

众人大惊。

姑翼看了看不曲和铁男，大声吩咐："来人，把那两个汉人女娃捆绑起来！"

绛宾从吃惊中回过神来，挡在铁男和不曲面前，大声道："不要抓汉人姐姐，她们是我的朋友！"

"二王子不知道吗？这两位可都是汉人女子，汉朝是匈奴大单于的敌人，也就是我们的敌人，你可不应该有她们这样的朋友。"姑翼生硬道。

绛宾急了："你胡说！汉朝不是我们的敌人，汉朝是个文明强大的国家，是个令人向往的地方。我不准你们动汉人姐姐一根毫毛！"

"还愣着干什么？二王子年幼无知瞎胡闹，我们是奉太子令行事！"姑翼对兵丁训斥道。

姑翼强行拉开绛宾。

铁男和不曲被五花大绑后，被押往太子宫地下的一处囚室，那里见不到一丁点光线，充满了潮湿的刺鼻霉味。铁男一下子感到铺天盖地的黑暗向她压下来，似乎在一点一点销蚀着她的意志、信心和希望。

铁男心有不甘道："妹妹，难道我们命该如此？"

"该来的早晚要来，与其晚来还不如早来！看他们能把我们姐妹如何？"不曲则意外的平静。

"赖丹刚才提醒，匈奴使者扎喀尔就在龟兹王宫，太子绛礼亲近匈奴，我们现被扣押，会不会被他们交给匈奴使者，带去匈奴？"

"他们必定也有此想法。"

"我们不能俯首就擒，得想办法自救啊！"

"姐姐不必着急，我之前寻找机会，已告诉二王子如何解救我们。我相信龟兹王要不了多久，就会出面放我们出去。"

"妹妹是说，我们可以离开这个黑暗的鬼地方，获得自由？"

"姐姐就等好消息吧！"

果然，不曲和铁男应龟兹王口谕，很快被带到王廷。二王子绛宾也在龟兹王身边。不曲和铁男先跪拜龟兹王，接着给绛宾行了礼。

龟兹王开门见山道："据二王子言，你们有一件重要的事需当面奏与本王？"

"大王，龟兹国摊上了一件大事，需要立即向大王当面奏报！"不曲高声道。

龟兹王有些漫不经心地说："什么大不了的事呢？"

"太子绛礼和姑翼扣押我们姐妹，并要送往匈奴，这就是大事啊！"不曲正色道。

龟兹王哈哈大笑："这算什么大事？"

不曲义正词严道："这当然算大事！事关龟兹国未来的大事！"

"何以见得？我看你是故弄玄虚吧！"龟兹王有些不屑。

龟兹国过去之所以近匈奴而远汉朝，乃当时的形势使然。彼时，汉朝远在中原，匈奴势力近在咫尺，所以龟兹王惧匈奴而远汉朝。后来，汉朝与匈奴争锋，大将军卫青、霍去病统率汉朝骑兵攻无不克、战无不胜，直捣匈奴漠北王庭，加之张骞两次出使西域，匈奴在西域的势力大为衰弱，汉朝的天威在西域影响日甚。然而，面对此时的形势，龟兹王可谓不识时务，仍一味惧怕匈奴，不懂得恭顺汉朝。

不曲一番入理分析后，冷冷一笑，扬声道："近日，我朝皇帝发雄兵征讨，虽远在天边，却已逼近杀死了汉使的大宛国……眼下，还有西域哪一个国家没有判明形势呢？就连二王子绛宾弟弟都知晓我朝文明之强大、军队之战斗力，大王难道就充耳不闻？可如今，大王的人却扣押我们势单力薄的汉人女子，甚至要交与匈奴使者带回，这种行为不但是不敬我朝，而且是不惜与汉朝为敌！难道大王指望汉朝能忍辱负重，吞下这枚苦果？窃以为汉朝天子必然动怒，届时征讨大宛的大军矛头必指向龟兹！如此，龟兹国又言何未来？难道这还不是大事吗？！"

不曲的一番慷慨陈词，让龟兹王的神情陡然慌张起来。

龟兹王一脸惶恐道："汉军几时远征大宛？"

"据闻，大军已在路上！"不曲语气笃定。

龟兹王突然态度大反转道："还请二位见谅，是太子糊涂，也怪本王失察，差点误国！"

"大王现在看清形势，仍不失英明！"不曲赞扬道。

龟兹王高兴起来："好！从此刻起，本王许你们姐妹二人在龟兹境内自由来去！"

不曲和铁男方释然行礼谢恩。

绛宾忽然向不曲和铁男行右手抚胸礼，道："汉人姐姐，你们也要帮帮我们，就是别忘了告诉汉军不要打龟兹，我们都是一家人！"

"我们有二王子这么好的弟弟，龟兹王也很识时务和英明，我们一定会告诉汉军不打龟兹。"不曲和铁男笑着，爽朗道。

绛宾喜道："那我们拉钩！"

说着，他伸出小手指，分别与不曲和铁男的手指紧紧勾连在一起……

离开龟兹王和二王子，铁男伸手拉住不曲，道："妹妹怎么知道汉军要远征大宛？"

不曲轻声笑道："我只不过就是那么一说。"

铁男惊讶地张大嘴巴。

不曲小声道："形势所迫啊！姐姐也看到了，我先是入情入理地分析一番，龟兹王虽被打动，但尚不足以令他下定最后的决心。一旦龟兹王犹豫不决，我们就真的没有机会了，所以……"

铁男顾虑道："我们一时离不开西域，这着棋现在管用，可难保日后不会带来凶险……"

"走一步是一步！何况，我也不是凭空捏造！"不曲认真道。

铁男高兴起来："妹妹的意思是，汉军远征大宛确有其事？"

"当然！汉朝有位出使西域的使者，在大宛国见到了汗血宝马。皇帝派一位名叫'车令'的使臣，率团携千金，前往大宛贰师城换取。大宛国王毋寡不但不同意，还杀死车令等人，抢走了财宝。据闻圣上获悉后拍案而起，震怒异常，欲发兵征讨大宛……"不曲停顿片刻，接着道："虽然此消息尚未做实，但按常理看，我们陛下是不会容许有人挑衅他的天威，汉军可能已在西行征讨大宛的路上了。"

"妹妹言之有理！"铁男不禁伸出大拇指赞道，"以前没看出，妹妹居然有此雄辩之才！"

不曲粲然一笑道："姐姐不要说笑。真正堪称'千古辩才'的是苏秦、张仪，一张巧舌利嘴顶上百万雄兵。我也曾设想，倘若令我出使西域，必定不输张骞之功！"

"好妹妹，我相信你一定能行！"铁男笑睨着不曲，认真道。

3

经龟兹王允许，由赖丹带路，不曲和铁男前往昆岗。

临行时，二王子绛宾哭闹着要跟汉人姐姐一起去，三人一致承诺会照顾好二王子，事情一完，赖丹和二王子即刻返回延城，如此，龟兹王才点头同意。

赖丹和绛宾在前，铁男和不曲随后，骏马奔跑在前往昆岗部落的大道上，甩在他们身后的是一团团飞扬的细沙尘埃。

昆岗部落地处龟兹西南，于阗河、叶尔羌河、喀什噶尔河三条河流，自昆仑山脉上飞流直下后，自南向北横穿塔克拉玛干沙漠，在昆岗交汇，形成塔里木河的起始地，并在那里冲积扇成岗，这也正是昆岗部落名称的由来。

进入昆岗地界，铁男和不曲一边行走，一边兴致勃勃地欣赏沿途风光美景。她们抬头眺望，是抹不尽的黄，连绵起伏的沙梁，像大海澎湃的波涛，涌向无边的天际。眼前的戈壁滩上，红柳花随风摇曳，骆驼刺迎风挺立。又走了约一个时辰，触目所及之处与之前形成巨大反差：湖泊湿地众多，水草丰茂，各种水鸟成群结队，不时有野生动物在草丛里惊窜，浅水里成群的鱼虾推搡着嬉戏。河堤岸边、滩涂戈壁，却成了原始胡杨的天堂，郁郁葱葱葳蕤繁茂，仿佛使人置身于如梦似幻的胡杨梦境……

赖丹手勒马缰，朝不曲道："前面就是以巨人部落著称的昆岗，正是昆岗的巨人酋长，把冯使者从扞弥国带回这里医治调理。"

"但愿父亲尚在人世，也不枉我们万里之遥赶到这里见他一面！"不曲伤心道。

铁男安慰道："我们历尽千辛万苦，马上就到见面的时刻……冯大叔虽然病重，有巨人酋长医治调理，或许在等我们呢！妹妹应该高兴才是！"

"是啊，巨人酋长是有名的神医，他采昆仑山和大流沙里的药草，炼制的仙草丸能治百病呢！"赖丹附和。

不曲听完，内心由悲转喜，不禁笑道："好！见面时，我要让父亲见到我的坚强和乐观。"

绛宾盯着不曲的笑脸，天真烂漫地接道："我想要汉人姐姐天天高兴！汉人姐姐还是笑起来好看！"

"二王子将来不要讨匈奴女人，挑个汉人姐姐那样好看的当王妃，只要让她开心，就可以有美人天天笑起来给你看啊！"赖丹调侃道。

绛宾一听，天真地拍着小手道："好呀！我才不像哥哥那样讨个匈奴女人，我就要一个汉人姐姐那样好看的。"

说笑之间，大家已进入昆岗部落。巨人酋长得到消息，亲自迎接赖丹一行。赖丹一见到巨人酋长，就把不曲介绍给他。

不曲赶紧上前，"扑通"跪地，给巨人酋长深深行了一个大礼，道："大恩无以言谢，小女这里有礼了！"

巨人酋长伸手扶起不曲，仔细打量对方一番，长叹了一口气。

赖丹这时向巨人酋长致右手抚胸礼后，迫不及待地问："冯使者的病如何了？"

"冯使者在昆仑冰眠。"巨人酋长平静道。

赖丹不解道："冰眠？"

"巨人酋长，昆仑冰眠是死还是生啊？"不曲哽咽。

巨人酋长一字一顿道："没有死，但也不算活着！"

"这话怎么说？巨人酋长，你能说得更明白些吗？"赖丹急切道。

巨人酋长情绪开始激动道："昆仑冰眠，就是为了保护冯使者最后的生命能量，以药物令其昏睡，再利用昆仑冰洞的奇寒，使他处于冰眠状态，有些像动物冬眠。所不同的是，动物冬眠是为了节约能量，凭自身调节可以正常苏醒，而对冯使者采取的昆仑冰眠，仅是保存他最后生命能量的无奈之举，虽然他最亲近的人可以通过体暖和内心感应，随时将他唤醒，但那却是短暂的……"

不曲伤心道："既然能唤醒，为何又是短暂的呢？"

"生命能量耗尽，就如同……油尽灯灭！"巨人酋长无可奈何道。

赖丹心有不甘："巨人酋长的仙草丸呢？对冯使者的病也无能为力吗？"

"是啊，错过了最佳治疗期。冯使者患了寒毒奇症后，仍坚持游历数月，不顾天寒地冻，临摹昆仑天岩画……就这样，病情越来越重，任谁都无回天之术！"巨人酋长叹道。

他望着赖丹，语调越来越激动："即便如此，冯使者仍在赖丹太子你的帮助下，游历了昆仑多地，并在扜弥国撰写奏书，打算上呈汉帝。奏书是完成了，冯使者却几乎耗尽了生命最后之能量。我把他从扜弥国带回这里医治调理，因已错过最佳治疗期，所以并不见效果……冯使者这时告诉我，他的奏书若能辗转呈至汉帝手中，势必引起不小反响，他的女儿知道后一定会来西域找他。他于是央求我，要在女儿来见他的时候，随时能醒过来，哪怕短得只有一瞬……我答应了他的要求，就对他采用了昆仑冰眠的办法。"

大家听后，颇为伤感，却也庆幸，毕竟冯使者可以随时醒过来，哪怕时间短暂，也是一次生的希望。接着，巨人酋长找出冯使者奏书的草稿展示给众人，又带领一行人观看了巨人族祖上遗传下来的昆仑天岩画，并参观了巨人生活和墓葬遗址。

铁男好奇地问："为什么叫巨人族呢？"

"你没看到他们族人的身材都特别高大吗？"赖丹用手指了一下四周说。

不曲同样好奇地问："为什么他们的体貌如此与众不同？"

巨人酋长慢条斯理道："人类祖先起初生活在昆仑时，身材本来特别高大。只因环境恶化不适宜生存，他们才走下昆仑，经昆岗部落分支下湟水，去海滨、上漠北。由于饮食、气候变化等多种原因，后代的身体得以演化，在尺寸比例上也越来越适中、协调。然而，当初他们走下昆仑来到第一站昆岗后，并没有全部离开。其中，有一支留在昆岗塔里木河起源地繁衍后代。由于居住在塔河起源地，饮用的还是昆仑的水，吃的也多是来自昆仑的食材，那里的气候特征也很类似昆仑，所以，只有在塔河起源地那一小块区域生活的人，他们后代身体的演化不大，仍保留了人类祖先初始的体貌特征。"

"巨人族更像大猿猴！"绛宾一旁嘻嘻笑道。

绛宾的话，让赖丹、不曲和铁男的表情一下不自然起来。

巨人酋长哈哈大笑："童言无忌，说得好！我们巨人族就是没演化好的大猿猴！"他接着对绛宾道，"你啊，是演化好的猴仔子，鬼精灵！"

巨人酋长选择良辰吉日，带领大家来到昆仑寒冰洞。

洞的四壁都是厚厚的冰溜，洁白无瑕，如同白色的水晶宫。巨人酋长带头，蹑手蹑脚来到寒冰洞的底部，示意大家要轻声细语。在洞的底部中间位置，有一口洁白闪亮的冰棺，发出袭人的奇寒。冰棺里，冯使者仰面平躺，面色平静，似安逸地睡去……

巨人酋长轻声道："看！冯使者睡得多好，面相安祥，似乎仍充满了希望！"

"他是太累了，想着女儿以后要来看他，所以就幸福地一觉睡了过去。"赖丹接上道。

不曲上前手扶冰棺，双膝跪地，眼泪禁不住冲出眼眶，轻声呼唤道："父亲……父亲，女儿来看你啦！"

"冯大叔，铁男也来看你了！"铁男跟上去，伤心道。

巨人酋长深情地凝望着冰棺，半响道："冯使者，我现在明白了，你睡得那么好，是因为你有梦，一个美丽的梦！"

他接着喃喃补充道："华夏和匈奴及西域城邦诸国同源于昆仑，华夏本来是从昆仑离开的，所以你在奏书中苦口婆心，要汉朝回归昆仑、认祖昆仑、封禅昆仑，以华夏文明的繁荣富庶，影响和帮助西域城邦诸国繁荣昌盛、文明开化……这是你作为一位汉人的梦，也是我们西域人的梦，更是一个属于我们共同的梦啊！"

巨人酋长抬头望了一眼赖丹和绛宾，神情无奈道："可是，我们西域城邦诸国都有这样的认同吗？都有这样的实际行动吗？真正视华夏为兄弟吗……这离我们，同在昆仑祖神的护佑下，和谐一家、团结相处的梦想，还是那么的遥远啊！"

"我要和汉人姐姐一家，永远不吵架！"绛宾稚声稚气地插话。

赖丹语带双关地小声纠正道："不单是不吵架，你还要为能与汉人姐姐成一家，做积极的努力。"

"我一定努力争取！"绛宾诚恳道。

赖丹轻叹："从小看大，二王子与太子绛礼对汉朝的态度正好相反，可惜他当不了龟兹王，决定不了龟兹的未来！"

"赖丹哥哥小看人，谁说我当不了龟兹王？我就是要当呢！"绛宾嘟起小嘴，不服气地小声嘟囔。

不曲只顾凝视着冰棺，长跪不起，仿佛在以另一种形式与父亲对话。

铁男这时朝不曲轻声道："妹妹，你看，冯大叔睡得么香，也该睡好了，现在以你我的身体温暖，把他唤醒吧？"

不曲似乎刚缓过神来，摇了摇头道："巨人酋长说得对，父亲心中有一个梦，一个美丽的梦，一个属于我们共同的梦……父亲正沉浸在这个美丽梦乡里，在梦实现之前，我怎么能忍心打断他呢？"

她接着喃喃自语："父亲，女儿来看你了，原谅女儿不唤醒你，等到有一天，你的梦，我们大家共同的梦，都美梦成真时，我再唤醒你，那样会给你更多的开心、更大的惊喜！"

"不曲姑娘说得好，把梦留在心里，把希望留在梦里，再看一眼吧，我们走，不要打扰了冯使者的清静！"巨人酋长语重心长道。

大家准备离开昆仑山时，忽然头顶云海上，传来缥缈的天籁之音。声音时断时续，时轻时重，温润甜柔，如仙子梦呓，似云海呢喃。众人屏住呼吸，凝神细听。

不曲欣喜道："听！是女童的声音！"

不曲说着，禁不住跟着吟了起来。铁男点了点头，也不自觉地接了上去。巨人酋长和奶声奶气的绛宾也加入了轻吟：

穿越时空呀探寻祖先的踪迹
在那场泛滥的洪水中 逃生莽莽大昆仑
云端的昆仑上 有天境湖也有成片的森林
我们的先祖生活惬意 儿孙繁盛
说不清哪年哪月哪日 火山地震呀肆虐汹涌
绿色渐渐褪去 大流沙不断逼近
我们命运多舛的祖先呀 齐聚昆岗探索新生
大哥选择黄河畔 二哥远行东海滨 三哥去了大草原

从此有了汉人苗人和丁零人 我们都是一家人
从此有了蛮狄戎夷和中原 我们都是好弟兄
昆仑呀是天地柱 是五岳尊
昆仑呀是帝之都 是东方神
昆仑是中华文化的大同 是华夏文明的龙根
让我们在昆仑神的护佑下 化干戈为玉帛 消除落后纷争
我们向往和谐安宁 崇尚荣辱共生
巍巍大昆仑呀 我们的大昆仑
……

突然，歌声戛然而止。

巨人酋长这时惊喜道："这就是《昆仑曲》！我早听老辈人说过，此声乃是云端之上的风和峰石琴瑟合奏之音，它只有律动的音符，并无实际的内容，就像刚才，虽有风和峰石合奏的形式，但并无歌词。歌词全凭于心，不同的人，不同的心境，会听出不同的歌词……"

众人听得满脸诧异。

再看昆仑的云端，风吹云绕峰，除了虚幻，什么也没有。

4

巨人酋长一行人刚回到昆岗部落，一位侍从慌慌张张地跑过来。

侍者上气不接下气地单膝脆地道："报！酋长，龟兹人姑翼带领着一支兵丁来了，说是要二王子绛宾、质子赖丹回龟兹延城，要你把两个汉人女娃扣留起来交给他！"

铁男禁不住惊诧："龟兹王不是答应我们姐妹自由出入龟兹吗？怎么又出尔反尔，要扣留我们？"

"我刚听到消息，在我们来昆岗部落之前，汉朝以李广利为将军，率军远征大宛了。因为路途遥远，粮草补给不上，汉军此征不仅没有取胜，反而大败。龟兹王肯定听信了姑翼的挑唆，这才又派他到此要人。"不曲解释。

巨人酋长愤愤不平道："胜败乃兵家常事，龟兹王也不应该翻脸如翻书啊！"

"我今后做龟兹王，就不学父王！"绛宾满含正义。

不曲笑道："绛宾弟弟胸有大志，将来一定能坐到龟兹王宝座上去！"

"这不只是一句戏言，龟兹地理位置异常重要，但愿这一想法能变成现实。"巨人酋长认真地说。

赖丹着急道："我们先不要考虑那么远，当下该如何应对？"

巨人酋长神情坚毅道："你和二王子绛宾可以马上回延城，但不曲和铁男我绝不能交出去。"

赖丹担心道："龟兹是个大国，姑翼现在带着兵丁要人，巨人酋长如果不交人，势必会引起一场血拼。"

"我们姐妹俩岂能因为自身的安危，而让昆岗部落巨人族受到牵连呢？"不曲一脸的正气凛然。

铁男赞成道："妹妹说得是，巨人酋长是少有的贤达之人，我们不能连累他！"

"巨人酋长不愿交人，不曲和铁男又不愿连累昆岗部落，那么，还有什么好办法呀？"赖丹来回踱着步子，陷入两难。

不曲想了想，自信道："有了！"

接着，她附在巨人酋长耳畔，将脱身之计一一道来。

巨人酋长连连点头称赞。他立即派心腹之人，先暗中把不曲姐妹送走，然后才领着二王子绛宾、质子赖丹，来到姑翼面前。

巨人酋长先施了个右手抚胸礼："二王子绛宾要听我讲故事，所以出来晚了，还请姑大人见谅！"

"巨人酋长，我让你交出的另外两个人呢？"姑翼盛气凌人。

巨人酋长若无其事道："哦，姑大人是说那两个汉人女娃呀！她们在你来之前早就走了。"

"我念你是部落首领，才和你进行商量，如果你胆敢欺骗本大人，休怪我无礼了！"姑翼的语气中充满了威胁。

巨人酋长小心翼翼道："借在下十个胆子，也不敢欺骗姑大人你呀！在下所说，句句属实，绝无半字虚言！"

"好！既然如此，那两个汉人女娃到哪儿去了？"姑翼追问。

巨人酋长神情自若："去乌孙国了，说是去看望从汉地远嫁到乌孙国的细君公主。细君公主和那个名叫铁男的汉人女娃，还是宗室同姓姊妹呢！"

姑翼有些将信将疑。

巨人酋长趁热打铁道："姑大人如若不信，尽管带人进部落里随意搜查！"

"来人，快到昆岗部落，把那两位汉人女娃给我搜出来！"姑翼下达命令。

兵丁们进入昆岗部落，仔仔细细搜了一遍，一无所获。

巨人酋长这时过来道："姑大人，在下没骗你吧！"

姑翼看了巨人酋长一眼，领着二王子绛宾、质子赖丹迅速离开。他的脸上忽然闪过一丝诡秘的微笑。

此时，不曲和铁男已出了昆岗，正绕道龟兹，快马加鞭而去。

铁男神采奕奕道："妹妹，我们又躲过了一劫，现在应该平安了。"

"是啊，这次我们能够既不连累巨人酋长，又顺利脱身，多亏姐姐了！"不曲点头。

铁男眉开眼笑道："全靠妹妹谋划，我没做什么呀！"

"正是因为姐姐提供了去乌孙看望细君公主一说，姑翼才会真的相信我们提前离开，否则……"不曲解释。

铁男一听，突发奇想："妹妹，要不，我们真的去乌孙国，看望我那位同宗姊妹，如何？"

"好呀，不过我们还是要避一下风头，当下消息放出去，往乌孙国方向的道路必定有危险！"不曲并不慌乱。

铁男将信将疑："你是说还可能有追兵？"

"姑翼既然相信我们去了乌孙，势必会来追我们！"

话音未落，姑翼果然带着兵丁追上来了，不曲和铁男急忙闪躲。姑翼的兵马追了一程不见目标，遂折返而去。铁男和不曲这才驱马，往乌孙国方向奔驰。

不曲顿感诧异："姐姐为什么突然想起要去看望细君公主？"

"我也说不清为什么。可能是我们遭遇了相同的不幸,算是同病相怜吧!"铁男停了一下,双目幽冥晦暗地缓缓道:"我们都是一出生就背上了'叛逆'的罪名,虽生在皇室,却在皇室族谱里找不到我们的名字,也从未享受过皇室的高贵和荣光,得到的却是无尽的冷落和屈辱。"

不曲同情道:"我理解姐姐的无奈,然而,这无奈的制造者又是谁呢?"

"对我来说,这无奈的制造者是祖父楚王刘戊,对细君而言,则是她的父亲江都王刘建!"铁男愤然道。

刘戊在太后驾崩举国服丧期间,饮酒作乐,声色犬马。他还穷奢极欲,修建庞大陵墓,其规模超过皇帝陵墓的标准。事发后,刘戊不仅不知悔改,反而参与"七王之乱"反叛朝廷,兵败后自杀。刘建更是淫乱人生,居丧期间,先后与父亲宠爱的美人淖姬和妹妹刘征臣通奸,通过断食、放狼等残忍取乐方式迫害多人。他还诅咒皇帝,私造兵器,私刻玉玺,因密约谋反事发,后自杀。这两个罪孽深重之人都以自裁了之,却把两个家族推进了万劫不复的地狱,让无辜的子孙承受他们一手酿成的恶果。

不曲安慰道:"姐姐,今天把憋在心底的话痛痛快快说出来吧!"

"妹妹知道,我不是一个怨天尤人的人,说了那么多,我只想告诉你,其实我心中并没抱怨。长辈再不肖,已不在人世。朝廷虽然剥夺了我们所有的待遇,但尚能留我们性命,已是极大的法外开恩……只是罪孽带来的家族耻辱却一直如鲠在喉,压得我喘不过气来,所以,我现在还是挺羡慕细君的。"铁男心绪复杂地解释。

不曲问道:"姐姐羡慕她什么?公主身份?"

"细君从一位遭人冷眼的罪人之女,一下子成为皇帝亲封的大汉公主、乌孙贵夫人,可谓时来运转。我羡慕她挣脱了那个罪孽家族赋予她的桎梏,心灵从此可以轻松自由地翱翔在乌孙的蓝天中!"铁男的声音开始颤抖。

不曲婉转笑道:"姐姐想过没有,细君远离故土,嫁的是一个她并不爱的男人……我倒觉得能与自己相爱的人在一起才是最大的幸福呢!"

不曲的话让铁男忽然静了下来,脑海里不自觉地涌现出和常惠在一起的温馨画面……

不曲认真地说:"姐姐心底其实也并未放下常大哥。还记得在沙漠里遇险时，你呼喊他的名字吗？"

铁男没有回答，稍显茫然地眺望远方。

突然，有位年轻的骑士从相反的方向飞马驰来，转眼就到了铁男和不曲面前。

骑士大声道："我们缘分不浅啊，又与二位姑娘见面了。你们现在要去乌孙吗？"

"是啊！我们去看远嫁乌孙王的细君公主，她和我是未出五服的同姓宗亲，年少时曾在一起玩耍。"铁男报以微笑。

傅介子点头道："你真该去看看她。我听说细君公主嫁到乌孙后，生活不适应，非常思念家乡！"

当年，细君一曲《黄鹄歌》，吟唱出无尽的哀愁，让很多男儿都流下眼泪。武帝听到后，亦很怜悯，专门派人为她在乌孙国都赤谷城和副都特克斯草原两地，专门修建了汉式宫殿，隔年派使者带着厚礼专程去探望。乌孙王猎骄靡是位老昆莫，考虑到年龄原因，他按乌孙习俗，让细君公主再嫁给继承昆莫之位的孙子。细君不能接受，上书武帝要求把她接回，刘彻没有同意，劝她顺从乌孙国风俗。

"既然你们同姓宗亲，原该探看公主。我有急事，后会有期！"语毕，傅介子风驰电掣般离开了。

不曲叹道："听说细君公主擅长琴棋书画，生性纤弱，多愁善感，故如此忧愁凄苦。皇帝让她嫁给乌孙昆莫，目的是联合乌孙以斩断匈奴右臂，任务没有完成之前，怎好让她回来呢？真不知公主今后的日子怎么过啊！"

"妹妹和我都是爽朗之人，今天怎么婆婆妈妈起来了？时间一久就好了，我看没什么拿不起放不下的！"铁男故作轻松地笑起来。

不曲随声附和道："姐姐好气概，妹妹自然也不小气！"

两人相视而笑，齐声诙谐道："刀山火海都敢上，此去乌孙算什么！"

笑声里，两人手抖马僵，两匹骏马放开四蹄，朝乌孙国的方向疾驰而去。

两人路过一个驿站，稍事休息后正欲离开，一群兵丁呼啦一下围上来。铁男和不曲大惊，还没明白怎么回事，兵丁已将她们包围在了中间。

姑翼狞笑道："你们只猜中我会追击，万没想到会再杀一个回马枪吧？"

"龟兹王亲口许诺我姐妹二人自由出入龟兹国，你为何不依不饶，找我们麻烦？"不曲大声质问。

"你巧舌如簧、虚张声势欺骗大王，如今汉军攻打小小的大宛都没取胜，你还有何底气要我龟兹国恭顺汉朝？如今，我就是不依不饶，一定要抓住你们这两个汉人女娃，看谁有本领解救你们？巨人酋长不是说你们中有一人与细君公主是同室宗亲吗？好得很呀！"姑翼轻蔑地笑了一下，指着身边的匈奴人居心叵测道，"他就是出使龟兹国的匈奴使者扎喀尔，听好了，我要让他把你们带回匈奴，作为我们太子敬献给匈奴大单于的礼物！"

随后，姑翼喝令左右："大家一起上，人我要活的，不能有重伤！"

不曲和铁男拔剑迎战，双方厮杀成一团，刀光剑影相互交织，金属碰撞的声音不绝于耳。眼看不曲和铁男寡不敌众，所幸姑翼要的是毫发无损的二人，她们才勉强苦撑至此。

铁男一边挥剑，一边叹道："妹妹，看来我们是无缘去乌孙了！"

"未承想姑翼如此狡诈，正如姐姐所说，我前面使的那招棋现在成了凶棋，今天我们恐怕难以脱身了。"不曲悔道。

铁男冷静下来道："先不想那么多了，看来这是我们的宿命吧！"

"加快进攻速度，我看那两位汉人女娃还能坚持多久！直接把她们累趴下！"姑翼大声命令。

不曲和铁男早已娇喘连连，手中剑也越来越沉，只有招架之功，并无还手之力……

危急关头，忽有两位骑士闪电般赶到，挥剑冲进人群。只见来者的两把宝剑寒光四射，剑风霍霍，不一会儿，将众兵丁打得东倒西歪，抱头鼠窜。姑翼和匈奴使者扎喀尔也迎上去，刚交手便知自己的武功不是来人的对手，慌忙打马夺路而逃，来者也不再追赶。

不曲和铁男做梦都没想到，来者竟然是常惠和郑吉。

不曲又惊又喜道："常大哥，你们怎么来了？"

常惠还未来得及回答，郑吉却接过话茬，絮叨起来："常大哥思念铁男姐，我也不放心不曲妹妹，所以我俩一商量就来了。我们边走边打听，幸好碰到一位叫傅介子的人，经他指引才找到你们……刚才那伙人是谁啊？你们为什么打斗？"

不曲看了看常惠和郑吉，把事情的来龙去脉和她们这段时间的经历，简单向他们复述了一番。

常惠悄悄来到铁男身边。

铁男心中一阵暗喜，却佯装生气道："谁要你来了？这一出来要那么久，你当的差怎么办？"

"郎中令不让常大哥离开，他把官家衣帽一脱，不管不顾地就离开了。我平生第一次见识了常大哥的豪气！"郑吉接上赞叹。

铁男忽然恼道："不管不顾算哪门子的豪气！是不考虑后果的意气用事！"

不曲朝郑吉埋怨道："你也是，就不会劝劝常大哥，多好的差事啊，轻易弄丢了不说，还给郎中令留下一个糟糕的印象！"

"郑吉弟劝过我，是我坚持己见。后果我不是没想过，差事丢了还能再找，人出事了追悔莫及！"常惠突然义正词严起来。

郑吉一听立马附和："常大哥说得对，幸亏我们赶到了，要是铁男姐和不曲妹妹被抓到匈奴去，我和常大哥再后悔也晚了。"

铁男和不曲想想确实是这个理，她们对视一下，虽仍感到遗憾，但内心也充满了感激和欢喜，一时不知再说什么好。

这时，常惠朝铁男柔声道："我明白你是为我好，才一直故意气我，想逼我离开你……可你不知道吗，我心中最在乎的是什么？就是铁男妹妹你啊！"

面对常惠单刀直入的表白，铁男再也掩饰不住内心的真情流露，突然像决了堤的洪水般，一下上去抱住常惠的肩膀，哽咽起来："常大哥，我知道的！"

"知道就好！"常惠轻轻捧起铁男泪流满面的脸，开心地笑了。

不曲也不禁轻轻摇晃着郑吉的手，满目柔情道："我不让郑哥哥来，就是想让你和常大哥多学着点，做一个顶天立地的男子汉，能建一番功业。"

"常大哥对我说了，只要能和你们在一起，我们什么都可以不要……是不是，常大哥？"郑吉看着常惠，笑着提高声音。

常惠还未从与铁男的柔情中缓醒过来，情真意切道："是啊，今后你们到哪里，我和郑吉弟就在哪里。我们再不会让你们涉险，差点再也见不到了！"

不曲一听，立即大声反对："常大哥从来都是胸有大志之人，现在朝廷正在用人之际，你和郑哥哥怎能因为儿女情长，而不计后果呢？"

"是啊，习武之人理应于疆场上建功，我们姐妹俩岂能拖累你们？"铁男也恢复了冷静道。

常惠和郑吉一时不知如何回答。

附近的驿站，飘出诱人的饭菜香，大家的肚子纷纷响了起来。在常惠的提议下，大家暂时搁置争议，走进驿站。休整之后，四人因走向何方产生分歧。铁男和不曲打算继续乌孙之行，要常惠和郑吉回中原。常惠和郑吉坚持四人一起回中原，否则就要跟着她们一起去乌孙国。

双方谁也拗不过谁。铁男、不曲一气之下不再搭理常惠和郑吉。哥俩嘻嘻一笑，对此全然不作计较。姐妹二人一路前行，常惠、郑吉紧跟其后，如影随形。

不曲感叹："姐姐，常大哥和郑哥哥铁了心要和我们一起走，实在拿他们没办法！"

"是啊，我们该不会真把他们也带到乌孙国去吧？"铁男无奈得很。

不曲笑道："再走一程看看！"

"乌孙王昆莫真是过分，既娶汉朝公主，也娶匈奴公主。乌孙以左为尊，昆莫竟然奉匈奴公主为左夫人，而奉细君公主为右夫人。加之匈奴公主性格彪悍，细君公主娇弱，她这日子过得要多艰难有多艰难！"铁男愤愤不平。

不曲解释道："乌孙王昆莫是在汉、匈两国之间玩平衡术。"

"不瞒妹妹说，我之所以想去乌孙国，最终的打算还是想见机行事，帮助纤弱的细君公主打败左夫人，让平衡点偏向我们，加强汉乌关系，斩断匈奴右臂，这也许就是我俩作为大汉儿女可以做的了！"铁男踌躇满志。

不曲心有灵犀道："我明白姐姐的心思，可这两个尾巴怎么办？你没看他们一直跟着咱们吗？"

"我们两位小女子去乌孙，也许不会引发外人注意，可这两个大男人一起跟着，势必会引起左夫人的猜忌。她的地位本来就高，这样一来，我们不仅帮不上细君公主，反而会给她带来更大麻烦。再说，这二人到乌孙能干什么呀？大汉正是用人之际，他们岂不是白白浪费建立功业的良机吗？！"铁男有些犯愁。

不曲点头支着道："姐姐所说有理，不如先回汉地，让常大哥和郑哥哥先安稳下来，我们再择机从长计议。"

"看来我们只好半途而废啦！"铁男有点壮志未酬的遗憾，掉转马头，朝中原汉地而去。

5

经过风尘仆仆的长途跋涉，一行人离开西域，进入汉界。细心的不曲发现，铁男的脸上少了早前的开心，多出了几分忧郁。

不曲不无关心道："姐姐，我们现在已经脚踏汉土，再经过这河西四郡，很快就到家了，你怎么反而忧愁了呢？"

"一进入汉地，我就想到自己的罪臣之女之身，心情如何能轻松得起来？"铁男叹道。

不曲安慰道："我理解姐姐，待常大哥和郑哥哥有所安排后，我们再寻找机遇。我相信有心人是会找到机会的，姐姐不必忧心！"

在不曲的劝慰下，铁男的心情有所好转，脸上露出些许快意。

忽然，郑吉高喊一声道："看，前面怎么围了那么多人？"

只见众人围成一堵厚厚的人墙，叽叽喳喳地边看边议论着什么。

常惠抬头看了看道："那是郡府衙门的告示。"

"你们在此稍候，我去看个究竟！"说完，郑吉快步跑过去挤进人墙。

郑吉发现，第一则告示的内容特别有趣，说有一位靠牧羊发家的人叫卜式，主动要求把自己的一半家产捐献出来。汉武帝觉得奇怪，派人问他是不是想当官？答曰：自己从小放羊，不懂得做官，也不想做官。使者又问他是不是有冤情要申？答曰：自己和邻里互帮互助、团结友爱，绝无冤情之说。原来，卜式知道汉人祖先来自昆仑后，特别渴望汉人能重新回到昆仑认祖、祭祀、封禅，因自知不是贤能之人，无法在打败匈奴、说服西域诸国方面做出具体贡献，索性有钱出钱，也算尽了自己的绵薄之力。

不曲听完卜式的事迹，感慨道："我早听说有志不在年高，能力不分大小。

卜式的所为正说明了这个道理。当今陛下雄才大略，正需要像卜式这样的人啊！如果我们都像卜式那样，实现大汉的四海一家的梦想指日可待了！"

"跟卜式比，我们惭愧啊！"铁男看了常惠一眼道。

郑吉"吁"了一声："安静，还有第二则告示呢！"

第二则内容很简单，就是汉军要第二次远征大宛，兵员不足，如今面向全国征募兵卒，有愿意应征者，应于半月之内报名……

"常大哥和郑吉弟这下英雄有用武之地了！"铁男眉飞色舞道。

不曲也神采飞扬接口道："常大哥和郑哥哥，你们建功立业的时机到了！霍去病刚及冠礼之年，就大破匈奴，名满天下。我们此前经过的河西敦煌、张掖、酒泉和武威四郡，就是他第二次大败匈奴后设置的，从此打通了汉至西域的道路。"

"我和郑吉弟早就想过，要为实现我朝梦想全力以赴。不是我们后知后觉，实在是你们二人冒闯西域让我们放心不下。这下可好，过了河西四郡就是长安，我们也放心了。"常惠声情并茂地说到此处，兴奋地把头转向郑吉，说道："我们兄弟就抓住这个机会，一起从军入伍吧！"

"我听她的！"郑吉故意看了不曲一眼。

不曲言辞果断："既然听我的，你们明天就去报名！"

郑吉侧目望向常惠："明天如何？"

常惠看了看铁男，随后痛快地点头道："好，就明天！"

"正是男儿驰骋时，羡煞红颜也！"铁男忽然诗兴大发，脱口吟道。

常惠和郑吉如约入伍，铁男和不曲回到长安的家。

一天，不曲一人在长安街头行走，远远就看到很多人围拢在一起。走近一看，原来是一个街头艺人准备展现才艺。

艺人先来了一段开场白："各位父老、各位看官，过去的英雄我不讲，今日的壮士咱不表。我今天，就把汉家女儿——细君公主的事儿说一说。细君公主她姓刘，出身就是皇家脉，知书达礼人贤惠，纤弱多情如花美。为了联姻抗匈奴，不远万里嫁乌孙，天边茫茫常思乡，作歌一首寄哀思，歌名唤作黄鹄歌，且容我唱给诸位听一听。"

艺人这时开口唱："吾家嫁我兮天一方，远托异国兮乌孙王。穹庐为室兮毡为墙,以肉为食兮酪为浆。居常土思兮心内伤,愿为黄鹄兮归故乡……"

艺人的眼睛明显湿润了。

接下来,他继续唱道:"乌孙蛮荒云端起,不似扬州锦绣地。思乡心切幽怨生,产妇虚弱病不起。可怜公主正妙龄,如今驾鹤已西去。缅怀豪杰好男儿,不忘英雄细君女。吾家嫁我兮天一方,远托异国兮乌孙王。穹庐为室兮毡为墙,以肉为食兮酪为浆。居常土思兮心内伤,愿为黄鹄兮归故乡……"

这歌唱得情真意切。围观者纷纷落泪,纷纷掏出铜钱散落艺人的钵盆内。

表演结束,不曲赶紧把艺人拉到僻静处,细问:"细君公主果真如你所唱的那般,已经去世了?"

"是啊,怎么啦?"艺人打量了一下不曲,有些诧异。

不曲恢复若无其事的口吻:"没什么,我是她的一个故友,消息可靠吗?"

"当然可靠,我昨天刚从一位官老爷口里得知,连夜就把细君公主的事儿编了出来,今天第一次表演,你看,效果还不错吧!"艺人自信心满满。

不曲点点头,有些将信将疑。

她这时想到了奉车都尉霍光,想从他那里得到求证。霍光与她的父亲曾是故交,冯使者上书的事儿发生后,霍光还专程看望过她,愿意为她提供必要的帮助。

进入奉车都尉府,不曲给霍光见过礼后,开门见山:"听说细君公主过世了,霍大人可知此消息是否属实?"

"细君公主去世不久,朝廷也是刚刚接到奏报!"霍光点头道。

不曲一听消息属实,不禁扼腕叹息:"公主正值盛年,那么早就去世了,说是风俗不适、思乡幽怨导致产后虚弱才病故的?"

"这只说出了其一,没道出其二。我以为最为关键的,还是与汉军近来和匈奴争斗屡屡失败,导致公主在乌孙国的宫廷处境不利有关!"霍光进一步解释。

匈奴新任单于挛鞮乌师庐因为年少,被称为"儿单于"。儿单于继位后,年少狂妄,喜好杀戮,手段极其残暴,不仅匈奴内部,就连与之相邻近的其他国家的君臣,都十分惧怕他的残暴和杀戮。匈奴左大都尉不忍儿单于的暴政,打算归顺汉朝。武帝得知左大都尉的想法后,欣然答应他的要求。为了确保万无一失，武帝还派赵破奴将军率领两万骑兵，接应左大都尉。不幸的是消息败露，乌师庐单于提前处死了左大都尉，并派军偷袭汉营，致使汉军全军覆没。此事件后，乌孙国更加惧怕匈奴，左夫人匈奴公主在宫廷里也更为得势，处处找细君公主的麻烦。公主宅心仁厚，面对如此境况，哪里应付得了，自然心生忧愤。虽说风俗不适、思乡幽怨致使产后虚弱，但谁又能保证，这里面会不会还有匈奴公主的阴谋和陷害？

不曲叹道："没想到看上去挺简单的一件事情，背后竟如此复杂！"

"还有更复杂的事情呢！公主刚一去世，乌孙王就派使者来到汉朝，要陛下再嫁一位公主到乌孙。"霍光凝视着不曲道。

不曲一听，又兴奋又好奇地问："再嫁？陛下有何打算？"

"陛下正犹豫不决呢！不答应吧，势必把乌孙全面推向匈奴，此前为汉、乌两国联合所做的工作，岂不功亏一篑？答应吧，陛下正愁找不到合适人选，总不能再嫁一位美貌纤弱的公主，白白去送命吧！"霍光感叹。

不曲似有所领悟道："看来，陛下是想找一位性格开朗、适应能力强、有智谋的合适人选！"

"还必须具有皇室宗亲身份！"霍光补充道。

不曲差点脱口而出铁男的名字。此时，她的心跳变得急促，一种狂喜的冲动油然而生。她不动声色地离开奉车都尉府，直接冲向铁男家，最想告诉铁男的一句话是："姐姐，建功立业的机会来了，大汉打算再嫁一位公主到乌孙，你才就是最合适人选！"

可到了铁男家门口，不曲犹豫了——常大哥怎么办？她忽然感到自己的心乱成一团麻。索性，先不见铁男了，冷静一下再说。

当不曲正准备转身离开时，门开了。

铁男望着不曲，好奇地问："妹妹既然来了，为何不进去？我早听到你的脚步声了。"

不曲表情显得十分不自然："我……我，没什么，我先回去了！"

铁男叫住不曲，目光诚恳道："你我情比金兰，还有什么事让妹妹如此为难，到了门口还不能说？"

四目相对之下，不曲动摇了。一番述说之后，姐妹俩不知是喜极而泣，还是真心伤悲，紧紧拥抱彼此，任凭泪水汹涌地打湿脸颊。这时，常惠和郑吉也来了。两兄弟状态萎靡，看样子从军入伍的事情并不顺利。

铁男和不曲交换了一个眼色，赶紧破涕为笑，摆出若无其事的样子。

常惠嗫嚅道："都怪我上次鲁莽，得罪了郎中令，罚我三年之内再不能参加郎官选拔，两年之内不得从军入伍。他以我擅自去职与郑吉弟唆使有关为由，也处罚他一年之内不得参加郎官选拔，两年之内不得以军官身份从军。结果，我只好回来了，郑吉弟报上了名，但要从普通士卒干起。"

铁男和不曲非常吃惊，没想到结果如此严重。事已至此，她们还能说什么？

不曲这边鼓励郑吉，铁男那边安慰常惠。两个男人还丝毫不知道，两个女子虽在安慰和鼓励他们，何尝又不是安慰、鼓励她们自己呢？就在刚才，姐妹俩做出了一个重要决定，一个影响她们一生的决定！

6

汉廷朝会，刘彻面露倦容。

他双手一抖袍袖道："诸位爱卿，若无要事禀奏的话……"

"散朝"两字尚未出口，大鸿胪上前一步，跪拜道："臣有本要奏。臣知陛下一听此事就心烦，但臣还是要奏，这是臣下的职责！"

刘彻摆摆手，不奈其烦道："何事？快快奏来！"

"还是与乌孙国和亲一事。细君公主亡故后，乌孙昆莫军须靡派使臣到我朝再求娶一位公主，使臣为此已恭候多时，也催促数次，若再无结果，使臣就要回去复命了。"

刘彻眉头微蹙道："结果肯定要有！众臣替朕思量，汉家诸侯王中，哪家女儿能担此重任？"

太常上前一步道："启奏陛下，臣闻代王刘义之女才学相貌不输细君公主，可担当和亲重任。"

刘彻摇摇头。

太尉启奏道:"陛下,燕王刘定国的女儿温柔贤淑、貌美出众,不知可否?"

刘彻再次摇头。

众臣揣摩圣上对这两位皇室女皆不满意,且面露愁容、无奈,一时面面相觑,不知如何是好。

大殿之上,显得格外寂静。

突然,一位传令官打破了僵局,只见他匆匆奔上大殿,下跪行礼道:"启奏陛下,奉车都尉霍光携两位女子在殿外求见,说是为乌孙和亲而来。"

刘彻听罢,为之一振道:"快快宣他们进来!"

"陛下口谕,宣奉车都尉霍光等入殿晋见!"殿外,响起传令官的声音。

不一会儿,霍光领着两个女子踱进大殿。

待霍光行完跪拜礼,刘彻问道:"奉车都尉见朕是为乌孙和亲一事?"

"正是,陛下!臣今日带来两位女子,一位是废楚王刘戊的孙女刘铁男,另一位就是前不久上书的那位冯使者的女儿冯不曲。她们主动请缨赴乌孙和亲!"霍光道。

刘彻朝仍跪伏在地的刘铁男和冯不曲道:"抬起头来!"

两女子微微抬起头。

刘彻又道:"平身!"

二人起身站立。

刘彻和众臣认真打量此二人,果然秉持一种脱俗之美。尤其铁男,一看就与细君公主大不相同,不仅生得丰腴健美、英姿飒爽,而且落落大方,娇媚中不乏飒爽,气质独特。

刘彻心下暗喜,道:"你们因何要见朕?果如奉车都尉所说吗?"

"陛下,小女子身为罪臣之女,本无资格面圣陈词。但如今朝廷急需,小女子愿将功赎罪,为国请命,为陛下解忧!"铁男慷慨道。

刘彻思忖道:"解忧?"

"正是!陛下不正为找不到合适的和亲之人而忧心忡忡吗?此人选首先要性格开朗、适应能力强;其次,还要有男儿的智勇,能理解和亲的深远意义,以便圆满完成和亲使命。小女不才,愿毛遂自荐,赴乌孙和亲,定不负圣望!"铁男说得情真意切。

刘彻颔首道："话是不错，可乌孙偏远，他人唯恐避之不及，你又为何主动请缨？"

铁男憋在心底的话一下喷涌而出，字字铿锵："小女子尚能苟活于世，全赖圣上的恩德，自当涌泉相报，这是其一；其二，陛下有回归昆仑、认祖昆仑、封禅昆仑，纳昆仑入汉版图之大梦，为天下人开启了建功立业的伟大时代。作为大汉子民和汉室宗亲，小女子虽为女儿之身，却也有巾帼不让须眉的志向和勇气！"

众大臣听后，纷纷咂舌称道。

"小小女子有如此真知灼见，以及此般胸怀和勇气，好样的，朕心甚慰！"刘彻颔首，接着又道："和亲只需一人，为何说是你们二人呢？"

"陛下，小女今朝能鼓足勇气前来，少不了平时不曲妹妹的帮助和鼓励。她虽然只小我不足一月，但智谋和处事能力远在我之上……和亲这等大任，离不开不曲妹妹的帮扶！"铁男恳切道。

不曲适时插话："陛下，小女此生愿和铁男姐姐远赴异域，生死与共，无怨无悔！"

这时，丞相和众大臣齐声高呼："恭喜陛下！贺喜陛下！"

"确实可喜可贺，只是……"刘彻仍有迟疑，"和亲人选只能是宗室之女，异姓女子如何同往？"

"陛下所虑极是。小女子并无他求，愿以侍女身份随铁男姐姐远嫁异域！"不曲毅然决然道。

刘彻略作停顿道："如此，岂不委屈了姑娘？"

不曲忍不住慷慨陈词道："小女子深知，乌孙国所在位置属战略要地，对实现陛下的宏图伟业来说，起着至关重要的作用，因此，乌孙后宫不啻第二个战场。圣上能准我同去，为扶持铁男姐姐尽绵薄之力，小女子甚感荣幸，又何来委屈？连放羊倌卜式都倾囊相奉，为天下人做出表率，我等更应义不容辞！"

铁男兴奋地接过话："陛下，我和不曲妹妹之前曾赴西域寻找冯使者。当时，我们在龟兹国被扣，险些被送至匈奴。千钧一发之际，正是不曲妹妹凭借巧嘴利舌，向龟兹王宣扬了我朝的文明富庶，使他认识到大汉之强大，最终促使龟兹王释放了我们！"

"小女子能有苏秦、张仪之风，难得啊！"刘彻听罢不禁赞道。

"陛下，既然这两位女子去乌孙和亲的意志坚定，臣请朕上准奏！"丞相再次上前叩首道。

"好，准奏，还要加封！"刘彻欣喜不已，又朝铁男道，"你闺名是……"

"启奏陛下，小女子名叫刘铁男！"铁男赶紧下跪。

刘彻迟疑了一下，叨念道："铁男？铁一样的男子汉，嗯，有个性！不过这名字……对啦，你一开始说什么？哦……说是替朕解忧？这个好，既为汉室子孙，理当为国解忧，朕就封你为解忧公主！"

铁男立即上前跪拜谢恩。

众大臣齐声道："陛下英明！恭贺解忧公主！"

铁男一时受宠若惊，慌忙给大臣们还礼。

刘彻这时把目光移至不曲，问："你呢？闺字……"

"启奏陛下，小女子名叫冯不曲。"不曲赶紧下跪道。

刘彻笑道："不曲？有大丈夫的血性！朕准你以侍女身份随公主入乌孙和亲。既然你有苏秦、张仪之风，朕也要做一件前无古人的事情——赐你汉使身份，望你在西域形势相对稳定之后，持汉节往其他诸国，宣扬我汉朝文明，争取异族对我朝更多的了解和支持！为了令你不忘朕对你的殷切期望，朕决定将你的名字改名为冯嫽，望你能以星火燎原之势，把我汉朝文明的火种在西域播撒开来！"

"谢陛下赐名！小女子一定不辜负圣上厚望！"冯嫽立即上前跪拜谢恩。

这时，刘彻朝大鸿胪道："爱卿还有事要奏吗？"

"臣再无事可奏！"大鸿胪赶紧出列行礼。

众臣亦齐声附和："臣等无事上奏。"

刘彻再次抖了抖袍袖，铿锵有力道："散朝！"

郑吉略作准备，投军去了。

临行前，常惠、铁男和不曲为他送行，说了些鼓励的话，然后挥手作别。

郑吉走了很远一段路，像是突然想起什么紧要事，折返回来，跑到不曲身边。

他脸色微红，鼓足勇气，大声道："不曲妹妹，等着我，我一回来就娶你！"说完，郑吉头也不回地走了。

不曲望着郑吉的背影不禁发呆，默默地在内心念叨自己的新名字——冯嫽，已然忘记面对郑吉的告白，她是点头，还是摇头。

迷蒙之中，泪水打湿了她的眼眶。

郑吉走后，常惠的心情有些失落。不曲拜托奉车都尉霍光，将他引荐给中郎将苏武。等到常惠再去见铁男时，则兴高采烈得很。

铁男深情地看了一眼常惠，道："看上去有好消息啊？"

"是啊，今天刚拜见了苏武大人，皇帝下旨让他出使匈奴，他对我的身手亦很满意，决定让我作为使团护卫官。"常惠高兴道。

让人始料未及的是，汉廷十余万大军远征大宛的消息，不仅震动了西域诸国，还震慑了匈奴。匈奴新继位的且提侯单于急忙向汉朝示好，说自己只不过是个晚辈，不敢和汉朝天子相提并论，更将此前扣押的汉使全部释放，并主动派遣使者向汉朝进贡。武帝刘彻为了彰显汉廷的大气，决定派苏武做主使，护送那些过往被扣的匈奴使者回国。

铁男歉意道："都是因为我让你受了牵连，如今只能去那么远的匈奴！"

"不远啊，还没有远征大宛远呢！我肯定会先于郑吉回来。"常惠不以为然地说完，含情脉脉地注视着铁男，"我要赶在郑吉和不曲成婚之前迎娶你！"

铁男心中一动，随后故作若无其事道："匈奴和大汉一直都在钩心斗角、斗智斗勇，从来没有真正意义上的和平共处，你此去匈奴，一定要多加小心！"

常惠嘴里答应着，双手情不自禁地捧起了铁男的脸，认真端详道："你听到了吗？我要赶在郑吉和不曲成婚之前迎娶你！"

"我——听——到——了！但你真的一点也没听到？"铁男突然挣脱常惠的手，情绪失控地冲他吼道。

常惠莫名道："听到什么？"

"陛下已经择定吉日，为解忧公主举行册封仪式！"铁男失声道。

常惠越发一头雾水。

铁男呜咽道："皇帝很重视册封解忧公主的仪式，以宗室的最高规格进行，不但朝廷上下、宫廷内外的王公贵族尽知，就连坊间的寻常百姓也知道……

只有你……你……对此一无所知！"

常惠更是一脸的无辜。

铁男呜咽着，大声说："那我现在告诉你，就是站在你眼前这个名叫铁男的女人，即将成为大汉的解忧公主，远嫁乌孙，成为他人的新娘！"

"解忧公主……是你？你要像细君公主那样远嫁他乡？"常惠吃惊地张大了嘴巴。

铁男哽咽道："细君公主……她……她已经不在人世了！"

"什么？"常惠忽然丧失理智道，"不行！你……你躲起来，或者和我一起逃到西域去，你根本就不稀罕什么公主之名，也不愿嫁给乌孙王！你不会抛弃我，你只想和我在一起，对吗？"

铁男抽泣道："不，这是我自愿的！"

常惠一听，身体晃了晃，双手抱头蹲了下去，好大一会儿，才沉闷地哭出声来。

铁男抹去眼泪，走近常惠，弯腰抱着他站起身，无限自责地说："常大哥，是我不好。我对不起你，我辜负了你，我……"

常惠沉默着，良久无言。

铁男心痛万分道："常大哥，你说话啊！你理解我，对吗？我也是迫于无奈。我早就对你说过，与其低贱地苟活于中原，不如风风光光地死在塞外。我自然是不在乎什么公不公主的，但我在乎家族的名声，在乎从此可以抬头做人，更在乎作为一位大汉的儿女，像卜式那样为母国尽一分绵薄之力！"

"我真傻，还在一直做梦，还想赶在郑吉和不曲成婚之前娶到你！"常惠悲痛地一字一顿道。

"我知道。常大哥，你骂我吧，你打我吧！我自私自利，我冷酷无情……可我其实也真心爱你啊！"铁男泪眼婆娑地说完，忽然抱住他，喃喃道："常大哥，在我还没被册封为公主之前，再叫我几声铁男吧！铁男今天把一切都献给常大哥！"

说着，铁男开始疯狂亲吻常惠，嘴里不停呢喃道："今天，铁男就是常大哥的了，永远都是！常大哥以后就当铁男死了，再也没有铁男这个人了……"

常惠猛地用力推开她："不！我只要你的心，我要你永远好好活着，幸福到老！"

说完，常惠愤然离去。

铁男看着他的背影，满含热泪。

册封"解忧公主"的仪式如期举行。

这天，朝廷百官身穿朝服，腰配印绶，齐集未央宫前政殿。铁男身着新制的红袍礼服，在礼仪官的引导下，走到皇帝御前，面南而立。

这时，丞相出列，行跪拜礼，接过礼仪官递来的诏书，神情庄严地宣读起来：

"汉朝武帝诏曰，废楚王后裔刘氏，乳名铁男，已至及笄年龄，为人聪慧美丽，虽流落民间，沦为庶人，但少年有志，研习经文武略，以期效力汉室。至高祖以来，匈奴不断袭扰我边民，虽多次攻伐，不能尽驱之。乌孙乃西域大国，昆莫求娶汉公主，我汉朝亦欲交好乌孙，与为昆弟，共制匈奴，一统西域，寻根昆仑，实现我大国伟业。今册封废楚王脉裔，刘氏铁男，为汉解忧公主，赐赤绶四彩，乘舆服饰，宦官侍御，择良辰启程乌孙。

特此诏告，钦此！"

宣读完毕，礼仪官高声道："刘氏铁男！"

另一位礼仪官应声道："汉公主刘解忧！"

接下来，礼仪官双手捧起公主玺绶，神情庄重地递交予铁男。铁男双手虔诚地接过玺绶，并在侍女帮助下把赤绶四彩的印绶配挂在袍服外，向汉武帝拜三稽首。册立公主的仪式进入高潮，朝廷重臣上前恭贺，齐呼陛下万岁万万岁！

册封仪式结束后，刘铁男从此变成刘解忧，而冯不曲也被冯嫽这个名字所取代。

7

太初四年（前101年）。

一支从长安出发的和亲队伍，于塞外的道路上辘辘西行……

朝廷为公主专门配备了女侍、厨师、医官、工匠等，再加上护卫人员，总数不下一百五十人，组成一个浩浩荡荡的庞大车队。

解忧公主掀开乘舆的轿帘，道："冯嫽妹妹，快上来！"

"不知公主有何吩咐？"冯嫽进入轿内，屈膝行礼。

解忧生气道："人前叫我公主也就罢了，现在就你我姐妹二人，若再这般拘礼，岂不显得我们生疏了！"

"公主既如此说,以后除非人前,我都像从前一样直呼你姐姐！"冯嫽笑道。

解忧颔首："理应如此！"

"姐姐唤妹妹至此就为了说这些？"冯嫽微笑道。

解忧认真地说："你我姐妹以前患难相知、志向相同，如今，虽然如愿西行，却委屈了妹妹！我叫妹妹上来，就是要和妹妹同乘一舆！"

"姐姐千万莫这样说。我愿和姐姐荣辱与共，往后有妹妹能出力的地方，虽死无惧！"冯嫽郑重承诺道。

解忧嗔怪道："你我姐妹心有灵犀，何须以死言志？我叫妹妹上来，还想与你说话解闷。"

"好呀！"冯嫽爽朗一笑问，"姐姐是想和我聊一聊到乌孙后的生活吧？"

解忧"嗯"了一声，垂目微微思量了片刻，道："一想到今后乌孙的后宫是个需要斗智斗勇的地方，我就有惶惶不安之感！"

"姐姐莫要担心，我把制胜的法宝给你带来了！"冯嫽眉毛一扬，无不得意道。

解忧神情为之一振："什么制胜法宝？"

"孙子兵法！"冯嫽笑答。

解忧疑问道："我只知孙子兵法是兵家奇书，难道对后宫的明争暗斗也有帮助？"

"是啊！"冯嫽眉毛上扬道，"姐姐进入乌孙王宫后，首先需要面对的就是左夫人，还有昆莫，当然，还有其他势力……王宫就是我们姐妹的战场，只不过没有硝烟罢了，可它们都有一个共同的特征，那就是需要智谋，而这些恰好都能在孙子兵法里找到……"

突然，一阵嘈杂之声传来。

乘舆停下，解忧掀开轿帘朝外大声询问："发生了什么事？"

一名侍卫匆匆忙忙跑来道："禀报解忧公主，前方有一股来路不明的蟊贼，正在与我们的侍卫厮杀，现在胜负未分，护卫将军刚刚赶过去了。"

"姐姐，妹妹下去一探究竟！"冯嫽取出长剑道。

解忧也起身道："我和妹妹一起下去。"

解忧和冯嫽刚从乘舆里走出，一位蒙面人便腾空跃起，飞刀直向解忧砍去。冯嫽挥剑阻挡不及，解忧身着红色礼服，更是躲闪不便，只好顺势滚到地面。蒙面人快如闪电，挥刀再次向解忧扑来……千钧一发之际，一柄宝剑从天而降，硬生生地把蒙面人的弯刀顶了出去。蒙面人一愣，对方的宝剑已闪着缤纷的剑花向他攻来。蒙面人无心恋战，赶紧急攻三招，腾空一跃，飞身逃离。

解忧惊诧道："常大哥，你不是要随苏武大人出使匈奴，怎么会在这里呢？"

"苏武大人在做出使前的准备，明年初才能出发，我有的是时间啊！"常惠凝视着解忧深情道。

冯嫽惊叹："幸亏常大哥及时出手才有惊无险，这帮蟊贼就是奔着公主而来！"

送亲护卫将军这时赶来请罪道："臣下保护公主不力，致使公主险遭不测，请公主责罚！"

"你是中了这蟊贼的调虎离山之计，本公主不怪你！"解忧豁达道。

"谢公主开恩！"护卫将军说完，面朝常惠，给他施了个拱手礼道，"多谢常壮士出手相助。既然壮士愿意保护公主，不如现在与我们一起把公主平安送至乌孙，如何？"

"听从将军吩咐！"常惠欣然同意。

解忧的脸上突然泛出几丝由衷的欢喜。

在冯嫽的帮助下，解忧重新整理好妆容。

和亲的队伍继续辘辘前进……

乌孙国有两座都城，冬天住赤谷城，夏天住特克斯草原。左大都尉翁归将军，奉乌孙国王即昆莫命令率领迎亲队伍，将解忧公主接到了夏都特克斯草原。

特克斯草原宽阔无垠，老远就看到尖顶圆身和红白绿不同颜色装饰的毡帐，坐落于一片地势较高、相对平坦之处。放眼望去，毡帐大小不一，星罗棋布，疏密有序，显得威严而壮观。其中，有一座最为显赫高大的毡帐，红顶白围，是乌孙昆莫军须的大帐。在这些毡帐中间，有座简易的汉式宫殿特别显眼，坐北朝南，门楣上悬挂着"汉公主寝宫"六字隶书匾。

昆莫安排宫室人员，列队欢迎解忧公主的到来。军鼓号角齐鸣，鲜花挥舞，场面十分热烈。

解忧公主轻扶冯嫽，缓步从乘舆上走下。她抬头张望了一下，第一眼就喜欢上了这个美丽迷人的地方。天空湛蓝高远，澈明透亮，大朵的白云轻轻飘荡。草原上又深又长的牧草此起彼伏，眺望地平线，分不出是飘荡的白云，还是牧场上的洁白羊群。

翁归急忙上前为解忧引见："公主，这就是乌孙的昆莫，我们都称他军须靡！"

解忧深深凝望了一眼，赶紧屈膝行礼道："解忧拜见昆莫！"

军须靡面带微笑道："免礼，免礼！一路颠簸辛苦了！"

众人见过礼后，稍事进行了休息。军须靡已经在昆莫大帐内，预先摆下了迎接解忧公主的宴会。乌孙的王爷、将军、都尉、翕侯等贵宾满座。解忧在冯嫽的陪同下，缓步进入大帐，两人美艳的姿容、落落大方的表现，一下吸引了众人的目光。解忧向昆莫见过礼后，被安排在他的右侧坐下。冯嫽坐在解忧身后的座位上。军须靡宣布宴会开始后，大家纷纷向他和解忧公主祝贺，大块吃肉，大碗喝酒，交盏相饮。酒过三巡，菜过五味，乌孙的乐舞班子前来助兴。整个宴会喜庆而热烈，每个人看上去都很畅快开心，只有坐在昆莫左侧的匈奴公主，有些无动于衷，时不时以不怀好意的眼光，悄悄斜视一眼解忧，面呈不屑和鄙夷的神色。解忧对此并没注意，但这一切却被冯嫽看在眼里。

完成送亲任务的护卫将军，拜别解忧公主，返回汉廷，一同回去的还有常惠。

乌孙昆莫军须，按照乌孙习俗礼仪，不日即与解忧公主举行了大婚仪式，赐解忧公主为右夫人。

左夫人是匈奴公主，叫挛鞮居次。挛鞮居次与细君公主同时改嫁给军须靡，比解忧公主年长。乌孙以左为尊，左夫人相当于汉朝王后，右夫人相当于贵妃。

因此，解忧公主入宫后，要先到左夫人毡帐，叫"拜门礼"。

大婚的次日，解忧公主在冯嫽的陪同下，去左夫人大帐拜见了挛鞮居次。这位挛鞮居次也是一位美人胚子，五官轮廓分明，鹰钩鼻、深眼窝，形体健美，浑身洋溢着奔放诱人的性感之气，只是一张城府颇深的脸上，不时流露出傲慢的神色。

拜门礼刚完，挛鞮居次就向解忧公主发起了挑战："你们汉朝缺男人吗？"

"左夫人何意？"解忧诧异道。

挛鞮居次冷笑："如果不缺男人，为何汉朝派两位假公主，不远万里来到乌孙，和我争夺男人呢？"

解忧一听，羞恼得满脸通红，道："左夫人说我和细君是两位假公主？我们都是汉室宗亲，是汉朝天子正式册封的公主，为何说是假的？我们远嫁乌孙，是一个想娶，一个愿嫁，怎么又成了和你争夺男人？"

"我是匈奴伊稚斜大单于的小女儿，现任匈奴的且提侯大单于是我哥哥，我才是如今嫡亲公主，而细君和你皆非天子所出，不过冒了公主之名，这不是假公主又是什么？我先嫁给乌孙昆莫，已被赐左夫人，可你们呢？不过得个'右夫人'的名号而已，也心甘情愿地从那么远的汉地嫁过来，不是和我争夺男人又是什么？"挛鞮居次不急不躁，语气更加不屑。

解忧犹豫片刻，忽然冷冷一笑道："夫人何不去找昆莫问个明白，为何不专宠你这位真公主？只怕夫人没有那么大的魅力！"

"你嘲笑我没有魅力？之前的细君也这样嘲笑过我，可结果呢？她自己受不了冷落和寂寞，想靠抱着琵琶诉幽怨来引起昆莫的怜悯，最终还不是徒劳无功！你不会没有感觉吧，新婚宴尔，昆莫对你就没什么兴趣，你很快就会尝到冷落和寂寞的滋味，非要等到那个时候也学着你那位姐姐，妄图博得昆莫的一点怜惜？我一早告诉你，别痴心妄想了！"挛鞮居次说完，忽然大笑起来。

解忧怔了一下，冷声道："多谢左夫人提醒！"

从左夫人宫帐回来，解忧颇有些闷闷不乐。

冯嫽却笑道："今天收获很大，姐姐应该高兴才是！"

"这个匈奴女人太张狂了，气都气不过来，妹妹却说有收获？"解忧余怒未消。

冯嫽微微一笑道:"左夫人并没说错,姐姐你就是在和她争夺男人!"

"妹妹也这样认为?"解忧微微一愣道。

冯嫽推心置腹起来:"姐姐想啊,你离开自己喜欢的常大哥,来到乌孙所为何来?难道就为一个'右夫人'的空衔儿?还不就是为了赢得昆莫的心?"

解忧有些恍然。

冯嫽补充道:"昆莫可不是普通的男人,他是国王,代表一个王国!谁赢得了他的心,自然也就赢得了一个国家!"

"我不懂得怎样讨好男人,更不知道怎样与别的女子争夺男人!"解忧道。

冯嫽延续前面的话题道:"挛鞮居次也太过刻薄,细君公主人都没了,还搬她出来贬损一番!这位左夫人自认聪明,却做梦都没想到,她这样等于亲口把信息透露给了我们,这就让我们有办法对付她了,这正是我们今天的最大收获。"

"妹妹的意思是,左夫人说昆莫不喜欢细君那种病态美的女人,而我在昆莫心里,却颇有些细君的影子?"解忧有所领悟。

冯嫽点头:"正如姐姐所说,你以后要让昆莫感到,你不是细君的替身,你是一个完全不同的女人,让他对你产生好奇,想重新认识你!"

"妹妹既然有办法,就快些告诉我怎么做吧!"解忧有些着急。

冯嫽话题一转道:"姐姐的孙子兵法还没来得及看吧?全文共六千零七十五字,合计十三篇,分别是始计篇、作战篇、谋攻篇、军形篇、兵势篇、虚实篇、军争篇、九变篇、行军篇、地形篇、九地篇、火攻篇、用间篇。我从小已开始研读,当时不懂其义,如今温故而知新。"

解忧眉头轻展问:"有何新知?"

冯嫽不动声色道:"我刚了解到,乌孙人特别崇尚骑马射箭,每年举行的祭祀仪式上,赛马、射箭是主要项目。你我从小骑马习剑,这可是一展风采的好机会!"

看解忧仍存困惑,冯嫽补充道:"乌孙是游牧部落,能骑善射之人更能赢得尊重。对于昆莫这种草原上的男人来说,来自汉地亦能纵马驰骋的女人,必定更会令他着迷!"

"哦，原来这样呀！果然是新知！"解忧喜出望外。

冯嫽笑道："同时，也正是孙子兵法中的开篇始计……"

两姐妹谈兴正欢，解忧公主突感不适，一手轻捂下腹，来不及告知冯嫽，快步离开。不大一会儿，她返回殿内。

冯嫽关心地问："姐姐怎么了？"

"可能吃惯了细米白面，对北方的奶酪油茶还不适应吧！"解忧漫不经心道。

冯嫽面露忧色："姐姐在哪里吃的奶酪油茶？"

"晨起进膳，和昆莫、左夫人一起，为哄昆莫高兴，我专门盯着奶酪油茶吃！"解忧说得云淡风轻。

冯嫽紧张的表情松懈下来，进而严肃道："我还是要提醒姐姐，初来乍到，势必处处小心提防。左夫人经营后宫多年，宫帐内的匈奴随从、侍者多是由她安插，就连乌孙人不少也是她的心腹。因此，除了我们从汉地带来的侍者提供的食物外，姐姐对直接入口的东西，一定要慎之又慎。"

"妹妹考虑得周全！"解忧赞道。

冯嫽又问："我带了一箱药，其中就有治疗腹泻的，姐姐服过没有？"

解忧摇摇头。

冯嫽寻到药箱，发现药箱有被动过的痕迹，虽然不太明显，却瞒不过冯嫽那双敏锐的双眼。她即刻警觉起来，进一步检查，发现箱内的药也像是有人动过。冯嫽并没有立即声张，还是表现得若无其事。

不见冯嫽回来，解忧以为没找到药箱，便喊："妹妹，没找到就算了，王宫里不是有医官嘛，叫过来把把脉，抓副药吃不就行了！"

"姐姐，宫中医官多为匈奴人，就算不是匈奴人，谁能保证他们不是左夫人的心腹？"冯嫽出来一边摇头，一边轻声道。

解忧有些不以为然："妹妹是不是太过小心了？"

"不是妹妹小心，先后发生的两件事，姐姐不觉得蹊跷？"冯嫽压低嗓音。

解忧微微吃惊地："哪两件？"

"第一件就是姐姐遇袭。那帮蟊贼故意将侍卫长引开，直奔你而来，幸好我早料到姐姐此去乌孙，路途上可能遭遇危险，提前和常大哥商量好，让他暗中保护你,以防不测。"冯嫽小声道。

解忧惊讶道:"原来是你!常大哥的出现原是你一早安排的!"

"是啊!我原计划路上若平安无事,迎亲队伍一到,就让常大哥悄悄返回……可是,不测终究还是发生了!"冯嫽无奈道。

解忧不无委屈地说:"说来也怪,我既无仇家,也未得罪何人,为何会突遭袭击?"

"是有人不愿你去乌孙,不愿汉朝与乌孙和亲!"冯嫽一语见的道。

解忧认真思索片刻,道:"要说不愿汉朝与乌孙和亲,恐怕只有……这么说,袭击我的人是受匈奴指使的?"

"虽然尚未掌握直接证据,但我觉得不会错。"冯嫽点了点头。

解忧接着道:"那第二件事呢?"

"放药箱的位置很隐蔽,现在它却被动过,里面的药也像是有人做了手脚。"冯嫽轻声道。

解忧再度吃惊:"药箱被人动了手脚?"

冯嫽一边点头,一边让人悄悄叫来随行的汉医。

汉医打开药箱,反复查看了几遍,证明确实被人动过,治疗伤风和泄泻的两种药里,居然添加了慢性毒药,人服用后会不知不觉因慢性中毒而身亡。

冯嫽道:"投毒之人知道我们初来乌孙,在气候、饮食等方面不适应,伤风、泄泻是少不了的,所以迫不及待地收买指使下人,在这两种药里添加了慢性毒药。"

解忧一听,大惊失色,愤然道:"谁那么恶毒?我刚到乌孙,便接二连三不择手段地加害于我。人在做天在看,但愿他也会遭到报应!"

"这事先别声张,过一段时间再瞧!"冯嫽朝汉医道。

汉医连忙点头。

解忧公主一筹莫展道:"现在药也不敢吃了,如何缓解腹内不适?"

"没有药,在下一时也没有什么好办法。再说,这后宫里抓来的药,公主更是服不得啊!"汉医有些为难。

冯嫽道:"我听说过一个土方法,未曾验证过,不知是否可行?"

"什么土方法?"解忧好奇得很。

冯嫽回忆道:"都说温水足浴对身体颇有益处,那么,把草药浸泡在水里加热进行足浴,应该能治病!"

"嗯,有道理,可一试!"汉医道。

汉医到特克斯草原上,采回一些对症草药。他先在木桶里加一些热水,把草药放进去浸泡一段时间,再往木桶里反复加上适度的热水,让解忧将双脚放进桶内浸泡。几次足浴后,效果明显,解忧的泄泻之症痊愈了。

汉医豁然开朗道:"冯姑娘的主意真不赖,这种足浴之法对其他方面的疾病,或同样具有很好的疗效。"

"这下好了,足浴治病不用药入口,就不用担心防不胜防的小人投毒加害公主了。"冯嫽开心道。

解忧也放下心来:"那我今后多选用足浴治病好了。"

8

乌孙敬天祭祖仪式如期在夏都特克斯草原举行。

举行仪式这天,人们身着盛装,从四面八方赶来。场地四周,锦旗飘扬,鼓角长鸣。场地中间,老远看到一个高大的祭台,四角还立有四根高大的木杆,杆顶挂鸡,杆下拴羊。

仪式一开始,侍者把刚杀的肥牛、肥羊供上高大的祭台。

军须靡从侍者手里,先后接过两樽酒,嘴里默默祷告一番后,向祭台前的天空和地面泼洒。然后,他带领部落众人面朝祭台,先仰面朝着天空三稽首,后冲着地面三稽首,以示敬天地、祭先祖。

接着进行的是赛马表演。不分男女,主要由贵族参加。赛马表演是多人一起上阵,沿划定的直线赛跑,先到达的前三甲胜出。

解忧公主和冯嫽从小就爱习剑骑马,为了减轻马的负重,她们纵马驰骋时,往往不配马鞍、不穿马靴,以延长和提高马奔跑的时间和速度。

军须靡亲自参与赛马表演,表示对此项活动的重视。他的叔父察奇也主动参加，参与者还有察奇的儿子、身体特别健壮的左大都尉翁归和左右夫人等。除解忧外，其他人都已穿好了马靴，正足蹬马鞍等待口令。

发令人这时来到解忧面前，示意她赶紧穿靴备鞍，解忧摇头表示已准备就绪。挐鞮居次斜眼看了一眼刘解忧，讥讽和嘲笑之情溢于言表。

随着一声号令，昆莫一马当先冲了出去，但不久被他老当益壮的叔父察奇超过。左夫人拼尽全力想甩掉右夫人，却被解忧公主反超了过去……

人群发出撕破喉咙般的叫喊："快！快！再快些……"

当赛马表演进入最后冲刺阶段时，突然，有匹快马像利弦的箭，首先超过身体健壮的左大都尉翁归，接着冲到了军须靡的前面。最后一刻，快马一跃超过察奇，第一个冲过终点。人们简直不敢相信自己的双目——快马上的骑手竟是未曾穿靴备鞍的右夫人。

顿时，场上人群欢腾，掌声雷动，众人齐声高喊："右夫人魁首！右夫人魁首！"

挐鞮居次高傲的脸上写满了不屑。察奇站在一旁，表情也有些不可思议，他的儿子翁归却高高兴兴地向解忧献上了一束鲜花，表示祝贺。

再下来进行的是正式比赛。分赛马和射箭两个项目，这是为青年人扬名立万举办的，进入前三甲者可以被委任为乌孙官员。规则同表演赛。

令人意想不到的是，冯嫽参加的赛马比赛，同样勇夺第一。

场上又一次沸腾，掌声雷动，众人齐声高喊："冯嫽魁首！冯嫽魁首！"

射箭比赛由射手骑在马上，在马的奔驰中放箭，每人三轮九箭，以中靶箭数取前三甲胜出。

一位名叫乌大都的乌孙人年轻英武，以九箭全中靶心的成绩勇夺第一。

最后进行的是舞蹈表演。解忧和冯嫽先献上了一曲江南软舞。只见二人舞姿轻灵，身轻似燕，身体软如云絮，双臂柔若无骨，步步生莲，如花间飞舞的蝴蝶，如深山中的皎皎明月，如荷叶上圆润的水珠……乌孙人第一次目睹如此柔美的舞姿，看得如痴如醉，心旌荡漾。

一曲终了，人群的欢呼声响起："再来一曲！再来一曲！"

新的一曲开始时，军须靡在解忧公主的示范下，兴趣盎然地走起了莲步，乌大都俏皮地模仿冯嫽腰肢扭动，如同杨柳摆风。人群中发出一片嬉笑声、叫好声，偶尔还混合着一两声尖利的口哨，气氛异常热烈。

翁归微笑着，欣赏的目光在右夫人身上来回游移。

接下来，是乌孙草原上的劲歌热舞，气氛变得更加欢闹……不知不觉，一天就要结束了。

太阳，正慢慢向特克斯草原坠落。

没人注意到，不知何时出现的郑吉正兴奋地牵着冯嫽的手，将她拉出狂欢的人群，来到特克斯河岸。特克斯河的河水汩汩流淌，就像岸上别后重逢的一对璧人，互诉着说不尽的温情话语。

冯嫽努力让自己平复了一下，动情道："郑哥哥，真没想到，你能找到这里来！"

"如果不是遇上这么盛大的仪式，我还真的不知道能不能找到你！公主知道我来吗？"郑吉兴奋道。

冯嫽点头，轻声道："我告诉她了。她这会儿走不开，待会儿来看你！"

夕阳把余晖洒在冯嫽身上，映红了她那张美丽的脸庞。

郑吉双目含情地注视着心上人，一时语塞，只能激动地叫了一声："不曲妹妹！"

冯嫽也深情地应了一声，很快提示道："郑哥哥，叫我冯嫽吧！现在只有叫冯嫽的人，已经没有不曲了！"

"不曲一直都在！不管你叫什么，反正不曲永远都在我心中！"郑吉冲动地抓起冯嫽的手道。

冯嫽话锋一转，神情疑虑道："你到这里来，不会是私自离开军队吧？"

"当然不会！得胜班师，我向领军告了个假，专程到这里看你！"郑吉大声道。

冯嫽笑道："专程看我？有好消息告诉我？"

"没有。虽然这次汉军西征大捷，但是我个人却寸功未立，因为根本就没有遇上硬仗可打！"郑吉神情有些沮丧、遗憾。

冯嫽安慰道："这次西征大宛顺利就好，个人立功倒是其次。"

"嗯，首先是路途顺利。"郑吉道。

汉军上次征讨大宛，失利的主要原因就是路途不顺！匈奴在背后支持并怂惹西域小国从中作梗，沿途国家不仅紧闭国门不愿提供粮草饮水，还不断袭扰汉军，等到达大宛边境一个叫郁成的所在时，汉军早已饥疲不堪，致使交火中伤亡惨重，全军溃败。

冯嫽面带疑问道："这一次，汉军一路上没有遇到什么麻烦吗？"

"上次汉军人少，阵势不够强大，而这次不一样，陛下对西征大宛高度重视，举全国之力支持这次远征。因为战备充分，沿途西域国家见我军兵强马壮、阵势浩大，除楼兰王不识时务外，其他诸国君主均主动打开城门，提供粮草饮水，进展得可谓是一帆风顺。"郑吉兴奋道。

冯嫽分析道："楼兰是汉军进入西域第一站，也是必经之地。楼兰王和我大军作对，无异于飞蛾扑火、自取灭亡。我看并非不识时务，而是匈奴不甘心汉军轻易攻下大宛，迫使楼兰王不得已而为之……"

郑吉钦佩道："正是！匈奴大单于命令沿途国家，采取不正面拦截、分段从后阻击长途奔袭的汉军，楼兰王无奈之下听从了大单于的命令。李广利将军对此早有考虑，留下部将任文的一支队伍断后，杀死匈奴信使，把楼兰王带回长安。楼兰王辩称自己只是一个小国，处在两个大国之间，虽然不想这么做，却又有什么办法？陛下欣赏其直言，就把他放回去了……"

"陛下这是以汉朝的宽容和仁义感召楼兰王啊！"冯嫽赞道。

郑吉附和道："嗯，听说楼兰王感念大汉天子恩德，主动把儿子送到长安做质子，决定交好我朝！"

冯嫽神色大喜："这真是个好消息啊！"

郑吉有些好奇地看了看冯嫽，继续道："远征顺利的第二点，是大宛贵族献城投降，几乎没遇到大的抵抗！"

大宛城的用水主要依靠从城外引流，武帝提前征调水工随军。汉军一到，水工首先把大宛城外的河流改道，致使城中断水。同时，汉军利用旧水道作为地道进行攻城。大宛城被围四十余天后，城内权贵自知大势已去，便聚众商议，杀死了大宛国王勿寡，献城投降了。

冯嫽赞道："这次远征，让西域诸国见识到了我朝的天威！"

"听闻大宛城被攻破，沿途西域国家在汉军班师回朝途中，主动要求派遣使臣随军，一同前往长安觐见皇帝，向大汉朝贡，还自愿留宗室之子赴长安做质子。"郑吉喜悦道。

冯嫽神色一动："我想起扞弥国太子赖丹。他宅心仁厚，又向往我朝，现被龟兹国留作人质，你把这一情况向大将军李广利汇报一下，趁这次西征大宛得胜之威，把他带回汉朝长安，如何？"

"班师大军要路过龟兹，我就以解忧公主的名义把这事汇报上去。"郑吉认同道。

晚霞把最后的光芒肆无忌惮地泼洒在远处的特克斯草原，以及特克斯河的河面上。冯嫽的俊秀面庞被霞光映衬得更加绯红迷人。

郑吉凝视着冯嫽，不禁晃了晃她的双手，一腔深情地说："不曲妹妹，我已想好了，今后就在这里陪你！"

"你要离开汉军留在西域？"冯嫽抽出双手，惊讶地看着对方。

郑吉凝视着冯嫽，情深意切地道："我之前发过誓，此生一定要陪伴、呵护妹妹，与妹妹在一起！"

"郑哥哥，你想过没有，怎样才能留在西域陪伴我？"冯嫽动容道。

郑吉神情坚毅并不假思索地说："不必想那么多！我不会为此瞻前顾后，大不了学习傅介子，做一位西域的漂泊客，只要能经常看到你就行！"

郑吉真挚而热烈的表述，在冯嫽耳畔回荡，她的眼角，不知何时已挂上了泪花。

冯嫽摇头："不可！不可！郑哥哥岂能因为我而漂泊西域？你不记得当初，为实现我朝大国梦想的豪情宣言吗？"

"记得，我留在西域，对公主和你来说，也是得力帮手，一样是为大汉效力！"郑吉坚决道。

冯嫽拧眉沉吟良久，神情转喜道："好吧！我有个想法在心里已酝酿良久，只要解忧公主支持，郑哥哥便可名正言顺地留在西域，实现异域建功！"

"什么样的好想法？我定当全力支持！"这时，一个欣喜的声音突然传来。

不知何时，公主已来到他们身边。

郑吉向公主见过礼后，恳切道："公主一定要帮我留下哦！"

"妹妹有什么好想法，快说出来吧！"解忧点点头，朝冯嫽笑。

冯嫽郑重其事道："让李广利的大军留下一支在西域轮台屯田。"

解忧茫然道："我仿佛也听说过屯田，但它具体是干什么，我还真不清楚！"

"屯田，说白了就是种地，最早叫迁民实边。迁徙百姓或军队到边防，有战事打仗，无事时耕田，以此保证边防得以戍守，军粮得以自行解决。"冯嫽尽量用通俗的语言解释道。

郑吉击掌称赞道："你怎么想到屯田呢？大军能留下一支在轮台屯田，我第一个报名参加！"

"不是我想到屯田，是因为早就有人这样做了。由此，不难想到，若能在西域轮台开展屯田，乃是一项继往开来的千秋大业啊！"冯嫽谦虚地笑笑。

秦朝曾大规模移民充边，实行戍边与垦殖相结合的办法，巩固边防，发展边疆经济，最为典型的是秦国大将蒙恬将军，带领十万人攻打当时的匈奴，由于战事较长，率先使将士垦殖进行农业生产，建立了军粮供给基地，这是历史上最早的屯田。汉文帝时，听从丞相晁错建议，下令移民充实边防，有效阻止了匈奴的入侵。汉武帝刘彻为巩固边防，也先后在西北的河西四郡、天山等地进行大规模屯田，效果显著。

解忧叹道："妹妹的大胆想法好是好，要让李广利的大军留下一支，那可需要当今圣上的诏令。"

"公主可以上书，陈述西域屯田之利，说服圣上下诏。"冯嫽神色自信道。

"上书可以，怎么说服陛下西域屯田，我可没把握！"解忧有些迷茫。

汉朝第一次西征大宛失败的教训，就是给养困难。对此，汉武帝早就意识到，与匈奴争夺西域，首先要解决军粮问题，这是其一；其二，西域诸国曾出现过劫杀汉使的情况，主要原因是汉通西域后，往来使臣不绝，位于交通要道上的楼兰、车师等小国，因为使臣提供粮食饮水和驼马等供应不堪重负，不厌其烦，一定程度上损害了汉朝形象，加剧了西域部分小国与汉朝的紧张关系，不利于汉廷一统西域的大国伟业实现；其三，当今西域不少小国，仍然受到匈奴役使，匈奴人多年前就在那里设置僮仆都尉，对西域小国巧取豪夺、剥削压榨，沉重的赋税使当地百姓视匈奴人为毒瘤，铲之而后快。而汉廷对边境四夷一直采取安抚政策，切实减轻当地百姓负担，才会有四海归心的愿望。

经过上述一番分析，冯嫽最后信心十足地总结道："此事听起来虽难，但成功的机会很大。姐姐可能还没想到，圣上对待西域诸国，应该早就有此想法，这正好与匈奴人所为相反，此举可以为汉廷在西域宣扬汉朝文明富有、礼仪教化，推进先进的耕作模式以更好的争取人心，发挥极为重要的作用……因为轮台是西域的中心地区，所以建议选择在轮台屯田。"

解忧听后眉头上扬，面带惊喜地赞叹："妹妹此番的真知灼见，真是震古烁今，令人热血沸腾，这上书，我奏定了！"

"姐姐还应为扜弥国太子赖丹上书。你也知道他现被龟兹国留作人质，我打算让郑哥哥把这一情况向李广利将军报告，趁这次西征大宛之威，把他带回长安。你再奏报圣上善待于他。"冯嫽建议道。

解忧认同道："太好了。妹妹写得一手漂亮的汉隶，文采斐然，这两份奏书，就由妹妹替我拟写，势必会打动陛下！"

冯嫽调皮一笑道："诺！"

一旁的郑吉早已堆起明媚宜人的笑脸。他当即告别冯嫽连夜离开乌孙，马不停蹄，在班师大军路过龟兹前，赶上了大队人马。

郑吉把扜弥国太子赖丹的情况向领兵的李广利将军做了报告。李广利听后，对解忧公主之托高度重视，当即将大军驻扎在龟兹城外，并派人传唤龟兹王。

龟兹王慑于汉军之威，立即来到李广利的军帐内。

李广利责问道："扜弥国乃我大汉的兄弟，你凭什么把扜弥国的太子赖丹留作人质？难道你是不把我汉朝放在眼里？"

"对汉朝的文明强大，寡人早有耳闻，如今亲眼所见更加佩服了。只是我以前对将军所说并不知晓，既然如今知道扜弥国是汉朝的兄弟，我现在愿把赖丹太子交给将军！"龟兹王赶紧谢罪。

龟兹王这时让人把赖丹太子带到李广利面前。

李广利朝赖丹道："我已告知龟兹王，扜弥国乃我汉朝兄弟。龟兹王现把你交给了本将军，我已准备派人把你护送回国如何？"

"多谢将军，只是我一直向往大汉，今有幸得见将军，愿将军能带我一同前往长安，让我多增长些见识，将来愿为大汉尽一分绵薄之力！"赖丹上前一步行完礼道。

李广利听罢，当即同意赖丹太子所请。赖丹大喜，和班师大军一起到了长安。

9

祭祀仪式上的赛马大赛，让解忧和冯嫽一下成了乌孙人心中的女英雄。

军须也一改此前的态度，对解忧公主刮目相看。最为明显的变化是，无论是到草原的领地上巡视，还是出外狩猎，他都会带上解忧。解忧自然心领神会，每次外出，她都会与他并驾齐驱，扬鞭跃马。

有时，解忧一马当先冲到昆莫的前面，再回头给他一个明媚的笑脸，然后纵马驰骋，任凭一头秀发被风吹散……昆莫眼看快要追上她时，又被她拉开距离，唤来她放浪形骸的大笑……最后，昆莫到底追上了她，并把她从另一匹马上抢到自己怀里。她仍然嬉笑着，佯装极力挣脱的样子，直到昆莫把她抱得越来越紧，她浑身酥软得再也动弹不了……

六月的特克斯草原，夏天的味道很浓了。天高云淡，野花刚刚绽放。漫山遍野的红色、黄色、蓝色、粉色的花朵争相竞放，引来忙碌的蜜蜂和翻飞的蝴蝶。不远处，时而有大雁野鸭飞落碧绿的海子湿地，鸟鸣声划破高远湛蓝的天空。

冯嫽对解忧笑道："姐姐，你快融入这片美丽的草原了！"

解忧听后，脸上呈现出很满足的神情。

冯嫽接着道："姐姐，昆莫对你好吗？"

"当然好啦！"解忧笑道。

冯嫽认真道："我是指昆莫只对姐姐一个人好吗？"

"昆莫是一个矛盾复杂的男人，总让人捉摸不透……"解忧摇头道。

冯嫽好奇道："姐姐为什么这样说呢？"

"就说乌孙应汉请求出兵大宛这件事吧，昆莫派出了两千人的军队，但并没有按汉朝的要求出兵，而是一路徘徊不前……你说他矛盾吧，不知他到底是怎么想的！"解忧叹道。

其实，军须靡的心思之所以如此，缘于乌孙与匈奴的历史渊源和国内局势。前元三年（前177年），乌孙被月氏攻灭，军须靡的祖父——当时的王子猎骄，由布就翎抱着逃亡匈奴。据张骞所述，猎骄的身世极为传奇。布就翎带着他逃亡途中，为了觅食，将他藏在草丛中，回来后发现狼在给他喂奶，还有乌鸦衔着肉在身旁盘旋。冒顿单于非常喜欢他，就将他抚养成人。

猎骄长大后，很有军事才能，把原来乌孙部的子民训练得个个善于征战。他寻找到一次好机会大败月氏，痛报了杀父之仇，收回了失去的所有领地。猎骄自封昆莫，是为猎骄靡，重建了乌孙国。乌孙虽然复国，却仍从属于匈奴，主要还是当时的猎骄靡碍于匈奴老单于对他有养育之恩。

猎骄靡不仅年轻有为，而且胸怀大志，早就不甘心寄人篱下，老单于一死，就开始缺席匈奴朝会。匈奴新任单于兴兵讨伐，几次都没有奈何乌孙。可到猎骄靡年老体衰后，形势发生了变化，内部潜在的分歧让乌孙陷入危机之中。

猎骄靡的长子，也就是军须的父亲，被立为太子，却早早去世了。猎骄靡决定把王位传给太子的儿子军须，并授予他岑陬的官职。猎骄靡还有个儿子名叫察奇，官居大禄，为人精明强干，手里拥有一支强大的兵马，对继任者颇为不满，准备率领军队攻打军须。猎骄靡为了保护王位继承人，就分给军须一支军队掌管，自己手里也留了一支军队以防后患。匈奴单于看到乌孙内部的裂痕，扬言要出兵攻打乌孙。

内忧外患的形势下，猎骄靡向汉朝求娶细君公主。匈奴也不甘落后，把匈奴公主先嫁了过去。继位之争以来，猎骄靡对外只是名义上代表乌孙，实际上国家已经一分为三……军须继任昆莫后，是为军须靡，之后乌孙的形势并未根本扭转，察奇依然势力强大，乌孙表面看似统一，分崩离析的危机一触即发。

解忧不无遗憾道："原来我争的这个男人，并非真正的一国之君！"

"话虽如此，但到底是名义上的最高统帅，总比被左夫人抢去的好。我们还是要做更长远的打算！"冯嫽略微沉吟道。

"妹妹说得是，我们还应该与察奇、翁归建立良好的关系。"

"当然！"

"军须靡的心思如此矛盾，与乌孙面临的外部形势也有关吧？"

"乌孙贵族与匈奴贵族之间姻亲纵横，打断骨头连着筋，何况从东到北的漫长边缘，有个强邻盘踞在那儿，乌孙经常会感受到身边实实在在的威胁。"

"也难怪军须靡这边示好汉朝，那边又不敢违逆匈奴，夹在汉匈之间摇摆不定。"

"其实不然。我感觉军须靡还是倾向于匈奴，一旦汉匈形势风云突变，他很可能偏袒匈奴，而对姐姐不利！"

解忧忽然担心起来："妹妹，那我们该怎么办呀？"

"姐姐不必太过担心，形势也会因时而变。现在汉匈不是刚刚恢复友好邦交吗？"

"汉匈两国自高祖以来长期争战，近百年时间，如今成了友邦吗？"

"姐姐没忘吧，我朝派出中郎将苏武，携礼物护送被扣留的匈奴使臣回国，从时间上推算，苏武率领的使团快到匈奴了。"

"苏武去匈奴了，常大哥自然随行！"

"那是必然。姐姐怎么了？"

解忧以祈祷的口吻道："我忽然想到匈奴骄蛮无信义可言，但愿常大哥此去万无一失，一定要平平安安归来！"

冯嫽闻言，也双掌置于胸前，口中念念有词："祈求常大哥早日平平安安归来……"

乌大都在射箭大赛中夺取第一名后，已被昆莫委任为骑君。

在乌孙，骑君还只是个小官，主要负责管理和巡视乌孙的草原免遭侵占。因此，骑君每天的工作时间，大多都要在特克斯草原上纵马驰骋。

那是一项令人十分称心的工作，也是让人十分羡慕的活儿。可以想象一下，足踏无边绿毯一样的草原，头顶辽阔高远的蓝天，在天地之间纵马奔腾，那是多么的浪漫潇洒，又是多么快意风流！

冯嫽作为赛马冠军，只要有时间，自然也喜欢到特克斯草原信马由缰。冯嫽外出都是在解忧公主陪昆莫出行以后进行。她本来是一个人放马驰骋，无意中被骑君乌大都发现了。于是，乌大都总是在巡视工作完成后，守在那里等她，二人二骑，在草原上奔跑成一道美丽迷人的风景。渐渐地，冯嫽和乌大都彼此熟悉起来，还成了要好的朋友。据乌大都介绍，其父是匈奴人，母亲是乌孙人，从小在乌孙长大，所以，他既是乌孙人，也是匈奴人！

冯嫽也很想了解有关匈奴的知识，就让乌大都给她讲述有关匈奴的故事。

匈奴崛起之前，左右都有强邻，至秦，仍是"东胡强而月氏盛"的局面。匈奴的挛鞮头曼单于为了寻求与月氏的和平，曾将长子冒顿送往月氏做人质。头曼欲立最宠幸的阏氏生的幼子继任单于。为了借刀杀死长子，遂派匈奴的兵马攻打月氏。月氏对匈奴的行为非常震怒，决定杀死留作人质的冒顿泄愤。冒顿闻讯后，及时盗得好马逃回匈奴。头曼单于见儿子勇壮，开始心生愧疚，于是给冒顿一万骑兵。当冒顿知晓父亲为了不让他这位长子继任王位，才故意借刀杀人时，心中大为怨恨。他决定将部下训练成绝对服从、绝对忠于自己的部队，以便夺取匈奴大单于之位。

冒顿制造了一种名叫鸣镝的响箭，规定鸣镝射向的目标其他人都要射，否则就被斩首。他以鸣镝射向自己的宝马，左右有不敢射的被立即斩首。他又用鸣镝射向自己的爱妻，左右仍有不敢的，又被斩首。后来，他以鸣镝射向头曼单于的宝马，左右无一人不射，冒顿认为部下已克服了心理障碍，同时也能做到绝对效忠自己。在一次出猎活动中，冒顿用鸣镝射向头曼，左右也都随之放箭，射杀了头曼单于。随后，冒顿又诛杀了后母及异母弟，自立为匈奴大单于。

当时，和月氏一样强大的东胡王，乘冒顿刚即位立足未稳，联合月氏王，以其弑父为由向他兴师问罪。东胡王先向冒顿索要头曼单于的千里马。为麻痹东胡，冒顿不顾群臣反对，将千里马送给东胡王。东胡王得寸进尺，接着索要对方最宠爱的女人，众人都非常愤怒，请求出兵东胡，冒顿却同样忍气吞声地满足了东胡王的要求。东胡王认为冒顿软弱可欺，不再将其放在眼里。

冒顿单于趁机稳固统治，扩充军备。东胡王又肆无忌惮地向冒顿索要一块荒地，有大臣建议忍一时风平浪静，冒顿大怒，认为土地乃国之根本，怎么能随便割让。于是，把主张让地的人杀了，亲自带领一支骑兵突袭东胡。东胡国猝不及防遭到血洗，东胡王的人头被冒顿用来做了他专用的尿壶。灭了东胡国后，冒顿单于想到当年在月氏做质子时险遭杀害，月氏还和东胡沆瀣一气让他多次蒙羞。如今新仇旧恨交织到一起，瞬间爆发。冒顿乘胜西攻月氏，迫其部西迁，直到在一次战斗中，冒顿单于擒获月氏王，把他的人头做成了酒壶。

听完故事，冯嫽不禁吃惊道："又是尿壶，又是酒壶的，匈奴人是不是有专砍人头做器皿的嗜好？"

"匈奴人在战争中砍下敌人的头颅是荣誉的象征，斩首一颗赏酒一卮。他们还有猎取敌人头颅做成器皿的习俗，认为那样做既是复仇，又能避邪。"乌大都解释道。

冯嫽惊叹道："这也太残酷野蛮了！"

乌大都深表赞同，同时表示，他早就厌烦了这种只会扬鞭放牧和挥刀杀戮的生活，十分向往汉朝文明的生活方式。

一天，乌大都忽然向冯嫽承诺道："我在匈奴和乌孙都有朋友，你以后有什么需要帮助的只管说，我一定竭尽全力！"

"我和右夫人远离家乡来到乌孙，以后少不了要麻烦你！"冯嫽十分感动。

乌大都高兴得连声道："不麻烦！不麻烦！你这是把我当成好朋友，我荣幸还来不及呢！汉朝女子都像你和右夫人那样美貌、有本事吗？你们二人都成了我们乌孙人心目中的大美人和女英雄！"

冯嫽抿嘴一笑，岔开话题道："右夫人快回宫了，我要走了。"

乌大都热情似火的目光里，还有些依依不舍。

冯嫽抬头看了看天空，安慰道："你看天色已经不早了……你不是说对汉朝的文明和礼仪感兴趣吗？以后得空儿我给你讲讲！"

"好呀，我对汉朝的文明教化、治国礼仪和富有强大早有耳闻，真心仰慕！"乌大都充满憧憬。

冯嫽做了一个果断动作："一言为定！"

乌大都这才高高兴兴地同冯嫽并辔向宫帐驰去。

解忧公主已提前回到宫殿。冯嫽见到她时，解忧正独自伤心流泪。

冯嫽惊讶道："姐姐怎么啦？昆莫欺负你了吗？"

解忧轻轻摇头。

冯嫽又道："是左夫人吗？"

解忧再次摇头，眼泪禁不住"刷"地冲了出来。她猛地上前抱住冯嫽，失声道："妹妹……常大哥他……他出事了……"

"常大哥出什么事了？"冯嫽陡然一惊。

解忧哽咽道:"具体情况我也不清楚,只是听昆莫说……我朝……言而无信。苏武名义上护送……之前被扣的匈奴使臣回国,实质上……准备内应外合……劫持且提侯单于母阏氏……发动叛乱……失败了……"

"苏武在匈奴发动叛乱失败……那……那常大哥呢?"冯嫽吃惊道。

解忧因焦虑而泪流道:"听说都被匈奴抓了起来,也不知道怎样处理了。你说,该不会处死吧?"

"事已至此,姐姐不要过分忧虑!苏武是一位有远见卓识的人,所谓内应外合叛乱之说,料想他不会做这等傻事,应该不是被冤枉了,就是受了其他的牵连!"冯嫽尽量平复下来,安慰彼此道。

解忧一听,神情虽然有些许轻松,但还是难掩不安:"但愿如妹妹所说,我也只是猜测!"

"当务之急要尽快想个办法了解到真实情况,以便更好地应对!"冯嫽冷静道。

解忧神色无助道:"事发在匈奴,我们鞭长莫及啊!"

"姐姐说得是……我最近和乌大都交了朋友,请他出面把苏武使团在匈奴发生的情况打听清楚后再作计议。"冯嫽说完,又将乌大都曾经对她承诺随时会帮助她们一事转告,解忧这才略显宽心。

很快,乌大都便将一切打探清楚。这场叛乱原是没头脑的张胜、缑王、虞常三人,导演的甚是荒唐的事件。

张胜是苏武使团的副使,缑王是投降汉朝的匈奴人,虞常是汉人,后两者在与匈奴的战斗中兵败,暂时归降了匈奴,却一直伺机返回汉朝。虞常在汉为官时,曾与张胜交好。在急于立功的心态驱使下,虞常趁苏武率领的使团来到匈奴之际,私下联络张胜,准备杀死卫律。同时,他还和缑王暗中商议劫持且提侯之母阏氏回汉。

卫律的父亲是匈奴人,母亲是汉人,从小在中原长大,与武帝宠爱的乐工李延年关系非同一般,被举荐为出使匈奴的使臣。后来李延年家族犯了重罪,卫律害怕受到牵连,就投靠了匈奴。此时,卫律深得且提侯单于之信任,出入其左右不说,大小事务都会征求他的意见,成为且提侯单于最为宠信的大臣之一,多次为对汉战争出谋划策,深为汉廷所痛恨。

张胜和缑王、虞常等人，趁且鞮侯单于外出打猎的机会，决定发动叛乱，谁知计划提前败露，缑王被诛杀，虞常被活捉。虞常很快就供出与副使张胜约定之事，牵连到苏武、常惠等人。且鞮侯单于闻之大怒，骂汉朝背信弃义，欲将汉使全部处死……

听闻噩耗，解忧瞬间惊慌失措："全部处死？不行！不行！常大哥不能就这样白白死去！他是胸怀大志之人，他的理想还没实现呢……妹妹，你要替我想想办法，常大哥不能死……常大哥不能死啊！"

"姐姐莫要乱了阵脚。虽说匈奴欲将汉使全部处死，但决定尚未坐实，事情就还有很大的回旋余地。此事件中，副使张胜的做法属个人行为，不能代表使团，更不能代表大汉。我想通过乌大都帮忙疏通关系，在匈奴朝臣中找出能为苏武、常惠等汉使说情之人，尽可能争取单于网开一面，尽量保住他们的性命，再从长计议。"冯嫽尽量保持冷静，以便更好地安慰公主。

"索性就将陛下赏赐的金银细软尽数交由乌大都，请他在匈奴活动，找人帮助斡旋。"解忧一脸真诚道。

"姐姐有如此心意，常大哥生命必定无忧了！"冯嫽宽慰地笑道。

解忧的情绪这才稍微得以纾解。

冯嫽进一步分析："不知姐姐想过没有，此事件后，且鞮侯单于就算不杀苏武和常大哥，也绝不会轻易放他们归国。匈奴可能以此为口实将事态扩大，轻则袭扰我边民，重则兵戎相见……我朝要早做打算，果真到了列兵对阵的地步，只有在战场上夺取了主动权，苏武和常大哥他们才能早日归国。"

"妹妹的意思我明白，我现在就上书朝廷！"解忧立即道。

冯嫽突然灵光一闪，道："姐姐，我马上要到轮台跑一趟！"

"为什么突然要去那里？"解忧问罢，瞬间了然，"妹妹是去找郑吉吧？"

冯嫽点头道："是呀，我要让他前往匈奴营救常大哥。"

汉廷对解忧公主西域屯田的奏书非常赞赏，诏命从大将军李广利班师回朝的队伍中，留下一支三百人的军卒到轮台屯田，还设置了使者校尉领护，主要解决汉使和军队及时补给的提供问题。郑吉第一个带头，响应朝廷轮台屯田的号召，加之报告赖丹太子一事有功于朝廷，被任命为轮台屯田的使者校尉。郑吉领命后，带领手下兵卒迅速赶到轮台安营扎寨，马不停蹄地选址开垦荒地，挖渠引水，只待时机成熟种植谷黍。垦荒挖渠的同时，他还坚持抽出时间组织练兵，力求士卒们做到一旦有战事招之能来、来之能战，作战和耕田两不误。

解忧犹豫了片刻，道："郑吉弟是为了妹妹才留在轮台屯田的，让他这样做是不是太冒险了？"

"冒险也要一试，否则，我和姐姐还有郑哥哥，一生都愧对常大哥！"冯嫽语气坚定。

"只是……郑吉弟如何能去得了匈奴？"解忧仍有顾虑。

冯嫽气定神闲道："我倒是有个主意。可以让郑哥哥先到匈奴，然后伺机而动。"

"妹妹有什么好主意，快说来听听！"解忧急切道。

冯嫽把计划向解忧耳语了一番，两人脸上皆流淌出会心的笑容。

当冯嫽匆匆忙忙赶到轮台见到郑吉时，后者正和其他士卒一起，肩挑手提，奋战在挖渠垦荒的工地上。

她开门见山道："郑哥哥，我这次来找你，是要你去匈奴解救常大哥！"

接着，冯嫽把常惠随同苏武出使匈奴以及所遭遇的变故，向郑吉细述了一遍。

冯嫽道："郑哥哥到了匈奴后，要先去找一位名叫卫律的人。他被单于封为丁零王，很有权势，你化身李吉去投靠他，先取得他的信任，然后才能寻找机会。"

"李吉是谁？"

"李吉是汉朝乐工李延年的兄弟，卫律和李延年私交很好，并知道他有个弟弟叫李吉。"

原来，李延年深得武帝宠幸时，为卫律说过不少好话，他能作为汉使出使匈奴，全赖李延年相助。卫律出使完匈奴，听说李家犯下重罪，因怕被株连没有返汉，而是直接投降了匈奴。而李吉侥幸逃过灭门之难，年龄与郑吉相仿。

冯嫽继续道："卫律虽然知道李延年有李吉这么个逃亡的兄弟，但并未见过李吉本人，所以你可以冒充他，说是遭人举报，不得已来投靠丁零王的。"

"卫律不会拒绝吧？"

"卫律不可能不顾及当年与李延年的交情，应不会拒绝，我倒觉得他反而会很信任你!"

紧接着,郑吉把轮台屯田的工作安排妥当,然后单身匹马,向漠北匈奴大营急驰而去。

10

匈奴王廷龙城。

郑吉被侍卫带到丁零王卫律的面前。给丁零王行过跪拜礼之后,郑吉把自己的来历向卫律陈述了一遍。

谁知卫律突然大怒道:"你到底是什么人?敢冒充李吉欺骗本王,来人!把这个不知死活的东西绑了!"

郑吉瞬间被五花大绑起来。

卫律紧盯郑吉的眼睛,声音犹如冰天雪地里刮过的一股袭人冷风:"你到底是何人?若从实招来,尚可饶你不死,否则,我命人一刀砍了你!"

"王爷既然不信,我又何必浪费口舌,要杀要剐悉听尊便!没想到我刚逃出虎口,又落狼穴,却要白白死在哥哥昔日故友的手里。早知如此,何必千里迢迢投奔匈奴,还不如死在自己的皇帝老儿手里!"郑吉冷笑一声,长叹道。

说完,郑吉闭上了双眼,不再答话,一副视死如归的样子。

卫律却忽然上前,一边亲手给郑吉松绑,一边大笑道:"汉帝诛杀我兄弟,本王怎么舍得让你死呢?"

"你……你这是干什么?"郑吉故作惊讶。

卫律朗声道:"我为防有诈,才演了这一出,还望兄弟海涵!"

"原来如此,我还以为哥哥和自己看错了人呢!"郑吉道。

卫律掷地有声道:"本王与令兄情同手足,他被汉帝诛杀后,我悲痛欲绝。之所以逃到匈奴,就是要为延年兄报仇。你今日来到匈奴投靠我,本王定会把你当成亲兄弟看待!"

"多谢丁零王收留,李吉从此和汉朝势不两立,跟定王爷好好干,替吾兄报仇雪恨！"郑吉上前行礼致谢，激昂表白道。

卫律拍了拍郑吉的肩膀道："说得好，好好跟着我干，本王不会亏待兄弟你的！"

郑吉的内心不禁哑然失笑，这一幕果然不出冯嫽之前所料。

卫律把郑吉安排在府上，对他十分信任，行事说话，也不防备他。郑吉发现，卫律最近很忙，心情有些烦躁，脸上飘荡着愁云。

郑吉关心道："王爷有什么棘手的事吗？可否说出来，李吉愿为大人分担！"

"我在审理一起汉使参与叛乱的案子，涉及苏武、常惠两人，且缇侯单于想收降他们，他们却像茅坑里的石头，又臭又硬。"卫律道。

郑吉明知故问："怎么回事呢？"

卫律把叛乱过程简要叙述了一下，十分生气道："这帮家伙是想刺杀本王，阴谋败露被抓后，我赞成把包括汉使在内的所有人全部处死了事，谁知且缇侯单于后来又召集众臣商议，竟然有大臣替苏武、常惠讲情，说什么这些人若是因为谋杀卫律被处死，那以后遇到谋害单于的人，还有更重的处罚吗？莫不如逼迫他们投降。且缇侯单于认为有道理，就让我劝降苏武、常惠。"

"如此胆大包天，还不投降，他们不怕吗？"郑吉故意说道。

卫律摇头道："怕？这两个人连死都不怕，他们怕什么！"

"还真有不怕死的？"郑吉嘟囔。

卫律愤然地："我也是平生第一次见到。这两个人知道我来劝降他们，对我说，若是丧失汉节，即便活下来，又有何面目回汉朝。那个苏武更可气，竟然拔出佩刀刺入自己的身体，半日才抢救过来，险些气绝身亡！"

"后来呢？"郑吉好奇道。

卫律有些无奈道："本王当着苏武和常惠的面，斩杀了虞常。这时，我用刀指向苏武、常惠二人，威胁他们若是不投降，虞常就是他们的榜样。谁知两人面无惧色，根本不为所动。本王无计可施，只得用自己的亲身经历感化他们，我现在投奔单于领受了封赏，坐拥几世富贵，如果效仿我归顺匈奴，必将获得同等荣光。反之，若是顽固不化、执迷不悟，必然横尸荒野、死无全尸。谁知这两个没心没肺的家伙却骂本王贪生怕死、叛国求荣，根本不值得他们正眼相看！"

"王爷劝他们归降，是看得起他们，这两个人真是不识好歹！"郑吉曲意附和道。

卫律恼怒道："所以，本王就把他们关在一处地窖内，半个月不给他们吃喝，结果，他们居然靠吞食雪片和衣服上的毡毛活了下来。且提侯单于觉得此二人不凡，才暂时苟存了他们的性命。"

"难不成就这样放了他们？"郑吉试探道。

卫律怒气未消，道："怎么可能！他们已被分开关押。单于虽然不杀他们，也绝不会放了他们，更不会给他们自由。本王要让这两个不知好歹的家伙，一辈子求生不得、求死不能！"

掌握基本情况后，郑吉急于见到苏常二人，但表面仍不动声色。

郑吉试探道："我和常惠曾是旧相识，现愿意一试，替王爷去劝降他。不知大人意下如何？"

"果真？那好啊，就有劳兄弟了。你打算何时去？"卫律惊喜道。

郑吉做出一种急于为对方排忧解难的架势，道："今晚可好？"

"甚好！剩下的本王来安排。"卫律爽快地答应了。

郑吉思友心切，天刚擦黑，就向关押常惠的官牢走去。

突然，有个匈奴人从远处追上来，悄悄和郑吉耳语了一番。郑吉大惊失色，显然没有做好思想准备。但他整理了一下情绪，继续朝牢狱方向迈开步伐……

监狱的某个角落里，阴暗潮湿，一灯如豆。

只见常惠戴着刑具，在一堆乱草和几片破烂不堪的毡子上昏昏欲睡。狱门轻轻一响，郑吉快步走了进来，后面还跟着一个匈奴狱卒。

狱卒指了一下躺在乱草上的人，对郑吉右手抚胸致礼道："他就是王爷让你劝降的常惠，我在外面候着，有需要随时吩咐我。"

"知道了，去吧！"郑吉摆手道。

狱卒退出甬道时，郑吉走近常惠。常惠似在假寐，连眼皮都懒得抬一下，对来者是谁和所来何为，一副无所谓的样子。

郑吉上前紧紧抓住常惠的手，压低声音道："常大哥，你睁开眼睛看看，我是谁！"

"你……你……郑吉兄弟！你怎么来了？"常惠猛地睁开眼睛，随后，吃惊得张大了嘴巴。

郑吉立即压低声音，长话短说，把自己来到匈奴的目的和前后经过，向常惠做了简要交代。

听罢，常惠黯然地："发生了这样的事，苏武和我都脱不了干系。且提侯单于想把我们全部处死，我早已做好思想准备，以身殉国！"

"难怪常大哥那么淡定从容，原来是抱定了殉国之心！"

"身为汉使，苏武一开始就做好了舍生取义的准备，我又怎能贪生怕死？"

"解忧公主和冯嫽一直牵挂常大哥。她们几经努力和周旋，在匈奴重臣中找到肯替你们说话的人，才令且提侯单于改变初衷，保住了你二人性命。据卫律透露，即使不降，单于也不会轻易杀了你们！"

"如此，我已经很知足了。郑吉弟，你一定要放弃救我出逃的计划！"

"何故？"

"你想想，如果我和苏将军能既不失汉节，又可保住性命，那我们为何还要拿生命当赌注，轻举妄动？苏将军和我分别关押在两处，我不能为了自己脱身，把他一人抛在匈奴，如此，匈奴单于很可能迁怒于他，而处死苏将军。另外，匈奴人把这牢狱看管得如铁桶般严实，脱身谈何容易？何况，莽撞行事的话，不仅救不出我，极可能连累到郑吉兄弟你啊！"

"我今天来，就是想见常大哥一面！原本想寻找机会营救你，可现在已经没有时间了！我的行踪已被乌孙左夫人和驻龟兹的匈奴使者扎喀尔知晓，他们派出前来报信的人，马上就要到龙城。"

常惠一惊，低声道："你到匈奴来，左夫人怎么知道的？"

"冯嫽离开乌孙王宫去轮台找我，被左夫人的眼线盯梢了，便报告给龟兹的匈奴使者扎喀尔。你知道，扎喀尔以前曾和姑翼一起追杀过解忧和冯嫽，还和咱俩交过手，自然认识冯嫽，也认识我。为此，扎喀尔和左夫人断定，我此行匈奴目的就是营救你……所以，我假冒李吉骗取卫律信任一事，很快就要被揭穿了……"郑吉轻声道。

"消息可靠吗？"

"当然可靠！我在刚才来的路上接到密报。接获这一密报的，与替你们在且提侯单于面前说情的是同一个人。"

"郑吉兄弟，事不宜迟，你即刻离开此处！"

郑吉点点头，接着道："我还听到，卫律密谋与乌孙左夫人一起加害解忧公主！"

"他们要联手加害公主？"常惠神情惊讶。

"是啊！我听卫律亲口说，为了破坏大汉与乌孙的联姻，早在解忧公主嫁往乌孙的路上，让龟兹的姑翼和匈奴使者扎喀尔半路截杀公主，幸亏危急关头，有位剑客挺身而出……"

"当初是冯嫽早有所料，让我暗中保护公主……那天刺杀解忧公主的是个蒙面人，遇到我后，根本无心恋战，便落荒而逃。为此，我深感疑惑，没想到原来是匈奴使者扎喀尔，难怪呢！他之前和姑翼追杀铁男和不曲，曾与我们交过手，领教过我的剑法，自知不敌才如此惊慌逃走！"

郑吉惊奇道："原来那位剑客是常大哥。"

"正是啊！这些人真是动尽了脑筋，什么手段都能使出。解忧公主一直生活在危险之中啊！"常惠忧心忡忡道。

"可不是嘛！卫律还亲口说，刺杀解忧公主失败后，左夫人买通公主的一位贴身侍女，知道她们从汉朝带来一个药箱，并设法在药里偷偷添加了慢性毒药，结果又被发现……所以，他们气急败坏，想再次对解忧公主下毒手。"

"他们准备如何加害公主？什么时候下手？"

"应是有所准备，具体怎样实施，我尚未打听到消息，貌似刚开始谋划……"

常惠轻叹一声，自责道："解忧公主……不，铁男妹妹，常大哥帮不了你啊！"

"常大哥放心，不是还有我嘛！只是你被囚禁在这牢狱里，日子也不好熬，一定要撑下去，总会有重返故土的时候。记住，我们都盼着与你团聚的那一天！"郑吉小声安慰道。

常惠镇定了一下自己，道："好的，为了那一天，我一定会好好活下去。你现在就离开匈奴，越快越好！"

郑吉强忍着泪水，上前紧紧拥抱着常惠，良久道："常大哥保重，后会有期！"

"郑吉兄弟多保重，后会有期！"常惠也平静地点头道。

说完，常惠目送郑吉一步一步走向牢狱的甬道。

郑吉出了牢狱大门，不再去卫律的右大都尉府，而是一口气逃出龙城，朝着乌孙的方向，急急火火策马扬鞭飞奔而去。

此时，解忧公主在右夫人寝宫里正对着铜镜漫不经心地化着妆。她先用奥斯玛汁轻轻描了下双眉，接着又用胭脂慢慢涂了涂两腮。冯嫽站在一旁陪着她，并不时唠嗑着什么。

"妹妹，多亏你那位叫乌大都的朋友帮忙，保住了常大哥的性命，郑吉弟也才有机会虎口脱险，平安归来！"

"姐姐说得是。乌大都仗义，肯帮助我们，够朋友！"

解忧公主停下手中的动作，抬头看着冯嫽道："我觉得乌大都这个人不错，是个值得信赖和交往的人，该好好感谢他才对呢！"

"姐姐想怎么感谢他？乌大都还把我引荐给左大都尉翁归。姐姐还记得吧，他之前给你献过花，对你的印象可好啦！"冯嫽盈盈一笑道。

解忧一听，欣然道："是吗？翁归可是大禄察奇的儿子，你能和他认识，真是再好不过了。真不知该怎么感谢乌大都！"

"姐姐知道乌大都与察奇是什么关系吗？"冯嫽的情绪受到感染，也兴奋起来。

解忧摇了摇头，脸上充满了好奇与期待。

冯嫽提高声音昂扬道："乌大都是察奇的外孙！"

"察奇的外孙！那么，翁归是他的舅父！"解忧又惊又喜道。

冯嫽本不想把这件事过早告诉公主，可一激动就和盘托出了。

解忧兴奋道："真没想到，太好了！"

"有了乌大都这位朋友，我们何愁联系不上翁归和察奇？我和姐姐现在势单力薄，正需要得到他们的帮助呢！"冯嫽喜形于色。

解忧的表情忽然冷静下来。冯嫽这时发现，公主的脸上不知何时掠过几丝因忧虑而飘忽不定的愁云。

"好好的，姐姐怎么又愁上眉梢啦？"

"也没什么，我只是想到了郑吉。"

"姐姐为何想到他？"

"姐姐替你和郑吉弟的未来担心！"

"姐姐多虑了。乌大都刚告诉过我，有人在张罗给他介绍亲事呢！"

"是谁？介绍好了吗？"

"我没问，具体情况不知道！"

"你知道乌大都为什么要告诉你，家人给他介绍对象这事儿吗？"

"他把我当朋友呗！"

解忧苦笑了一下道："我的傻妹妹啊，你在其他方面绝顶聪明、成熟老练，唯独在儿女之情上，幼稚得像三岁孩童。他这分明就是告诉你，他喜欢你啊！"

"喜欢我？为何不直截了当告诉我？这么含蓄，一点都不符合他们草原人的性格！"冯嫽故意道。

解忧略作思考，道："这正是妹妹身上的魅力，让这个草原汉子求爱的方式都变成汉人式的了，说明你已经对他的内心有了很深的汉文化影响！"

"真的吗？太好了！我们不仅要影响乌大都，还要影响翁归，能把察奇也影响了才好呢！"冯嫽喜不自禁道。

解忧张了张嘴，想表达什么，最终还是保持了沉默。她若有所思的神情中，明显透露出几丝忧虑，当然，还有其他复杂的情愫……

11

深秋的特克斯大草原，天阔草黄。

解忧和冯嫽翘首等待郑吉从匈奴归来。公主怔怔眺望着遥远的前方，充斥眼帘的是无边的苍黄……最近出现的纷繁复杂的事，不断地在她的脑海里交织，剪不断理还乱，就像这深秋草原一望无际的苍黄，铺天盖地地向她的胸口沉沉压过来……解忧忽然感到胸闷气短，一下子蹲下去，表情痛苦至极……

冯嫽赶紧扶起公主，伴她回到寝宫。稍事休息，公主身体明显好转，但面容依旧憔悴，显得心事重重。

"姐姐，我知道你最近心情不好，有什么不愉快的事就说出来给妹妹听。如此，心里就会亮堂舒畅起来。"

"千头万绪，一言难尽！"

"那我替姐姐说出个一二看？"

解忧愣了愣，道："好吧，你说说看！"

"其一，如果我没猜错的话，姐姐之所以如此心急想见到郑吉，是想得知常大哥的情况。"冯嫽肯定道。

"嗯！我就是担心……单于会不会又改变主意……危及常大哥的性命？"

"郑吉只是欺骗卫律，姐姐不必担心且鞮侯单于会因此改变主意！乌大都打探来的消息是，苏武被送到遥远偏僻的北海牧羊，常大哥被关进匈奴龙城的一个秘密牢狱做苦役。"

解忧松了一口气，仍不无伤感道："常大哥这苦日子也不知何时才能熬到头！"

"我朝陛下阅毕姐姐的上书后，为迫使匈奴放人，正在调派贰师将军李广利、因杅将军公孙敖、强弩将军路博德和骑都尉李陵，兵分四路准备出击匈奴……下一步，就看战事是否顺利了！"冯嫽满怀希望道。

"我听说匈奴且鞮侯单于也不甘示弱，正在厉兵秣马，准备迎战。"

"这就要说到其二。军须靡最近疏远了姐姐，才让你又心生茫然。"

解忧加重语气道："他是昆莫，想怎样就怎样，根本无须理由！"

"话是这样说，但原因也不是没有。"冯嫽道。

解忧无奈地说："军须靡早就盼望得子，如果我能给他生个孩子就好了……你没看到，左夫人自从挺起肚子，在昆莫那里越来越得宠，在我们面前也越发趾高气扬……自从他儿子生下，你没看到她那神情，是多么颐指气使、盛气凌人！"

"孩子并不是昆莫疏远姐姐的主要原因，关键还是汉匈两国又开始交兵了。我此前说过，汉匈关系一旦紧张，面对来自强邻匈奴的压力，昆莫自然会疏远你，甚至可能做出不利甚至伤害姐姐的事情！"冯嫽不无担忧道。

解忧忽然伤感起来："我……我现在终于理解……当年的细君公主……"

"姐姐现在的处境和当年的细君公主确实相同，但细君公主当时身边没有值得信赖之人，姐姐不一样，你有我，还有乌大都啊！"冯嫽安慰道。

解忧不乏疑虑："乌大都……能肯定他……一直可靠？"

"是的！"冯嫽犹豫片刻，旋即咬了咬牙，充满底气道。

解忧对冯嫽的笃定感到些许愕然，她不能确定冯嫽的底气从哪里来。

其实，冯嫽心知肚明，她的底气来自乌大都对她的迷恋。起初，她并不知道乌大都钟情于自己，自己仅仅是为了学习掌握有关西域和乌孙知识，才同他交往；后来，通过进一步接触和一些蛛丝马迹，她明白乌大都对自己的感情升华了；再后来，当她知道乌大都与察奇的关系时，她既喜极而泣，又不免悲痛欲绝。

冯嫽曾在内心艰难地拷问自己：我该作何选择？从感情上来说，她虽然可以接受乌大都，但自己真正喜欢的人还是郑吉！可是，从实现人生梦想的需要来看，乌大都的出现简直就是上天的垂青和恩赐，这也是她和解忧公主在乌孙王宫立稳脚跟，同左夫人进行博弈的重要筹码。

冯嫽深知，乌大都在静静等待她的选择和答复，她的内心深处，也早有了结果。不过，她还是打算等到郑吉从匈奴归来，与他做一了断后，再告诉公主，以免解忧过早为自己的感情之事操心。

冯嫽进而直截了当地对解忧说："察奇不是找过姐姐，要你为我和乌大都指婚吗？你如果应允，我想乌大都一直都会是靠得住的帮手！"

"妹妹竟然也知道此事？"解忧惊讶道。

冯嫽坦言："我还知道，姐姐既未拒绝，也没答应！你为何不和我摊牌，宁肯将此事放在心里煎熬自己？这正是我要说的其三。"

"我确实很犹豫，也打算告诉你，但一想到妹妹和郑吉两小无猜的感情……他因为你才留守轮台屯田，所以，我几次尝试，却都张不了口！"解忧眼圈泛潮。

冯嫽也开始自责起来："只怪我之前态度暧昧不明，也是害怕姐姐替我操心，才一直隐而未告！"

"你隐瞒了什么？"解忧问道。

冯嫽这才和盘托出："乌大都已经对我表白过了，说察奇要找姐姐替他向我求婚！"

"原来妹妹为了我也是苦心孤诣！妹妹虽然早已经有了主张，但是我还没见到郑吉弟,在不清楚他的态度之前,我怎能贸然拆散你们?"解忧轻叹一声。

郑吉趁着天黑,悄声潜入乌孙右夫人宫殿。

一见到郑吉,解忧公主就迫不及待向他问长问短,打听与常惠有关的每一个细节。

冯嫽笑着提醒道:"姐姐,郑哥哥一路风尘仆仆,让他先休息一下再说吧!"

"妹妹说得是,都怪我考虑不周到。郑吉弟,先休息一下!"解忧略显惭愧道。

郑吉微微一笑道:"还好,我不累!哦,对了,我从卫律那里听到,他谋划和挛鞮居次一起准备要对公主使坏。"

"从远嫁途中,匈奴人就没有停止算计姐姐!"冯嫽义愤填膺道。

郑吉回忆道:"我听卫律说,他与左夫人提到了孩子,还有什么香……好像是香炉……"

"什么香?除了香炉外,还有香枕、香囊……我一直喜欢香料,这些香球、香饼都是我从汉土带来的,是用龙脑香、苏合香做的,该不会有什么问题吧?"解忧不确定道。

郑吉道:"我就没头没脑地听了这么两句,不管有没有问题,只当提个醒吧!"

"姐姐会不会因此而怀不上孩子?"冯嫽深感不妙。

解忧自责道:"怪只怪我这肚子不争气!"

"我还听说,卫律要左夫人牵线,把匈奴左贤王的女儿嫁给乌孙国一个名叫乌大都的人。"郑吉继续道。

冯嫽和解忧一听,不约而同地大吃一惊。

解忧神情焦虑起来:"匈奴人这不明摆着要拉拢察奇和翁归吗?"

"这可不行!如果他们联姻成功,今后,姐姐和我在乌孙王宫内更是举步维艰了!姐姐,赶快答应察奇的求婚,不能让他们的联姻计划得逞!"冯嫽态度坚决。

郑吉好奇道:"答应察奇什么?"

"察奇为乌大都找到我,向冯嫽妹妹求婚!"解忧犹豫了一下,叹道。

郑吉如临晴天霹雳："什么？向冯嫽求婚？"

"是的！"冯嫽面无表情。

郑吉直视着冯嫽，疑惑不满道："你……你让公主答应他了？那我……我怎么办？"

"你已经不在我的考虑范围了。谁能阻止这桩联姻，扭转公主和我在乌孙王宫内被动的局面，谁就是我的真命天子！"冯嫽神情漠然却毅然决然。

郑吉一时语塞。

冯嫽也觉得自己刻薄了，遂轻声道："郑哥哥，你能告诉我，真爱是什么吗？"

郑吉并不理会，而是伤感道："真爱？我明白你的意思，我看到了常大哥对解忧公主的担心，也看到了公主对常大哥的关切，你不就想告诉我，这就是真爱？"

"不错！真爱并非要两个人朝夕相处，而是不论何时何地，彼此心里都装着对方！"冯嫽面露一丝欣慰。

郑吉显然无法苟同："难道真爱就是要我成为另一个常大哥？"

"那又怎样？常大哥能做的，你难道就不能做？解忧姐姐能嫁给军须靡，我难道就不能嫁给乌大都？郑哥哥既然心中有我，那么最好的表达方式就是理解和成全！"冯嫽更加下定了决心。

郑吉气鼓鼓地亮开嗓门："你只知道要我理解和成全，你考虑过我的感受吗？"

冯嫽的内心像被什么东西使劲地撞了一下，痛苦的神情一掠而过，遂又温柔起来，安慰对方道："郑哥哥，你也知道，我陪伴解忧姐姐和亲乌孙，就是为了实现西域建功的理想。我们为此曾信誓旦旦地向汉帝许下诺言！然而，理想和诺言需要我与姐姐共同呵护和坚守，不能只靠姐姐一个人拼得粉身碎骨……"

郑吉听罢，表情更显绝望。他强忍住泪水，颤抖着声音道："说来说去，你到底是要离开我的，好呀，你不必找来那么多冠冕堂皇的理由，我理解你的苦楚，也会成全你的野心！"

说完，郑吉径自向殿外走去。

解忧快步追赶出来，大声呼喊道："郑吉弟，郑吉弟，你听我说！"

郑吉头也不回，消失在迷蒙的夜色中。

此时，一支卫队打着明亮的火把迎面而来。

郑吉下意识躲到一边，映入了眼帘的是一张似曾相识的面孔。再仔细一看，他忽然想起，原来是驻守龟兹的匈奴使者扎喀尔，他正边走边和一个侍卫头目小声嘀咕着什么。

郑吉对扎喀尔此时来到乌孙，深感吃惊。他忽然联想到，莫非他们真的开始对解忧公主下手了？好奇心驱使他伏到暗处靠近他们，试图一探究竟。

侍卫头目道："你敢肯定，欺骗卫大人的那个叫郑吉的汉人，现就在右夫人宫殿内？"

"不错，我看到他进去了，现在应能抓个现行！"扎喀尔确定地。

郑吉一听更加惊讶，没想到扎喀尔和这支卫队是冲他去的。他不禁庆幸自己提前离开了。这时，他突然冷静下来，之前满腹的伤心怨气陡然消失殆尽。郑吉忽然想到，这些人可能并不仅仅针对自己，他开始担心起解忧和冯嫽来。他要躲在这群人的后面，看他们究竟打算干些什么。

转眼之间，卫队进了右夫人宫殿。郑吉略微犹豫了一下，飞身掠上宫顶，借着昏暗的灯火和月色，静观事态发展。

扎喀尔晃了一下令牌道："右夫人，请恕罪，叨扰了！我等奉昆莫之命，特于你殿内缉拿郑吉。请即刻将人交出来！"

解忧公主和冯嫽不禁四目相对，面呈惊讶之色。

解忧镇静片刻，故作诧异道："郑吉是谁？我并不认识这个人啊？"

"夫人到轮台找过郑吉之后，他就跑到匈奴假份李吉欺骗卫王爷，这还不是你的锦囊妙计？今晚，我是盯着他溜进右夫人殿内的，难道夫人还要狡辩到底吗？"扎喀尔看着冯嫽冷笑道。

冯嫽怒斥："你一个龟兹的匈奴使者算什么东西！竟然跑到乌孙王宫右夫人殿内吃五喝六的，你眼里有没有右夫人？有没有乌孙国？"

"我什么东西也不是！但我能证明你不守宫规，参与扰乱国事！"扎喀尔针锋相对，继而转向解忧道，"夫人既然不知郑吉，那就别怪我等不客气了。"

扎喀尔朝随行的侍卫下令："给我搜！"

侍卫鱼贯而入，里里外外、上上下下搜了个遍，一无所获。

冯嫽喝斥道："你们这帮奴才，既然什么都没搜到，还不快给右夫人赔罪？"

"赔罪？那你就等着吧！"扎喀尔哈哈大笑道。

侍卫头目走向冯嫽道："昆莫口谕，冯嫽身为侍女，无视宫规，参与扰乱国事，按乌孙国律当诛。来人，先把她抓起来关进大牢！"

几个侍卫同时上前，把冯嫽双手捆绑起来，拖着向外走去。

解忧公主又气又急地指着这些侍卫道："你们……你们……"

"公主，一定记住，务必答应察奇！"冯嫽回头朝解忧别有意味地笑道。

侍卫头目又来到公主面前，取出昆莫的诏令道："右夫人接诏！昆莫诏令，右夫人支持并放纵手下侍女不守宫规，参与扰乱国事，负有教导要求不严的责任，现令你即刻起程，前往思过宫认真反省！"

解忧怔怔地双手接过诏书。

侍卫头目道："右夫人，还有何随身携带的吗？去寝宫收拾一下，随我去吧！"

解忧并不答话，惘然地进到内室，简单收拾了一些日用品，就被侍卫带走了。离开的一刻，解忧的面颊写满焦虑无助，步伐显得零乱而踉跄……

倒是冯嫽，被带走时，没有任何过激的反应，显得出奇的平静……这让宫顶上蠢蠢欲动的郑吉，猛然镇静了下来。他开始明白，这里所发生的一切，是他个人能力所无法阻拦的，如果鲁莽出手，不仅解决不了任何问题，还会把事情弄得更糟。

众人散后，郑吉悄悄跳下帐顶，隐蔽身形，边走心里边合计着对策。

12

夜色笼罩着沉寂，喧闹复归了平静。

此时的左夫人宫帐里，却很不平静。挛鞮居次与驻乌孙的匈奴特使阿尔扎、驻龟兹的匈奴使者扎喀尔和驻车师的匈奴使者达尼瓦一起，正喋喋不休地谈论着什么。

左夫人长舒了一口气，兴奋道："这个刘解忧，比起上一个刘细君，难对付得多了，仰仗大家帮忙，总算给了她一个大大的教训！"

"这次也许能除掉她的那个侍女。可没抓住那个叫郑吉的，刘解忧也不过就是反省一下，左夫人对这一点小小的成绩也感到满足？"扎喀尔不以为然。

阿尔扎微微一笑道："这你就不知道了，冯嫽虽为侍女，却是刘解忧的高级参谋，除掉了冯嫽，刘解忧就没有了主心骨，下一步再对付她，就容易多了！"

"还是阿尔扎了解实情。刘解忧之前能多次逢凶化吉，多为冯嫽的主意。"提到刘解忧，挛鞮居次虽然气愤，却还是语带赞许。

扎喀尔不服气地说："她冯嫽既然那么有本事，为什么既不能阻止我们要置其于死地的行动，也不能识破我们的计谋，让刘解忧像您一样，为昆莫生下儿子呢？"

正说着话，他忽然像想起什么，神秘地朝左夫人道："对了，让刘解忧不能生孩子的宝贝，我又给您带来了一些。这东西长在大戈壁的麝鹿身上，搞起来真不那么容易，卫王爷可没少费功夫！"

"好！那就请特使替我谢谢丁零王。"挛鞮居次小声说完，有些激动地站起来，接着道："特使应该知道，再智之人千虑也有一失。你所说两件事并不能说明什么。这位名叫冯嫽的侍女不仅精通经文史书，而且在极短的时间内，掌握了西域的多国语言和风土人情，此人确实不简单！尤其从不久前我们得到的其亲手撰写的给汉廷的奏书内容看，她对西域目前的情况了然于胸，在酝酿着一盘大棋啊！"

扎喀尔不禁笑道："哦？据我了解，左夫人向来不轻易认输服人，怎么？汉地黄毛丫头的一纸奏书竟让咱们大匈奴高傲的挛鞮居次刮目相看？"

"我平素虽自恃清高，但心里还是有分寸的……也罢，就请驻车师的匈奴使臣达尼瓦把奏书内容讲来一听。"挛鞮居次说得郑重其事。

一直没吱声的达尼瓦，在左夫人的示意下，干咳了两声，开始讲述：

冯嫽上书汉廷，称应夺取车师以制匈奴。上书中，她列举了三条理由：一是车师地理位置重要，夺取车师，汉朝就可以北上乌孙，西通焉耆、龟兹和疏勒三国，南下楼兰，进而全面控制西域门户；二是车师土地肥沃，水源充足，是天然粮仓，建议汉廷早日在那里谋划屯田，以解决未来军备之需；三是楼兰、车师靠近匈奴，楼兰王现在亲近汉廷，如果汉朝不争车师，车师必亲近匈奴，进而影响楼兰以后对汉的态度，到那时，控制西域门户必为匈奴所得……

扎喀尔脸色越来越沉，最后禁不住啧啧称赞道："没想到一位弱女子，还真是有远见卓识！后来呢？"

达尼瓦接着道："汉帝立即采纳了冯嫽的意见，令开陵侯成娩和楼兰王的兵马合归一处，全力攻打车师。多亏左夫人早在冯嫽的奏书送出之前，以重金买通信使知道了其中内容，且提侯大单于派遣右贤王率领数万骑兵前去救护，汉军因寡不敌众，大败而归。"

"想那冯嫽虽有见识，怎奈汉军近来战斗力低下，即便成娩、李广利和李陵这样的猛将，在近一年的战斗中，都不敌我匈奴大军的铁蹄。她胸中的棋局再大，也不过是盘死棋啊！"扎喀尔笑道。

余者也不约而同地笑起来，笑声中透着得意。

达瓦尼朝左夫人伸出大拇指称赞道："挛鞮居次也是有大棋局之人，只略施小计，就能让乌孙昆莫军须言听计从！"

"此话差矣！军须靡并非对我言听计从，他和他的爷爷猎骄靡一个样，分明就是根墙头草……这次之所以偏向我们，还不是因为匈奴在与汉朝的战事中捷报频传？"挛鞮居次摇头道。

扎喀尔不十分确定地问："左夫人是说，军须靡是在看到我匈奴连败汉军，才倾向于我们，处罚右夫人和她的侍女冯嫽？"

"正是！"挛鞮居次道。

阿尔扎忽然像是记起了什么特别重要的事，提高声音道："差点忘了大事。卫大人要我代问公主，我们左贤王和乌孙的察奇两家结亲一事怎么样了，有进展吗？"

挛鞮居次皱了皱眉，无奈地摇头道："没进展！察奇说乌大都已经有意中人了，却不知道是谁。"

"且提侯大单于很看重察奇的实力和态度，不到最后一刻，他要公主切不可放弃争取这门婚事。"阿尔扎道。

挛鞮居次点头道："请告知大单于，敬请放心！"

"左夫人还是乘势出击,早日除掉冯嫽的好,以免夜长梦多,生出其他枝节。"阿尔扎提醒道。

挐鞮居次点头道:"我今晚就奏请军须靡,明日就处死这个眼中钉!"

解忧和冯嫽被带走的翌日一早,红彤彤的太阳照常升起,仿佛什么事也没有发生。但郑吉的脑海里,却清晰上演着这样一幕:冯嫽被带走时的笑靥,解忧公主的焦躁和无助……此时,他才真真切切感受到乌孙王宫内暗流涌动的斗争,冯嫽和解忧生活中的不易与凶险……我该怎么办?我该怎么办?他不停地问自己……

忽然,他想起冯嫽被带走时,回头朝解忧公主大声叮嘱的一句话。这让郑吉陡然有所省悟,顷刻,他豁然开朗。就在这一刻,郑吉完全理解了冯嫽,理解了她的选择,同时也做出了他自己的重要决定:感情上主动离开冯嫽,竭力撮合她和乌大都的婚姻,以阻止乌大都和匈奴联姻!

此时,乌大都已经升任骑都尉,负责维护乌孙宫帐的出入安全。

郑吉通过打听,很快找到乌大都,把昨晚发生在解忧和冯嫽身上的变故,前前后后告诉了对方。

郑吉说完,凝视着乌大都的双眼,认真地问:"你的心里真的有冯嫽吗?"

"当然,我发誓!"乌大都信誓旦旦。

"那你该怎么做?"

"求外祖父先救下冯嫽,然后,一辈子都对她好!"

郑吉满意地点点头道:"好样的!"

郑吉进一步和乌大都推心置腹:"不瞒你说,我也很爱冯嫽,但我不能保护她,我没有能力去爱她、保护她,而你才能真正呵护她,给她帮助和关爱……而她,也是爱你的!"

乌大都双目灼灼地问:"她真的爱我?"

"是的,她真的爱你,只是还没来得及告诉你,就……"郑吉轻轻回答。

郑吉拍了拍乌大都的肩膀道:"现在,只好由我来亲口告诉你!"

乌大都高兴得跳起来,情绪激昂地保证:"谢谢你,有我在,你尽管放心离开这里吧,我会全力保护冯嫽和右夫人平安的!"

说完,乌大都兴冲冲地先去关押冯嫽的地方见了她,接着又去找他的外祖父察奇。

察奇注视着乌大都，不无怀疑道："冯嫽确定愿意嫁给你？"

乌大都哀求道："她刚才亲口告诉我的……其实，她早就答应了，右夫人尚未来得及告诉你……外祖父，你就为我救救她吧！我听说午时就要行刑，再晚就来不及啦！"

乌大都说着，"扑通"一声给察奇单膝跪下，眼角闪烁着莹莹的泪花。

察奇拉起乌大都，怜爱地说："好！好！就凭我外孙这份痴情，我也要救她。"

"谢谢外祖父。"乌大都破涕为笑道。

察奇有些为难道："先别急着谢，我还不知怎么救她呢！"

"在乌孙，外祖父一言九鼎。你只要让昆莫放人，他不会不答应的。"乌大都道。

察奇瞪了乌大都一眼，道："那也得有个正当且过硬的理由啊！"

乌大都立即兴奋起来："理由有啊！我刚见冯嫽时，答应让外祖父救她，她告诉我，汉帝在她来乌孙时，封她汉使身份。我差点忘了把这件事告诉你！"

"好，有这个理由，我就可以让军须靡立马放人！"

"外祖父要快啊，我怕时间来不及了！"

察奇随即掏出一块令牌对乌大都道："你的担心有道理，为预防不测，你拿着它先见执刑官，让他立即报告昆莫，就说冯嫽称自己有汉使身份，要求面见昆莫。"

乌大都接过令牌稍显犹豫，察奇笑道："执刑官见了我这令牌不敢不听，你放心地去吧！"

乌大都收好令牌，这才高高兴兴地走了。察奇也不耽误，立即向乌孙王宫赶去。

午时的阳光把王宫大帐装饰得一派辉煌。

昆莫大帐外，侍卫们显得有些木然，神色黯淡地挺在那儿，目光懒懒地望着投落在宫帐上的强烈光线发呆。察奇进去时，军须靡、左夫人和乌孙的匈奴特使阿尔扎均在，三人各怀心事。左夫人对冯嫽的执刑结果久等不来，正心焦不宁。阿尔扎却精神饱满,情绪激昂。他正在讲述匈奴连败汉军的战绩:汉朝以匈奴扣留汉使苏武、常惠为由,命令大将军李广利率三万骑出酒泉,进击天山,虽然曾一度打败过右贤王,但且提侯大单于对这次大捷心中早有准备,在汉军回师途中布下重兵,将李广利大军团团包围。李广利虽侥幸逃脱,但汉军折损十分之六七。尤其是汉将李陵率步兵五千人,在出居延北千里之外的浚稽山战斗中,被且提侯大单于早已布下的大军包围,李陵兵败投降……

"昆莫知道李陵是谁吗?他可是汉朝名将飞将军李广的孙子!"左夫人不无得意道。

军须靡颇为惊讶道:"那李陵就是名将世家了。他真的投降了吗?"

"名将世家又怎样?他不仅自己投降了,现还正奉大单于之命,前往北海设酒宴和歌舞,要劝苏武投降呢!"阿尔扎有些不屑。

正在这时,执刑官入内求见。

执行官见了察奇的令牌,不敢对冯嫽行刑,立即向昆莫报告。左夫人神色一喜,看着执刑官,急于从他口里知道自己想要的结果。执刑官却并不着急,单膝着地给军须靡行叩拜礼,然后偷偷打量了一下左夫人和察奇,表情亦有些复杂。

执刑官道:"启奏昆莫,遵照您的口谕对冯嫽执刑时,她大声表示不服,申辩自己不仅是侍女,还是汉朝皇帝亲封的汉使,故而一定要面见您!"

左夫人表情一惊,双目狠狠地剜了执刑官一眼;执行官目光游移了一下,快速躲开了。

阿尔扎看了看军须靡,别有用心道:"冯嫽如果真的有汉使身份,为何不早说明?可见是在欺骗昆莫,以此拖延时间。"

"是啊,昆莫!你根本不必理会她,还是按原计划执行嘛!"挛鞮居次居心叵测地先表示赞成,接着对军须靡撒娇。

突然,察奇用洪亮的嗓音反对道:"不可!昆莫需查验冯嫽是否真有汉使身份再行定夺!"

众人面面相觑。

左夫人的脸上渐渐集聚起一股怒气。她原本就担心执刑时会发生意外,所以悄悄叮嘱执行官,不管发生何事都要保证行刑顺利,而执行官亦收了她的好处，却还是没有替她办成事……刚才察奇的态度，令左夫人大为惊奇和不解。她想到此前察奇婉拒她牵线的婚事，如今又为这位侍女冯嫽讲情，是何居心？不管怎么样，她现在不想退让，并做好了舌战的准备。

宫帐内的气氛顿时剑拔弩张。

军须靡也有些始料不及，瞬间表现出极为复杂的心情。最近染病在身的他，顿感心神枯竭，他抽搐了几下发咸的喉管，一口鲜血喷吐而出。

众人惊呼："昆莫，昆莫！你怎么了？"

侍卫及时进来帮助清理干净，军须靡坚持坐在原位没动。

军须靡稍事休息了一下，朝察奇会意一笑道："刚才叔父所言正合寡人意，冯嫽是否有汉使身份，本王当面一查便知！"

挛鞮居次听罢心有不甘，正欲有所说辞，昆莫摆手吩咐道："你没看到叔父是有要事找我相商吗？你们全都退下吧！"

左夫人随即与阿尔扎怏怏退了出去。

军须靡这时开始强颜笑道："叔父无事不登三宝殿，不知今日所为何事？"

"我为冯嫽而来！"察奇直截了当道。

军须靡轻声道："其实，我之前早已料定，如果不是叔父出手，执刑官岂能不完成任务就提前回来？只是不知一个小小侍女冯嫽为何会惊动叔父大驾？"

"不论于私于公，我都要劝你莫杀了冯嫽！"察奇表情郑重。

军须靡好奇道："于私何说？于公何说？叔父不妨讲来一听！"

"先说于私，就是乌大都看上了冯姑娘！"察奇直接道。

军须靡略显疑惑地问："我却听说，匈奴要把左大将的女儿嫁给乌大都，这是怎么回事？"

"昆莫有所不知，自从上次比赛，乌大都就喜欢上了冯嫽，发誓这辈子非她不娶，没有她不活……"察奇无可奈何道。

军须靡问："叔父是什么态度？"

"昆莫也知道，乌大都的母亲早逝，我对这个外孙溺爱有加，一直视他为心头肉，只要他真心喜欢，我就支持！"察奇亮明了观点。

军须靡再次道："那于公又怎么说？"

察奇语重心长道："昆莫应该知道，先父猎骄靡曾受过匈奴单于的养育之恩，之所以还要向汉朝求娶公主，主要是因为乌孙复国后，匈奴一直还把乌孙当成附属国。先父为了摆脱匈奴控制，才主动要求与汉朝联姻，引入外部强大势力，以抑制强邻匈奴对乌孙的影响。听说先父要迎娶汉家公主后，匈奴也立即把公主嫁了过来，知道这又是为了什么吗？先父和汉家联姻这招对匈奴起到了牵制作用，使匈奴开始害怕乌孙倒向汉朝，共同对付自己。这样一来，乌孙就成了汉朝和匈奴争相拉拢和争取的对象。因此，先父定下乌孙对外交往的一条重要原则就是，平衡汉朝和匈奴关系。我听说冯嫽具有汉使身份，如果昆莫不经查明就杀了汉使，这就表明乌孙全面倒向了匈奴！昆莫想过吗，失去了汉朝的制衡，强邻匈奴还会像现在这样对待乌孙吗？毋庸置疑，匈奴对乌孙的骄横就会肆无忌惮，乌孙也就国将不国了！"

"叔父说得有理，寡人最近与匈奴走得是有些过近了！"军须靡赞同并表示自责。

察奇接着分析道："其实不然，昆莫与匈奴就是走得近也未尝不可，想当年先父封匈奴公主为左夫人，汉家公主为右夫人，奉行的也是更亲近匈奴政策，因为远亲不如近邻，匈奴是强大的近邻，汉朝虽然也强大但是只能算远亲。最近，匈奴连续取得与汉朝战事上的胜利，且提侯大单于对乌孙开始颐指气使起来，还派来了特使……昆莫这时候更亲近匈奴，给大单于多一些心理安慰也属正常，但汉匈之争近百年，胜负犹如家常便饭，所以要把握好一个度，就是不全面悖逆汉朝，不让汉朝的势力全部退出乌孙！"

军须靡郑重点头，幡然醒悟似的满口答应："叔父这么一说，本王现在忽然觉得，乌大都和冯嫽这二人倒是挺般配的，天生一对。叔父放心，此事由我来处理！"

军须靡向侍卫吩咐，传冯嫽和乌大都前来觐见。

不久，乌大都和冯嫽赶到。

冯嫽悄悄打量了一眼军须靡和旁边的察奇，上前给二人行跪拜礼，然后双手将汉节奉上。

军须靡接过汉节，不经意地看了看，随手又把它放在一边，轻轻扫了一眼乌大都道："本王问你，要如实回答。你爱冯嫽吗？"

"我爱冯嫽！"乌大都大声说。

军须靡又轻轻扫了一眼冯嫽，道："本王再问你，你也要如实回答。你爱乌大都吗？"

"我爱乌大都！"冯嫽也大声回答。

军须靡这时面朝冯嫽，微微颔首道："冯嫽有汉使身份，本王现在就赦免你，赐你和乌大都择吉日完婚！"

乌大都立即叩头谢恩，欢天喜地。对他来说，幸福来得有些太突然了。冯嫽叩谢完毕，仍然跪地不起。

军须靡疑惑不解道："你还有什么事吗？"

冯嫽道："是！昆莫既然仁义大度能赦免我冯嫽，我想也能赦免右夫人！"

"好！你现在就去接她回寝宫，替本王安慰安慰她！"军须靡脸上呈现疲惫之色，但仍很爽快道。

冯嫽高兴道："领旨！"

说完，冯嫽起身离开，乌大都也追了出去。

察奇这时对军须靡道："昆莫当以身体为重，有病要抓紧医治，可别耽误了！"

"多谢叔父关心，我这患的也不是什么大病，只是一时还没查出真正的病因，也许休息一下就好了，无大妨碍！"军须靡漫不经心道。

察奇微微一笑："那就好，不过查不出病因不行，寻访天下名医也要查出来，身体最要紧。昆莫今后可以让你的翁归弟替你多分担些政务。昆莫现在看上去，精神疲惫，好好休息一下吧，我就不打扰了。"

军须靡表情复杂地点点头。

察奇言毕，转身离开军须靡，之前不动声色的脸上，忽然流露出些许令人不易觉察的笑意。

13

丁零王卫律面沉如水，驻乌孙的匈奴使者阿尔扎一旁赔着笑脸。

卫律神情严肃道："近来，我匈奴在与汉军对垒的战场上喜讯不断，但是在乌孙的后宫较量中却接连失利，还请使者回去告之挛鞮居次，就说单于对他这位妹妹的表现很不满意，提醒她要为完成大匈奴的任务竭尽全力！"

阿尔扎连声答应，神情恳切地解释："王爷的话和大单于的意思，我一定转告挛鞮居次，会尽全力帮助公主想方设法完成任务。只是请王爷转告大单于也要多多理解公主。就说这次吧，眼看就要把冯嫽除掉，并狠狠教训刘解忧一下，没想到突然之间大翻盘，着实令公主始料未及！"

"冯嫽撺掇乌大都在乌孙为他们举行汉式婚礼，公主不知道吗？乌孙就没人反对？"卫律微微点头表示理解，但表情依然凝重。

阿尔扎苦笑了一下道："公主当然知道乌孙的贵族遗老对举行汉式婚礼颇有微词，但见察奇没有反对，也就没有谁愿意跳出来，就连昆莫也表示默认了，还亲自参加乌大都和冯嫽的大婚典礼，公主如何阻止？婚礼不但如期举行，而且办得很喜庆、热闹，除了乌孙的王公大臣和贵胄遗老，那位欺骗过王爷的郑吉，也大摇大摆来到婚礼现场祝贺。"

"郑吉怎么还在西域？他在干什么？"卫律表情复杂，先是愤然，继而疑惑。

阿尔扎道："汉朝征服大宛回师途中，龟兹国因惧怕汉军，同意郑吉留在轮台屯田，被汉朝封为使者校尉。"

"啊？这可不行！自我匈奴冒顿大单于命右贤王征讨西域成功，西域国家无不役属于匈奴，现在我们不能对汉朝此举听之任之！"卫律态度非常坚决。

阿尔扎不解地问："王爷有什么想法？"

"我要奏报大单于，加强之前设置的僮仆都尉的权力，以便匈奴强化对西域的进一步管理。"卫律态度明确地说完，又回到原来的话题："挛鞮居次呢？她去参加乌大都和冯嫽的婚礼了吗？"

阿尔扎摇头道："挛鞮居次不可能去！接连发生的这些事让她一气之下生病了，当时正卧床不起呢！"

"看来我们对公主体谅不够，委屈了她！"卫律的脸上掠过自责的神情。

阿尔扎释然地笑道："挛鞮居次为了大匈奴可以说是苦心孤诣，王爷和大单于能理解公主就好！她的身体现在好多了，正在谋划下一步的打算呢！"

"公主心中到底是一直装着大匈奴啊，只是不知她下一步如何打算？"

"应该是考虑乌孙昆莫继承人的问题！"

"右夫人和军须靡到现在也没有子嗣，昆莫膝下唯有与左夫人生下的一子泥儿，如果没记错的话，泥儿现在还不到三岁。泥儿今后继承王位应该是毋庸置疑的吧！为此事担心，有这个必要吗？"

阿尔扎连连摇头道："如果乌孙现在没有昆莫，我斗胆问一句王爷，谁能成为继承人？"

"察奇对王位虎视眈眈多年，现在人虽老了，但势力依然强大。他的儿子翁归最可能成为继承人！"卫律不假思索地说，忽然像生出什么预感，十分惊奇道："你怎么突然问起这个问题？"

"也许……这……很快就是现实！"阿尔扎长叹一口气道。

卫律吃惊得张大嘴巴，急切道："你是说，乌孙很快就没有昆莫了？你是怎么知道的？"

阿尔扎确信道："我是从冯嫽和乌大都的婚礼行将完毕，突然发生的一件事上有所察觉的！"

"你直截了当地说，到底怎么回事？"卫律有些急不可耐。

当时，婚礼进行到"二拜高堂"的环节。察奇夫妇代表婆家，首先接受新郎新娘的跪拜礼。接着，这对新人向代表娘家的解忧夫妇行跪拜礼时，意外发生了……

阿尔扎努力组织词汇，用极简的语言描述道："突然，军须靡大声咳嗽，几口鲜血喷涌而出，当场晕了过去……经过紧张抢救，军须靡虽然暂无大碍，但其患上怪病不可治愈的秘密被公之于众！"

卫律惊讶地问："果真是不治之症？"

"是呀！可惜军须靡正值壮年，却患上这种不明原因的怪病，身体每况愈下。挛鞮居次告诉我，她隐隐预感到，昆莫的大限可能将至，将不久于人世！"阿尔扎确定道。

这个突然的消息不禁让卫律神色大变，他冷静下来，道："我们不能让昆莫大位旁落，泥儿有匈奴的骨血，想方设法也要让他继承王位！"

"王爷说得是。挛鞮居次正在谋划让泥儿继任王位，在泥儿成人之前由公主摄政，实现匈奴在乌孙王宫的全面胜利！"阿尔扎附和道。

卫律嘿嘿一笑，同时伸出大拇指夸奖道："好！公主有卓识远见，不输须眉！"

"只是，泥儿还是个不谙世事的孩子，继任昆莫……"阿尔扎这时略微面带难色。

卫律大声鼓励道："放手一搏吧！我将立即把此事奏报大单于，力求给予公主全力支持。请公主谨记，大匈奴是她坚强的后盾！"

白云蓝天，花红草绿，水响松鸣，这就是美丽的乌孙国都赤谷城。

遗憾的是，管理这片领地年轻的军须靡，因为疾病无心欣赏这仙境一般的美景。军须靡率领左、右夫人和众臣，匆忙赶回赤谷城后，病情进一步恶化，不祥的气氛笼罩着赤谷城王宫。

此时，解忧公主忧心忡忡，心乱如麻。她想向冯嫽一吐心声，可冯嫽正值新婚，她不忍心破坏新婚夫妇的甜蜜生活。此时，令解忧公主一百个没想到的是，正沉浸在蜜月里的冯嫽，却急匆匆地找上门来。解忧大喜，姐妹俩简单寒暄了两句，自然而然谈及军须靡的病情和王位继承的问题。

"姐姐，军须靡的身体还能挺多久？"

"病情恶化严重，已经撑不多久了！"

"姐姐想过一旦军须靡去世，谁将继任昆莫吗？"

"我还没来得及想那么远，只想着怎样医治昆莫的病，就算不能治愈，哪怕延长些时日也好，毕竟夫妻一场，俗话说一日夫妻百日恩……"公主说到此，愤然而鄙视道："左夫人真是狠心女人，她对昆莫的病漠不关心，却一心只想把自己还不到三岁的儿子立为太子！更可恨的是，还搬来娘家的匈奴势力，对病中的昆莫威胁利诱，逼迫他把泥儿册封为太子……妹妹没看到册封仪式上，昆莫颤颤巍巍一直被人搀扶着？你根本想象不出已处于风雨飘摇中的他，身心承受着多大的痛苦！"

冯嫽微微加重语气："姐姐是个有情有义的人，只是这王宫不是重情义的地方，我敢肯定，左夫人不会只满足让泥儿当太子，她的野心大着呢！"

"妹妹是说，军须靡一旦驾崩，左夫人想让他那还不谙世事的泥儿继任昆莫？"

"何止是继任昆莫？泥儿年幼，继承王位后由其母辅佐名正言顺。所以我认为，左夫人还有干政的野心！"

解忧大惊失色。

冯嫽微微一笑道："姐姐先莫担心，按乌孙王位继承规定，现在泥儿还是刚离开襁褓的幼儿，不适合继位，乌孙的王公大臣也不会轻易答应。至于左夫人妄图干政，就更没有所想的那么容易了！"

"乌孙的王公大臣谁不趋炎附势？左夫人得到了匈奴势力的鼎力相助，匈奴特使阿尔扎和丁零王卫律先后来到乌孙，正忙不迭地游说贵胄遗老……到现在我才真正明白！"解忧还是满怀顾虑道。

"姐姐说得对，乌孙王公大臣们趋炎附势，匈奴人也确实开始拉拢这些人，但有一个重量级的人物，既不为匈奴势力所动，也不可能被拉拢！"

"妹妹说的这个人就是察奇吧？"

"是呀！"

"我听说察奇也在谋划让他的儿子翁归继任昆莫之位。"

"正如姐姐所说！"

按乌孙王位继承规定，昆莫去世后，他的儿子是优先继承人，如果没有儿子或儿子不能继承，昆莫之位则由他的兄弟继承。泥儿虽然刚被立为太子，但年幼不符合条件，军须靡的堂兄弟翁归就有了继承权。察奇势力强大，对昆莫之位虎视眈眈了多年，这次对儿子翁归继承大位，也是志在必得。

解忧长舒了一口气："有察奇披挂上阵，就不用担忧左夫人的野心了！"

"姐姐也想坐山观虎斗吗？"冯嫽摇头。

"也许吧！不过我还是希望翁归能赢得昆莫继承权。"

"可姐姐想到没有，如果坐等双方争斗，最终将没有赢家！"

"这是为何？"

"姐姐应该明白，现在双方都在放手一搏，之所以只在暗地里较劲，表面上维持着斗而不破的局面，就是因为军须靡暂时还在世，他还是乌孙的昆莫。而一旦军须靡去世，昆莫之位空缺，争斗就会从暗地走上台面，局面就会失控。到那时，不论最终怎么发展，都不是想要的结果。"

"妹妹所说有理，只是，有什么好办法吗？"

"我之所以急切地来找姐姐，就是有办法，但要靠你去完成。"

接着，冯嫽附在解忧的耳畔，把办法的具体内容向她讲述了一遍。

解忧有些不自信地："军须靡能听我的吗？"

"趁昆莫现在人还清醒，他肯定会听你的建议，并早做决断。"冯嫽胸有成竹道。

厚实的窗帘将寝室遮掩得严实而阴暗，由于多日未见阳光，卧榻上的军须靡面目臃肿，脸上浮现出瘆人的惨白色。

解忧端着药碗进来。她准备像往常一样亲自给军须靡喂药。

一个奴仆跟在后面叫："右夫人，昆莫病情好像更重了，刚才喂过药，已经喝不下去了。"

解忧犹豫片刻，似乎有些不死心。她来到床前，俯身用一只手轻托起军须靡的头，把一小勺药刚送进他的嘴边，对方一张嘴，咳嗽不止，连血带药通通吐了出来。

奴仆解释道："右夫人，此前喂过也是这样。医官说昆莫现在滴水都不能进，药也不能喂了！"

解忧受到了很大的打击，有些不知所措地看了看军须靡，怔怔地放下药碗，然后把紧闭的窗帘打开。

和煦的阳光欢快地洒进来，房内顿时一片明朗。

解忧再次来到床前，发现军须靡的脸上浮现一层活泛的光晕。他艰难地睁开眼，眼中似乎也多了些神采。

解忧的心为之一动，泪水噙在眼眶。她深情地抓着军须靡的手，把嘴附在他的耳边，轻声呼唤："昆莫，昆莫……"

军须靡的手回应着解忧，眼神中充满渴求，似乎有什么话要同她说。解忧起身掩好门，再次回到床前，把耳朵附在军须靡的嘴边。但他的眼光里，又流露出一言难尽的复杂、无奈和力不从心。

解忧这时又把嘴放在军须靡的耳边道："昆莫，我也许能猜到你想对我说什么。我说你听，说对了你就点一下头，说错了你摇一下头，好吗？"

军须靡点了一下头。

解忧道："泥儿活泼聪明，刚又被立为太子，昆莫还有什么不放心的吗？"

军须靡点头。

解忧切入正题道:"如果我没猜错的话,昆莫现在内心最难决断的就是王位继承人的问题,不论是选择泥儿还是翁归,都让你身后放心不下!"

军须靡的脸上出现激动的神色,他含糊应了一声:"嗯!"

解忧分析道:"就目前的形势看,如果泥儿继承昆莫之位了,察奇更加不服,凭他手中的实力,乌孙这次肯定要走上分裂之路;如果让翁归继承王位,不说昆莫和左夫人内心不甘,左夫人娘家匈奴人凭借刚打了几次胜仗的嚣张气势,也极易有可能举兵讨伐,乌孙也很难保全!"

军须靡激动地晃动了一下脑袋。

"这确实是一个两难选择。不过,我有一个想法,可以让昆莫放心,在你的身后,留下的既不会是一个四分五裂的乌孙,也不会是一个受制于匈奴的乌孙!"解忧最后道。

军须靡的眼里有了亮光。

解忧附耳把想法告诉军须靡。可能是太激动的原因,他咳了一口血,仿佛一下子嗓子干净了很多,人也精神了些。

军须靡吃力道:"快……快宣左夫人、察奇、翁归和乌孙其他元老重臣……寡人现在就要宣……宣诏!"

片刻,左夫人、大禄察奇、左大都尉翁归等,乌孙的元老重臣一应到齐。

左、右夫人分别上前,把军须靡的上半身托起靠在床上。此刻,他的脸上忽然泛起了久违的红润光泽。

军须靡声若游丝道:"诸位元老重臣……寡人……深知将不久于人世……"

"昆仑神保佑昆莫康复!"众大臣齐声道。

军须靡接着断断续续道:"寡人刚立了……泥儿为……为太子,但……泥儿年幼无知,寡人死后,先由……翁归……继任昆莫……待……待泥儿成人后……再……再还政于……他!"

军须靡似乎在找什么人,他努力转动了一下眼珠道:"察奇、翁归,你们……意下如何?"

察奇对这个结果吃了一惊,但他相对还算满意,于是,赶紧拉着翁归行叩拜之礼,并齐声道:"臣遵王命,谢昆莫!"

"左夫人,泥儿……尚小,你的……态度呢?"军须靡接着道。

左夫人做梦也没想到会是这种结果,虽不满意,但也无力挽回:"臣妾遵王命,只是不知泥儿成人后,翁归能否真的还政于他?"

"翁归,你……你能当着元老重臣面……发誓吗?"军须靡继续道。

翁归跪拜,并当众发誓言。

"各位……元老重臣……你们……都……听到了吗?"军须靡艰难道。

众臣齐声回答:"听到了!"

"记……录下了没有?"军须靡最后道。

"记录下了,昆莫!"大禽侯布都渠看着侍卫记录的结果回答。

突然,一口血从军须靡口中喷出,他头一歪,缓慢地向解忧怀里滑去……阳光打在他的脸上,他的嘴角流露出一丝微笑。

昆莫驾崩了!

不知谁的呼喊打破了这短暂的宁静。王宫上下一阵忙乱,良久,才又恢复了往日的平静。

14

在一个草长莺飞的美丽日子,乌孙王位继承大典隆重举行,翁归正式继任昆莫之位,被称为"翁归靡"。按照乌孙习俗,同时还举行了翁归靡的收继婚仪式,孪鞮居次依旧为左夫人,解忧公主为右夫人。

当晚,解忧公主把装饰一新的寝宫卧房布置得浪漫而温馨。令她没想到的是,翁归靡忽然兴致盎然地来了。

解忧喜悦的神情中闪过一道诧异,道:"昆莫真的来啦!"

翁归靡以欣赏的眼光打量着公主,微笑道:"我提前不就差人通知你,今晚由夫人侍寝吗?"

"昆莫不先去左夫人那儿吗?没想到,却先来我这儿!"

"你为何觉得本王会先去左夫人那儿?"

"昆莫登基，第一次侍寝的原该是左夫人。昆莫先去左夫人那儿也是顺理成章啊！"

"本人今晚不想什么规矩，只想听从内心。夫人知道吗，自从上次比赛之后，夫人就走进了本王的心里！"

翁归靡越说越兴奋，深情表白道："没想到昆仑神成全本王，本王眼里如今没有其他女人，只有夫人你一人！"

面对翁归靡热烈的表白，解忧的内心忽然充满了幸福和感动。

房内，一大一小两盏铜油灯散发着柔和的光芒，投射到粉红色的落地窗帘上，染成一片怡人的暖色。空气中，淡淡的香料味丝丝缕缕地弥散开来，洋溢着满屋的醉人情调。朦胧中，翁归靡和解忧公主醉眼相对。

翁归靡喃喃道："本王过去在梦里常见夫人舞蹈时的曼妙身姿！"

"不用在梦里啊，臣妾现在就为昆莫舞一曲。若君欢喜，此后臣妾可随时为昆莫表演！"解忧深情地微微一笑。

说罢，解忧换上粉红色的舞衣，衣料薄如蝉翼，长袖束腰。

解忧面色微醺，双目传情，细腰婉转，身体好似手执的花枝，颤颤悠悠。接着，公主轻移莲步，长袖翩跹，舞步轻盈，温柔缠绵。翁归靡也禁不住尽情地舞起来，两人陶醉在迷人的光影中……

当解忧曼妙的舞姿贴着翁归靡的鼻息掠过的刹那，一股醉人魂魄的香味让他一下透不过气来……他知道，那是她青春胴体里散发出的诱人体香！翁归靡再也按捺不住内心的欲望之火，冲上去拦腰一下把将解忧抱起，在激情澎湃的亲吻中，他一步一步向卧榻走去……

云雨过后，翁归靡神情满足地与解忧耳语："夫人，本王是不是操之过急了？"

"哪里话！臣妾只怕没能好好服侍昆莫呢！"解忧羞涩地答道。

翁归靡有些困惑："军须靡，他……"

"先王贵体欠佳。臣妾初嫁时，先王就已经……"解忧说得很含蓄，"哪里能和昆莫相提并论！"

"难道夫人此前不孕，是因为先王龙体？"

解忧更加羞涩："臣妾哪里知道！今朝，与昆莫一起，方才明白'侍寝'

真意……"

"我本以为夫人无孕，是因为麝香的缘故，原来并非如此！"翁归靡摇头轻叹道。

解忧有些云里雾里道："昆莫刚才所提麝香，是怎么回事？"

"麝香的气味与普通香料无异，只是与此香常伴，可致女子不孕。夫人刚嫁到乌孙没多久，香炉中就一直没断过麝香。"翁归靡略一停顿，缓缓道。

解忧惊讶地坐了起来："啊！谁干的？昆莫如何知晓？"

翁归靡不紧不慢道："乌大都早就发现有人把匈奴的麝香偷带进乌孙。根据冯嫽的提示，他怀疑有人在夫人的香炉里放了麝香……就在本王刚来夫人这里之前，乌大都果然把作案人擒获，交由本王处置……"

"如果我没猜错的话，这个人一定是受左夫人指使的！"

"夫人怎么猜得如此准确？"

"这样的事情，她已经轻车熟路了！"

说着，解忧公主的眼里现出了泪花。

翁归靡不禁怜香惜玉道："夫人不必烦恼伤身，本王定当为你做主！"

"左夫人一再和我过不去，不知昆莫怎样为臣妾做主？"解忧委屈得很。

翁归靡安慰道："那就废了她的左夫人封号，再把她打入冷宫，让她好好反省思过。如此处理，夫人满意吗？"

"如何处理由昆莫定夺，有您这句话臣妾就满意了！"解忧破涕为笑。

15

匈奴的穹庐大帐。

且提侯单于端坐在大帐的上首中央，丁零王卫律、刚从乌孙回来的特使阿尔扎和匈奴的王公贵族，分立在帐前两侧。

单于满脸惊讶地问道："什么？我那外甥泥儿还是没能继任昆莫？"

"请大单于恕罪，我等斡旋无果，还是让翁归继位做了昆莫。不过，翁归同意待泥儿成年,还政于泥儿。"阿尔扎双膝跪地,神色紧张地回答。

单于猛地一拳砸向桌子,盛怒道:"乌孙如此不顾及我大匈奴颜面,休怪我翻脸无情。本单于要亲率骠骑大军攻打乌孙,以解心头这口恶气!"

"大单于息怒!不是我等无能,实在是受制于现实条件,这已是最好结果。另外,此时攻打乌孙,时机非常不妥,还望大单于千万慎重行事啊!"丁零王卫律这时赶紧出列道。

单于气咻咻地质问:"你倒是给我说说,为什么这反成了最好结果?"

卫律深思熟虑道:"单于不会不知,察奇因战功卓著,在乌孙的势力一直比较强大,当年对军须靡继位就心存不满,乌孙政权不过是表面维持完整和统一罢了。如今,泥儿年幼,如果坚持让他继位,只会引起察奇和翁归父子更大的不满,重者发生宫廷政变,公主和泥儿性命难保;轻者也会另立旗帜,导致乌孙彻底分裂。如今翁归能继位,他们的目的基本达到,之后再还政泥儿,这是翁归当着先王和乌孙元老重臣的面亲口承诺的,并有文字记录,所以说这是最好的结果。"

"嗯,丁零王言之有理。那么,此时攻打乌孙,为何时机不妥?"且提侯转怒为喜。

卫律条理充分地分析道:"乌孙的元老贵族,尤其是大禄察奇,在对待匈汉交往的问题上,一贯主张平衡之术,现在攻打乌孙,势必把它推向我们的对立面,使之与汉朝结盟共同对付我匈奴,这是我们谁都不愿意看到的结果,这是其一。其二,我听到密报说,汉帝刘彻征发兵丁勇士,将以贰师将军李广利、强弩将军路博德两军在居延会合,以因杅将军公孙敖出雁门,多路出兵攻打我匈奴。眼下,我方应充分准备与汉军作战,而不是攻打乌孙。"

单于此刻释然笑道:"我已传令大军,将辎重、老弱撤至余吾水以北,只等在余吾水以南与汉军交战,胜则进,不胜则退,漠野广袤,汉军又能拿我匈奴怎样呢?"

"大单于英明。汉军多路出击,不能形成优势兵力,不足畏惧。"一位站立一旁的匈奴大臣附和道。

这时,阿尔扎扑通跪地,奏报道:"大单于,微臣还有一事未来得及禀报。"

"从速报来!"且提侯提高嗓门道。

阿尔扎鼓足勇气，大声道："替公主在右夫人房间香炉投放麝香的人被抓住了，连同其他加害右夫人的事，一起被牵连了出来。翁归靡大发雷霆，废了公主左夫人的封号，并把她打入了思过宫……"

众人面面相觑。

"都是你！学汉人那一套阴谋诡计，看看都有什么用！"单于这时起身，指着卫律生气道。

少顷，单于又缓身坐下，声音透出无奈道："这反而是害了公主，置她于危险境地！"

他又以余怒未消的口吻，大声道："卫律！你不是计谋良多吗？现在怎么不献计啦，我匈奴除了趁机先讨伐乌孙，让他们长点记性外，还有更好的办法吗？"

"大单于说得是，我匈奴确实应该抓住机会教训一下乌孙，但不是现在！"卫律起身跪拜道。

且提侯心中依然不快道："那是何时？"

"一是在大单于击退正在北上的汉军后；二是在大单于给察奇和翁归靡送去亲笔信函，请求原谅公主并恢复她左夫人封号，且遭到乌孙拒绝之后！"卫律说得铿锵有力。

单于略显平静道："你所说第一条有道理，第二条还有这个必要吗？"

"当然！微臣前面说过，察奇和乌孙的元老贵族都不希望彻底与我大匈奴为敌，所以大单于的请求一定能够得到满足。"卫律竭力说服道。

单于一听，慢慢面露笑意："哦……那你还有什么阴谋诡计也说来听听？"

卫律先自我解嘲地一笑，然后一本正经道："微臣这不是阴谋诡计，是振兴我大匈奴的良策！"

"好！管它什么，只要能振兴我日衰的大匈奴就好，快快奏来。"且提侯哈哈大笑道。

卫律态度肯定道："我以为现在更应笼络乌孙，以作长远打算！"

"如何笼络？怎样作长远打算？"单于进一步问。

卫律深谋远虑道："再送一位公主去乌孙，嫁给翁归靡做他的右夫人，这样做的益处：一是显示我匈奴大单于此时的宽容大度和诚意；二是可以制衡解忧公主，不让她独享专宠，致使影响到乌孙和我匈奴的正常关系；三是关照挛鞮居次和太子泥儿，以便将来为泥儿继任昆莫，起到帮衬作用。"

"丁零王卓有远见，为了我大匈奴的将来，本单于决定选派一位公主赴乌孙。"且提侯单于赞赏道。

接着，他放眼一望道："除我挛鞮部族外，匈奴还有三大望族，兰氏部族、呼延氏部族和须卜氏部族。你们平日里受尽恩宠，所以，本单于要求每个部族先挑出一位居次之选，最后从中敲定一位嫁往乌孙！"

兰氏部族、呼延氏部族和须卜氏部族的王爷听罢，纷纷出列跪拜谢恩，领命回去了。

冯嫽走进右夫人寝宫时，解忧公主正有些闷闷不乐。

公主面带怨气地数落道："妹妹你说，察奇为什么对匈奴言听计从，却不听自己的儿子的呢？"

"察奇做了什么事让姐姐这么不高兴？"冯嫽问道。

解忧不满道："匈奴要昆莫恢复那个匈奴女人左夫人的封号，同时还要再嫁过来一位公主。翁归靡说他只宠爱我一人，所以不同意，但察奇却逼着自己儿子就范。这样一来，左夫人不但没有受到应有的惩罚，还要嫁过来一位匈奴公主与我同为右夫人……这下好了，一对二，我这今后的日子啊，可就更惨了！"

"这事乌大都之前就对我说了，我看远没有姐姐想得那么悲观！"冯嫽认真分析道，"种种迹象表明，左夫人在翁归靡心中彻底失去了位置，昆莫已决定让姐姐主持和管理后宫，今后就是恢复，也只不过给她一个空名头。翁归靡之所以喜欢你，就是折服于姐姐身上这种因汉朝文化表现出的贤淑端庄、睿智精干和聪慧美丽！"

冯嫽又建议道："翁归靡是一位很有抱负的君主，他最近不是在征求富国的良策吗？乌孙若仅守着游牧是不可能富国的，姐姐可劝他改变祖制，先建议打通乌孙到大宛、康居的贸易通道，繁荣乌孙的商贸业。然后，再建议他引进农耕技术。起初，此举可能会受到匈奴贵族保守派的反对，但有远见的翁归靡必定会大力支持，最终显现出来的效果，会让那些当初持反对意见的人缄口不言。因此，匈奴就是再嫁一位年轻貌美的公主过来，也不可能撼动姐姐在昆莫心中的地位，何况姐姐背后还有我和乌大都的支持呢！"

解忧高兴地说："翁归靡明显不同于军须靡，我对他这个人，还是充满信心的，只是他的父亲察奇，总是让人摸不透！"

"大禄察奇早前之所以帮我，是出于为了外孙乌大都。如今他逼自己儿子做情非所愿的事，是出于维护乌孙利益的大局考虑，就是不与汉匈两国中的任何一个为敌。当然，还有另外更为重要的原因。"冯嫽十分理解道。

"什么原因？"

"为了让乌孙躲过一场战争！"

"你是说匈奴要攻打乌孙？"

"是呀，且提侯单于对泥儿没能继位，本就心生不满，加之翁归靡又废了他姐姐左夫人的名号，让他颜面尽失，必定震怒异常。若依着他骄横的秉性，肯定会乘翁归靡继位立足未稳之际，突然发兵征讨！"

解忧忽然岔开话题道："大汉不是正以李广利、路博德和公孙敖为将，出兵北伐匈奴吗？"

"匈奴倘若不是有此顾忌，且提侯单于必定毫不犹豫地就攻打乌孙了！"冯嫽断言。

解忧叹道："汉军在这场战争中进展得还是不顺利啊！"

冯嫽接道："双方在余吾水以南，大战多日分不出胜负，汉军刚刚退兵。匈奴这个时候也是给乌孙一个最后的台阶，如果乌孙再不痛快答应，匈奴很快就会大兵压境，两国兵戎相见不可避免！"

"那妹妹的意见呢？"解忧征询道。

冯嫽早有准备道："我的想法是，昆莫内心向往我大汉，姐姐不需要有何顾虑，尽管劝翁归靡全部答应好了，你这样做可以达到一箭三雕的目的：一是维护乌孙的安全；二是有利于翁归靡在国内站稳脚跟；三是彰显姐姐的宽广胸怀，赢得察奇等乌孙元老重臣的好感和尊重。"

"妹妹分析得细致入理，我这就去劝翁归靡！"解忧听完高兴道。

翁归靡听从解忧意见，同意了匈奴的条件，恢复挛鞮居次的左夫人名号，同时答应再娶一位匈奴公主为右夫人。虽然兰氏部族、呼延氏部族和须卜氏部族都选出了一位居次人选,但且提侯单于最后还是决定把左贤王的女儿先贤格嫁给翁归靡,同为右夫人,位列解忧公主之后。

16

经过一个冬天的沉睡,大地苏醒,万物复苏,春播开始。

翁归靡带领众大臣,来到刚开垦出来的一块田垄边的台子上。台子是用木头搭起的,人们纷纷登了上去。台子四角分别立了四根高大的木杆,杆子顶部挂着谷黍,下面拴着耕牛或摆放着耕田农具。众臣第一次面对这样的场景,不禁交头接耳,议论纷纷。

翁归靡环视众人,议论渐息,他这才气宇轩昂道:"我们乌孙一直以游牧为主,之前不重视贸易,右夫人起初建议本王打通乌孙到大宛、康居的贸易通道时,也有不少人反对,谁能想到,如今,我们乌孙因商贸业的发展,国库收入增加了两倍之余!这才多久时间?不到一年啊!"

大家不禁发出一声声惊叹。

翁归靡继续满面自豪道:"诸位也许还在好奇,本王把大家带到这里来做什么。现在可以宣布了,本王再次接受了右夫人引进汉地先进农业耕作技术的建议。今天,就将举行乌孙的首次耕作仪式!"

接下来,昆莫以感激和信任的口吻,对身边的解忧道:"右夫人,请你向大家介绍一具体情况!"

解忧点点头,充满激情道:"我在中原时,从君主到百姓都深谙春耕的重要性。今天,我请来了汉朝的轮台屯田长,专程到这里指导乌孙举行耕作仪式,并传授汉朝的先进耕作技术。"

在屯田长的引导下,侍卫端上两碗酒交给昆莫,由他先洒酒以祭土地神,后祭谷黍神。祭祀完成之后,昆莫又缓步走下祭台。屯田长这时已经把犁套在牛背上,由他把着翁归靡的双手驾牛开犁,这标志着乌孙今年的耕作序幕,正式拉开……

开犁之后，屯田长介绍："这叫牛耕技术，它的最大好处是可以深翻土地，有利于作物根系生长得更好，成倍提高了作物的收成。"

屯田长又引导众人，来到一片整好的地旁："以前，大家习惯直接在这种地上面撒播种子，不分行列，不松土除草，任其生长，地力耗尽，广种薄收，还要隔年休耕。今天，我要教给你们一项新技术，叫代田法，最适合北方干旱区种植。"

屯田长这时在地上一边做示范，一边对比着讲道："大家看，我现在把耕地分成了垄和沟，深各一尺。现在把种子撒进沟里，待苗长出后，把垄上的土逐渐填入沟中，可以增强禾苗抗旱、抗风、抗倒伏的能力。等到第二年春播，把垄沟的位置互换，照样种植，不再需要休耕。这种方法，种出的禾苗成行，便于中耕除草和施肥，既提高了地力，又增加了产量……"

屯田长的"种田经"，赢得了大家啧啧称奇，每个人都显得兴致盎然。

远在万里之外的武帝刘彻，此时正在组织当日朝会。

他的心情看上去不错，解忧公主的信函，让他甚感欣慰。公主在信中告诉他，翁归靡现在对她宠爱有加，不但夫妇二人出双入对，互敬互爱，而且还把公主作为乌孙安邦兴国的贤内助，每逢寒潮、山洪和地震等灾害，都邀她一起进行民情巡察，征询她解决问题的意见。翁归靡对公主的建议几乎言听计从……特别让他高兴的是，公主已为翁归靡生下了长女弟史，长子元贵，次子万年。冯嫽与乌大都夫妇也相敬如宾，乌大都刚升任乌孙右大将……这样，解忧公主和冯嫽在乌孙形成了相互支持的掎角之势，就像她们和亲之前，向皇帝和诸位大臣承诺的那样，在乌孙后宫这看不见厮杀的战场上，她们有张有弛、步伐稳健，使大局朝越来越有利于汉廷的方向发展……

解忧公主还给他上了奏折，说匈奴新继任的狐鹿姑单于为了更好地奴役西域诸国，排挤和抵消汉朝使者校尉郑吉的势力和影响，强化了由匈奴日逐王亲自领导的僮仆都尉，同时，还进一步加强了对作为进入西域门户的车师的管控。不过，由于狐鹿姑单于异母弟贤明，单于的母阏氏非常嫉妒他，最近派人将他刺杀了，造成匈奴内部分裂，这给大汉提供了出师匈奴的大好时机！

正在这时，殿下忽然传来西北五百里加急军报。

一名军情探报满头大汗，上气不接下气地跪在大殿下奏道："报！匈奴骑兵……南下……先后……攻掠我五原郡、酒泉郡……杀……我两郡都尉和当地百姓……数百人！"

众臣唏嘘。

刘彻顿时面色大变，怒道："去年匈奴袭掠我上谷、五原两郡，杀掠吏民，我汉军还没有下最后决心，去找他们算账呢！这下好啊，匈奴既然利用车师，在西域挑战我大汉，现在又来犯我边境，朕准备对犯我大汉者，给予充分无情的打击，否则，我朝的大国梦，就真的只能是空谈一场了！众臣对此，还有什么不同的看法或意见吗？"

群臣无声。

刘彻延续了他以往的行事风格，干脆果断道："既然大家也没什么意见，朕现在就当庭宣旨。"

记录官在一旁做好了记录准备。

刘彻大声地："贰师将军李广利？"

李广利出列叩拜："臣在！"

刘彻威严道："朕命你亲率七万大军，从五原出塞，直捣大漠龙城追击匈奴。"

"臣遵命！"李广利铿锵回答。

为了配合李广利大军作战，刘彻又接连宣了两道旨：第一道旨，遣御史大夫商丘成率军三万，出西河击匈奴；第二道旨，命重合侯马通，亲率四万骑兵，经车师北击匈奴。同时，命开陵侯成娩在马通大军到达前，调集楼兰、尉犁、危须等西域六国兵先进攻车师，以扫除大军前进障碍。

汉征和三年（前90年），李广利的大军锦旗招展地开拔，朝着匈奴方向北上。

放眼望去，一览无余的西北大地，格外显得天高地阔。

一匹踽踽独行的健马，朝乌孙方向疾行，马上之人眉宇轩昂，但眼角眉梢流露出对眼前处境的失落和对将来未知的迷茫。

马上之人不是别人，正是西域屯田校尉郑吉。他是专程赶来乌孙，向解忧公主和冯嫽辞行的。三人见过面之后，郑吉就告诉解忧和冯嫽，自己前来辞行的原因是汉帝刘彻刚刚颁旨，停办在轮台的屯田。二人听罢，不禁大吃一惊。

解忧面色疑惑不解地看了一眼冯嫽道："大司农桑弘羊也算是当今圣上最信任的大臣之一，他对我们之前关于轮台屯田的上书非常推崇，前段时间还专门派人来视察，认为规模太小，提出要扩大轮台屯田五千顷，建立大汉西域屯田基地的计划，并给陛下上表了奏书，为何轮台屯田反而会被叫停了呢？"

冯嫽略一沉吟道："我敢肯定，这与汉军此前燕然山大战的兵败有关。这是陛下用兵匈奴以来，最大的一次失败！"

"我也曾有耳闻，不知汉军是怎么遭此惨败的……"郑吉接上道。

冯嫽表情幽幽道："此战，主要败在自身上！"

汉军分出几支队伍，没能集中优势兵力。开陵侯成娩在马通大军到达前，虽然先行攻下了车师，但马通和商丘成的部队，均未遭遇匈奴无功而返。听闻李广利率大军出塞，狐鹿姑单于将主力向北远移，就等汉军疲惫时，再寻找机会反击。他先派丁零王卫律与右大都尉率领五千骑兵拖住汉军，力图让汉军疲劳。李广利派遣胡骑与卫律的匈奴军接战，虽然汉军大胜，但并未能与匈奴主力正面遭遇。李广利出兵伐匈奴前夕，与丞相刘屈氂合谋立昌邑王刘髆为太子，事情败露后，刘屈氂被腰斩，陛下却错在当时，将在外领兵打仗的李广利的妻儿下狱，致使他在前线不能集中心智对敌，一再犯下低级错误。李广利为了以战场上的胜利，换取圣上饶恕，不计战略战术，盲目挥师北进，深入匈奴，遭遇匈奴的左大将和左贤王的精骑，虽然经过全体将士的拼命苦战，杀死匈奴左大将，侥幸获得了胜利，但汉军此战也伤亡较大，疲惫不堪。

李广利属下长史，认为他如此向北盲目冒进，必然要招致失败，暗中策划扣押李广利，被李广利觉察后斩首。为了稳定军心，李广利决定不再向北挥师，而是向南撤军至燕然山。狐鹿姑单于这时趁汉军疲惫，亲率五万大军袭击汉军，汉军死伤惨重。李广利本想立功赎罪，却遭此大败，完全失去了两军对垒中必要的警觉。当夜，单于军在汉军营前挖数尺深堑壕，从后面发动进攻，汉军大乱，几乎被匈奴全部围歼。李广利冒险用兵导致惨败，最后投降了匈奴。

郑吉喟然道："完全不应该啊！燕然山兵败得让人痛心疾首！"

"是啊，这就成了最为关键的起因。桑弘羊上书后，圣上不但没准，还发布了轮台罪己诏！"冯嫽接上道。

郑吉这时把一份罪己诏递给了解忧公主。

解忧公主打开，禁不住读出了声来："朕自即位以来，所为狂悖，使天下愁苦，不可追悔。自今事有伤害百姓，靡费天下者，悉罢之……"

解忧读到此处，不禁停了下来，嘟囔道："陛下怎么忽然就像变了一个人？"

"陛下这是要重启无为而治、与民休息的国策。"冯嫽解释道。

解忧有些迷蒙道："停办轮台屯田、撤回使者校尉，列入了悉罢之的一个内容，只是不知，当初陛下提出封禅大昆仑的宏伟目标，也要悉罢之吗？"

冯嫽经过一番思虑道："陛下并没有放弃实现大国伟业的理想，更没有放弃昆仑封禅的计划，这里的'悉罢之'，主要是陛下认识到，我朝的根基有所动摇，要求国家在现阶段不进行大的开支，轻徭薄税，让老百姓更好地发展生产积累财富，进而达到富国强兵，为实现大国之梦积蓄强大力量！"

"大汉根基有所动摇？有那么严重吗？"郑吉十分惊讶。

近些年来，汉朝的天灾人祸确实频发，圣上受方士迷惑，令大批人士入海求仙。受江充蒙蔽，酿成了震惊朝野的"巫蛊之祸"，逼死太子刘据和卫皇后，受株连者数万人……除了天灾人祸之外，多年来战争一直未断，不仅使国力遭到巨大消耗，导致国库空虚，而且人民的苦役赋税沉重，导致社会矛盾越演越烈……皇帝立足长远考虑，痛定思痛之后，决定对自己以前不当的行为，进行纠偏，重启汉高祖以来长期推行并行之有效的休养生息政策，以稳固帝国大厦的根基……

"有没有那么严重不重要，重要的是陛下有此意识！我相信，通过一段时间的政策调整，大汉一定会重新焕发蓬勃生机……到那个时候，大国理想的实现将指日可待，同时，也将给有识之士，带来更加广阔的用武之地！"冯嫽声音激动道。

解忧笑着赞道："妹妹的描述很是鼓舞人心！"

郑吉听完，脸上也浮现出久违的笑意。

解忧关心地问："郑吉弟，此次回去，朝廷势必对你有所封赏！"

"我想好了，不要朝廷封我其他什么官，我就主动请缨做一名郎官！"郑吉神情坚决道。

冯嫽赞赏道："好！别看郎官不是什么大官，只要你相信自己有充分的能力,你就有更多的机会获得成功,因为在这个职位上,真正有能力的人更容易被皇上直接委以重任,最后立功封侯。张骞就是从这个位置上走出的成功典范。"

郑吉受到激励,兴奋道:"我不仅自己如此,还要动员好朋友傅介子也这样做!"

"傅介子?我们也认识!他不是……"解忧略微惊讶地看了郑吉一眼。

郑吉自信道:"他功夫好,胆识过人,胸怀大志。他目前的那份差事,不过是权宜之计,我完全相信能说服他!"

冯嫽此时岔开话题,嘱咐道:"郑哥哥也该找位好姑娘成个家了!"

郑吉沉默了半晌,点了点头。

17

乌孙右大将府上。

长公主弟史正在向姨妈冯嫽请教汉朝宫廷乐舞知识。

弟史虽然还不到及笄之年,但已生得亭亭玉立、貌美如花。冯嫽让弟史先对着琴席地而坐,等燃着了旁边的一炷檀香后,才示意她开始抚琴。

弟史有些好奇道:"冯姨,抚琴为何要席地?还要点燃檀香?"

"这就是汉人文化艺术中追求的一种境界,你现在抚琴找找感觉!"冯嫽微微笑道。

弟史抚动琴弦,冯嫽双目微闭,一副陶醉的神情。

一曲抚毕,弟史停下来,忽然兴高采烈道:"冯姨,我找到感觉了!"

冯嫽和蔼地:"好,说说是什么感觉!"

弟史再次抚琴,沉醉似的喃喃道:"铮铮的琴,袅袅的烟,幽幽的香,在泠泠的琴弦上,产生一种让我想飞的空灵感。我感觉自己越来越想飞,越来越空灵……"

弟史忽然梦呓似的大声道:"我好像飞起来了,飞向那梦一样的地方!"

"感觉不错，独到匠心！汉文化中的琴、棋、书、画、歌赋等，讲究的都是某种意境，这种把人带入一种超凡脱俗的沉静……"冯嫽十分满意地点评道。

点评之后，冯嫽大加赞赏道："嗯，长公主小小年纪，对音乐的喜爱像你母亲和我年轻时的模样，但比我们更有音乐天赋！"

"你们年轻时喜爱音乐，长大了为什么不喜欢了呢？"弟史歪着脑袋问。

冯嫽嬉笑道："我们不是不喜欢了，是想把它都留给长公主，让长公主一个人喜欢！"

弟史思忖片刻，调皮道："母亲和冯姨不要伤心，我就是为音乐而生的，也是来替你们还愿的！"

"长公主能有这样的想法，我和你母亲一定全力支持你！"

"我听母亲说，你们从小生活的汉地有一个汉乐府，里面有文人才士数十人，有乐工几百人，整天就是写歌编曲，跳舞唱歌和演奏，真是这样吗？冯姨你和我母亲说说，把我也送去，行吗？"

"你母亲说的一点不假，可汉地遥远，长公主年纪还小，你母亲不会舍得送你一个人去那儿的！"

弟史这时上来抱住冯嫽撒娇道："冯姨不是认为我为音乐而生吗？我也是来替你们还愿的啊！我知道，母亲最听冯姨的话了，你就替我求求情，让母亲答应嘛！"

冯嫽怜爱地看了一眼弟史，娇嗔道："小淘气！冯姨答应你！"

"夫人答应长公主什么了？"乌大都不知何时进到了屋里，他笑着接话道。

弟史高兴得蹦蹦跳跳道："冯姨答应要母亲送我去汉乐府！"

"我也支持长公主！"乌大都哈哈笑道。

乌大都这时转换话题，告诉冯嫽自己刚得到的一个消息。冯嫽一听，表情转为惊奇，似乎有些不太相信自己的耳朵。

乌大都语气肯定道："夫人不用怀疑，匈奴主动要求与汉朝和议，这是个千真万确的消息！"

冯嫽仍是略显诧异："燕然山之战，是匈奴这么多年来与汉朝战争取得的最大胜利……两国之后再没有交兵，将军为何说匈奴会主动与汉朝交好呢？"

其实，就在燕然山大战后没两年，匈奴的狐鹿姑单于就暴病身亡了。狐鹿姑弥留之际，因担心儿子年轻管理不了匈奴，就指定弟弟右谷蠡王继任单于。谁知狐鹿姑单于宠爱的二阏氏是位有很心计、手段毒辣的女人，她一心想让自己的儿子左谷蠡王继任单于。在此之前,她为了让自己的儿子顺利继任王位，派人刺杀了贤明的左大将。狐鹿姑单于死亡后，二阏氏就把他死亡的消息隐瞒起来。她还争取得到丁零王卫律的大力支持，与匈奴贵人饮酒盟誓，假托单于命令改立自己的儿子为壶衍鞮单于。

狐鹿姑单于二阏氏倒行逆施的作为，加剧了匈奴贵族内部的不团结。壶衍鞮单于继位后，除了要面对内部的分裂，他和丁零王卫律等大臣一直担心，燕然山大败后的汉军必定不会善罢甘休，说不定哪天从天而降，来找匈奴复仇……

为了应对汉军，卫律给单于出主意，在地下挖了几百眼井，砍伐了很多树，说是学汉人修建防御性城池。这时有人指出，匈奴人守不住这样的城池，只会因此把东西白白送给汉军。卫律索性建议单于与汉方和议，鼓动壶衍鞮单于主动向汉释放和好的善意……

乌大都道："依夫人之见，汉廷愿意同匈奴和议吗？"

"一定会答应！"冯嫽毫不犹豫道。

乌大都不解道："夫人为何如此笃定？"

武帝因燕然山大战失败，清醒地认识到，亟须解决国内面临的尖锐矛盾。在下达轮台罪己诏的第三年春天，刘彻驾崩了。之前，他叫画工画了周公背成王朝诸侯图送给霍光，并封他为大将军，意思是让霍光辅佐自己八岁的幼子弗陵登基执政。由此，霍光正式接受遗诏，成为顾命大臣辅佐幼君。同时，遗诏里还将车骑将军金日磾、左将军上官桀、御史大夫桑弘羊三人列入，共同辅政。霍光等辅政大臣，继续执行武帝时期的政策，减轻赋税，让老百姓大力发展生产，同时不再轻易对外用兵，意图尽快恢复汉朝之元气。

冯嫽笑道："匈奴这个时候提出与汉廷议和，将军你说，大汉能不痛快地答应吗？"

乌大都点点头。冯嫽忽然间意识到，乌大都刚才的话语中，透露出一个很重要的细节，她内心为此有一种冲动的狂喜。

她提高声音，语带欣喜地说："将军前面说，匈奴为了与汉廷讲和，主动释放和好的善意，如果我没猜错的话，这善意就是放回之前扣押汉朝的使者，对吗？"

"夫人是如何猜到的？"乌大都吃了一惊，好奇地问。

"匈奴之前有这样的惯例！"冯嫽自信地说完，忽然有些感伤道，"当年汉廷的苏武、常惠出使匈奴，并被扣押到现在。彼时，多亏将军周旋，匈奴单于才留下他们性命……时间过得真是如流水，屈指算来已快二十年了……也不知道常大哥现在的情况怎么样了？壶衍鞮单于能让苏武和常大哥也返回汉廷吗？"

乌大都劝慰道："壶衍鞮单于既然答应放归之前扣押的汉使，他们应该能回去，夫人就耐心等待好消息吧！"

"但愿如此！"冯嫽喃喃道。

冯嫽走入右夫人寝宫内一间较隐蔽的内室，发现解忧正面朝画像窃窃私语，双目泪垂。她上前一看，画像不是别人，正是常惠。

冯嫽大吃一惊："姐姐，你怎么私设内室，还把常大哥的画像挂在这里？"

"常大哥他……他……人不在了！"解忧泪眼蒙眬，抽泣道。

冯嫽更显惊诧："姐姐是怎么知道的？"

解忧一下子哽咽起来，断断续续道："匈奴释放了……先前扣押的汉使……以示善意和友好……首辅大臣霍光和苏武早年曾是朋友……霍光……派使者向匈奴……要回苏武等人，结果说他们……已经死了！"

冯嫽惊讶得张大了嘴巴，还是有些不相信地问："常大哥呢？谁说的，消息可靠吗？"

"先前……扣押的其他使者都已回到了汉地。壶衍鞮单于亲口对汉使说……苏武死了，常惠……也不在了！"解忧抽泣道。

冯嫽一阵心酸，良久无言。

她努力抑制住内心的悲痛，劝慰道："这也许就是常大哥的命吧！姐姐要节哀，你现在不仅是右夫人，还有了弟史、元贵和万年，已经是三个孩子的母亲了！"

解忧再次凝视着常惠的画像，喃喃自语，更显悲恸。

冯嫽加重语气提醒道："翁归靡待姐姐那么好，常大哥泉下有知，也会替你高兴的！你明知在后宫私设内室是违背宫规的重罪，更别说悬挂外人的画像，为什么还要这样做呢？我想常大哥绝不愿让你冒险为他这样。"

解忧泪眼婆娑地点头。

冯嫽上前，沉痛地取下常惠的画像，狠心把它投进一旁的炉子里引燃。炉火忽然旺盛地燃烧起来，把她们的脸映得忽明忽暗。

冯嫽这时伤心地喃喃道："常大哥走好！从此以后，你虽然不再出现在姐姐的视线里，但是你永远会留在她的心里……"

解忧目睹着画像慢慢烧成一堆灰烬，不禁伏在冯嫽的肩头，失声低泣。

18

汉始元六年（前81年）的一天中午。

解忧公主在屋内正独自黯然神伤。突然，长公主弟史快步跑进来。

弟史兴冲冲地喊："母亲，宫外面有位满面胡须的男人。他一看到我，就不停打量我，还问我认不认识解忧公主？"

看母亲心不在焉，弟史仍自顾自说道："他被侍卫挡在外面。我看他像好人，就告诉说我认识你。他说他是汉人，是解忧公主的老朋友，还说自己姓常，从匈奴来，专程来看你，见了面你就会认识他！"

"他真的说他姓常，从匈奴来的？"解忧大吃一惊，神情专注起来。

弟史不解："是啊！怎么啦，母亲？"

解忧神情明显激动起来，急匆匆道："快！弟史，你在前面带路，我们赶紧到宫外看看！"

弟史答应着，带领解忧不一会儿就来到宫外。果然，解忧老远就看到，一个似曾相识的身影被侍卫拦住，那位满脸乱草一般胡须的男人，正在不遗余力地向侍卫解释着什么。不过，解忧一下子还不能确定他到底是谁。

解忧越走越近。

她的心因兴奋快要跳到了嗓子眼，开始有些不敢相信自己的眼睛，接着又恍然以为自己在做梦。当再次确认眼前的身影后，她因激动忘乎所以地冲上去，一把抓住了男人的双手。

解忧欣喜若狂地喊："常大哥，真的是常大哥？"

"是我！是你的常大哥！"常惠哽咽地。

解忧眼眶里含着激动的泪花，连声道："没想到常大哥还能活着回来，真是太好了！"

常惠不停地点头应着。

解忧又看了看附近，见没有其他人，不免诧异道："怎么，就回来你一个人，没有其他人了吗？"

"有！苏武和其余人在回返的路上，我是专程赶来看你的！"常惠激动道。

解忧兴奋不已："好呀，常大哥先小住两日……对了，弟史，快去请你师父来！"

弟史答应一声，风一样地远去了。

常惠打量了一下弟史远去的背影："她是你女儿吧？像你小时候，都长这么大了！"

"是的，马上满十四岁了！"解忧点头道。

常惠赞美道："长得漂亮可爱，她师父是谁？"

"就是冯嫽啊！她对冯嫽比我还亲呢！总爱和她在一起，跟她学写隶书，连说话的腔调有时也模仿她！"解忧笑道。

常惠随解忧公主刚回到宫里，冯嫽便急火火地赶到了。

当年出使匈奴时，常惠还是二十刚出头的小伙子，如今，已是快四十岁的中年人。他和苏武被匈奴整整扣押了十九年。对常惠来说，这十九年是他人生中最漫长、黑暗的日子，也是他最宝贵的一段时光……往事不堪回首！

见过礼后，冯嫽安慰道："常大哥挨过了那么长的苦难，现在终于挺过来了，我们真替你开心，你自己更应该高兴！"

"是啊，我那时唯一的念想，就是能再见到你们。正是因为有这么一个念想的支撑，我才坚持活到现在！"常惠喃喃道。

冯嫽也动情道："我们也一直都在惦念着你，尤其解忧姐姐，她心里从来就没有放下过你！当她听说匈奴要释放扣押汉使的消息时，天天打听你的情况……当她又听说你已不在人世时，伤心得整日以泪洗面，为了纪念你竟然……"

"妹妹，过去的事就不必再提……哦，对了，常大哥，给我们讲一讲你和苏武苏将军在匈奴的遭遇吧！听说李陵因为老母亲被杀投降了匈奴，你见过他吗？"解忧不愿让冯嫽说出画像一事，故意打断她，并转移了话题。

常惠的情绪渐渐由平静变得激动进而愤恨道："不仅见过，他对我还是很照顾的，不时到狱里去看我。其实，李陵一步步走上投降匈奴之路，都是那个奸人卫律所为……"

当年，且提侯单于率八万大军，将李陵的五千步兵紧紧咬住，激战多日，反而损失了上万人马，单于疑心这是汉军精兵，故意引诱他南下陷入伏击，几次想要撤兵。卫律力排众议，给他献"驱羊之术"，将汉军逼入"天牢"之地，先用火攻之计重创汉军，后搞车轮战术，使汉军弓箭丧失殆尽，才使李陵战败投降。李陵投降后一直想寻机逃跑，卫律又派人四处放风，把投降匈奴的塞外都尉李绪帮单于训练骑兵防备汉军，故意说成是李陵所为……后来，汉朝派军队去接应准备外逃的李陵将军，结果没有成功，但是抓住了一些俘虏，返回去报告说李陵已真心投降。武帝这才因蒙蔽冤枉了李陵，并错杀了他的母亲及家人。

冯嫽和解忧听完，内心变得复杂、沉痛起来。

解忧喃喃道："李陵没劝你投降吗？听说他曾劝过苏将军？"

"苏将军是单于劝降的重点。李陵刚投降匈奴，单于就派他去北海劝降苏将军，奇怪的是，每次他都主动把劝降的经过，对我再讲一遍。"常惠不解道。

李陵为苏武设酒宴和歌舞，席间对苏武说："单于听说我和将军交情深厚，所以让我来劝你。他真心希望你能成为匈奴的臣子。你像现在这样坚持的话，到死也不能再回汉地，白白在这荒僻之地让自己受苦，即使坚守了信义又有谁能看见呢？先前，你的兄弟们侍奉皇帝，所犯的过失并不大，因为恐惧一个伏剑自刎、一个服毒自杀。我出征之前，令堂已不幸去世，夫人尚年轻已改嫁他人，将军还有什么可牵挂的呢？人生如朝露一般短暂，为什么要让自己受这么多苦呢？你就听从我的劝告吧！"

苏武则答道："我们苏家没有什么功劳，都是因为陛下器重才位列将帅和近臣之列。我始终甘愿肝脑涂地地来报答陛下的恩情。现在能够杀身成仁，何等快哉，更无遗憾了。你也不要再劝我了，就当我苏武早已不在人世！如果还要逼我投降，我就即刻死在你的面前！"

李陵见苏武如此坚决而真诚，长叹一声——真是义士啊！同时，眼泪浸湿了衣襟，诀别了苏武。后来，李陵把武帝驾崩的消息告诉苏武，后者不但再次拒绝投降匈奴，而且面向南方大哭，一直哭到吐血，如此这般每天早晚哭吊达数月之久。

匈奴后来同意放苏武返汉时，李陵最后一次设酒为其送别，百感交集道："祝贺将军终于返乡！我李陵虽无能无胆，当初也并非真心投降……我对将军此言，只不过想让你了解我的心罢了！我已成异国之人，这一别怕再不能相见了。"说完，李陵起舞唱道，"走过万里行程啊，穿过了沙漠，为君王带兵啊奋战匈奴，归路断绝啊刀箭毁坏，兵士们全部死亡啊，我的名声已坏，老母已死，虽想报恩何处归！"

听完常惠声情并茂的讲述，解忧和冯嫽的眼角不知不觉溢出了泪水。

"李陵的境遇确实让人同情，不过，苏将军的气节更让人敬佩。他真正做到了威武不能屈，富贵不能淫，贫贱不能移！"常惠颇为赞叹道。

"常大哥能十九年如一日，始终想着自己的国家，同样是好样的！"冯嫽朝常惠竖起大拇指道。接着，她又十分感慨地说："常大哥，李陵之所以主动给你讲那些事儿，正说明他内心深处的矛盾和痛苦。他是名将世家，从未想到要投降，结果一步一步走到不堪的境地，忠烈之名毁于一旦。他内心深处的无奈、酸楚和愤懑非常人所能理解，他和你说这些，并尽力照顾你，就是想多少减轻一下他内心的苦痛啊！"

常惠喃喃道："不错！关键时刻还是李陵帮了我们，否则我和苏将军就老死匈奴了！"

"可我们听到来自匈奴的消息就是你们已经不在人世了，这是怎么回事？"解忧满怀疑问。

原来，李陵嘱托负责看守的狱卒要善待常惠，每次去均不忘留下些小钱。常惠就隔三岔五打些酒，请狱卒喝。一来二去，常惠和狱卒就有了不错的交情。

一天，狱卒酒足饭饱后，附在常惠耳边悄悄告诉他，汉匈达成和议，准备把以前扣押的使者都释放了。常惠当时一听不知有多高兴，就盼着这一天早点到来，可半年都过去了，仍然没有一点动静。

常惠终于忍耐不住，趁狱卒酒兴正浓，打探消息，后者才告诉他被扣的使者早已尽数放还，不知为何独留下他。他还告诉常惠，汉朝有位使者刚到匈奴。常惠当即明白，这位汉使就是他的救命稻草。但如何才能见到他呢？常惠想到了李陵，拜托那位狱卒去找他。关键时候，李陵还真帮忙，连夜安排手下带常惠悄悄去见了这名叫奚充国的汉使。常惠这才知道，汉廷曾派使者寻找过苏武他们，壶衍鞮单于却谎称他们已死。虽然见到了奚充国，他也愿意帮他们，可他也没有什么好办法。单于之前就说过他们都死了，现在再问他直接要人是不可能的。

幸亏常惠在匈奴待了那么多年，对他们的喜好禀性也算了解，深知匈奴人骨子里比较迷信，卫律除掉李广利的做法就对他很有启发。李广利投降匈奴后，受到的尊崇超过了卫律，后者不服，就利用单于母阏氏生病之机买通巫师，令巫师谎称病因是由于已去世的老单于发怒。老单于过去出兵伐汉时，曾发誓一定要捉住李广利来祭昆仑神，而今李广利已在匈奴，为何不杀了他祭奠昆仑神？单于就这样杀了他祭拜昆仑神。李广利临被杀时，诅咒匈奴在自己死后必遭天谴。果然，此后数月匈奴地界雨雪不断，家畜死亡，民众疫病不断。单于惶恐不安，遂为李广利建了祭祀祠堂以慰亡灵。

由此，常惠心生一计，并教给奚充国该如何对单于说。奚充国听后哈哈大笑，觉得此法甚妙，第二天便来到单于议事廷，责问壶衍鞮单于，说是大汉天子在上林苑打猎，射下一只大雁，大雁的脚上系着一封帛书，说苏武等人在昆仑神的护佑下并没有死，大单于怎么违背昆仑神的意志欺骗大汉天子呢？单于一听非常惊讶，赶紧谢罪道，苏武多年前被发配到偏僻遥远的北海，现在是死是活确实难料，但不该听从卫律的建议欺骗汉天子，以至违背昆仑神的意志……壶衍鞮单于最后答应奚充国：苏武等人只要都还活着，就按照昆仑神的意志全部释放！

冯嫽听后笑道："卫律以神的意志杀死了李广利，你以神的名义从匈奴脱身，这昆仑神还真是帮了大忙呢！不过，匈汉和议释放汉使，是卫律的主意，单于之前不释放苏将军和你，也是卫律的建议，看来，卫律确实想让你们老死在匈奴……可见，他不会就此轻易放你们走！"

"卫律确实不甘心，所以，在我们快要离开匈奴地界时，提前悄悄派人埋伏在那里伏击我们。当年，我们一百三十多人的使团，如今仅九人回来！"常惠面带愠色。

冯嫽愤愤道："这卫律和中行悦一样，想起来就令人深恶痛绝！"

中行悦是汉文帝时期的一位太监。当时，汉廷内部尚不稳固，国力也不强，不愿与匈奴开战。文帝下令送宗室女去匈奴和亲，并让北地人中行悦作为侍臣同往。中行悦不肯去，被汉廷强行派遣，怨恨之下，对文帝说如果我到了匈奴就肯定会威胁大汉。文帝只当他是气话，并不以为意。中行悦到了匈奴后立刻倒戈，并深得老上单于的欢喜、宠信。中行悦竭力劝说匈奴人不要迷信汉朝衣食住行的精美，要增强对本族食物、器具和风俗的信心，还传授给匈奴人记数的方法等。

在中行悦的诱导下，老上单于在给文帝的回书中口气傲慢，对汉使也威逼利诱，动不动就索要钱物金银，不给就威胁秋熟后发兵入汉境抢掠。中行悦还极力破坏汉匈和亲政策，不断为匈奴出谋划策，策动袭击大汉边郡和发起战争。有一次，他偶然发现一些池塘里有病死的牲畜，士兵饮用此水后也会中毒，轻则拉肚子，重则死亡。因此，临死前，他建议匈奴对汉军实行"细菌战"，即让匈奴军队把一些病死的牲畜，经由匈奴巫师诅咒后，埋到汉军进军路线的水源上游，使汉军饮用后中毒。

"此人确实可恶，他的阴谋得逞了吗？"常惠怒不可遏地问道。

冯嫽十分遗憾道："汉军后来发现，有了防备。不过，我曾听霍光霍大人说，他的哥哥骠骑将军霍去病，就是饮用了这种水，仅二十四岁就暴病早逝了！"

"先帝非常喜爱霍去病，在他去世后，调遣边境五郡的铁甲军，从长安到茂陵排列成阵，给霍去病修的坟墓外形一如祁连山的形状，由'勇武'和'扩地'两个意象组合，并追谥为'景桓侯'。"解忧补充道。

冯嫽欣慰地说："先帝对霍去病另眼相看，更是爱屋及乌。霍光霍大人由此一步步发达起来，位列辅政大臣之首。当然，霍大人亦忠义贤明。我听说他发誓要辅佐昭帝重振先帝雄风，实现大汉的大国梦想！"

解忧焦虑地叹道："翁归最近告诉我，匈奴派遣四千骑屯驻到了车师，车师又归附了匈奴。楼兰、龟兹也开始亲近匈奴。轮台屯田停止后，匈奴的僮仆都尉的影响力越来越大……眼看西域重又完全落入匈奴人手中，真让人心急如焚，也不知霍大人和当今圣上是否知情，可有何打算？"

西域很早就是匈奴的势力范围，汉武帝通西域、败匈奴、伐大宛后，声威亦远震此地，汉使往来不绝，并屯田轮台。尤其是武帝提出"降服匈奴，统一西域，封禅大昆仑"的宏伟梦想后，汉匈对西域的争夺越演越烈，并形成了拉锯战，你来我往，此消彼长，情形甚为复杂。汉朝在燕然山兵败和诏罢轮台之戍后，在西域日渐势微。但通过过去几年的恢复休整，汉朝国力逐渐强盛，只是尚未顾及西域。

冯嫽此时建议道："姐姐给陛下上书，我给霍大人捎去一封私信陈述利害，以引起朝廷重新对这个问题的重视！"

解忧欣然应允。

两人修书后，交由常惠亲自带回汉廷，并千叮咛万嘱咐，要他千万别耽误了。

常惠被带到沐浴室更衣净脸之后，拜见了翁归靡，并与乌大都相见。

弟史一直跟在常惠左右，像见到一位老熟人般，没有任何拘束。常惠也非常喜欢这位有着解忧年轻时影子的孩子，两人感情融洽得像父女一样。

在冯嫽的劝说下，解忧公主和翁归靡同意弟史去汉乐府学琴。翁归靡欣喜之余，还赐弟史做常惠的干女儿。弟史高兴极了，当下改口称"义父"。

两日后，常惠向翁归靡、刘解忧和冯嫽等告别，带着干女儿弟史，快马加鞭追赶上苏武等人，回到汉地长安。郑吉、傅介子和赖丹早已听说常惠归来。当晚，三人相约来看常惠，大家把酒言欢，直到天际放亮。

次日朝会，汉昭帝和辅政大臣霍光在大堂之上接见了苏武、常惠等人，还允许他们带着祭品，前往汉武帝园庙拜谒。苏武官拜典属国，常惠被封为中郎，和郑吉一起共事。

汉廷对乌孙长公主弟史入汉学琴一事非常重视，给予公主级别的礼遇，由协律都尉亲自安排在汉乐府学习。

自从常惠带走后,解忧和冯嫽每天掐着指头算日子,一晃两年瞬息而过,仍然杳无音讯。

两个人焦急等待之际,汉使奚充国来到乌孙。

奚充国这次出使乌孙的主要任务,是以昭帝赏赐解忧公主和乌孙国金银丝绸进行抚慰为名,对公主上书和冯嫽的私信当面予以口头回复。

礼单清点、交接完毕,奚充国才有机会单独与解忧、冯嫽二人叙话。

奚充国首先对冯嫽道:"我们多年前见过面,你还记得我吗?"

"只听常大哥讲起你,我们见过面吗?嗯……好像有那么一点面熟,不过实在想不起了!"冯嫽面带遗憾。

"那么多年了,忘记了也并不奇怪。"奚充国接着提示道,"长安街头艺人,想起来了吗?"

"啊!想起来了,那天吟唱细君公主《黄鹄歌》的会是你吗?!"冯嫽惊呼道。

"是啊!我后来知道你正是从我这里得到细君早逝的消息,并甘愿以侍女的身份陪同解忧公主赴乌孙和亲,完成细君公主未尽的大业,这给了我莫大的鞭策和鼓舞……于是,我积极向朝廷表达了追随你二人的脚步,在西域建功立业的决心。最后,我成了一名出使西域的使者。"

听闻,冯嫽又把她在长安街头和奚充国见面的经历向解忧公主简单讲述了一遍。

叙完旧,奚充国这才言归正传道:"霍光霍大人让我转告公主和夫人,上书和信函所反映的内容都非常好,朝廷会认真采纳并采取措施应对,并嘱托你们一定要争取乌孙的支持。"

"好啊,请大将军放心!这个好消息要是早些来,我们就不用等得那么心焦了!"解忧神情兴奋地脱口道。

奚充国略一犹豫道:"公主有所不知,大将军他……这也是第一时间了!"

"莫非朝廷发生了什么变故?"冯嫽惊讶地看着奚充国问。

奚充国点头道:"正如夫人所说,常惠将上书和信函呈给大将军后,大将军非常重视,多次让常惠、苏武到府上,听取他们应对西域匈奴势力的各种意见。大将军的政敌却巫陷此二人早已投降匈奴,此番回来是与大将军内外联合做谋反准备。"

"谁是大将军的政敌？怎么会捏造如此荒唐之事？"解忧大惑不解。

奚充国声音有些激动道："左将军上官桀、御史大夫桑弘羊、鄂邑长公主三人因私泄愤，演化成与燕王刘旦谋逆篡权！"

本来，上官桀的儿子娶了大将军霍光的长女为妻，生有一女，两家关系密切。结怨的起因是鄂邑长公主为昭帝选皇后，上官桀嘱托大将军，打算让年仅六岁的孙女入主后宫，霍光因其孙女年龄太小没有同意。上官桀转而通过长公主的情人丁外人，将自己的孙女立为皇后。为了回报鄂邑长公主，上官桀想将丁外人封为列侯，被霍光以无功不得封侯之由驳回。霍光此前曾多次阻止上官家族及其亲属封官的要求。桑弘羊也因自恃功高为子弟求官被霍光拒绝。

以上三人都因私对霍光产生怨恨，成为他的政敌。燕王刘旦是昭帝的三哥，当他的长兄太子刘据因巫蛊之祸自杀，二哥生病去世后，刘旦以自身年岁居长而觊觎太子之位，在先帝刘彻病危期上书要求进京宿卫，被刘彻下诏申斥，并削去三个县的封地。汉昭帝刚继位，刘旦心中不服，便暗中谋划造反后败露，昭帝顾念亲情并未声张。刘旦不知悔改，暗中联系霍光政敌，谋划先解除霍光大将军的职权再将其杀死，后废掉昭帝而自立。

解忧忍无可忍地骂道："这帮大逆不道的小人，竟然还要诬陷坚守汉节的苏武和常惠，确实该砍头！"

"是啊！苏武和常惠是怎么从匈奴回来的，我可是清清楚楚！但这些人为了达到自己的目的，可以昧着良心，什么手段都使得出来。"奚充国气愤地说。

苏武和常惠归汉没多久，上官桀等人使人以刘旦之名上书汉昭帝，列举霍光三大谋反罪状：一是擅自选调增加霍府的校尉；二是在广明亭总领羽林军操练演习以作起兵准备；三是将在匈奴生活了十九年的苏武、常惠召还京都，任为典属国和中郎，连续几次在府上召见二人商讨如何借取匈奴兵力。上官桀寻找机会，把这份奏章送到汉昭帝手中，本想通过昭帝本人就将此事搞定，他打算按照奏章内容宣布霍光的罪状，由桑弘羊组织朝臣共同胁迫其辞去辅政之位。令他们万没有想到的是，奏书到达昭帝手中后，却被扣压了下来。

次日早朝，霍光得知此消息时，就站在悬挂着武帝所赠周公辅成王图的画室内。昭帝见其未上朝，就向朝臣打听，上官桀趁机说因为燕王告发他的罪状，他才不敢露面。昭帝下诏宣霍光进殿。霍光进得殿堂，脱下帽子叩头谢罪。昭帝却请将军把帽子戴上，说知道那封上书是在造谣诽谤，将军无罪。昭帝解释说，将军在广明亭总领羽林军操练演习，是近日的事，选调校尉以来还不到十天，燕王刘旦那么远，怎么可能知道这些事呢？另外，将军要犯上作乱，根本也不需要什么匈奴军队帮助，况且最近匈奴派左、右两部骑兵两万人分为四队，同时侵入我朝边境，正是将军力主调兵遣将大获全胜，斩杀、俘获匈奴兵九千人，生擒匈奴瓯脱王，也能说明问题。

十四岁的汉昭帝当面将阴谋一语揭穿，所有朝臣对他的聪明善断无不表示惊叹。接下来，上官桀等人再次谋划，由长公主设宴先杀掉大将军，再废除汉昭帝。长公主门下的稻田使者燕仓，告发了他们的阴谋，于是汉昭帝、霍大将军先发制人，将上官桀、桑弘羊逮捕族诛。长公主、燕王刘旦自杀身亡，只有上官皇后因为年幼未被废黜。

解忧感慨道："这就叫恶有恶报，善有善报！"

"内乱平定后，汉昭帝对大将军霍光应该更加信任，相信他能辅助昭帝成就大汉新的辉煌！"冯嫽高兴道。

奚充国这时语气昂扬道："霍大将军说，他常为其兄的'匈奴未灭，何以为家'的豪情自励。作为当朝辅政大臣，他发誓要实现百姓充实、四夷宾服，为完成先帝的大国之梦而不懈努力！"

之后，奚充国又向解忧讲述了弟史的一些情况。

次日，奚充国准备返回汉朝，乌孙二王子万年听闻长安的繁华非常羡慕，在他的主动要求下，解忧和翁归靡答应他跟随奚充国一起，去了长安。

19

龟兹王端坐王廷狮子座，匈奴使者扎喀尔侃侃而谈。太子绛礼、二王子绛宾和已升任左都尉的姑翼及其他众臣，恭立一旁。

扎喀尔面带义愤，以激情的言语道："汉廷主动罢轮台屯田后，我大匈奴才与其和议，如今不过十年有余，汉廷却出尔反尔派赖丹带领一支小部队又进驻渠犁屯田，其眼中不仅没有我大匈奴，更是对龟兹国的羞辱！大王试想，赖丹原来在龟兹做质子，正是之前的一次妥协，把他交给了汉廷，才有他今天的挂汉印、称校尉，摇身一变，成了汉廷的一位官员。我看，如果不及时加以抵制，任赖丹势力发展下去，将来他势必对你们龟兹国颐指气使，难道大王不感到屈辱吗？壶衍鞮大单于让我转告大王，他也不想看到这样的结果出现！"

"大王，赖丹只不过是我龟兹国的一个奴仆罢了！如今，却狐假虎威跑到我龟兹属地渠犁屯田，现有匈奴大单于为我们撑腰，大王还需要忍气吞声下去吗？请允许我带领一支精兵，奇袭渠犁，杀死赖丹！"姑翼出列请旨。

绛礼附和道："儿臣赞同使者和左都尉的意见，父王应当机立断，突袭渠犁，斩杀赖丹！"

绛宾听罢，立即大声反驳道："父王，赖丹现在的身份是大汉天子亲封的一名当地官员，他赴渠犁屯田，代表朝廷行事，我们现在把他杀了，岂不是与大汉为敌？"

"父王，大汉距我万里之遥，我不相信为了赖丹这样一个微不足道的小人物，汉廷会对我龟兹国兴师动众！"绛礼的表情充满了不以为然。

姑翼提醒道："大王，二王子怕得罪了大汉，可是大匈奴就在身边，我们真正能依靠的，只能是大匈奴而不是大汉！"

龟兹王皱了皱眉，犹豫不绝地点了点头。

昆岗使者十万火急地赶到乌孙，立即见了解忧和冯嫽。昆岗使者是巨人酋长最为器重的爱将，可以说有勇有谋。他这次的任务，就是为了完成绛宾向巨人酋长的嘱托：找解忧和冯嫽二人紧急筹措，如何在眼下的危机中挽救赖丹性命。

听完昆岗使者的讲述，解忧着急道："赖丹人手少，大汉一时鞭长莫及，眼看他有性命之忧，不如从乌孙和昆岗先各调集一支人马，迅速前往渠犁保护赖丹免遭生命危险。"

"嗯，我临来时酋长就这么计划的，昆岗那边早做好了准备，只等解忧公主定夺。"昆岗使者补充道。

"妹妹的意见呢？"解忧这时朝冯嫽征询道。

冯嫽并不着急回答，却向解忧提出了另外一个问题："姐姐真有把握能从乌孙调出一支人马？"

经冯嫽这么一问，解忧忽然有些不自信起来："我……我只能努力一试！"

"这么做就会与龟兹敌对，更重要的是，还会直接惹恼匈奴！我相信翁归靡本人也许会答应姐姐的请求，可他父亲察奇能同意吗？姐姐应该知道，察奇一向在大汉和匈奴之间持摇摆态度，怎么可能为了一位与自己毫不相干的人，同时得罪龟兹和匈奴呢？"冯嫽停了一下，继续分析道："姐姐刚才也认为大汉鞭长莫及，即使从乌孙和昆岗可以各调集两支人马前往渠犁，对赖丹来说，也只能保他一时而不能护他一世，因为那样做的结果是，必然造成龟兹和匈奴联合起来，届时乌孙也难以幸免战火的涂炭！"

昆岗使者赞道："冯夫人考虑得细致长远！"

"妹妹有了什么好办法吗？"解忧颔首。

冯嫽淡然一笑道："好办法还谈不上，只是我已把问题梳理了清楚。"

"妹妹把什么问题梳理清楚了？"解忧笑着疑问道。

冯嫽沉吟片刻，并没有直接回答，而是冷静分析起来："轮台本是汉朝屯田故地，如今，大汉派赖丹到其附近渠犁屯田，按说应是极为平常的事，可匈奴和龟兹同时激烈抵制。他们究竟出于什么目的？其实，仔细梳理一下不难发现，匈奴和龟兹激烈抵制渠犁屯田的目的并不相同！匈奴之所以坚决反对，是因为匈奴觉得西域各国一直是它的附属，汉廷主动罢轮台屯田后，匈奴重新恢复了此前对西域的影响力，比如楼兰背离了大汉，重回匈奴，车师国接受匈奴骑兵屯驻再次依附等，就是很好的例证。大汉现在忽然进驻渠犁屯田，在匈奴看来，实际上是在传播耕作技术方面的先进和文明，也是通过改善当地民众的生产生活，争取西域各国的民心，更是在行动上对匈奴僮仆都尉长期压窄盘剥西域各国统治的釜底抽薪……这将严重危及其对西域的有效统治，所以才对渠犁屯田如鲠在喉，必欲除之而后快！"

她停顿片刻继续道："与匈奴的反对截然不同，龟兹抵制渠犁屯田，则完全出于面子问题，接受不了在他们看来，一直被视作奴仆的赖丹摇身一变成为在龟兹的大汉官员，地位还可能要在龟兹人之上。因此，匈奴不失时机地挑拨龟兹，以图共同除去汉朝渠犁屯田势力。"

冯嫽这时建议道："龟兹王既然是对赖丹这个人耿耿于怀，我愿前往龟兹，亲自向他阐明利害，让他接受汉廷另派的官员来此屯田。同时，这也离不开赖丹和龟兹的配合，就是龟兹伴装要攻打渠犁，赖丹则借此逃回扞弥。"

"赖丹和龟兹这两方，都能答应吗？"昆岗使者有些怀疑。

冯嫽肯定道："我相信龟兹王没什么问题，难度在赖丹身上。渠犁屯田是他为报效汉朝主动请缨而来，现在让他轻易放弃恐怕不易啊！"

"只要龟兹王能答应，就一定要劝服赖丹，对他而言，这只是保命的迂回之策，只有保住性命，才能有更多机会报效大汉朝廷……何况，这也是目前唯一比较好的方案。我想赖丹不会不理解我们的良苦用心吧！"解忧态度坚决道。

昆岗使者最后做祷告状，道："但愿一切顺利！"

冯嫽代表乌孙右夫人及汉使的双重身份，拜见龟兹王，说明了来意。龟兹王对冯夫人的到来高度重视，礼遇有加，对她提出的问题原则上答应下来。

冯嫽初战告捷，内心大为欢喜。紧接着，她和绛宾、昆岗使者三人一起，直奔渠犁，满怀信心地去做赖丹的工作。赖丹起初并不同意，后来才不再反对。冯嫽长舒了一口气，一颗悬着的心终于落了地。

一切都在按既定计划进行。

冯嫽在兴奋地等待好消息，因为赖丹只要在姑翼大张旗鼓地袭击下，离开渠犁逃走，这场屯田危机就能解除，赖丹的性命还可以保住。

突然，有位侍者气喘吁吁跑进来报告："冯夫人，赖丹校尉……他……被杀了！"

冯嫽大吃一惊，有些怀疑自己的耳朵，不禁张大了嘴巴："什么？谁……被杀了？"

"是赖丹，夫人！我见他倒在血泊里……"侍者用强调的语气重复了一遍。

冯嫽忽然有一种发狂的感觉，不知哪里来的一股力量，驱使她一口气跑到事发现场。

倒在血泊中的赖丹，正极力想再次挣扎起来。

姑翼握着剑，指着赖丹哈哈大笑道："赖校尉，想活命了吗？好呀，从我胯下爬过去，我还可以饶你一条贱命，怎么样，来吧……"

昆岗使者已从后面跟上。

冯嫽老远开始就大声斥责道："姑翼，你好大的胆子，竟然违抗龟兹王的命令袭杀校尉？"

"冯夫人，你问他，是谁言而无信！"姑翼放声大笑道。

赖丹这时正从血泊中，一只手拄着宝剑，摇摇晃晃地站立起来，另一只手指着绛礼和姑翼，极尽嘲讽道："你们这两位甘愿充当匈奴鹰犬的人，也配谈什么信义！你知道我的信义是什么吗？就是永远也不会悖逆大汉天子，苟活于世！你们可以随时取走我的性命，但永远也别想夺走我的信义……"

"太子，你给了他机会，也算仁至义尽了，是他自己不愿意要，还污辱我们，我替你一剑砍了他！"一旁的姑翼显得气急败坏，等待绛礼的命令。

赖丹毫无畏惧地朝姑翼轻蔑笑道："我的性命早就属于大汉了，来吧，今天能为了大汉，我死而无憾！我要用我的死，揭开你们下贱的奴才嘴脸，大汉绝不会放过你们，随时会讨回你们的狗命，你们将在惶惶不可终日中死去……"

绛礼大怒，从姑翼手中拿过剑，挥剑刺入了赖丹的胸膛。

冯嫽和昆岗使者赶到近前时，赖丹再次倒在血泊中。

他奄奄一息地朝冯嫽和昆岗使者微微一笑，声若游丝道："谢谢……你们的好意……我……不能悖逆……汉朝……能为实现……汉朝……大国之梦……做点什么……也是……我个人的……梦想……"

赖丹艰难地说完，头一歪，永远地闭上了眼睛。

当冯嫽把赖丹被杀害的消息告诉解忧时，她悲愤满怀。

"妹妹，不能让赖丹白白遭杀害，我要上书朝廷，请求出动大军，为他报仇雪恨！"解忧信誓旦旦。

冯嫽冷静地安慰："姐姐，我和你一样伤心，但现在谈报仇，为时尚早！"

"妹妹是说，霍大将军不会因赖丹出兵？"解忧道。

冯嫽点头："是的，大将军推行休养生息政策，暂时不会派大军远征龟兹。不过，这笔账还是先记下，俗话不是说，君子报仇十年不晚吗！"

"话是妹妹这样说,可龟兹杀我屯田校尉,楼兰、车师杀我使者,如果不对他们进行严厉惩处,我大汉的天威何在?尤其是,这可能导致西域一些国家的效仿,甚至出现性质极其恶劣的连环效应!"解忧愤然道。

冯嫽思考了一会儿,以安慰的语气道:"赖丹被杀后,龟兹王因担心汉军攻打他而日夜恐惧,可趁机先给龟兹王一个教训,责令他向大汉天子请罪,以此挽回大汉的颜面。不过,楼兰王安归全面倒向了匈奴,如今又杀我使者,是不能轻易饶恕的!"

"那……怎样去惩处楼兰呢?"解忧急忙问。

冯嫽笑了笑:"楼兰王安归继位后,全面倒向匈奴的政策引起了其弟尉屠耆的不满。我刚得到尉屠耆派使者转告汉朝的可靠消息,就是他非常希望协助大汉,立即除掉楼兰王安归。"

"好呀!只是仅有尉屠耆的协助,汉朝就能除掉楼兰王安归吗?"解忧心里显得不太踏实。

"嗯,尉屠耆说他深谙安归的秉性为人,汉朝不需出一兵一卒,只需选派一名勇士即可。"冯嫽说完,把尉屠耆献计除掉安归的计划,向解忧讲述了一遍,公主听罢面色大悦,当即上书朝廷请求支持。

汉昭帝立即准奏。他同时还听取霍光意见,推选出号称"西域第一勇士"的傅介子,前往西域去执行除掉安归的特殊任务。

冯嫽以汉使并代表乌孙右夫人的双重身份,先期到了车师,责备车师王背信弃义,并告诉他如果再不知悔改,汉廷很快就会发兵攻打他,车师王听完非常害怕,当即承诺,今后不会再与大汉为敌。

离开车师,冯嫽与昆岗使者、尉屠耆二人如约在楼兰驿馆会面。傅介子这时也风尘仆仆地赶到了,由冯嫽和使者假扮他的随从。

接下来,他们依计行事。

尉屠耆提前向安归的一位近臣宣扬说,汉朝使者傅介子带着大量金银丝绸,要把这些宝贝赏赐给西域国家,以示安抚。

傅介子先去拜见了楼兰王,安归态度果然冷淡。傅介子佯装回楼兰驿馆收拾东西马上离开。

安归的近臣这时很不理解地对他道:"我听说这位叫傅介子的汉使,带了大量黄金锦绣巡回赏赐,大王怎么不受赐就让他离开呢?"

安归笑道:"汉朝赏赐财宝,肯定是要我断绝与匈奴的关系而亲近汉朝。但是自我继位以来,楼兰一直在充当匈奴耳目,击杀汉使,我怎么可以做到远匈而亲汉呢?所以,我不能接受汉朝的赏赐。"

"大王口头上只是答应,实际上也不需要疏远匈奴,这样不就可以得到财宝了吗?其实,我了解汉廷如此做,并没有大王说的那样要求,只不过想让对过往的汉使好一些罢了。"

"你怎么不早点提醒,让我错失了机会!"

"不妨不妨,那位叫傅介子的汉使住在楼兰驿馆,还未来得及离开。"

"本王就备上酒菜,亲自去驿馆和他喝几杯,亡羊补牢,你看如何?"

"好呀,就让我陪大王一起去,只是大王不要忘了,到时候把汉朝的财宝也赏给小臣些,让小臣也开开眼!"

"你不要声张,我赏你一个人就是了!"

近臣大喜过望,陪着安归笑容满面地来到楼兰驿馆。侍者摆上丰盛的酒菜,安归非常热情地请傅介子等人入座。席间,傅介子间或进入帐幕,亲自拿出一些黄灿灿的金币和耀眼的上等丝绸,放在安归及其近臣眼前,说是奉赠给他们的。楼兰王和他的近臣与大家推杯换盏,喝得好不快活,后来都有些醉了。

冯嫽看差不多了,就朝傅介子悄悄使个眼色。

傅介子扫了一眼四周森严的护卫,小声朝楼兰王道:"大王今天如此看得起我,我准备把这次带来的唯一一颗夜明珠奉赠给你。"

"只听说夜明珠会自动发光,我还没见过呢!现在拿出来一睹为快如何?"安归两眼大放异彩。

傅介子摇头道:"大王是外行了吧?所谓夜明珠,就是在黑暗的地方才会发光,这可是罕见珍宝,也不是随便一放就能发光的,只有我那两位随从才会正确摆放,令其发光。"

"现在看不了吗?"安归有些着急。

傅介子不慌不忙地啜了一口酒,咋咋舌头道:"大王果真现在就想看?帐幕里也可以。"

安归频频点头。

傅介子朝冯嫽和昆岗使者道："你们先进去把盒子打开，大王待一会儿进去，你们告诉大王如何摆放。"

冯嫽和昆岗使者离席进了帐幕。护卫领头使了个眼色，有几个护卫也走进了帐幕，可能是没发现什么异常，很快就退了出来。

傅介子这时朝楼兰王道："大王想看的话，现在就可以进去了！"

安归和近臣一起，随傅介子走进帐幕。冯嫽和酋长手里分别拿着颜色不同的两条丝绸，被夜明珠投放出的炫丽光芒衬得美轮美奂。

安归两眼发直地惊叹道："太美了，简直就像梦幻一般！"

"大王也去试试，不过夜明珠碰不得剑，大王的佩剑先交给我保管吧！"傅介子对楼兰王道。

安归来不及回答，顺手就把剑摘下来递给傅介子。冯嫽和昆岗使者此时也分别转到楼兰王和近臣身后，教他们怎样摆放夜明珠，怎样令其发出不同颜色的光。两人完全沉浸在极度亢奋之中，根本没有意识到危险正在靠近。

突然，冯嫽和酋长闪电出手，两条丝绸像两根有力的绳子，深深嵌入安归和近臣的脖子，两人根本发不出任何声音，但还在拼命反抗。傅介子举起佩剑先刺入近臣的胸膛，随后挥剑斩下了安归的头颅。

尉屠耆带领一支队伍赶到，及时控制了楼兰的局势，并成为新的楼兰王。

初战告捷，傅介子和冯嫽接着来到龟兹国。傅介子当场拿出汉昭帝的诏书谴责龟兹王。此时的龟兹王看起来脸色很不好，一副病体未愈的样子。

龟兹王大声咳嗽起来，激动道："寡人……从来没有……想过与大汉为敌……这次赖校尉被杀……也确实事出有因……本王现在知罪……"

"大王现在知罪就好，但你和太子要亲自向大汉上书请罪，说明原因，大王可愿意？"冯嫽以理解的语气道。

龟兹王如释重负，匆忙应道："本王愿意！"

"太子绛礼亲手杀死了赖校尉，他和左都尉姑翼都投靠匈奴，大王要对他们严加申斥，大汉可以暂不追究！"冯嫽接着道。

龟兹王再次表示同意。

当傅介子和冯嫽起身告辞时，有位侍者向龟兹王小声禀报道："扎喀尔与乌孙、车师和楼兰的几位匈奴使者刚住进龟兹驿馆，说有事要向大王奏报！"

"有什么可奏报的？本王已知！"龟兹王略显不满的语气透着无奈。

说者无意，听者有心。傅介子的嘴角，流露出隐秘的微笑……

离开龟兹王的当日，他就找到之前的好友，派他们奇袭龟兹译馆，杀死了与大汉为敌的多位匈奴使者。

20

匈奴王廷正在举行一场关于是否讨伐乌孙的朝会。该朝会最引人关注的焦点是左贤王和右谷蠡王多年来第一次到场。

左贤王向壶衍鞮单于单膝跪拜行礼道："兄弟，我这次专程来赴朝会，首先是认错请罪。"

他接着道："这么多年，我一直也在反思，当年父王宠爱我这位次子，封为左贤王，作为以后单于的继承人。父王病危时，因为我年龄小，又决定把单于之位交给时为右谷蠡王的叔父。父王归天后，当时虽然屈居右贤王，但是作为长子的你，被改立为单于也并无什么不妥。作为老右谷蠡王的叔父心生怨恨可以理解，我不应该有这种想法，更不应该在卢屠王一案后，与老右谷蠡王返回各自的领地，不肯来王廷朝会。兄弟在此特请大单于治不敬之罪！"

右谷蠡王接上道："父亲虽然不久去世，我承袭了他的王位后，因担心大单于追究，所以也迟迟没参加王廷朝会，还请大单于治罪！"

"兄弟们能来朝会，为兄的着实高兴，希望我们兄弟能真心摒弃前嫌，以后精诚团结，重拾我大匈奴昔日雄威！"壶衍鞮单于一笑泯恩仇。

左贤王接着道："我和右谷蠡王这次来赴朝会的另一个目的就是给当年含冤而死的卢屠王平返昭雪！"

卢屠王真是被冤枉的？王廷上下忽然像炸开了锅，众人纷纷议论起来，就连壶衍鞮单于也吃惊不小。

左贤王幽幽道："兄长继任单于后，叔父心有不甘，就联系上乌孙的汉朝公主刘解忧，准备通过她率部众投降汉朝。后来，叔父改变主意，胁迫卢屠王投降乌孙，打算借力乌孙谋击匈奴，以夺取大单于之位。此项计划依然是叔父与刘解忧联络的。卢屠王不愿受叔父胁迫，向大单于告发了他，叔父却反咬一口，刘解忧为了保护叔父，放出风说是卢屠王在联络她，挛鞮居次误以为真，错误地指认了卢屠王谋反。因为我当年受叔父诱导蛊惑，也参与了他的行动计划……这就是卢屠王谋反案的全部事实。十多年过去了，作为老右谷蠡王的叔父已经归天，但右谷蠡王和我每每想起此事，心里难安，我们二人今日恳请大单于还卢屠王清白和公正！"

壶衍鞮单于心情略显沉重，然后宽容大度道："准你们二人所奏！叔王既已去世，你们二人又真心思过悔改，本单于都不再追究。卢屠王一颗忠心可鉴，追封他为忠义王！"

突然，王廷外传来阿尔扎求见的声音。他带着伤一瘸一拐地走进来，跪伏在地上痛哭流涕起来。

壶衍鞮单于皱眉道："到底发生了什么？从头奏来！"

阿尔扎平静了一下自己激动的情绪道："大单于，汉朝派人刺杀了楼兰王安归，另迁新都，改国名为鄯善，新立尉屠耆为鄯善王。鄯善王邀请汉朝派出官员和军队，驻扎在附近屯田镇抚……汉朝还派人责问车师王和龟兹王，逼迫龟兹王就杀死赖丹向汉朝上书请罪。"

壶衍鞮单于一听，既惊讶又愤怒："什么，这些消息都真实可靠吗？"

"大单于，确凿无疑！"阿尔扎道。

壶衍鞮极力稳住自己的情绪："说，还有什么？"

阿尔扎满脸悲愤道："我匈奴驻龟兹、乌孙、车师和楼兰的使者，为商讨应对以上变故之策，在龟兹驿馆集合时遭到袭击，其他使者都被诛杀了，只有我一人侥幸逃回了匈奴！"

"这是何人所为？"壶衍鞮听完，怒气冲冲。

阿尔扎义愤填膺："上述一系列行动的罪魁祸首，都是由乌孙王右夫人、汉朝公主刘解忧谋划实施！"

壶衍鞮单于忽然挥拳狠狠砸向桌子，愤怒地近乎咆哮道："又是刘解忧！"

此时，卫律以冷静的语气分析道："还真别说，就是这位刘解忧，还有她那个女侍冯嫽，现在活跃的空间和舞台越来越大，置我匈奴于越来越被动之境地。乌孙因为此二女子，之前'持两端'的政策开始向汉朝倾斜，越发视匈奴于无足轻重之地；西域诸国因为她们，对大汉文明的渴望和向往与日俱增，而对匈奴离心离德的思想也日趋严重，匈奴在西域的宗主国地位每况愈下；汉朝因为她们，同乌孙结盟越来越亲密，匈奴的空间受到了空前的挤压，汉长城不断西延，亭障已经修到了罗布泊……"

壶衍鞮单于插话道："更可气的是挛鞮居次因为她们，徒有左夫人的虚名，刘解忧却在行总管后宫之实。公主倍受翁归靡的冷落，最近一直哭哭啼啼，要我匈奴娘家出面为她做主！"

卫律接着道："今天，我们表面上都在怨恨刘解忧，还有她那个妹妹冯嫽，实际上是在讨论匈奴战略大后方的问题。匈奴这么多年来能不断与大汉抗衡，除发挥了我骑兵来无影去无踪的战术优势之外，最关键的，匈奴在西域设置的僮仆都尉征收来的大量物资钱财，为战争提供了军需保障。现在，汉朝通过刘解忧她们，正在逐步瓦解我们这个战略大后方，如果我们不想拱手相让的话，势必像以前那样恢复对西域的控制！"

"丁零王言之有理。你认为怎样才能恢复对西域的控制呢？"壶衍鞮单于神色转喜。

卫律道："从汉朝与匈奴近几年对西域的争夺情况来看，刘解忧她们都是以乌孙为前哨站参与的，乌孙就像一把锋利的尖刀，插在我匈奴的右臂上，不拔掉乌孙这把尖刀，让乌孙臣服于匈奴，恢复控制西域的目标就难以实现！"

"丁零王也认为，我匈奴到了讨伐乌孙的时候了？"壶衍鞮单于道。

卫律点头赞同。

右贤王一旁冷冷笑道："丁零王不是一直反对攻打乌孙吗？怎么今天太阳从西边出了？"

卫律并不生气，而是微微一笑："此一时彼一时！乌孙与汉朝和亲之初，当时的老单于就很为此恼怒，为什么没有出兵攻打乌孙呢？一是因为匈奴与汉朝的战事不断，只好对乌孙采取了拉拢、牵制之策；二是此前乌孙对匈奴出于姻亲的考虑，不想彻底翻脸，也惧怕匈奴兴兵讨伐，始终采取持两端的策略，所以，乌孙没给匈奴制造攻打自己的理由。可现在不同了，翁归靡继位后，在刘解忧的撺掇下，逐渐抛弃了先前的策略，转而全面亲汉，这才给了匈奴讨伐乌孙的充分理由！"

右贤王心服口不服道："丁零王说得确实有理，可乌孙也由原来实际分裂的局面实现了统一，人口和经济都得到了迅猛发展，在西域的影响也日盛。你难道不认为，我们错失了攻打乌孙的良机吗？"

卫律依旧微笑以对："谁都不能准确预判未来，我所理解的良机就是利用好当前的形势，眼下就是讨伐乌孙的良机。尽管乌孙已经今非昔比，但对我大匈奴来说，对付乌孙这头牛，毕竟比对付大汉那头狮子要容易得多，何况乌孙内部还是有亲附匈奴的基础和相当势力呢！将军难道不这样认为吗？"

右贤王讪讪一笑，不再言语。

卫律这时目光坚决："其实，我们现在已经看得十分明白了，就是要保住与汉朝对抗的物质基础和大后方，匈奴就是要恢复昔日在西域的宗主国地位，而它的前提必须要乌孙臣服。为了让乌孙臣服，我们可以采取打压两手并用的策略，很好利用刘解忧这颗棋子！"

"好！丁零王不愧是我大匈奴的护国老臣，看问题真知灼见，即刻备战征讨乌孙！"壶衍鞮单于大加赞赏。

左贤王这时向单于郑重承诺道："兄弟我不会再像年轻时那样意气用事，今后时刻以大匈奴的未来和大局为重！"

右谷蠡王也言辞恳切道："谢大单于对父王既往不咎的大度和宽容，兄弟我这就回到领地，厉兵秣马，听从调遣，全力以赴支持大单于讨伐乌孙！"

壶衍鞮单于开怀大笑："好！汉人有句话怎么说来着？哦，叫'兄弟同心，其利断金'是吧？你我兄弟携手同心，打败乌孙，控制西域，重现大匈奴昔日的辉煌！"

21

元平元年（前74年）到来前夕，察奇突发疾病去世，翁归靡决定要给父亲举办一个隆重的葬礼。

匈奴、龟兹等邻国也派出了使者前来吊唁,其中,匈奴使者阿尔扎正快马加鞭,奔驰在前往乌孙的道路上。

阿尔扎一到达乌孙,就一头扎到左夫人府,先去见了挛鞮居次和先贤格公主。

挛鞮居次失宠后,虽然带着泥儿深居内宫,仍不忘抓住一切机会,为娘家匈奴尽忠。先贤格公主嫁给翁归靡后,很快生了儿子,取名乌就屠,怎奈她得到的宠爱远不及解忧,就是有心想为娘家尽忠,能量也颇为有限。先贤格公主不像姐姐那样对汉朝充满仇恨,她内心对汉朝其实存有好感,这当然与他父亲左贤王有关。左贤王在她小的时候,喜欢给她讲有关中原的故事,在她幼小的心灵埋下了向往的种子。

一见面,阿尔扎就兴高采烈地向两位匈奴公主道:"祝贺二位夫人,娘家就要为你们二位公主撑腰做主了!"

"昆仑神保佑,我大匈奴终于把握机遇要讨伐乌孙了!"挛鞮居次兴奋道。

阿尔扎延续着他前面的良好情绪道:"你不是最痛恨刘解忧吗?大单于让我这次来乌孙,名义上是吊唁察奇,实际上是向昆莫索要刘解忧,然后把她带到匈奴去!"

挛鞮居次忽然兴高采烈道:"好呀……只是,你怎么才能把刘解忧带走?仅凭你的口舌之利,能行吗?"

"行啊!口舌之利的背后是大单于的铁军,翁归靡他怎敢不答应?"阿尔扎颇为自信。

先贤格公主一旁摇头道:"匈奴大军并未异动,仅凭口舌之利,翁归靡怎么能听你的呢?"

阿尔扎大声道:"如果他不听,大军不就动了吗?我大匈奴正是缺少这么一个出兵的借口!"

先贤格公主"扑哧"一声笑道:"你这还真叫借口,直接跑到国王那里要把人家夫人带走,不同意就发兵攻打他?我听说,打仗一定要师出有名,方为正义之师,赢得更多的人的拥护,达到战无不胜的目的。如果大军师出无名,自己人打得没精打采,对方更会愤而抵抗,反对的人也越来越多,最后没有不失败的!"

挛鞮居次皱皱眉，然后冷冷笑道："先贤格妹妹是从何处听来的这一套一套的大道理？世上哪里有那么多正义？我大匈奴终于等到攻打乌孙的机遇，现在就差一个出兵的借口了，这点我倒是同意妹妹的意见，就是要找个说得过去的借口。"说完，她朝阿尔扎道，"大单于这次让你来，我想我们都很明白，即便没有理由，也要制造一个说得过去的借口，否则，我大匈奴出兵岂不被人诟病？"

"二位夫人所言有理，有你们在，我相信一定能找到一个冠冕堂皇的理由！"阿尔扎连忙道。

先贤格公主灵光一闪，立即道："其实，我们可以在察奇葬礼变革的方案上做文章。"

此前不久，雄心勃勃的翁归靡刚征求过一个意见，就是如何才能让乌孙发展变化的步伐更快更大。解忧的建议是，要从礼制变革入手，先改变人们的惯常想法，再推动行为方式的转变，以此促进乌孙社会方方面面的变化。翁归靡下了决心，已经让解忧从察奇的葬礼开始，拿出一个变革方案。乌孙传统的葬礼要先用红色药物和香料涂抹尸体，延长保存时间，装入巨大的灵车。随后，灵车在全国各部落巡游，所到之处，人们要以刀划破脸耳等五官，造成血泪进流的悲哀场景，以示痛悼，这叫"劈面礼"。最后，遗体被送到陵地，在墓门附近杀马殉葬，放一些日用品随葬，堆起一个巨大的坟冢。

现在，翁归靡同意执行由刘解忧提出的针对察奇葬礼变革的方案。首先是取消以前的巡游，改为在墓穴前举行盛大的下葬礼，但要找一名祠主来主持下葬仪式，只要求察奇生前的亲朋好友和部属参与，如此虽不及巡游来得声势浩大，却因为人流相对集中，场面反而更为隆重。其次，以剪掉少许须发取替过去的"劈面礼"表示致哀，这样不损伤面孔，更为人道。

挛鞮居次这时抑制不住内心的激动道："先贤格妹妹这个提示好，我已经有办法了！"

"我也有了主意！"阿尔扎同样兴奋道。

根据先贤格公主提议，三人把想法写出来，都是"神"字，结果惊人的一致。既然英雄所见略同，他们又周密商量了一番，按照不同分工，精心策划，抓紧笼络有生力量，只等察奇的葬礼到来。

察奇葬礼如期举行，先期进行的场面悲壮、隆重。

突然，乌孙的地方部落首领带领族人，吵吵嚷嚷地闯进来，一副委屈而又不善罢甘休的样子。来者是布都渠大翕侯和其他小翕侯。布都渠翕侯受封于老昆莫猎骄靡，其祖上就是当年抱着猎骄靡王子逃亡匈奴的布就翎，为此，布氏家族成为乌孙封地面积最大的翕侯，被尊称为"布都渠大翕侯"。其他翕侯都受封于军须靡或翁归靡，资历较浅，封地面积相对小很多，所以被称为"小翕侯"。

布都渠大翕侯带头质问道："为什么灵车不到我部巡游，致使我们无法表达哀悼之情？"

"下葬礼为什么也不通知我们参加？"小翕侯甲质问道。

小翕侯乙责难道："葬礼乃是祖宗所制，是谁改动的？难道就不怕祖宗责问，昆仑神降罪吗？"

察奇的旧部里也有一些人附和责难道："对，是谁改的？仅剪掉一些头发，岂能尽表对察奇的沉痛哀悼？祖宗责问下来怎么办？昆仑神降罪下来怎么办？"

接着，布都渠大翕侯和其他小翕侯及察奇旧部的族人们，有的开始割伤耳朵，有的毁伤前额或鼻子，有的以箭镞扎伤手指，有的抓烂自己的脸和眼部……现场血泪迸流，哀哭呼号之声不绝于耳，责难、声讨之声震天。

让人更没有想到的是，主持葬礼的祠主开始了跳神仪式。只见他穿戴神衣、神帽和神裙，把自己装扮得煞似天神降临，先敲了一阵神鼓，接着又舞了几圈神剑，最后同祖先和神灵进行了通话。

祠主先以祖先的口吻教训道："要对改变葬礼的刘解忧从重处罚，不然，我要降罪给你们！"

接着，他又以昆仑神的口吻道："刘解忧擅改草原人葬礼，冒犯我神灵，现受昆仑神之托，选一位有缘之人，带刘解忧到匈奴云龙祠祈祷三年。如若不然，必给所有草原人降下大罪！"

谁会是有缘之人呢？人们正在猜疑，忽然祠主把手中神圈掷向天空，等它落下来时，不偏不倚正好套在一个人的头上，此人不是别人，正是匈奴使者阿尔扎。

阿尔扎接着跳将出来，一步窜到翁归靡面前道："昆莫，听清楚了吗？我受昆仑神之托，要把刘解忧带到云龙祠，你这就下令让她去吧！"

下面，布都渠大翕侯和其他小翕侯及察奇旧部的族人们开始血泪满面地哭喊声援："让刘解忧去云龙祠！让刘解忧去云尤祠！"

这一系列意想不到的变故，让翁归靡大感震惊，同时，也显得措手不及。

在阿尔扎的鼓动下，下面声讨声音越来越高，群情越来越激愤，局势就快要失控了……祠主此时收拾好神器，隐入人群准备悄悄离去时，冯嫽向乌大都使个眼色，乌大都心领神会地跟了上去。

"大禄病逝，昆莫此时比谁都要伤心悲痛。刘解忧失礼惹怒神灵，翁归靡一定会把她交给匈奴使者阿尔扎带去云龙祠……"冯嫽向激愤的人群高声大喊："但不是现在，而是大禄葬礼期满的时候！现在，我们应该让仙逝的人入土为安，让他平安地进入另一个世界。否则，昆仑神又要降罪于我们这些不懂礼数的子孙了。大家说是不是？"

翁归靡听冯嫽这么一说，马上亮开嗓门道："冯夫人说得对，先父入土为安后，本王就下令让右夫人去云龙祠！"

人群渐渐平静下来。

现场的危局解了之后，冯嫽陪着解忧公主，去了她的寝宫。

冯嫽有些抱歉道："礼制变革的主意是我最早给姐姐出的，没想到会演变出这样的结果，连累姐姐了！"

"妹妹的主意好是好，如今明显被人利用了……你说，他们费了这么大周折的目的是什么？我想绝不仅仅就是要我到云龙祠祈福三年吧？这里肯定有阴谋！"解忧道。

冯嫽赞成："我也这样认为，那个祠主就有问题。我已经让乌大都去把他抓回来，到时候就明白了。"

话音刚落，乌大都走了进来。

他一进门，就迫不及待道："我刚把祠主抓住，他也全部交代了，原来是匈奴使者阿尔扎设的圈套。"

"那他人呢？"冯嫽急切道。

乌大都迟疑起来，表情不无遗憾道："他……他被一支暗箭射死了！"

"什么？射死了？谁射的？"解忧惊讶不已。

冯嫽也吃惊道："看来这是杀人灭口！"

乌大都点点头，一脸的无可奈何。

22

乌孙议政殿上，翁归靡召集王公大臣，正在商议匈奴大举征讨乌孙的对策。

突然，殿下传来加急战报。一军情探报急匆匆跑进来单膝跪地道："报！匈奴已经先发动大军，吞掉了邻近的车师国，派重兵屯驻车师，准备向我发动进攻！"

匈奴攻下车师，已置乌孙于唇亡齿寒的境地，大兵压境，危如累卵，是投降还是战斗？大殿之上，一时间人们议论纷纷，惶恐和躁动的情绪瞬时蔓延开来，窃窃私语也变成了议论纷纷，主张即刻投降的声音超过了坚持抵抗的声音。

接下来，又一位军情探报快步进来："报！匈奴声称，乌孙如果交出解忧公主，断绝与汉朝的往来，就可以休兵止战！"

大殿之上，不安的情绪似乎突然找到得以安放的地方，附和声起："对！刘解忧惹怒昆仑神，昆莫应该按神灵的旨意把她交给匈奴，不能因为她一个人，连累了乌孙的百姓！"

随后，附和的人越来越多，声音越来越大："我们不要战争，只要把刘解忧交给匈奴；我们不要战争，只要把刘解忧交给匈奴！"

解忧这时主动站出来，大声昂扬道："各位王公大臣，这次战争确实因我而起，如果大家都认为把我送给匈奴可以免遭战争蹂躏，乌孙的百姓免遭生灵涂炭，我刘解忧一个人的生命又何足惜？我甘愿被五花大绑、押上囚车，送交匈奴单于！"

躁动的人群一下被解忧的浩气和勇敢震住了，声音开始平静下来。

冯嫽这时站出来，声音激动道："各位王公大臣，右夫人刚才已经表态，我对她的勇敢首先表示敬佩！我想说明的是，那位祠主亲口承认，是受匈奴人指使，事情背后的目的也非常清楚，就是壶衍鞮单于想要得到解忧公主，迫使乌孙与汉朝断绝关系。他们料定昆莫不会答应，才想出以神的名义，给匈奴发兵攻打乌孙，找到一个堂而皇之的借口。"

"祠主在哪儿？怎么不让他亲自出面，戳破匈奴人的谎言？"有人疑问。

乌大都这时忽然站出来，愤然道："他被人灭口了！"

四下唏嘘一片。

冯嫽接着慷慨激昂道："其实，其他问题并不重要，重要的是我们必须要弄明白，匈奴人为何绞尽脑汁、一而再再而三地索要右夫人，其最终目的就是要把公主除掉！他们为何一定要和公主过不去呢？因为，不把公主除掉，汉朝与乌孙的亲盟就牢不可破，不把公主除掉，恢复匈奴在西域控制的地位，就是一句空话！所以说，解忧公主的存在，已经成了匈奴在西域与汉朝争锋的绊脚石……实际上，匈奴对乌孙蓄谋战争已久，匈奴东部的乌桓掘了匈奴祖坟，匈奴发兵攻打乌桓，汉朝发兵拦击匈奴，匈奴退兵后，就已经把目光投向了乌孙，只不过迟迟没下决心，直到楼兰王被刺、匈奴使者被杀，加快了他们决心攻打乌孙的步伐。匈奴人为何决定在现在这个时候出兵攻打乌孙呢？不瞒各位，匈奴得知我汉昭帝年少多病，据传天命不多；同时，东胡屡犯汉边塞，武都氐族人和云南益州氐人，先后反叛大汉朝廷，他们认为这个时候出兵乌孙，汉朝会无暇他顾，乌孙就会不战而降！"

下面又响起了一片唏嘘、顿足之声。

冯嫽此时以更加坚定和激动人心的语气，大声道："各位王公大臣们，匈奴纵观周边形势，认为对他有利，更是认为，这是出击乌孙的最佳时机。可是他错了！东胡虽然屡犯汉朝边塞，武都氐族人和云南益州氐人虽然反叛大汉朝廷，可对雄居东方的大汉朝来说，这算多大个事，他们又能翻起多大的风浪呢？据我了解，这些基本已经被汉朝摆平了，乌汉联盟固若金汤，你们相信，大汉朝对乌孙当前的危局，会袖手旁观吗？"

解忧这时激动不已地接话道："我以汉朝公主的名义保证，乌汉联盟关系到大汉的江山社稷，关系到汉朝的大国基业，更关系到汉朝在天下的信誉。你们要坚信大汉决不会坐视不管，只有坚信汉朝、忠于联盟、坚持到底，最后的胜利一定会是属于我们的！"

下面人群开始沸腾起来，有人带头喊道："对！坚信汉朝、忠于联盟，坚持到底，最后的胜利一定会是属于我们的！"

接着附和的声音越来越多，越来越大，越来越激扬……

冯嫽开始朝公主微笑以对，解忧微笑的脸庞挂着两行清泪。

转眼之间，北方的严寒已经过去，春天开始来临。

壶衍鞮单于选择春暖花开的时节，亲自挂帅，率领匈奴征讨乌孙的大军，浩浩荡荡向前线开拔了。只见行军队伍旌旗猎猎，战马奔腾，长弓短刀，甲胄明亮，威风凛凛。

匈奴大军以车师为跳板，长驱直入乌孙腹地，接连攻占乌孙东部恶师、车延等地，大肆掳掠牧民和畜产……

在匈奴的豪华毡房营帐内，壶衍鞮单于心情大好，先是哈哈大笑几声，接着对随行的阿尔扎道："上次去乌孙差事办得不错，匈奴大军现在是奉昆仑神的旨意征讨乌孙，你去告诉乌孙那个不识时务的昆莫，如果现在速速把刘解忧交给本单于也就罢了，否则，我大匈奴十万铁甲骑兵，要踏破赤谷城，踏平乌孙！"

"大单于，我这就出发……"阿尔扎行礼领命后，再次赶往乌孙。

连续接到恶师、车延相继兵败失守的战报，让翁归靡和王公大臣们极为震惊。阿尔扎带来壶衍鞮大单于的口令，又让乌孙国内早先的投降派意见甚嚣尘上。

围绕如何应对匈奴大军的逼近，翁归靡正准备召集一个盛大的乌孙长老会议。

会议马上就要开始了，解忧愁眉不展，冯嫽也满脸凝重，不停地踱着步子。

解忧上书汉廷请求出兵援救乌孙后，汉廷内部意见分歧，有人主张出兵，有人反对出兵，有人主张顺其自然，关键是赶上汉昭帝病危，朝臣对军国大事不敢做主，出兵救援乌孙的事久议不决。辅政大臣霍光犹豫不决，最后准备积极出兵，未等兵力集结，昭帝突然驾崩了。

冯嫽忧心道："乌孙王公大臣前面之所以同意积极应战，主要是把希望寄托在汉廷伸出援手上,而今,眼巴巴地盼了许久,大汉方面杳无音信,匈奴大军又势如破竹,乌孙内部的投降派势必重新抬头,一旦处理不好,乌孙前景难料啊!"

"不如把我交给匈奴,一了百了!"解忧失望无助道。

冯嫽一听,忽然两眼放光,异常兴奋起来:"姐姐,办法有了。这叫破釜沉舟,置之死地而后生。"

接着,冯嫽把计划向解忧叙述了一遍,解忧一听大喜,两人顿时来了精神,有了意气风发的冲动。

长老会议在十足的火药味中开始,投降派再次占据上风。

投降派连珠炮地质问道:"匈奴连克我两地,将长驱直入,我乌孙拿什么抵挡?我们的同盟呢?解忧公主何在?她信誓旦旦承诺的大汉援军呢?"

人们的目光在议事廷上寻找,却没有发现解忧的身影。

突然有一个声音道:"我来了,在这里!"

大殿下,刘解忧让人把自己双手捆绑起来,正坚持冲向大殿,冯嫽却在一旁阻止,两人还在不停地争吵。

这一幕把人们完全搞懵了,大殿之上安静下来。

翁归靡对解忧生气道:"前线告急,战争失利,你不替本王分忧,这是干什么?"

"臣妾正是给昆莫分忧才这样做的。我没有从娘家搬来援兵,所以甘愿受绑,请昆莫把我押上囚车,送交匈奴单于,以解我乌孙之危吧!"解忧完全一副英勇就义的气势。

冯嫽大呼道:"不可!不可!那是亡国灭种之举啊!"

"有何不可?言过其实了吧?"翁归靡还未来得及说话,投降派已嗤笑道。

冯嫽铿锵有力道:"各位王公大臣何不仔细思量,如果我们把公主送给匈奴,就是对汉朝的背叛,汉朝必然不会向乌孙援手,同时还会伺机报复乌孙。楼兰最近的悲剧难道还要在乌孙重演吗?再说,汉朝不是见死不救,相反,他们正积极酝酿出兵,因汉帝驾崩才耽误下来,难道乌孙就不能体谅和理解一些吗?话说回来,就是把解忧公主送给匈奴,谁能保证他能真的退兵呢,我乌孙岂不成了两头得罪。一旦出现匈奴攻击乌孙,汉朝报复乌孙的局面,这离乌孙亡国灭种的日子还会远吗！"

人们仿佛明白过来，投降派也冷静下来，大殿上重新恢复了理性和秩序。

冯嫽抓住机会意气昂扬道："摆在我们乌孙人面前的没有投降，只有战斗！"

她吸了一口气，豪情万丈道："我和右夫人虽为女儿之身，也愿跟随昆莫上前线杀敌！"

她这时平静了一下自己，有条不紊地分析："匈奴军队远程奔袭，别看如今来势汹汹，时间稍长劣势必现。我们可以利用地理位置的作战优势，利用伊犁河谷口这个天然屏障，拒匈奴大军于家门之外。我们乌孙人也有战胜匈奴的辉煌历史，如今乌孙人口多达六十万，胜兵不下十万，抵御匈奴还有什么大问题吗？我相信，作为猎骄靡的子孙们，是决不会屈服的！投降是可耻的！依附匈奴是没有出路的！所以，我们要战斗！战斗！"

"对！我们要战斗！战斗！"众人受到了感染。

大殿之上，群情激奋，一股强大的力量正在凝聚……

23

翁归靡亲率大军，冯嫽、解忧均披挂上阵，把乌孙大军开赴至美丽的伊犁河谷口。

伊犁河谷由天山的三个支脉交错形成，既是风景优美的迷人谷，也是容易遭到伏击的死亡谷。谷口处有一个天然屏障，底部平坦狭长，周围雪峰巍峨、冰川瑰丽、林海苍茫。翁归靡把大军布防在居高临下的险要处，既可以远弩近箭，又能分段截击。

乌孙大军像一个张开的口袋，只等匈奴军队来临。

匈奴军队也早有防备。他们在远处安营扎寨，并不强攻，只派出几股骑兵精锐接近，却不深入，只为试探虚实，一旦不利及时撤退。

接下来的很长一段时间，匈奴军队按兵不动，双方形成对峙局面。

冯嫽找到解忧，忧心道："姐姐，匈奴军队如此长久不攻，我近日很是担心。"

"妹妹担心什么？"解忧问。

"首先是匈奴军队长久不来攻打，就是想用拖延战术使我军疲惫，伺机而动。目前，我军中正弥漫着些许骄傲情绪，越来越多的声音开始认为匈奴军队忌惮我军口袋阵的厉害，所以不敢轻易来攻，很可能不战而退。从士卒到将军，有此想法的人比比皆是！此为两军对垒之大忌。乌孙多年没有战争，军人缺少大战的淬炼，松懈麻痹思想严重，而匈奴在与汉军的交锋中久经历练，我们稍有闪失，恐会酿就大错，请姐姐一定要禀明昆莫，不能不引起高度重视。"冯嫽忧心忡忡道。

解忧满口答应道："好！还有呢？"

冯嫽更为严肃地建议道："匈奴以小股骑兵试探后，会不会改变战术，调集更多弩兵过来与我们打头阵？那样的话，我军的优势就会被大为削弱！同时，我军弩兵数量不足，一旦弓弩对决，我们的胜算不足？我打算立即去趟昆岗和鄯善，抓紧调集一些弓弩手，以备万一！"

经冯嫽这么一提醒，解忧一下意识到事态的紧急和严重性，不觉神色大变。

冯嫽最后表示，以上是她之前和乌大都一起得出的共识，乌大都正准备奏与昆莫。

在解忧公主的督促提醒下，昆莫对上述建议高度重视，连夜安排部署，并派出冯嫽前往昆岗、鄯善搬兵。

冯嫽找到昆岗巨人族部落酋长和鄯善王尉屠耆，把情况言明后，得到两人大力支持，他们当即调集弓弩手增援乌孙。

返回乌孙的途中，令冯嫽意想不到的是，遇到了常惠、郑吉、傅介子三人。当得知他们是奉首辅大臣霍光之命前来支援乌孙，特别是要保护好公主和她的性命安危时，冯嫽兴奋不已。

一向坚强的冯嫽，那一刻声泪俱下："大汉并没有忘记我们……"

冯嫽一行四人，带着弓弩兵顺利回到乌孙军队大营。昆莫及参战贵族们大为高兴，当即打破禁例，为他们摆上酒菜接风洗尘。正值非常时期，众人不敢喝太多酒，着重增加双方的沟通了解。

昆莫先举杯讲完话，常惠接着举杯道："我们三人奉命前来协助乌孙，一是时间有些晚；二是人数不多，但这是一片心意、一种态度。除了深表歉意外，我还想说的是，在我们内心深处，乌孙就如同大汉，我们一定会在战场上竭力拼杀，哪怕为此付出生命，也在所不惜！"

常惠继续道："首辅大臣霍光让我向昆莫说明，朝廷接到解忧公主上书后，积极筹措兵马，尚未集结完成，先帝便于四月份驾崩了。据例，我朝皇帝、皇后驾崩后，要休兵一年……首辅大人记挂着乌孙战事，便选派我们前来，以助绵薄之力……"

翁归靡及参战贵族们听完，真心表示了感谢和理解。

第二天一早，常惠等人巡防了一遍，提出要把山上依林驻扎部队的树木全部锯掉，既是为了防止敌方利用强弩火攻，也是就地取材锯成滚木，袭击攀山而上的敌兵。

翁归靡大为赞赏，同时，对阻击匈奴于伊犁河谷之外的信心也更大了。

匈奴营帐里，丁零王卫律的生命已进入弥留期。卧病多日的他，整个人骨瘦如柴，奄奄一息。

壶衍鞮单于此时坐在卫律的身边，紧紧握着他的一只手。

卫律的眼角有泪水溢出，他挣扎着使出最后的力气，时断时续地道："大单于……匈奴大军……被阻挡在……伊犁河谷口已有数月，如果……没有把握尽快取胜，可考虑及时……与乌孙和议退兵，长期……僵持下去，一旦汉朝……腾出手攻打我们，匈奴将……"

"与乌孙和议退兵，我大匈奴的颜面何在？今后西域诸国哪个还肯听我号令？大战还未开始，丁零王过于太气馁了！"壶衍鞮单于略显不悦道。

卫律接着道："既如此，单于……除了征调弓弩兵，还要日夜训练一批……大力弩手，要射程远；不要忘了找到……会制造弩炮的人，弩炮可使……墙倒城摧；切记要集中……优势兵力……精良兵器……一招制敌……不可心急……打没准备好之仗……"

"王爷尽管好好养病，本单于心中有数。"壶衍鞮单于不无敷衍道。

卫律继续道："战争不可……久拖……否则……匈奴必……败！"

"王爷尽管放心把病养好，本单于自有道理！"壶衍鞮单于开始有些不耐烦了，勉强说了几句安慰的话，遂离开。

不久，卫律咽下了最后一口气……

卫律死后，壶衍鞮单于心里既失落，又高兴。失落的是，没有谁能像卫律那样，为了匈奴殚精竭虑；高兴的是，这下，他终于可以彻底放开手脚了。至于卫律弥留之际的嘱托之言，并未引起壶衍鞮单于的重视。

猛烈的战斗打响了。

匈奴大军在鼓锣声中，向谷口高处的要地冲去。单于以弩兵和弓箭兵方阵从正面压制，以骑兵射击方阵从两侧掩护，大批步兵方阵利用登山梯、钩索等工具，蜂拥向山峰高地攀爬冲击……

乌孙军队占据地利优势，立即还以颜色，除了弓弩射杀远方的有生力量之外，对脚下成百上千攀爬的士兵，投下了严阵以待的滚木、山石。

一时间，冲杀声震天，弓弩齐发，箭镞遮天蔽日，密如雨下，双方都有士兵倒下。匈奴集中力量准备夺取险要高地，在弓弩的掩护下，成群的士兵向上攀爬，摆出了一副要抢占要地的架势。不一会儿，半坡上人头攒动，喊杀声响彻云霄，眼看有人快要爬到顶端。只听一声令下，一截截巨大的滚木、山石，从顶端高处一波接一波地呼啸而下，冲向攀爬而上的士兵。转眼之间，爬在上面的人也变成凶器，混合着滚木、山石击向下面的士兵……伴随着凄厉的哭喊声，无数士兵被击中跌落谷底，死伤无数……

壶衍提单于连续组织了几次突击行动，都没有取得成功，兵力折损严重。最终，他不得不偃旗息鼓，草草结束了这场来势汹汹的进攻。

24

太子绛礼的一系列行为，让龟兹王忧心忡忡，又犹豫不决。

他年老体弱，疾病缠身，早该把王位传给太子绛礼。可他对太子越来越不放心，不愿龟兹国毁在绛礼手上。龟兹之所以能在西域立国，并享有一定地位，关键是他坚持亲近匈奴的同时，也不得罪大汉的对外政策。可绛礼亲手斩杀大汉亲封的赖校尉，主动要求带领龟兹弓弩兵攻打乌孙，完全把自己推到了汉朝的对立面。尤其当下，汉匈在西域的势力对比发生了重大变化，绛礼作为太子，将来是要继承王位的，居然如此不识时务，龟兹国的未来交到他的手里，怎么能让人放心得下呢？小儿子绛宾倒是知书达礼，龟兹王有心想让其继承王位，就要先让他成为太子，可他好像并不热衷于权力……

太子绛礼已经觉察到父王的心思，这段时间，他就像热锅上的蚂蚁，焦躁不安。

左都尉姑翼一到太子府，绛礼就迫不及待地征询他的意见："我现在的形势非常被动，左都尉你说该怎么办呢？"

"太子所言'被动'，是指大王对您有看法，匈奴对你也不满意吧？"姑翼道。

"是啊，父王对我的看法如何你是知道的，可匈奴却认为我向汉朝上书认错和答应支援他的弓弩兵久拖未发，是对匈奴的背叛……你说吧，我这是两头都不落好！"绛礼委屈道。

姑翼神色郑重，压低嗓音提醒道："太子是否想过，你现在的被动结果并不是落好不落好那么简单，如果不早做打算，我担心你的太子之位不保啊！"

"难道父王会改由绛宾接替太子之位？"绛礼神情惊讶。

"很有这种可能。不过，你父王还在犹豫、观望。"姑翼道。

"你刚才让我提前谋划，是有了什么好办法吗？"绛礼急切地问。

姑翼这时忽然兴奋地站起来，接上道："不是我有什么好办法，是天赐太子一个良机。我正是给你奏报这件事的！"

"什么良机？"绛礼急不可待。

姑翼附耳对太子一番私语，听到最后，降礼眉开眼笑。

离开太子府，姑翼要求属下备好临时毡房和酒菜。随后，他带领一支人马赶到经龟兹往乌孙的道路上等候。

不一会儿，一辆豪华锦车朝这边辘辘驶来。

姑翼一边阻拦正在前行的锦车，一边大笑道："敢问车内主人可是乌孙的弟史公主？"

锦车缓缓停了下来。

一位汉朝官吏装束的人出列行礼道:"在下是护送长公主的弟史回国的汉朝使者奚充国。不知眼前是哪位将军,为何要拦公主车驾?"

姑翼哈哈大笑道:"本将军恭候弟史公主多时了。我奉龟兹王之命,前来慰劳公主。大王早知长公主在汉乐府学习多年,今学业有成归来,一路车马劳顿,特让我略备薄酒在此等候慰问,也算略表心意,不知长公主可否赏光?"

"龟兹王的这番美意,本公主怎么能不领受呢?"弟史说着,从车内走了出来。

姑翼给弟史公主见过礼,指着路边刚搭好的临时毡房,邀请弟史、奚充国一行入内就座。

不一会儿,他们面前摆满了一大桌酒菜。

姑翼一边劝酒,一边绘声绘色地讲述解忧和冯嫽年轻时,曾游历龟兹国的故事,迅速拉近了彼此的心灵距离。

奚充国刚开始还有些戒心,三杯酒下肚便减少了防备。他和随行的护卫一路上车马劳顿,没有好好吃过一顿囫囵饭,睡过一次囫囵觉,如今面对美酒佳肴,每个人都甩开膀子,山吃海喝一番,最后竟都醉得不省人事,鼾声震天。

眼看日薄西山,姑翼看了看天色对弟史道:"长公主请看,天色不早了,不如你跟我去龟兹小住两日如何?"

"我在汉朝乐府学习时,师傅们多次和我提起龟兹乐舞,我早已心向往之,难得今日机遇,也好……"弟史看了看奚充国道:"他们都是护送我的随员,只是……"

姑翼笑道:"长公主到了龟兹,就等于到了家。你留封书信给他们,让他们睡醒之后散了吧!"

弟史不假思索,就点头同意了。

奚充国酒醒之后,一看弟史留下的信函,方知她去了龟兹。想到姑将军和解忧、冯嫽是老朋友,应不会拿弟史公主如何。信中言辞恳切地表达了公主的强烈意愿,奚充国就再没往坏处想,直奔乌孙给解忧奏报此事。

解忧一听立即色变,肯定道:"弟史这是落入了太子绛礼和左都尉姑翼之手了!"

冯嫽把太子和姑翼亲近匈奴的情况,向大家略作介绍,众人无不大惊失色。

情急之下，解忧只能以泪洗面。

奚充国一旁因羞愧交加而捶胸顿足道："怪只怪卑使贪杯，听信了谎言，才上了奸人的当，误了护送长公主的大事啊！"

"奚使者不必自责。姑翼有备而来，你就是早知如此也无济于事。"解忧意识到自己有些失态，赶紧抹干了眼泪安慰道。

众人也开始摩拳擦掌，义愤填膺，有人主张直接去向龟兹要人。

冯嫽冷静道："姑翼利用长公主弟史的单纯，把她骗到龟兹，就是要软禁她，使其成为太子手上的一颗绝妙棋子。奚使者之前所为，可以说是歪打正着，没有伤害大家的和气。如果我们现在去要人，龟兹一旦拒绝，那不就撕破了脸皮嘛，后果更难预料。其实，大家不必担心，长公主暂时不会被送去匈奴，也不会受到伤害，对方还会以礼待之！"

看众人不解的神情，冯嫽接着分析道："匈奴对龟兹最近的一系列行为很不满，太子绛礼因此陷入了恐慌。为了掌握未来形势上的主动权，太子就想到了劫持长公主这着棋，因为现在正是匈奴和乌孙两军对阵的关键时刻，如果匈奴赢了对乌孙的这场战争，太子就会把长公主拱手送到匈奴，既可以消除匈奴先前对太子的芥蒂，又可以得到匈奴的支持。如果匈奴最后失败了，太子就会把长公主平安地送回乌孙。"

冯嫽思忖片刻道："所以……我认为，现在最好的办法就是将计就计，先放手别管这件事，看事态怎样发展再说！"

大家一听虽然都觉得有理，但是问题的焦点又回到了战争结果上。

解忧不禁长叹道："乌孙的大军尽管顽强坚守，如果没有汉军的援手，很难有取胜的可能。先帝驾崩快一年了，又传来新帝被废的消息，也不知是否后继有人，大汉什么时候才能顾及乌孙吃紧的战事呢？"

大家这时不禁把目光投向了奚充国。

奚充国已从懊恼的情绪中走出，就把自己了解的情况向大家讲述了一遍。

年仅二十岁的汉昭帝驾崩后，霍光等大臣拥立的昌邑王十分荒唐，登基二十七天就被废掉。这时，霍光等大臣遇到了难题，西汉王朝面临储君乏善可陈的危机——昭帝没有儿子，而武帝其他几个儿子都不适合做天子。有了昌邑王的前车之鉴，大臣们对于拥立皇帝一事十分谨慎，在得知武帝那个流落民间的曾孙刘病已好学多才、操行节俭、慈仁爱人之后，决定拥立这位皇曾孙为天子。刘病已为戾太子刘据的孙子。武帝末年爆发的巫蛊事件中，刘据一家被诛，只有刚出世几个月的刘病已因而流落到朝廷的监狱，后得到贵人的力保才得以幸免。元平元年（前74），霍光等大臣将他从民间迎入宫中，先封为阳武侯，于同年七月继位，是为汉宣帝，时年十八岁，更名为刘询。

解忧这时高兴道："新帝既已继位，朝政也就稳定了。不过百事待兴，现在正是政务最忙的时候，所以我以为，有必要再给大汉上一份请求援救的奏书。"

"上书时也算我一个！"翁归靡接话道。

解忧笑道："那我们就联名上书！"

太子绛礼和左都尉姑翼亲自拟订了实施方案，在进行一番周密的计划之后，开始了具体行动。

姑翼去二王子府拜见了绛宾，令后者十分惊讶。绛宾对姑翼的印象不是很好，猜不出其为何突然登门。

姑翼并不急着切入正题，先是说了些二王子为人正派耿直、知书达礼等场面话，又称赞他天生就是为龟兹乐舞而生，淡薄名利。最后，姑翼才把话题引到绛宾幼时与解忧、冯嫽相遇，成了"忘年交"的往事上。

起初，绛宾对姑翼的没话找话并不感兴趣，当话题引到龟兹乐舞和刘解忧、冯嫽时，他一下打开了话匣子。绛宾禁不住回想起彼时与解忧、冯嫽的奇遇；联想到解忧的女儿弟史从小也喜欢乐舞；还记起冯夫人之前曾带领弟史出使龟兹，当时他要弟史喊他"小叔叔"，弟史却偏偏淘气地叫他"宾哥哥"……不久，弟史就去汉朝学习乐舞了，对此，他羡慕不已。

姑翼见时机成熟，压低声音神秘兮兮道："二王子，我今晚来其实想向你奏报一件事。我反复思考并犹豫良久，还是决定告诉你，也不知当讲不当讲！"

"将军请讲！没有什么当讲不当讲！"

"谢二王子信任，那我就说啦！"

"直说！"

"好！在下向来看不惯太子的行径，而且十分同情解忧和弟史母女！匈奴正在攻打乌孙，那头逼迫乌孙交出刘解忧，太子这头却把弟史公主扣押了，说要送给匈奴……"

"什么？弟史怎么会被太子扣押？"

"弟史公主从长安学习归来，路过乌孙的时候被扣！"

"确有此事？"

"千真万确！我苦劝太子不听，他还要我不要走漏了风声，说一旦大王知道了，他就立即杀死弟史！"

"他是太子啊！为什么要这样做？他疯了吗？"

"具体原因我也不知道……只是有一次听他哭诉，说是大王对他有成见，他的太子之位可能不保……也许，他是破罐子破摔，才这样走极端的……可弟史是无辜的啊！"

绛宾沉思良久，斩钉截铁道："无论如何都不能让太子把弟史送到匈奴去！"

接着，他又朝姑翼道："左都尉，你要帮我！"

姑翼满脸狐疑地看了看绛宾，道："只要微臣力所能及，二王子尽管吩咐。"

"好！绛礼不就是担心自己的太子之位，才如此妄为的吗？你回去告诉他，我愿助他一臂之力，稳固他的太子之位！"绛宾语气恳切道："你不用怀疑，我会向父王言明，太子不可轻易废立，事关江山社稷。绛礼比我适合做太子……再说，父王体弱多病，我还要劝他把朝政大权交由太子处理……"

姑翼故作不解地摇头道："不行，不行，我不能这样做！"

"你刚才不是答应我了吗？"

"我刚才忽然想到，你如果不……不这样做，有希望成为太子，将来能继承王位呢！二王子这样做，牺牲太大了……"

绛宾这时忽然哈哈大笑道："解忧是我的忘年交，弟史和我志趣相投，也是难得的知音，我怎么能为了本就不属于我的太子之位，置情义于不顾呢？我是真心拜托左都尉帮我……不过我有个条件，请转告太子不能伤害弟史公主，必须把她安全交给我！"

"好吧……我回去试试再说吧！"姑翼故意道。

姑翼把情况向太子进行了奏报，绛礼大为高兴，承诺只要保住太子之位，等他将来做了龟兹王，一定封姑翼为辅国侯。姑翼一听神色大喜，当即叩首感谢，并再次表达了忠心。

高兴之余，绛礼难免又心生忧虑："二王子不会反悔吧？"

"我想不会，但也不能确定……只是，还有一个问题，让我不知如何是好。"姑翼道。

绛礼不解地："什么问题？"

"弟史公主交给二王子以后怎么办？如果她要回乌孙，太子就不便再强行干涉了，之前我们计划的另一步棋，就没得可走了！"姑翼皱眉道。

"嗯！是得想个办法，既让绛宾不反悔，又能把弟史公主留下！"绛礼道。

姑翼苦思冥想了半天，忽然兴高采烈起来："太子，我想到一个好办法！"

"快说，什么好办法？"绛礼眼放精光。

姑翼把想法悄悄告诉绛礼，对方连连点头，喜形于色。

25

朝堂之上，年轻的宣帝端坐龙椅，霍光等众大臣按位次分立殿堂之上。

宣帝道："解忧公主和乌孙王遣使专程递交联名上书，再次请求我朝发兵支援。此事关系重大，朕听取大将军霍光意见，今日廷议，请众位大臣各抒己见！"

第一位大臣出列跪拜，沉着道："陛下即位不久，百事待兴，急务缠身，只恨分身乏术，哪有工夫顾及远邦如乌孙？"

"臣以为，蛮夷之邦并不可靠。乌孙王哪一个不是既娶我汉家公主，又娶匈奴公主？假如我朝为其解围，不出几天，乌孙必会与匈奴再度眉来眼去！"另一位大臣同样持观望态度。

"先帝罪己诏已有明示，我朝当下不宜轻启战端，不应再劳师远征去攻打匈奴。再说，狄人之间的内讧，我朝不便染指。"亦有大臣振振有词道。

也有持支持态度的说："大汉与乌孙和亲即为联盟，如果对方有难而见死不救，必令大汉信誉尽失，是为不义也；解忧乃汉家公主，匈奴攻打乌孙，就是以讨要公主为名,如果我大汉此时按兵不动,势必令公主心灰意冷,是为不爱也;乌孙此前对外上确实采取的是两头讨好的政策,但自从翁归靡继任王位后,其政策逐渐转为亲汉,匈奴正是因此才攻打乌孙,如果汉军不施以援手,是为不察也。"

群臣各抒己见之后,宣帝把目光落在大将军霍光身上,想听听他的见解。

霍光双膝跪拜道:"老臣有疏漏之过,还请陛下责罚!"

"大将军快快请起,何事先奏来朕听听。"宣帝这时也欠了欠身,以示还礼。

霍光大声道:"匈奴派大军攻打乌孙之初,解忧公主连续上书向汉廷求援,适逢先帝驾崩,国丧休兵,臣无奈之下擅自派常惠、郑吉、傅介子、冯奉世等人前往乌孙援助。今解忧公主和乌孙王的联名奏书,就是由常惠返回呈奏的。臣之前未及时将此事向陛下奏报,请圣上责罚。"

"大将军何过之有?此事发生在先帝驾崩之时,爱卿如此做亦属随机应断,并无不妥啊!"宣帝安慰道,"大将军说常惠刚从乌孙前线回来,他人在哪里?宣上殿来,朕要一问究竟?"

霍光叩首谢恩后,即命人将常惠带到大殿之上。常惠先扑跪行礼,后将相关情况如实向宣帝奏报。

常惠之所以亲自带着联名奏书回汉求助,是因为时间紧迫。当时,乌大都得到密报,壶衍鞮单于自从进攻乌孙失败后,重新按照卫律临死前给他的建议,一方面从各亲王部落大批征调弓弩兵,另一方面紧锣密鼓训练了一批大力黄弩手。另外,他还寻到汉朝攻城弩炮的制造技术,正在赶制一批威力巨大的弩炮,打算集中优势兵力,一举夺取伊犁河谷口的战略要地,打败乌孙的防御大军……冯嫽听后,甚为惊讶。她和乌大都立即找来解忧、常惠、郑吉、傅介子、冯奉世等人,悄悄进行小范围商议,最后决定由常惠回长安,直接找到霍大将军,希望在他的斡旋下,大汉天子能够及时发动大军援助,以解乌孙危急。

常惠把乌孙前线情况简要奏报完毕,霍光又将大汉当初建立汉乌联盟的目的和经过向新帝做了禀报。同时,他还把自己引荐解忧和冯僚赴乌孙和亲,以及她们在乌孙的所作所为,结合冯使者上书和汉武帝力挺下诏等事,声情并茂地讲述了一遍。

大臣之中，有不少人早已淡忘了此事，如今旧事重提，回味之后，不禁唏嘘不已。年轻的汉宣帝因来自民间，更为感同身受，眼角不禁有泪水涌出。

匈奴征讨乌孙已两年有余，解忧公主和乌孙王现在的处境十分艰难和凶险。不过，这种时局的出现，一方面充分证实解忧公主在乌孙的威望之高，否则，她早就被五花大绑、押上囚车，送交匈奴单于了；另一方面也说明，乌孙的抵抗是很顽强的，实力悬殊如此之大，最终没能让匈奴大军进入伊犁河谷内，这也是很不容易的。

霍光此时大为动容道："老臣认为，陛下当立即出兵，以解乌孙之危急！"

汉宣帝奋发着昂扬激情道："好！朕早年流落民间的时候，就曾听说冯使者上书的故事，亦赞服曾祖父之气势磅礴的大国梦想。至于罪己诏所涉内容，是曾祖父在特定时期做出的，针对亦只是特定时间。方才，大将军讲述了解忧公主和冯嫽夫人的诸多事迹，朕听后，感动不已！她们以女儿之身，在乌孙乃至整个西域纵横捭阖，才有了今天这样不俗的局面，实属不易，这背后需要付出多少心血和汗水？这其中包含了多少辛酸委屈，乃至屈辱？如果我们放弃乌孙，就是放弃整个西域，就是放弃昆仑祖源地，就是放弃我朝的大国之梦……同时，也是放弃我朝，作为东方大国的尊严、威望和名誉……我们将愧对天下百姓，愧对列祖列宗……朕决定调兵遣将，分路攻打匈奴，以解乌孙之危！"

"陛下英明！"大将军霍光率先起身叩拜，众臣也一同齐声应和。

26

时隔多年，当绛宾再次与弟史见面的一瞬间，只觉有什么东西撞击着自己的胸膛，让他呼吸困难。弟史已不再是自己记忆中，那个漂亮可爱的小女孩，而已出落成一位成熟美丽、娇柔可人的大姑娘。只见她长长的发辫，流星似的眼睛，虽然是一位乌孙美女，但言谈举止中，无不折射出汉家闺秀的气质。

正是缘于解忧和冯嫽对绛宾的夸赞，弟史很小就对他印象极佳，多年前的第一次相见，她就觉得他的"好"超过了她的想象，不但相貌堂堂、举止潇洒，而且待人真诚和气。同时，他们因为乐舞这一共同爱好，也相谈甚欢，尽管有十岁的年龄之差，她却亲切自然地直呼他"宾哥哥"，可惜相见时短别更长……这么多年过去，他身上那始终充满乐律的气质，让她一直铭刻于心。

这次见面，其实是弟史向往已久的。身在汉乐府学习的日子里，她做梦也想不到，会听到与西域，尤其是与龟兹乐舞有关的故事……

张骞第一次出使西域时，发现一种管乐器。这种乐器体积很小，制作简单，声音洪亮，音色优美。通过甘父翻译，才知道这种乐器是用兽骨或鹰骨做的七孔笛。张骞就把十多把笛子及演奏方法，还有一首《摩诃兜勒》的笛子曲，一同带回长安，交给宫廷乐师李延年。其中的筚、笛、角等乐曲和龟兹乐曲，引起李延年的极大兴趣，他对乐曲和乐器进行了深入研究。

龟兹音乐充满大漠旷野的气息，旋律令人耳目一新，为这位音乐家注入了新的灵感。李延年认为张骞带回的西域音乐是绝妙的艺术财富。他在《摩诃兜勒》的基调上又写了二十八首新曲子，其中有《入关》《出塞》等名曲。这些曲子和笛子逐渐传入镇守边关的将士中间，将士们吹奏笛乐，用壮阔雄伟的边塞新曲，抒发保家卫国的热情，寄托对故乡亲人的思念。随后，李延年又组织了汉朝第一支鼓吹军乐队，专门演奏西域乐曲。他谱写的具有龟兹风格的雄浑昂扬的乐曲还作为了当时的军乐。中原音乐对龟兹乐曲进行了较大的容纳和吸收，形成了雄歌健舞的流派，成为鼓舞士气、振奋精神艺术精品。

在汉廷乐府里，每每有人提到龟兹乐舞，弟史就自然而然联想到绛宾。她对龟兹乐舞的想象就是他，她甚至觉得他也是龟兹乐舞的全部！

到龟兹后，弟史终于迎来了和绛宾的重逢。一向落落大方、处变不惊的她，胸口忽然有种似小鹿乱撞的感觉。那一刻，时光凝固了，两人的目光缠在一起，如梦似幻。

她平复了一下心绪，大方张开双臂，给他一个热烈的拥抱，嘴里发出亲切的欢呼。

为表示对弟史到来的欢迎，龟兹王宫中，特别举办了一场大型音乐会。

绛宾先演奏了一曲龟兹乐，然后邀请弟史弹奏琵琶。弟史的纤纤十指在弦上拨弹自如，奏出一串行云流水的音律。绛宾望着她那娇柔似花的容颜，不禁暗暗赞叹："她弹的这一手好琵琶和她的容貌一样动人啊！"一曲奏罢，绛宾情不自禁地邀弟史跳舞。她腰肢纤细，体态轻盈。只见她一扬眉、一转目，在毡毯上踏步起舞，旋转的裙子像飞舞的雪片飘逸，面颊上的红饰和微汗交融。她优美的舞姿和端庄高雅的风韵，让围观欣赏的人们赞叹不已。对绛宾来说，弟史举手投足的轻盈、一颦一笑的风姿、犹如天籁般的一声"绛宾大哥"，好像一把把利刃，都能要了他的命……他对弟史公主，更加倾心爱慕了。

看出端倪的姑翼索性就把弟史公主安置在二王子的府上。弟史自然满心欢喜地帮助绛宾开始组建龟兹乐府。筹建工作之余，两人还不忘切磋音乐和舞蹈。一天，两人谈得兴起，在弟史的提议下，绛宾积极为她表演了一组自己谱的曲子。随后，弟史也自告奋勇为他展示了一首名叫《凤求凰》的琴歌。

《凤求凰》是弟史在汉乐府学到的一首琴歌，演绎了司马相如与卓文君的爱情故事。司马相如年轻时，曾担任皇帝近前的"武骑常侍"，但他并不满意这份工作，借口生病辞了官职，投奔临邛县令王吉。临邛县有一位大富豪名叫卓王孙，膝下有一女，名文君，容貌天生秀丽，善于吟诗弹琴，不幸的是丈夫死得早，年纪轻轻的她寡居在娘家。司马相如趁一次做客卓家的机会，借琴曲表达了自己对文君的无限倾慕和热烈追求。两人一见倾心，双双约定私奔。他们先回到司马相如的老家，怎奈家徒四壁无以为生。两人最后决定还是回到临邛开酒馆。夫妻二人一个收钱、一个当伙计卖酒，卓王孙要面子，只好默认了他们的爱情，还给了一大笔钱。司马相如和卓文君，终于过上了恩恩爱爱的日子。

弟史先给绛宾讲了这首琴歌背后的动人故事，接着全神贯注，边奏边歌：

凤兮凤兮归故乡，遨游四海求其凰
时未遇兮无所将，何悟今兮升斯堂
有艳淑女在闺房，室迩人遐毒我肠
何缘交颈为鸳鸯，胡颉颃兮共翱翔
凰兮凰兮从我栖，得托孳尾永为妃
交情通意心和谐，中夜相从知者谁
双翼俱起翻高飞，无感我思使余悲

吟唱中，弟史自己先被感动，词曲旋律深挚缠绵又不乏热情奔放……绛宾被深深打动，也跟着学唱，很快也了若指掌了。

绛宾双手抚琴，朝弟史笑道："我现在就是司马相如，你愿做卓文君吗？"

弟史双眸含情，火热大胆道："卓文君有啥了不起？她是等司马相如以琴相约才私奔，而我愿以乐舞为媒，就此留在宾哥哥的府上！"

绛宾恍然明白，难怪这次见到弟史，不曾见她有丝毫被劫持后的惊恐，亦无离去之意，而是尽情享受彼此朝夕相处的生活……

"宾哥哥，你怎么啦？我说的话你没听到吗？"弟史娇嗔道。

"听到了！听到了！"绛宾提高嗓门道，"我刚才在想，等我们排练出一场大型的龟兹乐舞，在王宫隆重演出后，我就派人去乌孙求亲……"

绛宾说完，二人目光再次胶着在一起。那一刻，他们的眼帘里满含的是绵绵深情、无限欣喜、浓浓爱意……

27

北方的冬天来得早，几场凛冽的寒风让前两个月还披绿叠翠的广袤大地，一下失去斑斓的色彩，迷蒙而苍黄的天空也忽然低矮了很多，显得冷清而寂寥。

极目天地之间，一匹快马朝乌孙方向疾驰。马上的不是别人，正是大汉校尉常惠。

自从常惠赶回汉朝求援后，解忧公主一直掰着手指算日子。此时，她和冯嫽无不焦急地等待着他的消息。

解忧心焦道："妹妹，你说常大哥能搬来大汉援兵吗？匈奴大军现在的准备非常有针对性，如果没有汉军援救，一旦等到他万事俱备再来攻打，乌孙恐难以坚守了！"

"是呀，幸亏壶衍鞮单于当初未听进卫律的意见，给了乌孙这一宝贵的缓冲时间……姐姐，放心吧！我相信常大哥、相信大汉……"冯嫽安慰道。

突然，传令士兵奔向营帐，大声重复着一个令人振奋的喜讯："常惠校尉回来了！大汉要发兵攻打匈奴了！"

乌孙军营顿时沸腾起来。

翁归靡率众亲自走出营帐，把常校尉迎入大帐的上席赐座。常惠把汉朝的决定，及时向昆莫进行了传达。

汉宣帝任命常惠为校尉，令其持汉节，率领五百名精兵，携带赏赐给昆莫和解忧公主的礼物，从速回到乌孙，一是告诉昆莫，汉朝调发关东精锐部队，并从各郡国选拔精兵良将，共发兵十六万攻打匈奴；二是让常惠监军，与昆莫率领乌孙大军，投入到与汉军携手共击匈奴的战斗中来。

大帐内，群情振奋。

解忧喜极而泣道："这下好了，匈奴尚未准备好弩器，实施对乌孙的致命一击。如今大汉发了援兵，乌孙有救了！"

"右夫人说乌孙有救了，是什么意思？"翁归靡疑惑道。

众臣的目光中同样充满了狐疑。

由于当初怕昆莫过度担心，避免在乌孙内部造成恐慌，密报内容被隐瞒起来。解忧这时破涕为笑，方才向昆莫和众臣道出真相。

翁归靡及众臣听后，都吃惊地张大了嘴巴。

常惠进一步宽慰道："大汉天子得知乌孙危急后，紧急调发关东精锐，作为先遣部队。目前，应该已抵匈奴边境，单于得到消息后必然下令退守，乌孙的危局自当有效化解。"

冯嫽仍不无担心道："凭壶衍鞮单于的性格，一旦得到汉朝出动援助大军的消息，很可能会铤而走险，提前向乌孙发动攻击。"

常惠赞同道："冯夫人的担心不无道理！"

翁归靡听罢，当即决定进一步加强乌孙防御，以备不测，不给壶衍鞮单于留下任何可趁的机会。

本始三年（前71年）春，汉宣帝开启两汉四百年规模最大的一次对外骑兵出征。十六万大军兵分五路，如同五齿钢叉狠狠戳向匈奴东线腹部，尤其作为先遣部队的关东精锐，已移师至匈奴境内。

壶衍鞮单于大帐内，气氛极为紧张。

一名巡逻骑兵的头领慌张奏报道："大单于，我等发现道路上有大量马粪，里面还有消化未尽的粮食颗粒，由此判断是汉军的马匹留下的。这应是汉朝的一支先头部队，人数还不少呢！"

众人一阵惊愕。

随后，一位匈奴幕僚快步走进帐内，神情焦急道："大单于！据来自长安的密报，汉朝正派十余万大军，分五路向我扑来，先遣部队可能已抵近我部！"

壶衍鞮单于一听，重重叹息了一声道："汉军早不发兵，晚不发兵，怎么会偏偏这个节骨眼上发兵？昆仑神，你要保佑我大匈奴啊！"

"看来汉军急发一支先头部队，就是想趁我们对乌孙作最后一击之前，先发制人，以化解危机！"左贤王脱口道。

"正如王弟所说。"壶衍鞮单于说完，用略带期望的眼光，注视着一位幕僚道，"依你之见，该当如何？"

该幕僚不加思索道："大单于应当下令，马上向王庭以北回撤！"

"这就是你献给我的良策？刘解忧不要了？乌孙这把插在我匈奴右臂上的锋利尖刀不拔了吗？"壶衍鞮单于万没料到，从幕僚那里得到这样的回答。他有些恼羞成怒，责问不止。

幕僚还想辩解，被左贤王善意制止："我匈奴大军紧逼乌孙军队西下，造成本部空虚。我明白你这样做的用意，是为了避开汉朝大军的锋芒，保存实力，以图将来寻找机会……只是，我大匈奴征服乌孙的机会再也不能错过了，重新掌控西域的时间也不容许我们再等了！"

"对！我们绝不能轻易放过刘解忧、放过乌孙！"右谷蠡王满腔愤怒道。

壶衍鞮单于突然起身，双拳紧握，铿锵有力道："提前决战乌孙！"

虽然，壶衍鞮单于心有不甘，提前向乌孙发动了猛烈疯狂的攻击，但由于弩炮重器未能投入到战斗中，加之乌孙大军早有准备，匈奴大军的进攻并不占优势，场面惨烈，进展不利。壶衍鞮单于看一时难以取胜，无奈之下，只好接受那位幕僚之前的建议。

乌孙的危局解除之后，由常惠做监军，翁归靡亲率乌孙五万骑兵，组成第六路大军，从西线进攻匈奴，与汉军东西并进，对匈奴形成了一个巨大的钳形攻势……

乌孙军帐内，针对反击方案，大家开始了激烈的讨论。

"壶衍鞮单于的正面和东边，都要面对汉朝五路大军的进击，大家都议议，我乌孙大军怎样反击，才能保证战果最大化？"翁归靡首先抛出话题。

大王子元贵未多作思考道："这么说，匈奴必然不能西顾右谷蠡王，我乌孙完全可以集中优势兵力，对这支陷入孤立无援的匈奴军队进行奋勇反攻追击，一举剿灭右谷蠡王所部。"

右大将乌大都摇头道："右谷蠡王虽然孤立无援，但壶衍鞮单于向王庭龙城以北回撤时，把大军的一部分主力交由他指挥，他的实力还是不容小觑的，硬拼的话，杀敌一千也要自损八百。"

"右谷蠡王老奸巨猾，不与我军交战，一味向纵深逃窜，我们又能奈何呢？"常惠稍作停顿，接道："不如由我率领一支精骑，星夜绕道超越右谷蠡王，直捣匈奴老巢，截击他的退路，也更好对他形成两面夹击之势。"

冯嫽赞成道："此计甚妙！壶衍鞮单于命令右谷蠡王迅速向匈奴老巢撤退，目的是负责保护大单于亲眷，如果通过千里奔袭这种以意想不到的形式，端掉匈奴老巢，再前后夹击，极易一举消灭右谷蠡王。"

"我听说绕道右谷蠡王老巢，要跋山涉水过乱骨岗，据称那条路千难万险，有的地方是行人的禁区。"翁归靡并不赞成此建议，"常校尉作为汉使和监军，本王要对你的安全负责，怎么能让你冒这么大的生命危险呢？"

"我赞成昆莫的意见！常校尉不能去！"解忧的态度同样坚决。

冯嫽不禁悄悄看了一眼解忧，解忧也正朝她这边偷看。二人目光相遇，细心的冯嫽看到对方余光里有一丝丝的慌张和羞涩掠过……正在这时，冯嫽发现，常惠也悄然向她投来求助的目光。冯嫽轻轻点了点头，面露会心的微笑。

"我坚决支持常校尉！"冯嫽声音虽轻，却掷地有声，不禁引起大家的惊讶。

"你知道这条路有多凶险吗？"翁归靡望了一眼冯嫽，接着道，"前有高山阻挡，后有大河横流，更有乱骨岗夺人性命。那里方圆两百里都是赤岩石，白天岩石向外喷发热量，再加上头顶似火骄阳，但凡闯入，最后大都只能留下一具白骨……"

"这些我都知道！"冯嫽回答得轻描淡写。

解忧听了翁归靡的介绍，脸色大变，不禁脱口责怪道："妹妹既然都知道，为什么还要常校尉去送死？"

冯嫽岔开问话，义正词严道："我们还记得匈奴人绞尽脑汁、一而再再而三地要除掉解忧公主吧！我们也明白匈奴人是要打破汉乌联盟吧！我们还知道匈奴人就是为了重新控制西域吧！如果我们不想重复这样的结果，就必须充分把握这次绝佳的反击机会，出奇制胜，一战定乾坤，打出汉乌联盟的威信，永绝匈奴重新控制西域的幻想！"

众人听后无不信服得频频点头。

常惠适时插话道："想得虎子，焉能不入虎穴？我从汉朝带来五百勇士，请求昆莫再给我五百乌孙勇士……"

翁归靡犹疑了一下道："常校尉的英雄虎胆让人钦佩，只是……我们谁都不知道，这条路到底怎么走，你如何去呢？"

冯嫽早有准备，立即请出一位猎骄靡时代的老猎人。他向昆莫表示，愿意带路前往。

为了打消解忧和大家的忧虑，老猎人道："此路虽艰难凶险，但也有行走的窍门，就是高山探秘道、大河寻浅滩。过乱骨岗要赶在每天太阳出来前的两个时辰内，那时岩石热度骤然冷却，可以快速通过，沿着北斗星的方向即可走出险境。"

常惠率领一千汉乌勇士离开后，冯嫽安慰解忧道："常大哥西域建奇功，即将一圆我们共同的梦想，姐姐应该高兴才是！"

"姐姐当然高兴！"说着，解忧红着眼圈笑了起来……

翁归靡亲自率领能征善战的将军、翕侯，从正面死死咬住无心恋战、只顾抱头鼠窜的右谷蠡王。解忧、冯嫽也跨马挥剑，与乌大都一起征战在昆莫左右。郑吉、傅介子也不甘落后，作为反击大军主力，一马当先，冲锋在前。

在老猎人的引领下，轻骑在险途中飞奔，常惠及千名勇士虽然历经艰险，但是很快抵达了右谷蠡王的老巢。

护卫匈奴王爷、阏氏、居次等单于亲眷的护卫军，做梦都没想到，乌孙奇兵从天而降，还没来得及抵抗，就束手就擒。单于的亲眷悉数被俘，常惠指挥勇士从背后急行，迎战正面撤退而来的右谷蠡王大军。

常惠截断右谷蠡王大军的退路后，他们只好同时与前面堵截的勇士、后面追击的大军激战，刀剑翻飞，血浆横流，尸首遍地。得知单于亲眷被劫、老巢被剿后，右谷蠡王顿时失魂落魄，方寸大乱。在翁归靡和常惠的前后夹击下，右谷蠡王的队伍抱头鼠窜，乱作一团，几乎全军覆没……

28

匈奴溃败的消息，让挛鞮居次伤心失望之余，卧病在床。泥儿来到母亲床头，发现其面容憔悴，神情茫然若失。

自从军须靡归天后，翁归靡对她非常冷淡，虽然还顶着"左夫人"的名头，实际上早已今非昔比，只不过徒有虚名罢了。刘解忧才是乌孙后宫真正的女主人。然而，左夫人又是偏执之人，认为自己作为匈奴公主，之所以下嫁乌孙，就是为了维护匈奴利益，就是要破坏汉乌联盟。她本指望匈奴大军这次能要挟乌孙，迫使其交出解忧，为她出口恶气，甚至还曾和儿子一起设想，匈奴这次大败乌孙后，她的泥儿就可以提前登上乌孙大宝。

泥儿叫了声"母亲"，随即，泪水顺着面颊流淌下来。

挛鞮居次忽然来了精神，小声对泥儿训斥起来："有什么好哭的！你还有个王子的样子吗？我匈奴人的骨血从来就不相信眼泪，只相信刀剑！"

泥儿点了点头，恨恨地道："乌孙王宫里的人都看不起我，连乌就屠也说我当不上昆莫，翁归和解忧会让他们的大儿子元贵取代我！"

"他胡说！"左夫人振作了一下，面露疑惑，"乌就屠为什么那样说？"

"匈奴兵败，乌孙那些势利的王公大臣恐怕以后都要反对我了。"

"不可能！布都渠大翕侯应该不会！再说，匈奴这次虽然大败，但未伤及根本，大单于不会善罢甘休，我相信，他一定会对乌孙实施报复……"

"这么说，我还是有机会的？"

"当然！作为流淌着匈奴血液的男子汉，你不能轻易服输！另外，乌就屠与你是同样流有匈奴骨血的兄弟，你要团结他，把他拉到你的阵营来。"

"乌就屠眼里根本就没有我，他对右大将和冯夫人心生佩服，只会和其他人一样冷眼待我！"

"那么，你一定要振作……"

"嗯，等有一天我当上昆莫，要让那些人以血泪偿还……"

"好！这才像我的儿子，有骨气！"

左夫人刚说完，突然又愤愤道："匈奴这次之所以惨败，主要归咎于那个叫常惠的汉人。他本以为这次在西域建了奇功，可以封侯拜相，天下扬名，我就是要让他空欢喜一场，还要借大汉的屠刀结果了他！"

泥儿听得一头雾水，左夫人遂将计划一五一十地告诉儿子。

泥儿这才面露微笑，最后神秘地点了点头。

这次汉乌大军出击匈奴，可谓捷报频传。

大殿之上，汉宣帝刘询、辅政大臣霍光及其他众臣，正在听取各路将军的胜利奏报。

度辽将军范明友，出列大声奏道："陛下，臣率第一路大军三万骑，出张掖一千两百余里，至蒲离侯水，斩俘匈奴七百余，获马、牛、羊一万余只。"

"臣率三万骑作为第二路大军，出云中一千两百余里，至乌员、侯山，斩俘匈奴一百余人，获牛、马、羊两千余只。"前将军韩增接着奏道。

后将军赵充国，继续奏道："臣率第三路大军三万骑，出酒泉一千八百余里，西至侯山，斩俘单于使者蒲阴王以下三百余名，获牛、马、羊七千余只。"

"臣率四万骑作为第四路军，出西河一千六百余里，至鸡秩山，斩俘匈奴十九人，获牛、马、羊一百余只。"祁连将军田广明出列奏道。

虎牙将军田顺，随后奏道："臣率三万骑作为第五路军，出五原八百余里，至丹余吾水上，斩俘匈奴一千九百余，获牛、马、羊七万余只。"

此时，大将军霍光接着禀报："陛下，在我大汉以上五路大军的进逼下，匈奴大军不敢迎战，早就护卫老弱病残急忙赶着牲畜、带着财宝逃奔远方，所以，前五路大军斩获不大……"

"哦……我倒是听说乌孙的第六路大军出奇制胜，战绩不菲啊！"宣帝兴奋道。

霍光行礼奏报道："是，陛下，前五路大军战绩加在一起，还不如第六路军的斩获大呢！"

"好！常校尉监乌孙军有功。宣常校尉上殿，将第六路军所取得的战绩一一奏来！"宣帝高兴道。

不一会儿，常惠应诏，来到勤政殿上。只见他一脸惊惶地走上大殿，然后"扑通"跪拜在地道："罪臣失职，恳求陛下原谅，免臣死罪！"

"常校尉失了什么职，要朕免你死罪？"宣帝一时有些丈二和尚摸不着头脑。

常惠双膝跪地，流涕再拜道："陛下，第六路大军凯旋之时，罪臣弄丢了官印、绶带和节杖……罪臣深知依律要处斩刑，所以恳求陛下免臣死罪，臣愿将功赎罪，继续赴西域为我朝建功立业！"

"官印、绶带和节杖是常校尉身份和行使权力的依据，你怎会这么粗心弄丢了呢？"宣帝甚为不解。

大将军霍光这时赶紧补充道："陛下，是翁归昆莫的左夫人安排其子派人偷走的！"

"什么？既然是匈奴公主指使人偷走，常校尉怎么能说是自己弄丢的呢？"宣帝故意道。

常惠一时还未理解宣帝话中之意，老实禀奏："东西……是在罪臣手里……丢的……所以……"

"盗窃之人抓住了吗？"宣帝追问。

"抓住了！只是……微臣的官印、绶带和节杖，都已被其抛至河中，始终未能寻到……"常惠一脸的无奈。

"既然是匈奴公主派人偷走了常校尉的东西，说明他既不存在故意，也无明显过失，就不必死搬教条，非要依律治罪了！"宣帝以征询的眼神扫了一眼众臣，发自内心道。

霍光一听，随即出列行礼附议道："陛下英明，老臣也是这么认为的！"

"朕恕常校尉无罪！"宣帝大声宣布。

常惠一听，顿时感激涕零，扑跪在地，叩头行礼后，这才双手捧上翁归靡亲笔写给大汉天子关于第六路大军战绩的详细奏报。

在这次反击匈奴的战争中，翁归靡亲率五万精兵一路追击。常惠率领的汉乌勇士截断了右谷蠡王的后路，与翁归靡的大军前后夹击，郑吉、傅介子和冯奉世等人奋勇拼杀，共俘获壶衍提单于的叔叔、嫂嫂、公主、名王、都尉、千长、将军以下四万人，缴获马、牛、羊、驴、骡、骆驼等牲畜七十万头。

宣帝看完奏报，对冯嫽的卓识远见和常惠的英勇行径大为赞赏。这位来自底层的皇帝，丝毫也不掩饰自己的喜形于色，不禁激动得拍案而起。

"好啊，有这群人活跃在西域，实现先帝的大国之梦，看来是指日可待了！"宣帝激动万分道，"常校尉出色完成任务，朕要进行封赏。大将军以为可封他什么官职？"

"承蒙陛下垂爱，老臣以为，论常校尉这次的功劳，应当封侯。"霍光出列，大声禀明。

"好！常惠听封，朕封你为长罗侯，食邑一千石！"宣帝略微停了一下，接着道，"朕封冯嫽为大汉驻乌孙和西域各国特使，赐一品夫人，坐锦车、持汉节出使各国。"他再次停顿了一下，继续道，"朕赐解忧公主女佣乐伎五十人、丝绸锦缎八百匹、金银钱币五百串……"

接下来，汉宣帝对郑吉、傅介子等人也一并论功行赏。最后，他殷切地凝视着常惠道："希望你转告诸位，朕要你们再接再厉，为我朝实现先帝的大国伟业，立下个人新的功绩！"

常惠代表众人，扑跪谢恩道："陛下隆恩臣等永记心头，决不辜负皇上厚望！"

"好，好，免礼！"宣帝高兴地摆手道。

这时，霍光出列向宣帝启奏道："陛下，乌孙在这次抗击匈奴中出了大力，也有一些西域国家功不可没。老臣以为，应当借此机会，对他们施恩行赏，以彰显我大汉天子的圣明和德威！"

"言之有理，准奏。请大将军精心做好安排！"宣帝心情大悦道。

紧接着，长罗侯常惠奉大将军霍光命令，率领精选的一千名官兵，携带汉朝大批的丝绸、黄金和钱币等礼物，星夜兼程直奔乌孙，对抗击匈奴有功的西域国王及乌孙贵族将军进行安抚赏赐。

除了乌孙国外，领受赏赐的还有昆岗、姑墨、温宿、楼兰、莎车等国，他们都为抗击匈奴做出了一定贡献，唯独近邻龟兹是个例外。

在漠北大地，连日来乌云密布，寒风劲吹，纷纷扬扬的鹅毛大雪漫天飞舞，没有停下的意思，一副埋天葬地的架势。

乌就屠王子顶风冒雪，手里拿着一柄铜镜，脚步刚跨进右夫人先贤格的毡帐，就兴奋不已地冲里喊："母亲，快看啊！冯干娘让我给你带来了什么？"

乌就屠与冯嫽的丈夫右大将乌大都，以匈奴那边论是长辈和晚辈的血亲关系，加之他们相互之间关系相处得不错，所以就按照汉人习俗把冯嫽称为干娘。

先贤格笑容可掬地走到门前，对着弥漫的大雪愣了愣神，一看乌就屠手里的东西，喜不自禁道："是什么好宝贝？我咋没见过，你干娘从哪里弄来的？"

"干娘说你看了会喜欢，是铜镜！你试一下，可以照出人影，她专门让人从长安捎来给你的！"乌就屠喜笑颜开。

"好！替我谢谢你干娘！"先贤格接过乌就屠手里的镜子，上下前后照了照，顺口道："大汉就是比匈奴发达，有了这个东西，女人就不用在水里照影子看模样了！难怪那么多人向往长安呢！"

"长安到底有什么好？母亲也向往长安吗？"

"你外祖父觐见汉朝皇帝去过长安，我从很小的时候就曾听他说，长安城异常繁华，皇宫城阙金碧辉煌，官宦富商府邸高大壮丽，接待外国使臣的馆驿比比皆是。街面上车水马龙，店铺鳞次栉比。特别是中原华丽无比的丝绸缯彩，吸引着众多外国商贾来到那里。还有长安城每年正月十五日的元宵灯会，鞭炮齐鸣、锣鼓喧天，踩高跷的、跑旱船的、耍狮子的，应有尽有，热闹极了……长安真是博大精深的汉文化荟萃之地……"

"难怪元贵去了长安呢！我听说他回来要当太子了！"

"太子目前还是泥儿，不要瞎说！"

"现在还是，可很快就不是了。"

"那你更愿意是谁？"

"谁都不愿，愿是我自己！"

"你自己？"先贤格第一次用十分陌生的眼神打量着自己的儿子。

"泥儿哥狂妄短视，元贵哥懦弱无能！"乌就屠不服气道，"怎么啦？我哪一点不如他们？"

先贤格紧张得立即小声制止道："这不是如与不如的问题，你这是野心，千万不要有，很危险的！"

"啥叫野心？"乌就屠反驳道，"母亲告诉过我，外祖父曾先被拥立为匈奴大单于，却主动让贤给其兄狐鹿姑。狐鹿姑单于一时感激之下，封外祖父为左贤王，答应将来继承他的单于之位。可后来呢？外祖父却不明不白地死了，单于把左贤王的位置留给了自己的儿子，舅舅先贤掸被贬到西域做了个日逐王，你嫁到乌孙屈居第二右夫人……外祖父倒是一点野心也没有，可结果呢？"

儿子的一番话一下戳准了先贤格多年来的痛处。她无言以对，一时不知再和儿子说什么、怎么说，猛然感到儿子长大了，变得让她看不透了。

先贤格不经意地眺望了一下门外，发现有一个人影，正透过弥漫的白色朝她这边走来。来者是她的匈奴姐姐——左夫人。

左夫人进门时，拍打着身上的厚厚落雪，大声道："妹妹不去看姐姐，我看妹妹来了！"

先贤格赶紧起身迎接，彼此行礼后，各自落座，乌就屠却迅速钻进了漫天风雪中。

"这大雪漫天的，姐姐有什么紧急的事吗？"先贤格开门见山。

左夫人垂头丧气地道："我……是想告诉你，前几天，壶衍鞮单于为了报复乌孙，亲自率领万余人马实施偷袭计划，只抓到乌孙一些老弱病残者，却遭到乌孙军队的猛烈追击，刚好又赶上这百年不遇的大风雪，一天下一丈多深，匈奴部众及其掠夺的牲畜多数冻死，活着回国的不到十分之一。"

"昆仑神难道不护佑我大匈奴吗？"先贤格叹息一声，切入主题道，"姐姐找我，是为泥儿的事吧？泥儿还是太子，姐姐不要听信流言蜚语！"

左夫人摇头道："翁归靡早就想让元贵当太子，以前之所以隐忍不发，是因为惧怕匈奴干预。如今，匈奴接连失败，丁零、乌桓等部也趁火打劫，匈奴国势大衰……娘家靠不住了，妹妹与解忧、冯嫽的关系不错，如果你也帮不了我们，泥儿太子之位怕是朝不保夕！"

"诚如姐姐所忧，乌孙势力如日中天，解忧公主和冯夫人的威望不仅在乌孙，就是对整个西域范围也是与日俱增……我何尝不想帮姐姐，可这件事不是我能帮得上的。"先贤格加重语气，态度诚恳道，"如果翁归靡当真不再信守之前的诺言，泥儿会是什么结果，姐姐想过吗？"

"你是说翁归靡真要出尔反尔？"左夫人紧张道。

先贤格郑重其事地说："我这只不过是假设，但还是奉劝姐姐，多为泥儿想想退路的好。只要他向善学好，别再像之前那样做愚蠢的事，翁归靡将来就是真的不还政给泥儿，凭我对解忧的了解，他们不至于过分为难他！"

左夫人怔了怔，没再说什么，神情失落地回到自己的毡帐，阿尔扎还静候那里，似在等待她的消息。

左夫人长叹一口气，什么话也没说，但阿尔扎仿佛都明白了。

他冷笑道："公主当初让先贤格接近冯嫽和解忧，本身就是个错误。她已经忘记自己是谁了，对我都不冷不热的！如果我没猜错的话，她只是说了些搪塞你的话吧？"

"不是搪塞，而是替他们说话呢！"左夫人的脸上，忽然升腾起了愠色。

"公主不必生气，没有她先贤格，太阳照样会升起！"

左夫人缓了缓神，伤心地道："话是这么说，我在乌孙没有可依靠的人了，现在最担心的是，越来越多的迹象表明，将来泥儿的昆莫之位就要被元贵抢走了！"

"公主不要太悲观了，泥儿将来的昆莫之位也不是那么容易就能被抢走的。我匈奴虽败，但仍具备与汉朝对抗的能力。在乌孙，除我之外，还有布都渠大翕侯，他也是我们争取的好伙伴，怎能说无人可依靠呢？"

"布都渠大翕侯？他因大禄察奇的葬礼风波，虽对解忧心存芥蒂，但一直效忠乌孙，并没有帮助泥儿的意思。"

"公主放心，我保证把他争取过来，你只管静候佳音吧！"

左夫人点点头，得到些许安慰。

29

　　这厢龟兹国，一切按姑翼的如意算盘，进展得比较顺利。

　　二王子绛宾说服龟兹王，放弃废立太子的念头，还把朝政大权临时交由绛礼处理。

　　匈奴兵败后，太子绛礼和左都尉姑翼马上决定，按原来的计划，把弟史公主尽快送回乌孙。此时，由绛宾和弟史二人合作排练的一场大型龟兹乐舞，即将在龟兹王宫内隆重上演。

　　绛宾疑惑不解地对姑翼道："太子之前不是要求，只有排练出大型龟兹乐舞，并隆重演出之后，才送长公主回国吗？"

　　"太子改变主意了！"姑翼狡黠一笑道。

　　"弟史公主倾注大量心血排练的龟兹乐舞，马上就要亮相了，太子为什么要改变主意？"绛宾难以接受。

　　姑翼故作为难道："还不是担心引起误解！要是乌孙认为，是龟兹扣押了弟史公主怎么办？"

　　"长公主是为了把西域的乐舞弘扬光大，完全出于自愿才留下来的，怎么能说是扣押？"绛宾微笑以对。

　　"是的，是我主动留下的！"弟史不知何时已经来到现场。

　　"可乌孙如果不这样认为，太子将是百口莫辩啊！"姑翼略显无奈。

　　弟史这时语气诚恳地道："我可以向父王和母后言明啊！"

　　"既然如此，那我把长公主的想法向太子禀报后再说！"姑翼略作思忖，满脸堆笑道。

　　最后，太子绛礼同意了弟史公主的请求，让她继续留在龟兹筹备乐舞演出。

　　不久，一场盛大的龟兹乐舞表演在龟兹王宫里隆重举行。

　　乐舞刚一开场，场面宏大热烈，阵容华丽，气势磅礴……龟兹王病体越来越严重没有参加，太子绛礼率领左都尉姑翼等众臣，亲自观赏了演出。

突然，有一探报慌慌张张跑了进来。

只见他附在太子耳畔密语了几句，绛礼神色陡然大变。

"左都尉，快随我出去一下！"绛礼边朝姑翼喊，边向外面走去，脚步有些踉跄，略显失态。

"怎么啦，太子，发生了什么事？"姑翼跟着走了出来，轻声惊讶道。

左都尉跟随太子，匆忙走进了附近的一处宫殿里。

绛礼这才慌张道："刚得到紧急奏报，常惠发乌孙、昆岗等多国的5万大军，将从三面进攻龟兹！"

迟迟不见弟史公主回国，解忧公主和翁归靡越发惴惴不安，冯嫽也不免心生纳闷，于常惠赏赐活动结束后，组织了这支征讨龟兹的大军。

姑翼一听大惊失色，良久道："太子打算怎么办？"

"既已引起乌孙误解，我这就遣弟史公主回国言明真相。"绛礼不加思索道。

姑翼却摇头坚决道："太子让长公主言明真相是必需的，但是在常惠大军退兵之前，绝不能让她离开龟兹。"

"为什么呀，莫非要龟兹与常惠大军对抗？"绛礼神情惊异。

姑翼略作分析道："常惠大军攻打龟兹，目的其实很清楚，就是为了讨要弟史公主，报杀害赖丹校尉之仇！"

"既然是讨要公主，就更应该送她回国，也好言明真相啊！"绛礼有些不解。

姑翼再次摇头道："太子不要忘了，汉朝校尉赖丹可是你亲手杀死的。常惠要以此为由，还要旧账新算，太子将怎么办呢？"

绛礼一听，顿时意识到了问题的严重性，同时，似乎明白了姑翼的真意："不让长公主回国，继续把她作为我们手中的筹码！"

"是的，在常惠大军退兵之前，我们都要把长公主质留身边！"姑翼这时一脸心机地笑道："当然，也不能仅靠这一招硬抗，太子可以马上派人向乌孙求亲……"

"求什么亲！这能阻止常惠的大军吗？"绛礼疑惑道。

姑翼满怀自信的神秘一笑道："太子没看出，二王子和长公主是郎有情妾有意嘛！只要求亲成功，乌孙和龟兹有了姻亲关系，我们的危局不就容易化解了吗？"

"好，妙计！"太子绛礼一听大喜，脱口称赞。

常惠大军要从三面攻打龟兹，只是虚张声势，眼下并没有真正进攻的意图。当初，常惠上奏汉宣帝，龟兹杀害大汉校尉赖丹，请求准许他顺路攻打以示惩戒。汉宣帝没有同意，理由是龟兹为西域大国，宜文不宜武，宜拉不宜打。大将军霍光后来悄悄吩咐常惠，可见机行事教训一下龟兹，最好能让他亲近大汉，但绝不能把龟兹推到匈奴阵营。

眼下，常惠大兵压境，为的就是让龟兹把弟史公主平安送回。令人没想到的是，太子绛礼这时派使者赶到乌孙，提出绛宾求娶弟史公主的请求，同时还带来了弟史的亲笔函。听完使者的陈述和看过弟史的信函，翁归和解忧等人一颗悬着的心终于落了地。

冯嫽通过太子绛礼的行为看出了对方的胆怯，同时也看清了他们的阴谋。她决定再次将计就计，抓住并利用好这个机会，在西域下一盘有关龟兹的大棋……

根据冯嫽的要求，二王子绛宾要带着弟史公主一同亲自回乌孙求亲。不久，二王子奉命单人匹马来到乌孙求亲。

绛宾首先拜见解忧和冯嫽。

冯嫽开门见山道："二王子只知一个人前来求亲，可知长公主弟史还被扣押在龟兹，正处于危险之中？"

"冯夫人这话从何说起？"绛宾神情大为不解。

解忧接上道："我们要二王子带上弟史前来求婚，为什么只有你一个人能来，这里面是何原因，你知道吗？"

绛宾疑惑地摇了摇头。

解忧气愤并直截了当道："这是一个阴谋，一个拿弟史当筹码的连环阴谋，难道二王子丝毫都没觉察？"

见绛宾将信将疑，冯嫽解释道："从长公主的信函看，她之所以轻信姑翼去龟兹，还不是因为你！她一直愿意安心留在龟兹，还是因为你！长公主到目前都还不知道，自己早就成了别人手里的一颗棋子……二王子可知，弟史公主是被姑翼哄骗去的，相当于软禁啊！"

"这我倒是知道，太子当时扣押弟史公主后，要把她送往匈奴，我通过条件交换，才解救下长公主。"绛宾不紧不慢道。

"什么条件交换？"解忧一听追问道。

绛宾娓娓道来："当时，父王对太子之位有了改弦更张的想法。绛礼要我为他劝说父王，我不仅同意了，还答应说服他把朝政大权交由太子。作为回报，太子当面向我承诺，掌权后要做的第一件事就是建立龟兹乐府，并指定由我负责，弟史公主协助，排练一场大型的龟兹乐舞，在王宫隆重演出。"

"太子本意是留质长公主，不想这步棋被他们走出了一箭双雕的效果，连二王子现在还被蒙在鼓里！"冯嫽禁不住摇头叹息。

绛宾神情狐疑道："一箭双雕？"

"是呀！太子先拿长公主被扣押说事，逼迫你说服龟兹王，不仅保住了他的太子之位，还临时执掌了朝政，这是太子要实现的第一个目的。"冯嫽略停顿，接着道，"太子当初还有一个目的，就是要把长公主留在龟兹，根据战争结果，再决定是把她交给匈奴人，抑或送回乌孙。"

绛宾这才恍然大悟："也就是说，我当时劝不劝父王，太子都不会把弟史送给匈奴？"

冯嫽赞同道："正是！当时乌孙和匈奴胜负未分，在棋局未明朗的情况下，太子又怎么可能把长公主送交匈奴呢？"

"看来，太子和我的那些约定也是提前设计好的圈套！"绛宾深感遭到了欺骗。

冯嫽点头道："太子一党太了解二王子和长公主都对乐舞感兴趣，几乎达到了痴迷的程度。那些约定不但讨好二王子，也麻痹了你，更巧妙地把长公主拴在了龟兹。好在匈奴兵败，否则长公主真的会被送到匈奴！"

绛宾听后，面露愠色道："没想到绛礼和姑翼的心机如此之深，难怪战争结果刚出来，他们就催促我送长公主回国，说是怕引起误解。"

"二王子现在该知晓，当得知常惠将军率多国联军准备攻打龟兹时，他们为何又不让长公主离开龟兹，并积极撺掇你与长公主成亲了吧！"冯嫽回到起初的话题上。

绛宾愈加愤怒道："我已经彻底明白了，他们就是把长公主当成棋子和筹码，步步为营！"

"所以，长公主现在正身处险境呢！"冯嫽提高了语调道。

一阵焦急悲痛涌上绛宾的心头，他激愤而坚决道："我现在就回龟兹去讨个说法，拼了性命也要保全弟史公主的安全！"

"二王子手下有多少兵将士卒？"冯嫽问。

绛宾犹豫了一下，不好意思地道："无一兵一卒！"

"既然如此，二王子现在又凭什么回龟兹讨说法？现在你就是拼了性命，也保护不了弟史公主的安全！"冯嫽直截了当道。

绛宾一下陷入尴尬和无助。过了好一会儿，他还是有些手足无措地祈求道："也许……唯一的万全之策就是常将军停止攻打龟兹，并答应把长公主嫁给我！"

"那岂不又陷入他们的圈套？何况常将军攻打龟兹，是大汉惩戒太子和姑翼斩杀赖校慰之过，除了汉帝，谁都无权要他停止进攻龟兹。再说，即便按你所言去做，也只能求个暂时脱险，能保证长公主今后的安全吗？"冯嫽苦口婆心道。

解忧公主无不担心地道："绛礼和姑翼阴险狡诈，骨子里亲近匈奴，绛宾王子对此也不是不知道。一旦龟兹的危机化解了，太子绛礼登上王位，注定会与我们疏远，而同匈奴亲近。我女儿嫁给你以后，很快就会成为他们的眼中钉，必将拔之而后快。届时，你们只不过是其绳子上拴着的羔羊，任人宰割，二王子拿什么保护我女儿的安全幸福？"

"这个……"绛宾一时无言以对，面泛愧色。

绛宾平时万事都往好处想，处处谦让太子绛礼，认为这样做有助于兄弟和睦，就是维护龟兹国的大局需要。如今，冯嫽和解忧的一席话，虽然让绛宾感到醍醐灌顶，但在对未来作何打算上，并没能消除他内心深处的茫然无措。

绛宾一声叹息道："我真不知道今后到底该怎么办。"

"二王子，你要拿回属于自己的权力，继承龟兹王位！"冯嫽瞅准了绛宾的思想变化，当机立断道。

"可是，我并非热衷权力之人！"绛宾迟疑了一下道。

"此言差矣！二王子不会不知道，只有拥有了权力，才能保护自己想保护的人，做值得做的事！"冯嫽晓以大义，"权力对二王子来说并不是热衷与否的问题，而是一种使命和责任，关系到龟兹国的未来，更关系到黎民百姓的幸福，当然，也关系到你和弟史的命运！贤明的人拥有权力，可以用它来做善事，从而造福一方；歹毒的人攫取了权力，就会祸乱天下！太子绛礼至今仍看不清形势，抛开其他不说，从整个龟兹国的未来出发，难道绛宾王子心甘情愿把王位大权拱手让给这样的人吗？！"

"夫人分析得极是。虽然我也曾想过，要振作精神，顺应西域发展大势有所作为，但是权力又不是孩童时代玩过家家，说拿回就拿回的！何况，正如前面所说，我现在没有一兵一卒，不心甘情愿又能如何？"绛宾有些灰心丧气。

解忧忍不住感叹道："二王子年少时的豪气不知哪里去了！"

"什么豪气？"绛宾神情不解道。

解忧陷入回忆道："二王子不会忘了吧，你七岁那年，我们初次见面，赖丹说二王子崇尚大汉，可惜当不了龟兹王，决定不了龟兹的未来。你当时还嘟起小嘴，说他小看人，谁说你当不了龟兹王？就是要当呢！"

"这么一提醒，我想起来了！"绛宾笑了笑，神情旋即黯然道，"但我不愿为了权力，手足相残、兄弟反目……"

解忧同情地点了点头，冯嫽不再言语。

绛宾离开后，解忧心有不甘地道："绛宾王子手无一兵一卒，又是重情重义、没有权力野心之人，看来指望不上了！"

"计划虽然遇到了困难，但我相信车到山前必有路！"冯嫽信心不减。

"妹妹哪里来的如此自信？"解忧不解地问。

冯嫽笃定道："二王子虽然手无兵卒，但常大哥的大军已经强势压境。绛宾没有权力的野心，不等于他没有要有所作为的欲望。绛宾王子不愿因争夺权力手足相残，我们可以从其他角度从长计议。办法总比困难多嘛！"

"好呀！妹妹的办法多，姐姐看你的了！"解忧一听，由悲转喜。

30

绛礼本指望通过二王子与弟史的婚姻换取常惠的退兵。谁知等来的消息，让他的希望破灭了。乌孙也同时传来龟兹王晏驾的消息。

常惠的大军开始从三个方向逼近龟兹，绛礼和姑翼一筹莫展，简直成了热锅上的蚂蚁。

正当太子绛礼心焦无措之际，有侍卫通报，冯嫽作为使者来到龟兹，要与他私下会见。太子虽然不知冯嫽葫芦里卖的什么药，但还是想从她嘴里探得一些消息，于是答应了冯嫽的要求。

一见面，绛礼就开门见山地质问："乌孙既然答应和亲，为什么常将军还扣押二王子绛宾呢？"

"乌孙答应和亲，是因为乌孙看重龟兹这个近邻；常将军扣押了二王子，是因为汉朝认为龟兹先质留了解忧公主的女儿！"冯嫽的笑容背后是毫不畏惧的胆识。

绛礼只好道："那么，敢问冯使者，阁下约我私下会面，是代表乌孙，还是汉朝？"

"太子这是什么意思啊！"冯嫽笑道，"我是带了一个不小的使团，奉大汉之命，同时也代表乌孙，以使节身份访问西域多国，馈赠礼品，宣扬汉朝教化……不过我到太子这里来，仅仅是代表我自己，想以朋友的身份来看望你，顺便给你出个主意，也许能助太子一臂之力！"

"我眼前的心头大患是常惠的大军压境，冯夫人能有什么好主意帮我解围？"绛礼毫不放松警惕。

冯嫽微微一笑道："太子不要用提防的眼神看我，前面我已经说过，乌孙看重龟兹这个近邻，常惠将军其实也并不想与太子为敌，但是龟兹扣押汉朝公主女儿的那点小妓俩早就被识破了，加之赖校尉被杀，激怒了年轻有为的大汉天子，常惠是奉皇命讨伐龟兹，乌孙也只能依命行事啊！"

"嗯。"绛礼点头道,"冯夫人前面说是来出主意的,愿闻其详!"

冯嫽抿嘴一笑道:"其实很简单,找个借口,让常将军有台阶下,就是给了大汉天子面子,最后不就大事化小、小事化了,还有什么可担心的呢?"

"主意倒是好主意!"绛礼点了点头,却又面呈难色道,"不知找什么借口,才能让常将军有台阶下呢?"

"这就是我要求私下会见太子的原因!"冯嫽说完,把她的想法细细告知太子。

绛礼听完兴高采烈地道:"能以一颗人头换得龟兹平安,值!我一定遵照冯夫人的要求去做,还要有劳夫人多多通融才是!"

"自是当然!"冯嫽掷地有声地承诺道,嘴角露出了满意的笑容。

匈奴被乌孙打败后,以前有着使者身份的阿尔扎现在却成了丧家之犬。尽管如此,他仍不甘心匈奴全盘皆输,并没有彻底离开乌孙,而是以龟兹左大都尉姑翼家作为潜伏地,秘密往来于乌孙、龟兹之间,同时把触角延伸到莎车。

姑翼正在为常惠压境的大军着急上火之际,阿尔扎从乌孙左夫人那里,为他带来了惊天秘密:原来绛礼根据冯嫽的指点,开始向常将军寻求原谅。

绛礼首先谢罪道:"本太子已决定将弟史公主护送回乌孙,请将军息怒。"

常惠先点头"嗯"了一声,接着质问道:"那赖丹乃是我大汉天子亲封的校尉,却被龟兹斩杀了,太子可知罪认罚?"

绛礼神情委屈道:"本太子知罪但不认罚。"

"哦?太子既然知罪,为什么不认罚呢?"常惠佯装惊讶。

"那是我父王在世时,误听奸臣姑翼的谗言造成的错误,我是无辜的!"绛礼这时遵照冯嫽的指点,把全部责任推到姑翼和已故的父王头上。

常惠略作沉思,忽然大笑道:"好好!既然如此,只要太子把姑翼抓来,本将军就立即退兵不再攻打龟兹。"

"将军一言九鼎?"绛礼心有疑惑。

"君子一言,驷马难追!"常惠声色坚定。

"好,本太子定将姑翼逮捕,送交常将军!"绛礼也语气坚决。

姑翼已是龟兹的二号人物,尤其是龟兹王辞世后,他利用太子执掌朝政宠信自己的机会,不断扩充实力,疯狂染指各种权力,甚至宫廷护卫和军队的指挥权，这多少引起了绛礼的戒心和提防。

眼下，常惠大军压境，得到冯嫽点拨的绛礼，不仅能趁此次机会除去姑翼，还能让常惠的大军主动退兵，何乐而不为？但是，姑翼绝非一般人，没那么容易抓捕，如果部署不周，将会造成一场动乱，岂不是引火烧身？就在绛礼迟迟未对姑翼下手之际，阿尔扎早从左夫人那里得到了以上秘密。

阿尔扎慌忙地将得到的秘密，及时告诉姑翼。姑翼一听大惊，当即暴跳如雷。

"左都尉打算怎么办？"阿尔扎问。

姑翼怒气冲冲地道："绛礼对我无情，休怪我姑翼无义！"

血水横流，尸首遍地。不难想象出，刚刚发生的这场厮杀是何等残酷而又惊心动魄！

一方是精心设计实施的抓捕姑翼行动，另一方是将计就计的斩杀太子计划。因为双方早有准备，又知彼知己，所以一动起手来就是针尖对麦芒、蛟龙遇猛虎……血拼到最后，只剩绛礼和姑翼两人单挑。只见这二人满身满脸血渍，各自踉踉跄跄端着宝剑，逼视着对方的眼睛。

绛礼抱着最后的希望劝慰道："我与将军相处多年，一直视你为知己，当下常惠大军逼近，龟兹岌岌可危，本太子也是无奈之下，才答应出此下策，无不痛心疾首！倘若将军能从大局出发，换取龟兹平安，我继承龟兹王位要做的第一件大事就是追封将军为忠义王，令将军英名流传千古！"

"我呸！"姑翼挥剑直指太子怒骂道，"你过河拆桥，借刀杀人，如此心胸狭窄的小人，根本不配龟兹王之位！"

说话间，姑翼拼尽全身力气，冷不丁挥剑向绛礼刺去。绛礼躲闪不及，中剑后身体剧烈摇晃起来……

姑翼得意地看了看身受重伤的太子，忽然仰天大笑道："绛礼啊绛礼，本将军早想好了，就是要一不做二不休，趁今天先把你杀掉，龟兹王位就是我的了！你没料到吧，我已派人劫持了弟史，只要把她牢牢控制在手上，常惠大军又敢拿我怎样？"

"姑翼，不要做你的春秋大梦了！你千算计万算计，就是没有算你的性命也到头了吗？"突然，随着冯嫽的声音响起，她人已从土夯的城墙上飞跃而入。随行而至的还有持剑的昆岗使者。

姑翼一惊，满目怒火道："冯嫽，我与你何怨何仇，你为什么给太子献计，让他出卖我？"

"将军不会那么健忘吧！"冯嫽冷冷一笑道，"多年前，你带兵对我们穷追不舍，声称要把公主和我献给匈奴，这不是怨仇吗？最近一段时间，你献计太子，一再扣押长公主弟史，不是怨仇是什么？斩杀大汉校尉赖丹，你不也是罪魁祸首之一吗？！汉廷曾以坦荡宽容之心给你机会，你一而再再而三不思悔改，变本加厉，处处与大汉为敌，对你这样的顽固之人，我汉廷必诛之！"

"你……献给我的主意，真的就是要借我的手……杀掉姑翼？"绛礼扶剑强撑着没倒下，声音艰难道。

冯嫽冷眼扫了一下姑翼，接着又扫了一下绛礼道："不错！我这是借你们彼此之手相互攻杀！太子和姑将军乃一丘之貉，狼狈为奸，处处与我汉廷相悖而行。同时，你以欺骗的手段夺取了本属于绛宾的太子之位，二王子胸怀坦荡仁厚，不愿与你因争夺王位手足相残，我这才把之前献给你的主意故意泄漏给左夫人，让姑将军提前知道，太子要出卖他，以便对你早有防备！"

"你……你！"绛礼因为激动，身体再次摇晃起来。他缓慢地挪动身体靠在墙上，勉强不让自己倒下，脚下的血渍很快洇红了一片。他竭力保持着清醒，嘴里不断地喃喃道："不！王位是我的，二王子讨厌权力，他不会抢我的王位，不会对不起我……"

"太子想多了，你用欺骗的手段才保住了太子位，二王子拿回的只是原本属于他的权力，并没有什么对不起你的！"冯嫽朝绛礼鄙夷道。

姑翼此时挥舞着剑，面目狰狞，近乎癫狂地怒吼着："不！绛宾不爱恋权力，他当不好龟兹王，绛礼一死，王位就是我的！"

昆岗使者飞身挥剑，"当"的一声硬生生格飞姑翼手中的剑，与冯嫽一起，将姑翼五花大绑起来。

冯嫽这时又看了看姑翼和绛礼，面带微笑，抑扬着声音道："我告诉你们一个秘密，绛宾王子除了对龟兹乐舞的志趣外，还在孩童时代就向往大汉的文明富有和教化，渴望汇入华夏文明大潮……如今，二王子开始认识到，实现这一切，都离不开两个字，那就是权力！所以，也请你们二位放心，绛宾王子会当仁不让，做一位大有作为的龟兹王！"

"冯夫人说得是！姑将军，没想到你会有今天这个结果吧！"话音未落，二王子绛宾携弟史来到姑翼面前。

姑翼看着弟史，惊讶的神情中透着沮丧道："你……怎么来了？我派出的人……"

绛宾哈哈笑道："姑翼，冯夫人早料定你会来这样卑鄙的一手，你派出的人全部被剿灭了！"

突然，只听"扑通"一声，原来是太子绛礼倒在了血泊中。

二王子来到绛礼尸首面前，凝视着他尚未合上的双眼，有一种说不出的感觉在心底涌动……

良久，绛宾有泪水流出。

31

早朝刚刚开始。大殿之上，汉宣帝气宇轩昂。

当众臣向刘询跪拜并山呼"万岁、万万岁"时，他起身拢了拢宽大的袍袖以作回礼，同时习惯性地敛起了笑容。这是大将军霍光辞世后，刘询独掌朝政大权主持的第一个朝议。

"诸位大臣，解忧和绛宾分别上书，要朕在西域的渠犁屯田，并恢复轮台屯田。请众位议议，都有什么意见？"刘询开门见山。

渠犁在轮台以东，两地相连，都隶属于龟兹国。龟兹向来亲近匈奴。校尉赖丹屯田轮台时，在匈奴唆使下，被龟兹杀死了，所以轮台屯田被搁置了下来。如今，杀害赖校尉的龟兹太子在内讧中死去，贵族姑翼已被常惠将军处死。

大鸿胪出列跪奏道："陛下，二王子绛宾刚摄政，就有如此心意为我汉廷着想，确是一件幸事！"

汉乌联军大败匈奴后，虽然基本奠定了汉朝统一西域的胜局，但是与匈奴还要经过长时间卓有成效的斗争。首先，统一西域迫切需要解决军粮问题。军粮是赢得战争的基础，今后在和匈奴的长期斗争中，如果不能依靠自力更生来解决可靠的粮饷供给，耗费巨大的战争就得不到真正的保障，这是之前的教训，值得借鉴。其次，巩固统一同样需要屯田。即便将来统一了西域，也要通过扩大屯田规模，不仅实现自给自足，还要帮助当地百姓学会种植五谷，共享农耕文明的成果。

丞相上前一步，认真进行了一番分析，后启奏道："陛下，臣以为恢复轮台屯田也好，进行渠犁屯田也罢，正如解忧公主在奏书里所讲，非常迫切而且必要。"

"丞相所奏有理！"宣帝接着昂扬着激情道，"我们就是要有超前思考、超前布局的意识。从现在开始，实行轮台、渠犁屯田齐头并进，最终将实现以轮台为中心，东面和渠犁、焉耆屯田区连成一片，西面连接到龟兹东南，可以由点到线再到面，逐步发展起来。力争把那里建成我朝在西域最大的屯田基地。"

"陛下圣明！"众臣异口同声称赞。

典属国这时行礼奏报道："陛下，既然西域屯田乃千古大业，但我们以前屯田，仅有且耕且战的军屯，人数有限，不利于扩大屯田规模。解忧公主在奏书中建议，可以增加犯屯，把我朝大批犯罪者，通过减刑免死的办法，鼓励带家属等形式，遣送西域屯田；还可以增加民屯，通过优惠政策，招募各地尤其是当地百姓参加西域屯田。臣以为此法甚好，值得推广。"

"嗯！"宣帝微微点头道："看来解忧公主的上书既有远见，又结合实际，众臣对西域屯田认可度非常高，大家对她推荐的侍郎郑吉前往渠犁屯田，有没有不同意见？"

"郑吉曾在轮台屯田多年，成效显著，加之他熟悉西域，确是最合适人选，臣无异议。"丞相上前一步，带头行礼答道。

其他大臣接着齐声附和。

宣帝这时面露笑意道："朕要告诉诸位一件喜事，解忧夫妇向朕报告，他们答应把长女弟史嫁给绛宾，绛宾和弟史将举行大婚仪式，接着举行龟兹王位登基大典，并册封新王后……朕心甚慰的是，我大汉、乌孙和龟兹这个铁三角已经形成了！"

"恭喜陛下！贺喜陛下！"众臣不禁齐声祝贺。

宣帝摆摆手，大殿安静下来。

接下来，宣帝为了表示祝贺，任命侍郎郑吉、校尉司马熹作为特使，带上厚礼立即赶赴西域龟兹，参加弟史公主的大婚仪式和龟兹新王绛宾的登基大典。接着，又命令郑吉、司马熹二人，在任务完成之后，组织渠犁和轮台的屯田积谷。

郑吉、司马熹行礼谢恩之后，马上开始准备行程。

二人率领一千军卒，携带数车金银玉帛和丝绸锦缎。郑吉再次踏上西行之路，内心充满了感慨。他暗暗发誓要向常惠大哥学习，抓住这次机会，争取在西域建立奇功。司马熹是第一次远赴西域，一路不停地问东问西，充满好奇，郑吉都耐心作答。言谈之间，作为副使的司马熹，对郑吉越发钦佩。

为迎接新国王大婚、登基大典并册封王后这三大喜事，龟兹举国欢庆。郑吉和司马熹也及时赶到龟兹。只见国都延城焕然一新，百姓都身着盛装载歌载舞，到处洋溢着节日般的喜庆气氛。莎车王早早来到龟兹。之后，于阗、疏勒、扜弥、鄯善等西域诸国的国王也陆续前来祝贺。只有大宛、康居等少数几个国王虽未亲自到场，也都派来了特使参加。

绛宾开始全面改用汉朝礼仪治国。他与弟史举行的就是汉式婚礼，新王登基大典和新王后册封，同样也效仿汉制。不过有一点没变，那就是他们的服饰，仍保留着龟兹的独特风格。只见龟兹新王头系彩带，身穿红色翻领对襟长衣，下着裹腿裤，脚蹬黑色尖头长靴。新王后上身穿红色翻领束腰短袖衫，下着花纹繁缛多样的拖地无褶长裙，外着花团绣袍。

整个活动显示出了热烈、庄重和喜庆。龟兹王绛宾通过联姻，与在西域影响力蒸蒸日上的乌孙结盟，着实令西域诸国刮目相看。尤其大汉天子委派了特使，携带厚重的贺礼，让诸国国王和特使的脸上，不自觉地流露出仰慕和垂涎。

喜庆活动过后，郑吉去乌孙看望了解忧和冯嫽。

老友相见，分外高兴。郑吉满心欢喜地朝解忧致谢道："公主上了一道好奏书，引起陛下的高度重视，所提建议全部恩准，才让我郑吉重返西域！"

解忧一指冯嫽，神色满足地笑道："用不着谢我，要谢就谢冯妹妹吧！主意都是她出的，连奏书都是她拟写的！"

"姐姐怎么和我还分起彼此来了？"冯嫽看了解忧一眼，笑着嗔道。

"好，不分彼此！郑校尉能重返西域建功就好，这不正是我们大家的共同心愿嘛！"解忧声音愉悦道。

郑吉笑着再次表示感谢之后，忽然转变话题道："我还要告诉公主一个好消息！"

"什么好消息？"解忧眼中不禁流露出期待。

郑吉提高声音道："莎车公主相中了万年王子，莎车王想招赘他呢！"

"哦，这还真是个好消息！"冯嫽抢过话道。

莎车王对大汉早有崇尚之心。在奚充国的引荐下，莎车王和女儿一起去了长安。在此之前，万年随奚充国早已去过那里。莎车公主入汉后，对什么都好奇。她一个人女扮男装逛长安城时，几个纨绔子弟认了出来，对她百般纠缠，幸遇万年王子。他一展拳脚，那几个纨绔子弟吓得屁滚尿流，跪地求饶。由此，年轻英俊的万年王子就成了莎车公主心目中的白马王子。

解忧有些不以为然地看了看冯嫽道："原来，莎车王是想让万年做他的上门女婿！这算什么好消息啊！"

"姐姐有所不知，莎车王无子，万年果真招赘入莎车国，将来势必要做莎车国王。你说，这算不算好消息呢？"冯嫽激动道。

"莎车王正有此想法，才在绛宾和弟史婚礼上找我来牵线。"郑吉补充道。

"如此看来，真算好消息了！"解忧高兴起来。

冯嫽故意微笑道："姐姐答应得那么爽快，是同意了吗？"

"若真如妹妹所说，我还有什么理由不答应莎车王呢？"

"但是作为母亲，姐姐一没有了解莎车公主的人品相貌，二没有听取万年王子的内心想法，就这样决定了吗？"

解忧笑了笑，随后郑重道："妹妹的话虽然有理，但既然莎车王有此美意，我大汉亦可趁机扩大在西域的影响力，换作你，必定也会这样做！"

"嗯，想当年，我们为了实现个人理想、大国之梦，余者都抛到一边。这么多年过去，信念始终未变……但是姐姐现在这样做，又要委屈孩子了！"

冯嫽道。

解忧动情道："苦也罢，乐也罢，谁让孩子出生在王侯之家！身为王子就已经决定了他们的命运，事事皆以国家利益为重，怎能儿女情长呢！"

郑吉点头笑道："姐姐无须多虑。莎车公主品貌上佳，他们二人亦曾萍水相逢，绝非盲婚哑嫁，焉知王子没有动心呢！"

"那就好！"解忧流露出宽心的笑容，但转瞬又惆怅沮丧道："让人最忧心的，还是元贵这孩子……"

"元贵怎么啦？"冯嫽接话道。

解忧摇了摇头，轻声叹道："元贵不知什么时候和布都渠大翕侯家的女儿好上了，两人还山盟海誓……"

布都渠大翕侯有好几个儿子，但膝下只有一个女儿，名叫布娇当。她天生貌美，可称得上是乌孙第一美女，被翕侯夫妇视作掌上明珠。窈窕淑女，君子好逑，布娇当刚到婚嫁年龄，上门求婚说媒的人络绎不绝。布娇当从小心高气傲，王公大臣的儿子没有一个能赢得她青睐的。直到在一次盛大的宫廷宴会上，貌美如花的布娇当，见到了英俊潇洒的元贵王子，一下子芳心暗许，坠入爱河。元贵对布娇当也是一见倾心，无法忘怀。

"郎情妾意的，这不挺好吗？"郑吉笑着问。

解忧为难道："好是好，可是……"

"姐姐不喜欢布都渠大翕侯家的女儿？"冯嫽疑惑道。

"不是不喜欢……妹妹真的不理解吗？"

"当然理解！我的意思是……"冯嫽压低声音解释道，"如今，布都渠大翕侯是乌孙最为德高望重和颇具势力的人物。这两个孩子相亲相爱本是件美事，布都渠大翕侯一家，想必对此也很看重。姐姐既然想拒绝这门婚事，就应该赶在布都渠大翕侯派人提亲之前，向他主动说明情况，以免伤了布都渠大翕侯的颜面，使他产生误解。"

"哦……可已经晚了……"

"为何？难道布都渠大翕侯已经派人来了？"

"嗯，就在昨天！之前，我们并未把两个孩子的事放心上，谁知布都渠大翕侯忽然就使人提亲来了。"

"姐姐怎么答复的？"

"翁归靡和我商量了一下，当面就拒绝了！"

"啊？这么说，已经驳了布都渠大翕侯的面子！"

"是啊，我当时也没想那么多，只是……布都渠大翕侯为何急着派人提亲呢？"

32

二更时分，曾被壶衍鞮宠幸的二阏氏宫帐内，灯火婆娑。

随着帐门轻响，二阏氏强压内心的喜悦佯嗔道："你怎么才来？每次都和小偷一样！"

"偷来的才不易啊！"右贤王屠耆堂一脸赔笑地说，一把揽住二阏氏的腰肢。

二阏氏压低声音，却掩饰不住欣喜道："你从来就没正经的！"

"哪有！我对你的心就是最正经的！若不是当初壶衍鞮把你抢了去，我早就封你做王妃了！"屠耆堂信誓旦旦道。

二阏氏一听有些感动，当下扑进屠耆堂的怀里，略带伤感道："真若如此也就好了，省得我如今深宫寂寞。虚闾权单于却不喜欢我，还废了我，真是令人懊恼啊！"

"他那是无福消受！"屠耆堂说着，搂紧了二阏氏。

二阏氏又不无担心地说："我好怕你因害怕单于，再也不来此处！"

"我为什么要怕他？当初，日逐王先贤掸对大单于之位也是志在必得，正是在我的支持下，才成就了今天的虚闾权单于……放心吧，我怎么舍得不来呢？"屠耆堂一副不以为然的神情。

"可是，你没发现，虚闾权摒弃前嫌，和先贤掸的关系渐渐缓和，倒是对你疏远了。人家流淌的血液比你近啊！"二阏氏别有用心道。

虚闾权和先贤掸同属且鞮侯先单于一脉的后代，而屠耆堂则是乌维先单于的脉裔。

屠耆堂一听点点头，问道："夫人以为我该怎么办？"

"不能让虚闾权和先贤掸握手言和。"二阏氏坚决道。

"为何？"屠耆堂有些不解。

二阏氏楚楚一笑道："你不是想和我长相厮守吗？只有他们鹬蚌相争，我们才能渔翁得利……"

她接着喃喃道："如果……你……真对我好，我会报答你的！"

"报答什么？"屠耆堂笑道。

二阏氏不无深情地说："你想要什么，我都能帮你！"

"我想要大单于之位，你也能帮我？"屠耆堂随口道。

"能！"二阏氏果断道，"我弟弟左大且渠都隆奇，手下培养了一支训练有素的铁骑，现在又负责宫廷防御，他会听从我的意见帮助你，只怕你没那个胆魄！"

"怎么没有！"屠耆堂有些愤愤不平道，"先贤掸总以为大单于之位应该属于他，我还认为应该属于我呢！自从乌维把大单于之位交给他的弟弟且提侯后，他本应还政的，却……我现在若能夺回来，还有什么不可的吗？"

"好，我们就等机会吧……不过，你要先挑起他们那一脉的内斗，内耗得越厉害，对我们越有利！"

二阏氏对虚闾权单于废黜她的仇恨，终于找到了发泄的出口。屠耆堂对二阏氏更是刮目相看，百依百顺。

军营大帐内，虚闾权单于看完日逐王先贤掸呈送的奏报，铁青着脸。

"大单于，莫非日逐王有了二心不成？"右贤王屠耆堂佯作揣度地问。

虚闾权把奏报重重扔在一边，又气又恼道："早晚的事！"

"到底发生了什么令大单于如此生气？"右大将关切道。

虚闾权收继先单于宠爱的二阏氏不久，又把她废黜了，然后立右大将的女儿为大阏氏。所以，右大将是虚闾权单于的岳父。

虚闾权单于这时加重了语气，以显示内心不满道："日逐王在奏报中，要求本单于出兵夺回车师，否则，他将不再提供税赋军资！"

汉廷再次派郑吉返回西域轮台屯田，极大牵制了匈奴设在焉耆的僮仆都尉，尤其是后援地车师被汉朝夺取，对僮仆都尉的威胁更大。

屠耆堂想到自己已和二阏氏达成一致，便别有用心道："先贤掸拥有一支精兵强将，之前在攻打乌孙时就不够卖力，现在又要挟大单于替他发兵，自己部队却躲在后面不动，无非是为了保存军事实力。不轨之心昭然若揭！"

此时，虚闾权单于冷静下来，却并不认同屠耆堂的看法。

右贤王屠耆堂见单于不为所动，便捕风捉影地诬陷道："先贤掸曾私下认为，大单于之位本该属于他日逐王，因此始终耿耿于怀，这正是他怀有不轨之心的真实表现。大单于对日逐王要有所防备啊！"

对于右贤王的真实动机，右大将内心清楚明白，不过，他更清楚明白的是日逐王和他所管辖的僮仆都尉对匈奴的重要意义。他深知，一旦失去日逐王及其所管辖的僮仆都尉，匈奴就丢失了大半个粮仓。作为匈奴的一位贵戚权臣，右大将不能不维护大匈奴的利益；作为虚闾权单于的岳父，他更不能不维护自己的女婿。想到这儿，右大将再也按捺不住了，上前一步义正词严地反驳道："右贤王言重了！匈奴被汉乌联军打败后，车师国虽然归顺于汉朝，但是僮仆都尉征收西域的赋税军资，还能通过那里运往匈奴。郑吉现在返回西域屯田之后，车师才开始阻断我们的通道和后援，日逐王提出这个要求也是有充分道理的。"

"是啊！僮仆都尉是我大匈奴战略物资的重要来源，车师是控制西域的重要门户，大单于出兵只不过是为了恢复通道和后援，我看没有什么不妥！"左大将也附和道。

虚闾权单于略一沉吟道："既然如此，车师是一定要拿下的，不过，我决定先礼后兵！"

众大臣神情迷茫，不少人一时没明白单于的意思。

虚闾权单于狡黠一笑，补充道："我就是想看看他车师王是惧怕我大匈奴这头栖卧于其身边的雄狮，还是大汉那条遥远的巨龙？"

"大单于想不战而屈人之兵吗？"左大将问。

"你们很快就会知道的！"虚闾权单于卖了个关子，自鸣得意地开怀大笑起来。

一身戎装的乌大都回到自己的毡帐，正在更衣。冯嫽高兴地迎到门前，伸手接过丈夫脱下的铠甲。

乌大都漫不经心地道："乌孙和汉朝互通的使臣被杀了！"

"使臣被杀了？被谁杀的？在哪里被杀？"冯嫽高度警觉起来，连声问。

乌大都仍然不经意地道："我听说使臣是在车师国被杀的。"

"啊？为什么？"冯嫽大为惊讶。

"详细原因还不清楚，夫人何必如此在意？"乌大都不解道。

冯嫽突然急切道："不行，我得查明原因，事不宜迟，越快越好！"

乌大都对冯嫽的这一举动虽有些困惑，但还是心甘情愿为她提供帮助。很快，使臣被杀的原因查明了：虚闾权单于对车师王降汉极为不满，责令车师王把太子军宿送到匈奴作为人质。车师王后担心儿子到了匈奴有去无回，密谋让他逃往自己的老家焉耆。虚闾权单于大怒，废了老车师王，更立乌贵为新王，并把匈奴人的女儿嫁给他，彻底拉近匈奴和车师的关系。于是，乌贵下令劫杀了乌孙和汉朝互通的使臣。

冯嫽喟叹道："我预感到车师要出问题……匈奴不会善罢甘休，没想到他们的行动如此迅捷！"

"夫人为何有此预感？"乌大都疑问道。

经车师，北可上乌孙，西可通焉耆、龟兹、疏勒三国，南可下楼兰。可以说，谁控制了车师，谁就控制了西域的门户。对汉朝而言，夺取车师，就可以锁住日逐王的手脚，抑制僮仆都尉的势力，进而将匈奴在西域的传统势力逐步驱赶出去；对匈奴而言，掌控了车师，就阻碍了汉朝和乌孙及西域各国的正常联络。可见，车师对汉匈都至关重要。在过去的几十年里，两国围绕车师已经发生过多次战争，你来我往，此消彼长，形成了拉锯战。

冯嫽强调道："车师的地理位置尤为重要。匈奴元气刚刚有所恢复，就把目标瞄向车师，这也是我早有预感的。"

乌大都点点头，眼中流露出对夫人的佩服之情。

随后，冯嫽把情况向解忧进行了报告，公主十分惊讶。二人一番简单筹措之后，依冯嫽的计划，解忧公主立即令她赶赴轮台，与郑吉进行具体商讨。讨论的结果是，由解忧公主上奏朝廷，提出以下建议：一是同意郑吉夺取车师、驱逐匈奴在西域的残余势力；二是授权郑吉指挥西域诸国兵力的权力；三是车师土地肥沃、水源充足，乃天然粮仓，令郑吉在车师谋划屯田积谷。

宣帝很快下旨，全部准奏。

地节二年（前68年），侍郎郑吉、校尉司马憙率领渠犁的屯田卒一千五百人准备攻打车师。

乌孙王翁归靡率先派出了两千兵马助战。莎车王也不甘落后，支援一千五百人马，扜弥国王带来了一千兵卒，鄯善国动员一千八百人马，昆岗部落送出八百名精兵。尤其龟兹王绛宾，为大力配合郑吉，专设两个特别武官职位，即却胡都尉和击车师都尉，每个都尉各带领一千五百名士兵。以上诸国兵都归郑吉统一指挥调配。

是年秋，郑吉和校尉司马憙率领屯田卒和西域多国联军一万余人，向车师发起了进攻。车师国都交河城不久陷落，国王乌贵匆忙逃到北边的石城。

已率军追击到了石城下的郑吉，这时却下令停止攻城。

踌躇满志的司马憙大惑不解道："将军只要下令强攻，定可一举拿下石城，为何止步不前呢？"

郑吉略加思考道："乌贵躲避的石城是其逃生的最后一道堡垒，从这个城池的名字就可以想见其坚固程度，易守难攻，非交河城可比。同时，车师王已派人向匈奴搬兵求救，如今情况不明，此时攻打石城，倘若匈奴发兵来犯，我军岂不面临腹背受敌的险境？"

"将军只担心强攻不利，就不愿一鼓作气，生擒乌贵，并剿灭他了吗？"在司马憙看来，他对郑吉贻误战机的做法，感到有些愤而不解。

郑吉不假思索道："灭掉乌贵有什么用？杀掉他一个，自有后来人！"接着，他以同情的口吻道，"车师不过是沿袭'小国夹缝中求生存'之道，乌贵实属无奈之举啊！"

司马憙听罢更愣了，似乎对自己的听觉产生了怀疑，越发糊涂起来。

郑吉捻了一下胡须，哈哈大笑道："苏犹快有回音了，先等一等再作打算！"

苏犹乃是车师的贵人，也是乌贵最信得过的一位大臣。此时，在石城车师王的军帐，乌贵正为向匈奴搬兵求救遭到断然拒绝，而大发脾气。

苏犹安慰道："大王息怒，出现这个结果，早在意料之中！"

乌贵听罢，愤然长叹道："寡人与匈奴联姻，听匈奴的话与汉朝为敌，却换不来关键时刻对我的任何保护。现在郑吉大军来攻，匈奴见死不救，难道我车师只能面对城倾国亡这唯一的结果吗？"

"大王的不少精兵主力不是臧匿在石城吗？我们以坚固城池做屏障，想那郑吉一时也不能把我们怎样。"有位大臣献计道。

"是的，郑吉如果强攻，我石城守军拿出破釜沉舟的气概放手一搏，谁胜谁负，结果还说不上呢！"另一位大臣附和。

苏犹大声反对道："非也！郑吉虽然还未攻城，但早已决胜在握了，因为他背后不仅有强大的汉朝，还有西域多国联军，对他来说，石城的坚固，又何足挂齿呢？"

在交河攻城战中，郑吉和苏犹狭路相逢，两人大战了数个回合，郑吉后取胜。他本可以取下苏犹首级，终因认为是各为其主，对他手下留情。为此，苏犹转变了对郑吉和汉朝的看法，心生感激之情。

"既然如此，郑吉为何迟迟不来攻城？"之前的一位大臣道。

苏犹直截了当地答："郑吉之所以不攻城，是因为在静候我们的回音！"

"什么回音？"众臣一脸疑问，不禁纷纷嘀咕起来。

苏犹大声道："郑吉在等我车师降汉！"

众臣听罢，惊讶得面面相觑。

车师王乌贵似乎并不感到意外，相反，神情淡定地朝苏犹道："那你能当着诸位大臣的面，给出我车师降汉的理由吗？"

苏犹点点头，真情流露道："我车师的国王和大臣虽不乏勇敢和谋略，却怎么也改变不了小国依附大国求生存的命运。我爱我们的国王，爱我们的国民，所以，自从我与郑吉交手败逃石城以后，开始认真思考这样一个问题：车师的出路在哪里？车师的未来又在哪里？我们的国民怎样才能过上平安幸福的日子？我们的国家怎样才能走上前景光明的大道？"

"好，继续说下去！"乌贵鼓励道。

苏犹清了清嗓子，亮开了洪亮的嗓门："匈奴势力已远非昔日可比，现在根本无力与大汉争锋。当下的关键是，我们不能误判了形势，要认清大势所趋，为车师人能拥有一个光明的未来，争取一个十分重要的机会！据我了解，鄯善、龟兹等西域多个国家选择了大汉，如今国泰民安、经济发展、人民富裕……"

接上苏犹的话题，乌贵最后大声道："为了车师的未来，我愿意化干戈为玉帛，现在归顺汉朝！"

少顷，四下纷纷响起赞同之声。

苏犹很快传来回音，给了司马熹一个意想不到的惊喜，同时，也更增添了他对郑吉的钦佩。

"将军怎知车师必来归降？真乃先见之明啊！"司马熹由衷赞叹。

郑吉微微一笑："我军压境虽然不攻，但给对方造成了极大的心理压力。乌贵被困石城，车师王向匈奴求救遭拒是个难得的好机会。表面上，我静观其变，实则私下通过开展秘密外交，先说服苏犹，之后通过他劝降了乌贵。"

"将军不仅让车师投降，车师还说服了匈奴的盟国蒲类国，一并归顺汉朝。谁能想到我军竟没动一兵一卒！实乃奇迹啊！"司马熹再次赞叹。

郑吉依然微笑道："上兵伐谋，其次伐交，其下攻城。攻城乃最后迫不得已而为之。如今匈奴衰落，我们举联军之威，并不需要逞滥杀之勇，只要动之以情、晓之以理，以仁爱礼仪待之，车师就会明大势而归汉。"

不久，匈奴虚闾权单于听说乌贵投降了汉朝，大为震怒，立即亲率大军来攻打车师。

司马熹听闻后，忧心忡忡地对郑吉道："苏犹是否找过将军？"

"找过，说车师国又要陷入混乱！"

"车师王听说虚闾权单于率军征讨，正打算再逃到石城。为了安全起见，我看将军不如也赶快去轮台躲避一下！"

"不行，我要亲自迎击虚闾权单于的大军！"

"匈奴这次兵强马壮，我西域多国联军已经遣散，现在一时也召集不起来。再说，虚闾权单于大军快到了眼前，将军手下不过区区百人，怎么能迎战呢？"

郑吉的态度铁一般坚决："没有条件好讲，唯有迎战！"

"将军何以如此？"司马熹明显有些愕然。

郑吉入情入理地分析道："想我大汉以往也不止一次攻下车师，其结果为什么都是汉军一撤，车师又投降了匈奴呢？这当然不能只怨车师是墙头草，车师不管投降匈奴抑或汉朝，都没有获得应有的尊重和保护！今后，我们要区别于匈奴，懂得尊重车师国人、爱怜车师国人、保护车师国人，让车师国人享受到文明安全与和谐，以此真正赢得车师人心，让车师从此真心归汉！"

"将军的意思我明白了，车师投降了汉朝，我们就是他的依靠。如今虚闾权单于气势汹汹向车师报复，我们拼尽全力也要尽保护之责，不能为了自己的安危而置车师于不顾！"

"正是！我们要敢于亮剑，从正面迎击匈奴，以此提升信心，凝聚车师人心。"

恰在这时，龟兹王绛宾之前因担心车师军心尚未稳，诏令刚回国的却胡都尉、击车师都尉二人，正领兵又返回车师，听候郑吉都尉的指挥调遣。

郑吉大喜，马不停蹄地进行了排兵布阵：由他本人亲率一百名轻骑打头阵，司马熹带领却胡和击车师二都尉的兵马，作为后续的接应。

司马熹一听坚决反对，认为郑吉这样做太过冒险，并提出由他带领击胡和击车师二都尉的兵马，与郑吉合在一起打头阵。郑吉没有同意，无可奈何的司马熹内心既生气又担忧。

虚闾权单于的大军正势如破竹地向车师挺进。

突然，一探报跑进单于行辕大帐。只见他大汗淋漓地单腿扑跪道："报！大单于，我军正前方忽然尘土飞扬，隐隐约约听到似有马蹄之声。"

"有多少人马？"虚闾权单于急问。

探子愣了愣，有些结巴道："人数……不清，像……有大队人马……向我军迎面而来！"

虚闾权单于暗暗吃了一惊，命令再探再报。

不一会儿，探报慌慌张张再次跑进帐内道："报！大单于，大事不好，我军左右两面不远处也忽然尘土遮天蔽日，不仅能听到马蹄声，还听到了冲杀声！"

事不宜迟，虚闾权单于赶紧走出军帐，找一高处瞭望，果见前方和左右方向的远处尘土迷漫，并有隐约的喊杀之声。

"不好！我们中了汉朝和西域多国联军的埋伏。传令下去，快撤！"虚闾权单于大声命令。

慌乱的撤军如山倒。虚闾权单于的大军一下子阵脚大乱，而郑吉和司马熹的人马兵合一处,从后面虚张声势追来,只见撤退的兵马瞬间变成了大逃亡,互相推搡踩踏,丢盔弃甲。

司马熹目睹满地狼藉,啧啧称赞:"没想到将军以区区百人的扬尘之计,竟然让虚闾权单于的大军,像吓破了胆一样大逃亡!"

郑吉笑道:"兵不厌诈,出奇方能制胜,我大胆使用此计,人马不能多,就是要让对方有种神龙见首不见尾的神秘!这下你该明白,我大胆行事的奥妙了吧?"

"嗯!好一个扬尘之计,好一场大逃亡!虚闾权单于这下丢人丢大了!"司马熹兴奋不已,仰天大笑起来。

33

阿尔扎悄然来到左夫人宫帐。

一见面,他就朝左夫人大声道:"翁归靡不想把乌孙王位还给泥儿了,看是要永远窃为己有了!"

"我早就有此担心……只是你是怎么知道的?"左夫人神情黯然。

阿尔扎答非所问地说:"布都渠大翕侯家的女儿布娇当与解忧的长子元贵相好。"他接着道,"我是从此二人那里试探出来的。"

"如何试探?"

"我鼓动布都渠大翕侯派媒人上门,向翁归靡和解忧提亲啊!"阿尔扎回答得很干脆。

左夫人似有所悟:"哦!我明白了,传言翁归靡要让元贵娶汉朝公主继任昆莫,所以,你就想到了这个办法?"

"嗯,翁归靡和解忧当面拒绝了这门亲事,这充分印证了元贵要娶汉朝公主,将来继任昆莫之位的传言。"阿尔扎语气笃定。

"看来,传言即将成真!"左夫人一声叹息。

阿尔扎冷笑道:"提前摸清了翁归靡的底细是件大好事,我们更有的放矢了！"

莎车王膝下无子，呼屠征作为其弟，本应把王位传给他，可呼屠征偏偏嗜酒成性，整天喝得烂醉不说，还淫乱宫女，莎车王一气之下，将他逐出了王宫。

呼屠征在外漂泊期间，穷困潦倒，吃了不少苦，也真切感受到了人情冷暖。以前，跟他厮混的女人像见了瘟疫般地躲着他，连原配夫人也悄悄离他而去。没了酒，少了女人，对呼屠征来说真是生不如死。恰在这时，他遇见了贵人阿尔扎。

其实，阿尔扎刚到莎车不久，他本意是以匈奴使者的身份觐见莎车王，说服他共同对付汉朝。让他没想到的是，这莎车王却是个亲汉的国王，竟然带着女儿一同到长安朝贺去了。气急败坏的阿尔扎听说呼屠征的情况后，又喜上心头。他颇费了一番周折，到底把呼屠征找到了。

莎车处于繁华的丝绸之路南道上，各色操着不同语音的人南来北往，车马驼队络绎不绝。商旅大量出现也带动了娱乐业的繁荣，街头巷尾，卖唱的、杂耍的随处可见，更有对男人来说充满致命诱惑的快活驿。那里集中了不同肤色的年轻女子，以卖笑为生。她们多为七人一组、八人一队，衣着光鲜裸露，搔首弄姿，以博男人们的眼球，以便最后被"恩客"选中。

呼屠征也混杂于这些一晌贪欢的人流中，眼见着自己心动的女子被一个个领走，却只有流口水的份，好不抓狂。

突然，有人在他肩头拍了一下，把他吓了一跳。

是阿尔扎！他朝呼屠征笑道："兄弟，没有美酒助兴，得来女人又有何意趣？兄弟陪我先喝上两杯，再来快活驿如何？"

一听有人请喝酒，呼屠征二话不说就答应了。

两人到了一个小酒馆，要了些酒菜，推杯换盏起来。两人边喝边聊，真有点相见恨晚之意。

阿尔扎喝了一小口酒道："听说仁兄年轻时为救莎车王，还落下了跛足的残疾，也算居功至伟之人，如今却潦倒至此，有何感受？"

"真可谓女人薄情，男人寡义。"呼屠征喝了一大口酒，喷着满嘴酒气哀怨道。

阿尔扎笑道:"你只说出了表象,却没有道出本质。"

"本质?本质是男人不能没有钱吧?"呼屠征一饮而尽道。

阿尔扎摇了摇头。

呼屠征咂咂嘴,还有些不尽兴道:"有了钱,美酒和女人不都有了吗?"

"是权力!"阿尔扎敛起笑容,郑重其事道。

"对啊!"呼屠征如大梦方醒,立即对答道,"有了权力,钱就不是事了,美酒和女人更不用说了!"

阿尔扎满意一笑:"兄弟这下算是明白了。其实,你本该立足于权力的高处。你是谁呀——莎车王的兄弟啊!何况他无子,将来死了,莎车王位理所当然是你的,只不过你以前活得太湖涂,不知道争取罢了。"

呼屠征一听,满脸愧色地看着阿尔扎道:"可惜晚了,如果能早点认识先生就好了!"

"不晚!"阿尔扎提高了声音。

"你说不晚?"阿尔扎像忽然抓住了救命稻草般,却很快又蔫了下来:"我都被驱出宫了。听说我那莎车王兄去汉朝,打算招赘一名叫万年的王子,接替他的莎车王位呢!你说,王兄该会不是对我彻底绝情,让我老死于宫外吧?"

"怎么会呢?血浓于水,手足情深。要看你今后怎么做,如何去转圜,让你王兄回心转意了。"阿尔扎说到此,故意吊起了呼屠征的胃口道,"今日有缘,你我不期而遇。走!我先带你去快活驿享受一番,我们再从长计议。"

呼屠征一听要去快活驿,顿时两眼放光,万事都先抛在了一边。他吆喝伙计又倒来一盏酒,张口喝了个底朝天。接着,他跟着阿尔扎踉跄着脚步,兴致勃勃地朝快活驿走去。

快活驿里,呼屠征选了一名心仪的女子,费用由阿尔扎全包,他自己却守在一旁的茶室等候。

半晌,呼屠征出来了,见阿尔扎果真还在那个茶室里等他,不禁笑道:"看来兄弟在女人和茶之间,更喜欢品茶。"

"不错,品茶不仅可以修身养性,还可以让人变得理性和睿智!"阿尔扎说完,接着朝呼屠征询问,"怎样,兄弟这大半天果真找到快活了吗?"

呼屠征直言不讳:"自然快活啊!哪怕什么都不干,只是抱着女人睡一觉,也是快活的！兄弟，你对女人就一点不动心吗？"

"我嘛，怎会不动心？"阿尔扎微醺似的喃喃道："只有在自己倾心的女人面前，我才能感到快活！真正的快活是灵与肉的完美统一。比如，有一位匈奴公主，我们一直相互爱慕，尽管她为了匈奴，嫁给了异国的国王，但我们内心深处都还为对方留有一席之地。我至今未娶，甘愿跑到她所在的国家，当一辈子的使者……虽然她也青春不再，我却觉得两人的心灵更加契合了。兄弟，你有过这样的体验吗？"

阿尔扎说得很动情，眼里有清泪浸出。

呼屠征颇有感触，摇了摇头，似乎若有所思。

阿尔扎轻拭了一下眼睛，对呼屠征认真道："兄弟嗜酒，酒是什么？是麻醉剂！兄弟亦嗜美色，美色是什么？同样也是麻醉剂呀！你整天靠酒、靠女人快活，可你真正获得快活了吗？没有，充其量就是'醉生梦死'！所谓两情相悦的快活，你却一次都没有体验过，还从权力的高峰摔至谷底，可悲可叹啊！"

"这就是你之前说的，要给我的建议吧！"呼屠征忽然明白过来。

"是啊！"阿尔扎说完，接着给了他一番点拨，呼屠征听得茅塞顿开，连声点头称是。

34

当布娇当从媒婆那里得知长辈们对自己终身大事的安排，从小到大一直顺风顺水的她如遭晴天霹雳，开始拒绝饮食，也不说一句话。母亲一旁伤心叹息着，好言好语地安慰她。兄弟们亦不知说什么好，显得有些不知所措。一向淡定的父亲，也不能再像往常那样心平气和了。

布都渠气咻咻道："想我祖上，不但对乌孙先王有救命之恩，而且也是乌孙复国的股肱之臣，我布家的女儿他可以不要，但布家的脸面他怎能一点都不给呢？"

布都渠夫人低声不满道："翁归靡和解忧这是没有把布家的人放在眼里！"

"我现在就去找元贵，要亲口听听他怎么说！"布娇当不顾父亲大声劝阻，翻身上马没了踪影。

元贵呢，正在为自己不能和布娇当在一起而独自伤心流泪。这时，布娇当找上门来了。他抹干眼泪，答应父母再见布娇当最后一面。

布娇当开门见山，温情脉脉道："元贵，你不喜欢我了吗？"

"喜欢，又能怎么样呢？"元贵头也没抬，心碎道。

面对元贵的软弱，布娇当突然产生了莫名的愤怒，她压抑着变硬的语气道："你要对我负责，而不是像待宰的羔羊一样，任凭他人摆布！"

"我是待宰的羔羊？父母正是期望我成为主宰乌孙蓝天的雄鹰，所以才不能对你负责。"元贵面对布娇当对自己的误解，也生起气来。

两人针锋相对的态度进一步触怒了布娇当的小姐脾气，她索性扯开嗓子，大声质问道："你为了做昆莫，就要牺牲我，你是这样想的，对吗？！"

原来，布娇当曾梦见自己当上了王后，元贵听她这样讲后很高兴，当即告诉她父亲要让他当乌孙昆莫。他还信誓旦旦地承诺，将来一定要让她成为乌孙的王后。

"我……我也是迫不得已……"元贵把头垂了下来，嗫嚅地亮明了底牌。

布娇当"嗤"地冷笑一声道："我看错你了！你是个懦夫，哪里像展翅高飞的雄鹰，真是愧为顶天立地的男子汉！"

其实，令布娇当极度失望的是元贵对父母的决定没做丝毫反抗，轻易放弃了他们二人的海誓山盟，这让她高傲的内心一下感受到了莫大的羞辱。此时，她头也不回地离开元贵，除了一腔怨恨，不再有任何留恋。

返回途中，布娇当路过乌孙萨满神巫的毡帐。

只见萨满神巫留着很长的头发，披散着遮住的半边脸，穿着奇怪的神衣，手里握着神剑，正在毡帐前起舞。神剑上的环扣相互碰撞，哗哗作响，更显出浓厚的神秘色彩。

布娇当有些好奇，不知这位乌孙神巫为何自己跳起神来，旁边并没有人向他求神。谁知萨满神巫远远地见到布娇当，赶紧停下手中神剑，上前行礼，并口称"王后"。

布娇当心头一颤，不禁摇头道："若是过去，神巫如此说我还信，现在此言可就成了谎言了！"

"小巫刚在睡梦之中，忽然神灵附体，说是有王后驾到，所以跳起神来，以此向您传达神的旨意。"

"此话是从何说起？"

"此乃天机，不可泄露。"萨满神巫手捋胡须神秘地说完，补充道，"当然是在乌孙。"

布娇当喃喃道："我亦曾做过这样的梦。"

"何梦？"萨满神巫一听不禁追问。

布娇当轻轻道："当上王后啊！"

"啊！女梦为月，祸端相伴。"萨满神巫满脸惊讶。

布娇当狐疑道："什么意思？"

"就是乌孙的天空出现两个月亮的假象，必定将有两个太阳争辉，如果抉择不慎，将有大祸降临啊！"萨满神巫一脸严肃的神色。

"什么大祸降临？"布娇当大惊。

萨满神巫这时又手舞神剑，念念有词，语气更加神秘道："此天机重大，连我也求之不得，只有百天之后，到昆仑山找到昆仑萨满老神巫，神意才能求得啊！"

布娇当回到家中，忍不住将萨满神巫的一番说辞告诉家人。家人听后，面面相觑，感到非常震惊。早先，布娇当把梦里自己当王后的消息告诉家人时，他们均不以为然。后来布娇当和元贵相爱了，她的父母开始相信，元贵将是乌孙天空上的那轮太阳，女儿也会是乌孙天空上的那轮月亮。于是，在阿尔扎的鼓动下，布都渠大翕候连忙托人上门求亲，未想当场遭到拒绝，颜面尽失。如今，元贵和布娇当眼看无望结合，却从萨满神巫的嘴里听到这样的话来，怎能不让全家人感到震惊呢？

"当儿和元贵已无希望共结连理，她又给谁去当王后？难不成两个孩子最后还能走到一起？"布都渠夫人将信将疑道。

布都渠这时气愤地大声宣布："谁看到乌孙草原上的马吃回头草的？我布都渠的女儿就是没人要了，也再不能踏进他翁归靡和刘解忧家半步！"

"笑话！布都渠家的女儿怎么会没有人要呢？"阿尔扎应声大摇大摆地走了进来。

多年前，布都渠的祖上布就翎抱着猎骄靡王子逃亡匈奴时，就是被阿尔扎祖上收留的，后来才得到冒顿单于的器重。因这层关系，两家世代交好。姑翼被斩后，阿尔扎又从龟兹回到乌孙，理所当然成了布家秘密的常客。布氏全家人对阿尔扎的突然到来，立即予以热烈欢迎。

布都渠好奇地冲阿尔扎道："你刚才的话是什么意思？"

"当儿的事我听说了。这不，我今天来替她介绍一门贵亲！"

"一门贵亲？谁呀？"

"军须靡的儿子，现太子泥儿！泥儿早就喜欢上当儿了，左夫人托我来提亲，怎么样？"

布都渠一家人听后，意外地张大了嘴巴。

或许是出于女人天生的敏感，阿尔扎前脚刚走，布都渠夫人就忍不住道："你有没有发现，阿尔扎最近忽然关心起我们的当儿来了。前面怂恿你上门求亲，现在又亲自登门来提亲，是不是有些不同寻常？"

"的确！不过这和我们也没多大关系。"布都渠接着直言道，"我之前上门求亲，实为当儿好，也是想解开与刘解忧之间的芥蒂，谁知人家不给面子。他们既然不把我布家当朋友，也别指望我今后能拿真心对他们！"

布都渠夫人点点头道："泥儿本来是太子，左夫人使人来提亲，是不是应了萨满神巫的话，咱当儿天生真是当王后的命？"

"泥儿虽是太子，能不能继承王位还很难讲。你没听神巫说，乌孙的天空将有两个太阳争辉吗？"布都渠轻轻摇了摇头。

"若说泥儿继承王位才是名正言顺，他才是乌孙天空上真正的太阳！"布都渠夫人振振有词，又有些迫不及待地问，"你如何看待当儿和泥儿这两个孩子？"

"这事不那么简单。既然萨满神巫说如果选择不慎，将有大祸降临，我看过段时间找到昆仑萨满老神巫，求得神意之后，再做定夺不迟！"布都渠不紧不慢地道。

布都渠夫人听完点点头，不再言语。

阿尔扎从布都渠大翕侯家离开，马不停蹄地又秘密去了左夫人那里。

泥儿刚好也在。了解情况后，他就迫不及待地问："阿尔扎大叔，布娇当答应了吗？我现在就想去找她！"

"你现在去找她干什么？"阿尔扎挤出一丝笑意，反问道。

泥儿喜不自胜道："我了解布娇当的性格，元贵与我不和，她早就知道。现在元贵不要她了，她一定会答应我。她现在最需要安慰，我去得正是时候啊！"

"那你就去约她打猎吧！不可鲁莽，记住，心急吃不了热豆腐。"左夫人叮嘱。

泥儿兴冲冲地走后，左夫人认真道："我看事情远没有泥儿想得那么简单，布都渠大翕侯的态度很关键！"

"是啊！既定计划不能变。"阿尔扎肯定道。

"进展到哪一步了？还顺利吗？"左夫人问。

"我安排的萨满神巫已出过场了，刚才在布都渠家时，感到他们还是对此深信不疑的。下一步只要不出纰漏，昆仑萨满老神巫的话肯定会对布都渠的态度起着决定性作用，公主就等着好消息吧！"阿尔扎十分得意。

左夫人欣喜不已，将热情的目光投向阿尔扎。

阿尔扎深情地凝视着左夫人，忽然直白道："真不想去莎车了，到那里我想你了怎么办呢？"

"我也会寂寞！"左夫人很是依依不舍，但还是温柔地说道，"你还是应该去莎车，否则万年的根基一旦稳固，以后就不好办了……哦，呼屠征后来怎么样了？"

"嗯，万年好像刚从长安启程来莎车呢，公主不必忧心。至于呼屠征，他表现得非常不错，对我的建议不但听进去了，而且痛改前非，戒酒、戒色，还找了一位他喜欢，也真心待他好的良家女人过起了日子。后来，他把我替他起草的悔过书想办法递到了莎车王手里，他王兄看过之后，顿时念起手足之情，把他接回宫了。回宫后，他表现得更好了。莎车王心里自然非常高兴，就以替兄分忧、效力莎车国的名义，给他封了官做……"

"好，谋划得不错，这下我就放心了。莎车远吗？"

"当然很远，不过没有汉朝远。"

"你说，这刘解忧跑了那么远，不仅搭进去自己，现在又搭进去儿女，她到底是为了什么？"左夫人说完，喃喃补充道，"刘解忧不仅让长女弟史嫁到龟兹，还把二儿子万年送到遥远的莎车，去当一个小国的国王！"

阿尔扎淡然一笑道："你和她不是一样吗？她为了汉朝，你为了大匈奴啊！"

"其实……我也不仅仅是为了大匈奴，否则，我早就倦了、累了、沉寂了！"左夫人凄美的面容上透出几丝沧桑。

"那你为了什么？"阿尔扎好奇地问。

"为了两个女人之间的战斗吧！从解忧一到乌孙，我就发誓要打败她，甚至除掉她，可屡屡失手……我就是要抓住一切机会，把刘解忧打倒……"左夫人说到此，停下来喃喃道，"我说出这些，你还会帮我吗？"

"帮！我马上就去莎车……不，我先回匈奴，说服虚闾权单于，抓住机会，主动出击，扭转匈奴在西域的颓势……"阿尔扎说完，上前轻轻吻了吻她的面颊，无限深情道："我所做的一切，其实都只是为了你！"

左夫人闭上眼睛，两行清泪夺眶而出，脸上却洋溢着甜蜜满足的笑容。

35

经过一路车马劳顿，万年并未直接去目的地莎车，而是先回到乌孙辞别。随行的还有奚充国和五十余名汉朝仪仗护卫人员。

这让翁归靡和解忧夫妇喜出望外。

大家相互见过礼后，奚充国首先祝贺道："恭喜昆莫、公主，皇帝下诏赐万年王子刘姓，以汉室王子身份被招赘至莎车国，继承王位。"说着，奚充国把盛放宣帝诏书的精匣，双手捧起递给解忧。

女儿爱上了万年王子，让莎车王心里高兴异常。作为小国莎车，不仅自托于汉，又得了乌孙之心，岂不是一箭双雕的美事？莎车王一方面通过郑吉，积极与乌孙结亲，另一方面通过奚充国，向汉宣帝求亲。汉宣帝对莎车王的做法也极为赞赏，不仅欣然同意，还赐姓万年王子。恰在这时，莎车王突然病重，莎车公主提前从长安回国。汉朝筹备了大批金银丝绸等彩礼，随后派万年王子前往莎车入赘，准备继任莎车国王。

万年接上介绍："我觉得自己还很稚嫩，害怕不能担此大任，这位是奚充国伯父，皇帝就是派他作为汉使，同去莎车帮助我的！"

翁归靡这时右手抚胸，向奚允国施礼道："我以一位父亲的名义向奚汉使表示感谢！"

"昆莫放心，今后我就是肝脑涂地，也定当全力辅佐王子！"奚充国赶紧还礼。

万年和奚充国两人被安顿好之后，稍事休息，冯嫽就兴高采烈地前来看望他们。不一会儿，解忧也到了。奚充国知道不论是冯嫽还是解忧，都是人在乌孙心在汉，见面后简单寒暄几句，他就主动介绍起汉廷的近况。

奚充国首先道："汉宣帝亲政后，霍光的家人因权力被削而不满开始谋反，已经被灭族了！"

"什么？霍大人刚去世两三年，霍家就遭到灭族？"冯嫽一听大惊失色道。

"是呀，我来西域之前刚发生的事！"奚充国道。

"霍光忠于汉室，老成持重而又果敢善断，知人善任并深谋远虑……"冯嫽说到此，不禁扼腕道，"可叹这些不肖子孙，竟然毁了霍大将军一世英名！"

奚充国赞同道："谁说不是啊！其实，霍大人早就有不祥预感！"

"何以见得？"解忧焦虑道。

"先给你们讲一个有关当今陛下的真实故事吧！"奚充国不紧不慢地道。

解忧和冯嫽的眼神里，不约而同流露出了渴望。

原来，宣帝登基之前，坐过牢，流落于民间，与患难与共的原配妻子许平君非常相爱。登基后，他抛舍不下相濡以沫的结发之妻，婉转拒绝立霍光之女霍成君为后，并下诏云自己于微时曾有一把旧剑，如今非常怀念它，想寻其回来。众臣深谙其意，奏请陛下立许平君为后。谁知幸福的日子不久长，许皇后不久就去世了。宣帝悲痛欲绝，为了便于今后能时时怀念自己心爱的女人，他把许皇后葬在了附近的杜陵南园。可纵然故剑情深，不忘南园遗爱，但宣帝最终还是立了霍成君为新后。后来霍光才知道，为了让女儿当上皇后，竟然是他的妻子显暗地里派人毒死了许皇后……

解忧听罢，不禁道："可见是祸起萧墙。难怪霍大人一早便有了不祥的预感！"

"不错！"奚充国道，"后来，霍皇后在痛悔中哭诉，其父病重前，曾把她和其他家人喊到身边，声泪俱下地检讨自己的罪行，表示无颜面对先帝。霍大人当时还夸赞当今陛下是一位胸有大志的贤君，让家人发誓，从此小心做人，淡泊名利，时刻以赎罪的心态报效汉室……让霍皇后追悔莫及的是，无一人将此话铭记于心，不但没有任何收敛，反而变本加厉，直到谋反被族灭……这时，有人借故要掘霍大人的墓，被陛下当殿喝止……"

冯嫽拧眉沉吟道："可叹！霍大将军一世英名毁在自己人手中！"

"正是从该事件起，陛下开始大刀阔斧整饬吏治、惩治贪腐，许多人受到牵连。"奚充国补充道。

解忧释然道："陛下这是不甘平庸，从治吏惩贪着手，大力推行新政，重振我大汉雄风！"

"是啊，我相信，大汉在陛下的带领下，必将完成一个盛世大国之梦！"冯嫽洋溢着无限激情道。

万年和奚充国小住两日，又要启程赶往莎车。冯嫽也赶来送行。

临行前，翁归靡以父亲之名，将万年托付给奚充国，并表达了感激之情。

解忧这时也以无限爱怜的眼神看了一眼万年，语重心长地叮嘱道："我听说莎车国派系复杂，你是个聪明勇敢的孩子，到了那个人生地不熟的地方，要多学着点，碰到什么困难，要向奚充国伯父请教！"

万年一一行过辞别礼之后，红着眼圈与奚充国一起率领仪仗车队，启程往莎车的方向驶去。

翁归靡因为有政务要忙，先离开了。

解忧静静地站立原地，一动不动地目送万年和奚充国的队伍越走越远，最后变成一个模糊不清的影子，消失在视线尽头。她这才回转身，在冯嫽的陪同下，回到自己的宫殿。刚进宫，萦绕在心头的那股浓浓的离愁别绪，猛然间窜上心头，忍不住潸然泪下。

冯嫽看在眼里，安慰道："姐姐真了不起，生养的子女个个有出息，长女嫁了龟兹王，长子将来要做乌孙王，二儿子现在又要去当莎车王，这是件大喜事，应该高高兴兴才对啊！"

"是呀！我也不知这是怎么啦，为何突然间变得如此脆弱了！我自己也觉得，这可不像我的性格！"解忧说着，破涕为笑。

冯嫽十分理解道："莎车距离乌孙路途遥远。老话说，儿行千里母担忧，母子连心，这本是人间常情嘛！"

"嗯。"解忧点点头，忽然轻叹道，"绛宾和弟史最近也要去长安学习礼乐了！"

"好事呀！姐姐有什么好担心的吗？"冯嫽微笑以对。

"绛宾作为龟兹王，要离开他的国家一年之久，让人放心不下啊！翁归靡想劝阻他们，我也犹豫不定呢。"解忧面有难色。

冯嫽忽然抛开话题，直截了当地问："姐姐的内心到底是怎么想的呢？"

"当然是愿意他去的！"解忧不假思索道。

"这就对了。那又有什么可犹豫的呢？你不仅要劝说翁归靡同意，还要给汉帝上书禀报！"冯嫽认真分析道，"姐姐你想呀，绛宾从小就向往汉朝礼仪文明，和弟史因音律结缘，恩爱有加。如今，他主动带头去学习汉室礼乐治国，虽然主要目的是为了施展抱负，替龟兹国的未来着想，但更是在用实际行动帮助我和姐姐，你看，即便我们走访西域多个国家，传播中原文化，弘扬大汉文明，也不及他一人带头所带来的示范效应大啊！"

"嗯，妹妹说得极是。可我和昆莫终究是忧虑，龟兹国不能一日无主！"解忧坦然道。

冯嫽轻轻一笑道："姐姐和翁归靡的忧虑听起来很有道理，其实是多虑了！"

"为什么？"解忧不解道。

绛宾治理龟兹国的时间虽然不长，但他顺应民心，放手任用贤良能人，使龟兹国短时间内气象一新，个人也拥有了较高的声望。

冯嫽却面带微笑，避而不答道："绛宾此去长安学习，姐姐可知他对龟兹国进行了怎样的人事安排？"

"略知一二，是弟史告诉我的！"解忧缓缓道。

"如果我没猜错，绛宾一定会对辅国侯、却胡都尉、击车师都尉和郑吉四人委以重托。"冯嫽自信道。

解忧点头道："是啊！辅国侯掌管国事政务，却胡都尉、击车师都尉主持日常军务，郑吉被委以重大军务决断权。"

"这就是我之前说姐姐和昆莫多虑的原因！"冯嫽略微停顿，又道，"辅国侯对绛宾忠心不二，把国事政务交给他代理尽可放心。军务之事关系到国家的安稳，日常军事由却胡都尉、击车师都尉二人打理靠得住，重大军务托付给附近屯田的郑吉都尉，是万无一失的有效保障。"

"这么说，我和翁归靡还真是瞎操心了，多亏妹妹提醒啊！"解忧欣慰道。

"姐姐大力支持绛宾赴长安学习就好！"冯嫽肯定道。

"当然啦！"解忧终于绽开喜悦的笑容。

龟兹王绛宾离开祖国，偕王后去另一个国家进行较长时间的学习，这不仅在西域诸国引起了强烈的反响，更于汉廷上下引起了不小的震动。

早朝刚开始，大鸿胪便出列道："启奏陛下，龟兹王绛宾和王后弟史来我朝学习礼仪制度，马上就快到了长安。"

绛宾崇乐尊礼，倡导以礼乐治国安邦。弟史成为龟兹国王后以来，亲自掌管龟兹舞乐机构。她组织宫廷乐师整理龟兹乐曲，并将中原音乐和乌孙音乐的精华融入龟兹音乐，创作出龟兹乐新曲。

"好啊！解忧公主和冯夫人好眼光，为我朝在西域选出了一个好国王。"汉宣帝高兴道。

一片恭喜声中，汉宣帝扫了一眼众臣，郑重道："爱卿们切不可妄喜，西域诸国族类庞杂，并非皆同我朝亲善。"

朝堂一下子安静下来。

宣帝继而道："要赢得西域诸国人心，我朝更应开明以待。绛宾既然如此心向我朝，朕就从善待他做起。"

"陛下英明！"众臣无不叹服。

元康元年（前65年），绛宾与夫人弟史到达长安，受到宣帝的厚待，不仅以贵宾之礼接待二人，更加封弟史为"汉家公主"。除了赐以黄金丝绸彩缎外，还特赐金印紫绶，以示龟兹是西汉王朝不可分割的一部分。绛宾也向宣帝进献了龟兹的名贵乐器。为了对汉朝的政治、文化多做考察和研究，绛宾夫妇决定在长安居留一年有余，并由协律都尉帮助他们学习汉乐。

36

在阿尔扎的催促下，布都渠夫妇决定在答应婚事之前，先带女儿布娇当求得神意。

按照乌孙萨满神巫描述的方位，布氏一家三口颇费了一番周折，终于在云雾缭绕的昆仑半山腰一个古老山洞里，找到了昆仑萨满老神巫。

山洞里除摆设有神像，更多见的是各种祭祀品，既有牛羊等家畜，也有风干了的山珍异兽。洞壁上，绘制着祖先的形象，下面铺有毛皮毡片，供随时祭拜。

昆仑萨满老神巫神秘地笑了一下道："你们从乌孙远道而来，一定是为了攘灾去祸的事了。"

"萨满老巫师，您真是昆仑神再世，一眼就能看出我们来这里的目的啊！"布都渠大翕侯神色忽然变得极度恭维。

昆仑萨满老神巫犀利的目光在布娇当的脸上停了一会儿，微微摇了一下头道："您的命里有凶兆，乌孙的上空有两个太阳争辉，其中一个人的光辉把您这个月亮之光遮住了，如果选择不好，未来要大祸临头了！"

"怎么个大祸临头？"布都渠夫人吃惊地问。

昆仑萨满老神巫微闭双目，嘴里念念有词，忽然睁大双眼道："不仅得不到皇后之位，还将遭遇血光之灾，家族尽诛，曝尸横野！"

"啊！"布都渠大翕侯脸色大变，"扑通"跪地道："请昆仑萨满老神巫救我布氏一族，我定为您修建一座昆仑祠以示纪念。"

"嗯，心诚则灵，要知道乌孙天空的太阳虽将有两个，但符合正统的只有一个，不要为表象迷惑，切记啊！"昆仑萨满老神巫叮嘱道。

布都渠大翕侯听完，当下心里明白，脸上也不禁有了多日不见的轻松。

得到布都渠对婚约满口答应的阿尔扎，来不及与左夫人、泥儿共同庆贺这一大喜之事，就急匆匆赶到匈奴，面见虚闾权单于。

匈奴自从被汉乌联军大败后，开始由盛转衰，从此一蹶不振。虚闾权单于继位后，虽曾一度雄心勃勃想重振西域势力，但是攻打车师时遭遇郑吉的重创，令他的自信心受到了不小的打击。阿尔扎却满怀信心地告诉虚闾权单于，目前西域的形势对匈奴来说隐藏着反转的契机，只要好好利用，一定大有希望。

面对阿尔扎的信心，虚闾权不禁轻轻摇头道："在汉匈两国对西域的争夺中，我匈奴早已优势殆尽，而且四面楚歌，乌孙倒戈、车师叛变、龟兹离心，就连遥远的莎车也走上了疏匈亲汉之路。"

"事实虽然如此，但大单于也不必悲观。未来是谋划出来的，我这里提前做了些准备，或许能扭转被动的局面！"阿尔扎依然充满自信道。

"做了哪些准备？"虚闾权单于的双目中流露出渴求的神色。

阿尔扎首先把围绕布娇当、元贵和泥儿婚事的来龙去脉，以及自己和公主此番的目的，向虚闾权单于一一奏报。

虚闾权单于听后，神情逐渐显露轻松。

接着，阿尔扎又把自己在呼屠征身上下注的打算，向虚闾权单于进行了奏报。

虚闾权单于听完，略一沉吟道："即便如此，还要看呼屠征在权力之路上到底能走多远！"

"是啊，他有多大的权力，才能为我们干多大的事！"阿尔扎补充道："为了让呼屠征尽快成为莎车的实权人物，我叮嘱他在招赘和王位继承等敏感问题上，一定要表达出百分之百的恭顺和忠心辅佐的意思，以此赢得莎车王的信任。从呼屠征的表现看，我相信他很快能从权力的谷底走向高处。我也相信，他一定能为我大匈奴所用！"

"好！既然使者早有谋划，又那么有信心，看来我可以静候佳音了。还有什么好主意吗？"虚闾权单于满心欢喜道。

"有！最后还有一个主意就是攻打车师王乌贵，抓住郑吉，以解除日逐王的僮仆都尉之困！"阿尔扎脱口而出。

"这个嘛，我看可算不上什么好主意！"虚闾权单于轻轻摇头，有些不以为然地提醒道:"使者可别忘了,郑吉率领的西域多国联军不是还护卫在车师吗?"

当初乌贵投降汉朝时,虚闾权单于一怒之下攻打车师却不战自败,表面看是中了郑吉的计,根本上还是他忌惮汉朝和西域多国联军所导致。乌贵在归顺汉朝前曾向匈奴求救,虚闾权单于也因此缘故才弃而不救。

阿尔扎笑着提高声音强调:"哪还有什么西域多国联军?早在车师投降汉朝后,联军就悄然撤回各自的国家了。"

"当真?"虚闾权有些不敢相信自己的耳朵。

"是啊!"阿尔扎笃定道,察看了一下虚闾权的面色后,故作随意道:"单于上次攻打车师时,郑吉手里除了来自龟兹的却胡都尉、击车师都尉外,其实并没有什么兵将可调,所以才突发奇想,使出了马拉树枝扬尘的诈术。"

"啊?原来是我中了他的诡计!"虚闾权一听,恼羞成怒道。

"胜败乃兵家常事!还望单于息怒,以免伤了身子。"阿尔扎安慰之后,忽然话锋一转道,"不过,现在正有一个好机会,可以挽回您的颜面!"

"什么好机会?"虚闾权的双目转瞬之间迸发出光彩。

阿尔扎立即道:"绛宾偕王后赴长安朝贺,龟兹此前留在车师的队伍自然撤回戍卫本国了。如今,车师城里的郑吉和乌贵没有任何援军,此时攻打,正当其时啊!"

"太好了!"虚闾权单于挥动手臂,铿锵有力道,"发兵车师,活捉汉将郑吉,以解我心头之恨!"

其实,郑吉智胜虚闾权单于后,由于匈奴军队再没敢来犯,车师的形势也平稳下来,因此,他早就回渠犁屯田去了。

一天,正在屯田的郑吉忽然接到车师军情报告:左大将奉虚闾权单于之命,率领一支六千人的军队攻打车师。乌贵踞石城防御,高挂免战牌,避门不出。左大将巧妙设饵,诱引乌贵和苏犹出兵,最后中了他的引蛇出洞之计。苏犹战死,乌贵遭左大将追杀,拼命逃往乌孙方向,一时下落不明……

莎车公主匆匆忙忙赶回国都时,莎车王只剩下最后一口气。

弥留之际,莎车王当着女儿的面,亲封呼屠征为辅国侯,莎车国由他临时摄政，等到万年入赘继位后，再把权力交给他。

对呼屠征来说，能在短时间内奇迹般登上权力的高位，首先要感谢阿尔扎对他醍醐灌顶的指点；其次就是他抓住莎车王病重的机会大打亲情牌，以脱胎换骨般的良好表现，博得了王兄对他的信任和好感，把他送上了权力的巅峰。

当时，万年还在长安做出发前的准备。

莎车王的忽然辞世，让莎车公主伤心欲绝。好在万年王子如期而至，让芳心有了依托。万年日夜守护在公主身边，不时嘘寒问暖，使其从亡父之痛中渐渐走了出来。一对璧人情意绵绵，如胶似漆。

莎车王的丧期过后，由辅国侯呼屠征具体操办万年和莎车公主的大婚仪式，接着，又为万年举办了莎车王位的继任典礼。

当了莎车王的万年却少了往日的开心。

"大王怎么啦？你好像越来越不高兴了？"莎车公主捕捉到了隐藏在丈夫眼角眉梢深处的抑郁。

万年沉吟片刻，情感爆发道："我之所以愿意到莎车，主要是因为你我情投意合，真心相爱，并不是为了要当国王！但是，既然先王信任我，让我做了莎车王，就该让我做些有利于国家繁荣发展的事，而不是像现在这样，什么也做不了！"

"你是莎车国王，想做什么都是正常行使国王的权力，为何说什么也不能做？"莎车公主似有不解。

万年一听，显得很是委屈，激动道："可……你的王叔呼屠征，他是辅国侯！我要做的他都反对，唯一不反对的，就是让我维持现状！"

"哦……那你想做什么？"莎车公主关心道。

"仿效大汉的礼仪文明和典章治理莎车！"万年掷地有声，并意气风发地补充道，"公主和我都去过长安，那是一个高度发达、人皆识礼、尊卑有序的文明国度！任谁不为能有这么一个光芒四射的伟大国家，而感到无比荣光和自豪呢！就在我快要离开汉朝的时候，遇到了龟兹绛宾王。虽然，他去的时间不长，但想法和我完全一样！我们都喜欢汉朝的服饰、汉朝的礼仪、汉朝的晨钟暮鼓。绛宾当面向我宣布，他要充分利用这次机会好好学习，回国后就模仿汉制，把龟兹治理成西域一个文明辉煌的国家……公主你说，我作为新任国王，有什么理由不为莎车的未来考虑，比绛宾先行一步呢？"

莎车公主的情绪虽然受到万年勃勃雄心的感染，但还是压抑着激动的心情道："奚充国使者是什么态度？"

"他当然赞成，不过，他也劝我不要操之过急，万不可和辅国侯激化矛盾，让我要听听公主的意见。"万年如实回答。

莎车公主稍作沉吟，情绪渐渐激昂起来："我亦期待莎车的新气象，向往莎车美好的明天。我这就去找王叔，劝他全力支持你！"

乌贵战败后，拼命突出重围。

他起初的打算是，逃往郑吉屯田的渠犁，偏偏左大将早有所料，提前预置了一支人马在道路口截击。乌贵无奈，只得掉转马头，边战边退，朝乌孙方向逃命。左大将一看乌贵负伤逃出埋伏，哪里肯放过，放马追了上去。好在乌贵胯下的是一匹汗血宝马，速度快得惊人，如腾云驾雾般，遇到沟壑河渠皆飞跃而过。左大将死死咬了一阵，终究追赶无望，最后不得不遗憾放弃。

乌贵因为疲于亡命，伤口来不及处理，遂流了不少血，加之又饥又累，不知什么时候昏迷过去，幸亏被打猎的乌大都救起。乌大都一面安排乌贵养伤，一面把情况告诉冯嫽和解忧。

她们了解详情后，都大为震惊。

冯嫽忧心忡忡道："我现在最担心的是郑哥哥的安危！"

"郑吉弟不是早回了渠犁屯田，现又不在车师城中，有什么可担心的呢？"解忧道。

冯嫽幽幽地说道："姐姐没忘记车师王乌贵归顺我朝后，匈奴单于为了报复车师大兵压境，郑哥哥临危不弃车师之事吧？如今，就是为了乌贵家眷和城中百姓，郑哥哥又怎么会见死不救呢？"

"妹妹所说有理。郑吉弟必定会将个人安危置之度外，前去救援车师。"解忧赞同道。

冯嫽道："郑哥哥上次兵出奇招，侥幸取胜，单于这次肯定有备而来，仅凭他和车师的兵力面对强敌，若想化险为夷，谈何容易！"

"既然郑吉弟正身处险境，那我们得抓紧时间想办法！"解忧焦急道。

冯嫽安慰道："姐姐也不必过于担心，凭郑哥哥的智谋，与匈奴军队周旋上个十天半月应该没什么问题。只是事不宜迟，正如姐姐所说，我们得抓紧时间想办法！"

"妹妹一向点子多，有什么主意赶快说出来吧！"解忧有些急不可耐。

冯嫽略作思考，沉着冷静道："一是立即通知龟兹的却胡和击车师都尉，他们一定会火速前去施援郑哥哥，暂缓燃眉之急；二是常惠大哥奉朝廷之命，现屯兵在张掖、酒泉二郡，我们要立即快马向他求救，同时马上奏明朝廷。"

"好主意！"解忧说完，她们立即开始按照计划行动。

正如冯嫽所料，郑吉得到车师战报后大为担心和重视，决定亲自率领屯田兵前往救援。

司马熹竭力反对道："敌强我弱，此去车师，凶多吉少，将军身负龟兹王绛宾重托，还是由我领兵前去吧！"

"车师的石城危在旦夕，乌贵家眷和城中百姓正对我郑吉望眼欲穿呢，如果关键时刻我贪生怕死，岂不让汉朝再次失信于车师国人？我大汉和匈奴又有什么两样呢？"郑吉慷慨激昂。

司马熹只好无奈地摇了摇头。

紧接着，郑吉把在渠犁、轮台的屯田卒召集在一起，组建了一支一千五百人的屯田军。他还把屯田的重刑犯集合在一起，作为屯田军的先锋，以军功减免刑罚作为动力，激发他们沙场建功的积极性。

一切很快准备就绪，郑吉率领屯田军急援车师。屯田军急行至车师石城外，遭遇左大将的围城大军。

战争打响了。

左大将的军队兵卒数倍于郑吉，列开了口袋阵势严正以待。郑吉身先士卒，一马当先。两军相遇，如同铜墙铁壁遭遇洪水猛兽。虽然匈奴军的阵势严密，阵脚不乱，人人严防死守奋勇拼杀，但是屯田军却个个如狼似虎，锐不可当。双方人马陷入胶着后，屯田军最终将匈奴军的口袋阵撕开了一个大口子。左大将率领匈奴军开始转攻为守向后撤退，郑吉的屯田军汇合石城的车师兵准备乘胜追击。

与此同时，虚闾权单于给左大将派来的一支三千铁甲骑兵及时赶到。左大将迅速重新组织战斗力，掉转部队当头迎击郑吉。

郑吉不敌，匆忙退守车师石城。左大将再次把石城围困得水泄不通。

中原和西域商贸交往的繁荣催生了一条以运输丝绸、玉石为主的丝绸之路。车师、龟兹等属于丝路北道上的国家，鄯善、莎车等属于丝路南道上的国家。鄯善还是进入丝路南道西行的第一个国家。

一波未平一波又起。就在郑吉的安危还不明了之时，解忧收到鄯善国王派伊修城校尉宋将送来的紧急报告：莎车的辅国侯呼屠征声称西域丝路北道各国都已投降匈奴，所以正秘密派亲信联合西域丝路南道各国，要挟他们背叛汉朝。

校尉宋将曾在轮台屯田，原为郑吉部下。傅介子刺杀了楼兰王安归后，楼兰另迁新都，改国名为鄯善。应鄯善王邀请、根据郑吉举荐，宋将被朝廷任命为校尉，前往伊修城屯田镇抚。因此，宋将与解忧、冯嫽也算老熟人了。

解忧焦虑不安道："莎车形势突然骤变，万年又年轻气盛，斗争经验肯定不足，也不知他现在怎么样了？"

"姐姐先不要着急，近日二王子那边有消息吗？莎车公主和奚充国呢？"冯嫽一边安慰一边问。

解忧摇了摇头，满脸愁容。

冯嫽踱着步子，边思考边分析道："虽然匈奴左大将把郑哥哥围困于车师国石城，但这也仅仅是我朝屯田兵一时被困丝路北道，而呼屠征却编造北道各国已投降匈奴的谎言，并派亲信秘密联合丝路南道各国，准备此时背叛汉朝，这是为了什么呢？"

"妹妹是说有人故意这么做？莫非早就有了预谋？"解忧忽然为自己的判断感到大惊失色。

冯嫽语气肯定道："姐姐所言极是，这很像是南北两地彼此在策应和互动，肯定有人提前有计划地进行了预谋！"

"这可怎么办啊！难怪二王子、公主和奚充国没有消息，说明他们都还被蒙在了鼓里呢！"解忧心焦如焚，声音哽咽道。

冯嫽心情沉重地点点头。

解忧失去冷静，开始伤心抽泣道："莎车路遥，做什么都来不及了……二王子他们怕是凶多吉少……"

"是啊,全看二王子的造化了!"冯嫽表情凝重,静默片刻,又道,"此事重大,不仅关系到二王子和莎车的命运,还关系到汉朝在丝路南道的影响力……姐姐,我准备同宋校尉速去伊修城,以便随时把握莎车的形势变化,你看如何?"

"好吧!形势紧迫,妹妹快去,注意安全!"解忧停止啜泣,与冯嫽紧紧拥抱片刻,两人的手紧而有力地握在了一起。

冯嫽简单收拾了一下行装,同宋都尉飞马离开乌孙,一路向南面的鄯善国驰骋而去。

37

阿尔扎离开匈奴后,直接去了莎车。

此时,呼屠征已是莎车位高权重的辅国侯。对他来说,阿尔扎的到来是与贵人相见,难免生出些许人生感慨。呼屠征为了表达心头的谢意,主动询问阿尔扎此行所为何来,是否能提供帮助。

阿尔扎朝呼屠征微微笑道:"此次到莎车来,不是要辅国侯帮助,而是要帮助辅国侯!"

"要帮助我?"呼屠征十分诧异。

阿尔扎一本正经道:"是啊,难道辅国侯不需要帮助吗?"

"……"呼屠征有些云里雾里摸不着头脑。

"助你一臂之力啊!"说完,阿尔扎别有用心地放声笑道,"万年一继位就大张旗鼓地推行什么汉礼治国,我听说辅国侯起初不是很反对吗?怎么,现在又听之任之了?"

呼屠征好像被阿尔扎的话狠狠刺了一下。

他的心猛地一沉,然后略作思索,以一种无可奈何并带有埋怨的语气道:"不听之任之又如何?"他突然停顿下来,好奇地压低声音道,"你怎么会对此事如此关心?"

阿尔扎哈哈一笑，直言不讳道："万年一当上莎车王就以汉礼治国，不就是想要莎车从源头上丢掉历史、丢掉文化、丢掉祖宗，从而彻底汉化以断绝与匈奴的关系吗？辅国侯早知道我乃匈奴人，对于这么大的事，怎能置之度外？"

"到现在我才算明白，你这是为何要帮我。"呼屠征彻悟道。

"是的，我也是在帮自己。"阿尔扎坦诚道。

"你拿什么来帮我？"呼屠征提高嗓门道，"公主支持万年不说，那位叫奚充国的使者，背后可是代表大汉的势力啊……"

阿尔扎不屑地笑道："大汉怎么啦？我大匈奴从来就没停止过与汉朝的争锋！就是现在，汉朝那位叫郑吉的屯田校尉，被我匈奴左大将的铁骑围困在车师石城，正岌岌可危呢！有我帮助你，有大匈奴做你的坚强后盾，辅国侯还有什么可担心忧虑的？"

呼屠征先是"嗯"了一声，接着有些不以为然道，"只是，你何来如此自信，认为我一定会接受你的帮助呢？"

阿尔扎压低声音笑道："辅国侯如果接受我的帮助，就能登上莎车权力的巅峰，这不正是你内心所盼吗？你得到莎车的最高权力，莎车就会背弃汉朝而亲近匈奴，这正是我所要的结果。我帮你本身就是一个交易，一个公平的交易，我们各取所需！当然，辅国侯完全有权选择不接受我的帮助。我想提醒的是，开弓还有回头的箭吗？万年和你本就是面和心不和，今后他能容得下你吗？倘若如此，辅国侯不仅将丧失现在所拥有的权力，恐怕连性命都不保啊！"

呼屠征听完，良久无言以对，虽然他表示要认真考虑几日再回复他，但阿尔扎从他那略带惶恐的眼神里，读出了些许端倪。

阿尔扎的嘴角流露出一丝得意扬扬的微笑。

呼屠征考虑了多日，最终答应了阿尔扎的要求，决定同他做这笔所谓公平的交易。

"好！从现在开始，我要先助你成为莎车国王，然后再走上西域南道各国霸主之位。"阿尔扎兴奋的面孔上平添了几分踌躇满志之色。

"霸主？我可没那么大的野心！"呼屠征畏难地摇了摇头，接着不无轻松地说，"成为莎车王倒是不难，我一刀结果了万年就可以取而代之！"

阿尔扎使劲摇了摇头，加重语气道："错！辅国侯这是大错特错！"

"大错特错？为什么？"呼屠征面带疑惑。

阿尔扎狡黠一笑，然后冷静分析道："先说这莎车的国王之位吧，假如像辅国侯刚才所说，当真一刀砍了万年，你就能得到王位了吗？我看未必！辅国侯那样做是谋反、弑君，是不得人心的行为，没人会拥护这样一个人做国君。再说这霸主之位，根本不是有无野心的问题，而是辅国侯必须要挑起这个头儿！你想过没有，与万年为敌，就是与大汉为敌，你若不当西域南道各国的霸主，还有更好的路可走吗？"

呼屠征听得心服口服，不禁脱口道："我们现在是一根绳子上拴的羊，你想让我怎么做，我都听你的！"

"非常好！"阿尔扎旋即把自己准备好的具体措施告知。

呼屠征频频点头，连声称赞。

一条被风沙侵蚀的荒凉道路，在空旷辽远的西域向无尽的天边伸展开去。

有一队人马行进在这条漫漫长途上，骡马、骆驼的背上驮着箱笼包囊，步履略显疲惫，一看便知他们是长途跋涉者。从服装和行囊可断定，这队人马并非商贾僧侣，显然是大汉使团。使团的使官叫冯奉世。

为了汉廷在西域的进一步部署，在同匈奴做军事斗争准备的同时，汉宣帝派出大量使者前往西域各国，以加强大汉与西域各国的沟通。此前，汉廷派出的使者良莠不齐，并未达到预期效果，于是，宣帝更为慎重地考虑出使的人选。冯奉世就是在这样的背景下，被前将军韩增以"人智出众堪当此任"为由推荐给了宣帝。冯奉世被授以卫侯，奉命持节出使大宛，并护送其使臣回国。冯奉世之前曾随军出征匈奴，回师后二次调入宫中当一名郎官。

就在宋将和冯嫽回到伊修城不久，冯奉世一行也赶到了。鄯善的伊修城是他们进入西域经过的第一站。冯奉世曾参加过汉乌联盟攻打匈奴的战斗，与宋将算得上是老朋友，与冯嫽也是旧识。

大家互相介绍见过礼之后，冯奉世率先道："今日路过此地，一是想歇歇脚；二是顺便看看老朋友宋都尉，没想到还有幸见到了冯夫人。现与大家一叙算是话别，明日一早我将继续上路西行……"

"冯使有所不知，你被阻挡在这里了，从鄯善向西的道路不通了。"宋将摇头道。

冯奉世惊讶道："向西的道路不通？有多长时间了？为什么？"

"道路被阻断的事发生不久。"宋将尽量保持平静道，"莎车国的辅国侯呼屠征自立为莎车王，准备联合丝路南道各国与汉朝对抗。我去乌孙之前，这条道路还畅通，没想到等回来后就被阻断了。"

"呼屠征自立为莎车王？那万年呢？他不是入赘做了莎车王吗？"冯奉世迫不及待地问。

宋将痛心疾首道："呼屠征把万年杀了！汉使奚充国也被他们杀了！"

"杀了？为什么？"冯奉世震惊不已。

宋将表情复杂道："是的，以暴恶之名！"

"什么暴恶之名？"冯奉世更显惊愕。

宋将颇有些难为情道："听莎车那边人说，万年不仅当廷杀了反对他的忠义王，还在酒后命令宫女与狗交媾。莎车公主因此弃他而去，莎车国百姓骂他死有余辜！"

"万年怎么会这样呢？奚充国不是在辅佐他吗？"冯奉世大惑不解。

此时，冯嫽内心五味杂陈，义愤填膺道："我以为，这肯定是一个阴谋！郑吉都尉被困丝路北道的车师，丝路南道的莎车王万年这时却被杀，居然是以暴恶之名……这不过是呼屠征使用的诡计罢了。如今，莎车与匈奴结成联盟，呼屠征正以南道霸主的身份鼓吹与我为敌，才阻断了从鄯善西去的道路。真没想到，莎车的形势恶化得如此之快！"

冯奉世接道："如果不及时铲除立脚未稳的呼屠征，势必养痈成患，难以制服，以致危及整个西域的安危，此乃大患啊！"

"冯使所说极是！"冯嫽果断附和。

宋将为难道："然而，制服呼屠征须有军队，我这里屯田兵只有区区百余人，鄯善乃一小国，同样缺兵少将啊！"

他停顿片刻，又心焦道："西域的其他国家倒是有兵可调，只是调动军队又需上报朝廷，路途遥远，往返耗时，边境形势逐日变化……"

"俗话说，将在外君令有所不受，只要对国家有利，特殊时期可以特殊行事！"冯嫽认真道。

"好，我正有此意！"冯奉世果断道，"我们应立即采取行动，假以皇上的符节调集附近各路兵马，联合进攻呼屠征。"

对万年的死，莎车公主越来越感到蹊跷：他为何意气用事？当廷激杀忠义王？他为何做出让宫女与狗交媾这种灭绝人性的勾当？她不在万年身边时，都发生了什么？她不愿相信这一切都是真的，可莎车的王公大臣无不信誓旦旦，证明一切都是铁打的事实，不容她有任何的怀疑……就在莎车公主悲愤欲绝之时，她的叔叔呼屠征却公然与匈奴联盟，这完全悖逆了她父王当初的决定……于是，她强压内心的悲痛，前去劝说叔叔，希望他能为莎车的将来重新考虑。

呼屠征的寝宫内，他正和阿尔扎推杯换盏，两人喝得好不快活。莎车公主蹑手蹑脚来到门外，门内的对话引起了她的高度注意。

呼屠征举起酒杯道："感谢贵人相助，才有今天的一帆风顺，这杯酒，我敬你！"

"如何？你听我的没错吧！"阿尔扎呷了一口酒，咂了咂嘴，自鸣得意。

呼屠征道："没错！我正是按照你的主意，以丝路北道各国都已归附匈奴、莎车和匈奴结成联盟相威胁，现在，丝路南道各国纷纷支持我为霸主。"

"祝贺霸主！"阿尔扎举杯碰了一下对方的酒杯道，"除掉万年的计划还顺利吗？莎车公主没有起疑心吧？"

呼屠征大张嘴巴响亮地喝了一口酒，洋洋得意地笑道："一切尽在你我的计划之中。首先，我利用忠义王痛恨万年的去祖行为，在背后怂恿忠义王以死直谏。果不出所料，万年被彻底激怒后，情急之下当廷把忠义王杀了，进而落得暴行的罪名；其次，我利用莎车公主不在万年身边的机会将他灌醉，再假以万年的口令，使宫女与狗交媾……所有这一切编织得可谓滴水不漏，王廷大臣对万年的暴虐深信不疑，莎车公主乃一女流之辈，手中没有一兵一卒，就是起疑心了又能奈我何？"

阿尔扎不禁哈哈大笑起来，然后把手中的酒杯往桌上重重一放，仿佛已经出了一口恶气似的道："万年啊万年，你也活该有这样的下场！你不是要去祖宗吗？你不是要去匈奴吗？好呀，我就是要让你的名声像你的名字一样，遗臭万年！"

莎车公主只感到一阵晕厥，险些摔倒。她顿时明白自己面临的险境，强撑起精神，跌跌撞撞回到自己的寝宫卧榻上，号啕大哭起来……

在鄯善王、冯嫽和宋将等人的进一步谋划帮助下，冯奉世秘密调集多国军队一万五千人，组成了一支浩浩荡荡的大汉联军。冯奉世亲任联军统帅，宋将任副帅，冯嫽以谋士之名随军。大汉联军在冯奉世的带领下，以迅雷不及掩耳之势，星夜向莎车奔袭而去。

当呼屠征还在为自己转瞬之间成为莎车王和丝路南道各国霸主而志得意满时，他做梦也没想到，气势浩荡的大汉联军从天而降。

冯奉世率领的大汉联军兵临城下，将莎车都城围困得水泄不通。丝路南道其他国家当初受呼屠征胁迫，如今面对强大的大汉联军，没有一个国家愿再听他的号令。呼屠征的准备也不充分，能募集敌抗的兵将并没有多少。冯奉世听取冯嫽的建议，为减少不必要的伤亡，采取限期投降的攻心战术。此法很快奏效，莎车公主的远房堂兄挑头反对呼屠征，后者绝望之下自杀身死。莎车公主的远房堂兄打开城门欢迎大汉联军，并将呼屠征的项上人头献给了冯奉世，以此请求与汉方重修旧好。

于是，莎车公主的远房堂兄成了莎车国的临时国君。

冯嫽一进城，就直奔莎车公主寝宫，她想从公主的口里得知万年被杀的真相，可是令她失望的是，莎车公主并不在寝宫内。

紧接着，冯嫽很快找到万年和奚充国的尸体。令所有人惊奇的是，莎车公主居然自杀于万年身边，眉宇间还凝聚着愤恨、追悔等复杂的神情。

原来，莎车公主无意中听到万年被杀的真相后，肝肠寸断，悲痛欲绝。她本想着找到奚充国，一起为万年复仇。谁知得到的消息是，奚充国早于万年已被她叔父杀死了。而且，她的行迹已经引起了怀疑，行动受到了监视。公主由一开始对万年的怨恨，转为不能自拔的深深自责，尤其让她不能原谅自己的是，在万年受到陷害时，她不仅不能理解他，反而还离他而去……想到自己报仇无望，再想到往日两人的恩爱情深，公主彻底崩溃了！她最终决定：既然无缘活着相守，那就死后相随吧！

冯嫽自然是无法认同万年的所谓暴行。如果真如传闻中所述，万年的所作所为达到了人神共愤的地步，公主又如何会舍身追随，甘愿赴死？她极有可能掌握了事实的真相，但迫于无奈，无法为丈夫雪耻，只能饮恨自裁。遗憾的是，由于始作俑者的呼屠征和知情者莎车公主先后亡故，隐于幕后的阿尔扎绝不可能说出真相，万年的"暴恶之名"无法得到洗刷，只能被历史无情地误会下去。

在冯奉世的主持下，莎车公主的远房堂兄被推选为新王，莎车国复归安定。冯奉世之名不胫而走，威震西域。

呼屠征失败自杀的消息传来，虚闾权单于刚刚萌发的控制西域的幻想像西北草原上美丽而短暂的春天般，转瞬即逝。

郑吉被困石城后，一直采取防御消耗战术，以拖为主，静观其变，伺机绝地反击。就在此时，常惠率领汉朝屯驻张掖、酒泉二郡的三万骑兵杀来。

虚闾权单于早在汉乌联军攻打匈奴时，就领教过常惠将军的厉害，尤其他对西域各方面比较熟悉，用兵如神，有勇有谋，让匈奴人闻风丧胆。

虚闾权单于闻讯，连夜率领众臣举行观月礼，即虔诚地守望夜空，若出现月盛，可继续发动战争，若出现月亏，就只能退兵罢战。当晚的结果是严重月亏，不仅月形残缺不全，而且月亮表面黯淡无光。由此，虚闾权单于认为左大将面临腹背受敌的险境，命令他立即撤兵。

常惠大军还未到车师，郑吉已经解了车师之围。

根据解忧公主和翁归靡的要求，由新的莎车王派使者护送，冯嫽亲自将万年和莎车公主的遗体带回乌孙。常惠、郑吉二人也都奉汉宣帝诏命，专程赶到乌孙，代表朝廷参加万年和莎车公主的葬礼，同时对解忧公主表示慰问。

38

解忧公主比常惠和郑吉二人想象中坚强得多。当二人来到公主寝宫，安抚解忧时，她早已擦干眼泪，渐渐放下丧子之痛。

冯嫽利用出门迎接常惠和郑吉的机会，悄悄解释道："其实，公主早有预感，万年临去莎车时，我看出她的内心格外不舍。之后，宋都尉送来消息，她已料到如今的结局。也许正因如此，她现在反而能淡定以对。"

"这就好！"常惠和郑吉异口同声道。

正如冯嫽所说，解忧公主虽难掩丧子之痛，但神情还算自若。

常惠和郑吉分别以朝廷和个人的名义，对她进行了一番安慰。

解忧面露微笑道："人死不能复生，再伤心也无济于事，活着的人为了明天和梦想，还要好好地活下去。相信我已经迈过了这道沟壑！"

"公主能拿得起放得下，真乃女中豪杰。"郑吉赞道。

常惠接道："看公主平安无事，我的心到底踏实了。"

"姐姐现在更关心西域之局下一步如何打算。"冯嫽一旁插话。

解忧认真道："还是冯嫽妹妹前面那个提议好！"

"什么提议？"常惠和郑吉脱口而出。

"妹妹以为，大家难得相聚，可以就西域归汉的问题从不同角度认真进行梳理，从而找出存在的主要问题和解决办法。"解忧带着自我宽慰的语气道，"倘若如此，也不枉万年之死了！"

常惠和郑吉不禁为解忧公主的坚强所感动，同时内心也为冯嫽人在乌孙心在汉的赤诚之心拍手叫好。

常惠首先道明自己的看法："匈奴势力日渐衰败，他们在西域耀武扬威的日子不长了。不过，严酷的现实仍不容乐观。匈奴的僮仆都尉像扎了根的肉钉，很难一时拔除干净；再如，车师就是枚棋子，你争我夺，让人眼花缭乱。此外，虽说匈奴在西域的势力式微，这次莎车王万年却被轻易杀害，可见其势力并不甘心退出西域，明枪暗箭，激流涌动，真的让人防不胜防啊！"

"诚如常大哥所言，车师因是沟通西域南北的要道，此次虽然得以解围，但以后匈奴势必还会来争，如此反复，城中百姓不堪其扰。"郑吉建议道，"为了彻底解决汉匈两家对车师的拉锯式争夺，我以为朝廷应拿出釜底抽薪的办法。"

"怎么个釜底抽薪？"解忧公主疑惑。

郑吉似早已经过深思熟虑道："将车师大部分国民迁往汉地屯田中心渠犁。"

"如此甚好，既绝了车师之患，又置车师国民于汉军保护之下，不受匈奴欺压，这充分体现了大汉的仁爱！"冯嫽赞道，声音逐渐激昂起来，"当下，匈奴在西域的影响力确实无法和我大汉相提并论，但为何仍出现奚充国、万年双双遭害的惨剧？凭奚充国的智慧，他并非事先毫不知情，可问题是，就算知情又能怎样？汉朝太远，远水解不了近渴。车师之所以能成为汉匈之间反复争夺的目标，对大汉来说，主要原因有二：一是路途遥远，顾及不瑕；二是权力空白，不能有效管控。因此，我认为解决眼下西域问题的关键就是要尽快建立一个能代表大汉的权威机构。倘若有这样一个执行机构，西域各国就有了寄托和依靠，就能很好地与汉朝之力凝聚在一起。这样的话，匈奴人将再也不敢轻易造次和兴风作浪。当然，渠犁和轮台的屯田无形中已经为此提供了后勤上的保障，所以，此事宜早不宜迟！"

解忧认真听取他们的观点，有时插话，有时点头，最后欣慰道："你们说的都非常好，那么，就由我来上书，请常大哥马上带回汉廷，面呈圣上吧！"

"诺！"常惠回答得愉快而爽朗。

这时，郑吉忽对解忧和冯嫽道："乌贵的亲眷已被我送到渠犁，原准备把他们一家送往长安，只是他兵败逃往乌孙，至今未归。"

"你要把乌贵送往长安？他不当车师王了吗？"解忧对此又惊又奇。

"他向往长安。我之前答应过他，只要归顺大汉后不再反复无常，我一定奏请皇上在长安赐给他一处宅第，让他们夫妻子女团聚。至于车师王位，原车师太子军宿是比较合适的后继人选。"郑吉道。

听罢，冯嫽也好生奇怪道："你是说，乌贵至今未归？"

"是啊！你们有人见过他吗？"郑吉追问。

解忧和冯嫽不假思索地异口同声道："我们见到乌贵了。他受伤了，可伤刚养好，当得知常大哥率领大军去解车师之危，就直奔那儿去了！"

郑吉一听，格外诧异道："那他为何没回到车师？他会去哪儿呢？"

正当大家疑惑不解时，翁归靡突然大步走进来，大声宣布："乌贵离开乌孙准备返回车师时，被泥儿截获了。"

"泥儿为什么要这样做？"解忧神情惊讶。

"作为太子，泥儿要这样做的目的还不够清楚明白吗？"翁归靡自问自答道，"他对乌贵投降汉朝十分不满，俘获他还不是为了替匈奴出口气，也极有可能把他作为今后对付乌孙和汉朝的一颗棋子。"

说完,翁归靡径自走到解忧身边,话锋一转,严肃认真道:"现在,我有一项重要决定要向大家宣布!"

众人拭目以待。

翁归靡压抑着满腔悲愤道:"我的儿子万年是在匈奴人的撺掇下被杀害的,并且让他背负了永世都洗不清的暴恶之名。我发誓,我乌孙翁归脉裔,誓将永绝匈奴,与其不共戴天……"

他略微停顿,接道:"从泥儿截获乌贵这件事看,他如果以后当上了昆莫,我们为汉乌联盟这么多年所尽的努力功亏一篑不说,万年的鲜血也白流了!"

解忧忍不住打断道:"昆莫,您真的想好了?当初要还政泥儿的誓言……"

"是的,泥儿行事忤逆,我不能为了一个誓言,把乌孙毁在他的手里!"翁归靡深情地看了一眼解忧,最后果断宣布,"本王决定,封刘解忧的长子元贵为乌孙王位的继承人!"

解忧对这个突如其来的决定有些不知所措,心底是悲是喜、是福是祸,她一时更是说不清道不明。

冯嫽兴高采烈地提醒道,"公主,你将成为乌孙王后啦。"

解忧公主这才醒悟过来,向翁归靡深深施了一个右手抚胸礼,以示致谢。

翁归靡微笑夸赞解忧道:"寡人也要为元贵求娶一位像你这样美丽聪慧的汉家公主,让汉乌世代友好下去。"

"好主意!"常惠一边称赞,一边诙谐道:"公主就赶紧上奏书吧!今天够给汉廷朝堂一个西域问题的朝议了!"

大家听罢,不禁哈哈大笑起来。

汉廷之上,群臣肃立两侧。宣帝果然组织了一个有关西域问题的朝议。

冯奉世首先出列高声启奏:"陛下,臣平定莎车后,遣回各国兵士,继续西行直抵大宛。大宛君臣听说臣平定莎车之事,对臣所率大汉使团也倍加敬重,接待上特别隆重。为了表示与汉朝的友好之情,大宛国王在我大汉使团临别之时,还以国宝名马象龙相赠。名马象龙已被带回长安,正等候陛下过目。臣已完成本次出使任务,今特向陛下复命。"

汉宣帝颔首,朝众臣道:"冯奉世作为使团主使不辱使命,途中遭遇莎车之乱见机行事，及时控制了西域形势，深得朕心。朕欲加封其官爵，列位以为如何？"

"冯主使不辱使命，有功于国，应予爵士之封。"前将军韩增跪奏道。

莎车叛乱一结束，冯奉世将平叛的前因后果详细奏报了朝廷。宣帝大悦，当天召见推荐冯奉世的韩增将军，夸奖他的举荐之功。

"冯主使不辱使命，有功于国，应予爵士之封。"众臣异口同声。

宣帝满意地点了点头，刚要开口，只见少府萧望之扑跪在地，大声异议道："臣以为冯奉世擅自发动西域小国之兵，虽有平叛大功，却不可引入效法，如加封冯主使，将来他人出使时贪功趋利，也要与冯主使攀比，私自动用兵马，在万里之外为求功名而与他国寻衅滋事，如此一来恐怕无事生非，给朝廷带来更多麻烦。综上，臣以为不应给冯主使加封！"

朝堂之上片刻安静后，开始喧闹起来。大臣们不禁窃窃私语，有的表示反对，有的表示赞赏，最后都把目光集中到汉宣帝身上。

宣帝略一沉吟，大声称赞道："少府言之有理啊！冯奉世虽然有平叛大功，但确实不能引入效法，所以朕就不因此对他封爵了。不过，作为此次出使大宛的主使，冯奉世不辱使命却应当封赏，朕就封他为光禄大夫、水衡都尉吧！"

冯奉世赶紧叩头谢恩。朝堂之上，亦响起众臣"陛下英明"的山呼声。

常惠早已把奏本呈给宣帝。宣帝看完奏本，又向常惠询问了相关的情况，对解忧奏书中所请事项全部准奏：一是把乌贵一家人安置到长安，不仅对他进行重赏，而且朝堂上下，从皇上到大臣都要对他礼遇，让更多的四夷之邦感受到大汉的文明博大和宽广胸怀；二是将召还故太子军宿立为车师王，把车师大部分国民迁往渠犁，成立车师前国，让车师人与匈奴永隔，以便他们安乐起居，进一步增强与汉朝的亲密度；三是郑吉因功升内卫司马，任命为"护鄯善以西使者"，主护南道，并令他适时在西域筹建军政机构，进一步扩大汉廷在西域的影响力；四是将解忧的堂侄女刘相夫选为和亲公主，待他年天暖草绿之时，远嫁元贵为妻。

最后，宣帝对常惠语重心长道："将军熟悉乌孙，朕为了让相夫适应草原生活，决定由将军负责找人先教授她和随从乌孙语，并讲解那里不同于汉朝的风俗礼仪。"

"陛下放心，臣一定悉心照办，保证公主和亲之时，不仅掌握流利的乌孙语，还能熟悉当地的习俗。"常惠跪拜领命。

不久，常惠将相夫公主及其随行的太监、工匠、厨师、丫鬟、护卫等百余名仆从，集中于上林苑建章宫学习乌孙语及当地生活习俗。

弟史作为教授乌孙语的老师之一，她和绛宾王在长安多停留了半年，之后才回到龟兹。归国不久，绛宾偕夫人弟史前往乌孙，先拜见了翁归、解忧，后对二王子万年进行了祭奠。

冯嫽、先贤格和乌就屠也赶来探望绛宾和弟史。

绛宾心情万分沉痛道："二王子临别大汉时，曾在长安与我相遇。我们雄心勃勃地要模仿汉制治理国家，不想少年有志的他却惨遭毒害啊！"

"万年哥哥的理想还未来得及实现，人却已经不在，下面就看绛宾哥哥你的了！"乌就屠不假思索道。

"那还用说！"绛宾一拍胸脯道，"即便是告慰万年，我也要实现承诺，仿照长安建立宫室，推广汉朝的礼仪制度，让晨钟暮鼓之声响彻龟兹……哪怕有人骂我忤逆祖先，我也在所不惜！"

"你在汉朝生活了一年多，能给我们描述一下那里到底好在哪里吗？"先贤格的语气不无期待。

"我在长安听到西域人吟唱的两支小曲，也许最能说明问题。"绛宾说完，信口拈来轻松唱道，"远涉山水，来慕当今。到丹阙，御龙楼，弃毡帐与弓剑，不归边地，学汉化，礼仪同，沐恩深。"

弟史随声唱和道："生死大汉好，喜难任。齐拍手，奏仙音。各将向本国里，呈歌舞，愿皇寿，千万岁，献忠心。"

歌毕，绛宾神情认真道："西域各国人民以能到大汉中土工作生活为荣。除在汉朝官府、军队供职的西域人外，还有许多西域的留汉学生、僧侣教士、御马人、耍狮人、乐工舞女等。他们不畏戈壁荒漠，跋山涉水，迢迢万里来到长安，就是为了瞻仰光彩夺目的大汉风采。这些都充分说明西域各国人对大汉物质和精神文明的无限倾慕之情。"

"毫不夸张地说，西域诸国像葵花向阳般纷纷归附大汉，企求和大汉融为一体！"弟史激动地补充道。

先贤格的目光中涌现出无比羡慕、钦佩的情愫。

万年刚被杀，聪明的阿尔扎就撤离了莎车这个危险之地。

阿尔扎消息灵通，丁零将攻打匈奴的信息，被他早早获悉。他认为丁零背后一定有汉朝势力的支持。经过与左夫人认真商讨，他断定要匈奴以牙还牙，那就需要他再回匈奴，面见虚闾权单于，说服他树立信心，主动出击。

但虚闾权单于还会愿意见他，并相信他吗？阿尔扎并没有足够的把握。上次面见单于，他敬请单于静候佳音，其结果却是半路杀出了个冯奉世，呼屠征这枚棋子失算了；郑吉被困石城眼看弹尽粮绝，关键时刻常惠大军杀出，扭转了乾坤。

不过，为了大匈奴，更为了自己对挛鞮居次的承诺，阿尔扎始终未曾气馁过。此番再见单于，他做好了充分的思想准备。

正如自己所料，虚闾权单于不想见到他，更别提相信他了。

传话的侍卫朝阿尔扎道："大单于吩咐，使者若是有佳音相告就请进，否则哪里来请哪里去！"

阿尔扎微微一笑，直奔单于大帐而去。

虚闾权见状，只好敷衍道："使者有什么佳音？"

"什么佳音也没有！"阿尔扎回答得很干脆。

虚闾权神色一愣："那你进来干什么？"

"我是来向大单于报告坏消息的！"阿尔扎大声道。

"什么坏消息？"

"丁零部族已组织了一支万余人的骑兵，将大举攻击我匈奴！"

"什么！丁零要大举进攻我匈奴？"

"当然，丁零大军想必已经上路了！"

虚闾权单于神情大惊，一改此前的责难态度。阿尔扎的内心，也不禁有了几分得意。

此时，他故作平静道："大单于将怎么打算？"

"命令日逐王先贤掸出兵反击丁零，放弃与汉在车师的争夺。"虚闾权不假思索道。

阿尔扎摇了摇头。

"何故？"虚闾权质疑道。

阿尔扎一声长叹："大单于要让日逐王出兵本没有错，但如果我没猜错的话，右贤王屠耆堂肯定会说日逐王不忠。你这样的决定，其实就是表明对他不放心，想以战争的方式削弱他的力量。这已不是日逐王出不出兵的问题，而是大单于秉持什么态度的问题！屠耆堂多次攻讦日逐王已不是什么秘密，这个时候单于若不能相信先贤掸，让他打消对您的顾忌，岂不是逼他走上谋反之路吗？"

"嗯！"虚闾权听罢，认真地点了点头。

阿尔扎接着道："汉朝建立了一个车师前国，我们也可以将车师的另一小部民众迁往兜訾城，立兜莫为王，建立车师后国，以此呼应西域的僮仆都尉，让日逐王放弃顾虑，也可以更好打消先贤掸心头的担忧。"

"不错！"虚闾权颔首赞同。

阿尔扎见单于心有所动，越发自信。他卖了个关子道："大单于，我还真有一个佳音要向你报告！"

"什么佳音？"虚闾权兴奋起来。

阿尔扎答非所问："大单于知道丁零为什么攻打匈奴吗？"

虚闾权摇了摇头。

"是因为在汉人的撑腰和挑唆下，大匈奴也要以其人之道还治其人之身。"阿尔扎冷笑道。

虚闾权忽然恍然大悟："你是说，我大匈奴也可以扶植、唆使其他部落与汉朝对抗？"

"是，西羌梦想渡过湟水南下，此乃天赐良机啊！"阿尔扎当下把他的打算向虚闾权单于和盘托出。

虚闾权单于听得应声连连，眉开眼笑。

39

冯嫽见到解忧时,并没有掩饰内心的担心和焦虑。

解忧好奇道:"什么事让妹妹如此忧虑?"

"乌就屠告诉我,他发现阿尔扎从莎车回来后,又去了西羌!"冯嫽回答得声音急促。

西汉把以湟水为中心的羌人各部称为西羌。汉武帝后期,羌部经常侵扰内地,匈奴也想联合羌人共同对付汉朝。面对这种形势,武帝曾提出要斩断匈奴右臂,指的就是阻止这样的联合。

解忧有些不以为然,云淡风轻道:"这能说明什么呢?"

"这能说明两个很严重的问题。"冯嫽进一步解释,"莎车发生叛乱,我早料到是匈奴挑拨离间,如今已断定是阿尔扎所为。现在他为什么又去游说西羌?肯定是匈奴不甘心前面的失败。他这是欲行大动作,从背后给汉朝最阴险致命的一击。"

解忧轻淡一笑:"妹妹是说阿尔扎又要挑起西羌之乱?"

"是啊,西羌可不比莎车,阴谋一旦得逞,将发生历史性倒退,我们这么多年的努力和心血将付之东流!"冯嫽加重语气,似乎已经预见山雨欲来风满楼。

元鼎六年(前111年),羌部与匈奴遥相呼应,侵袭汉郡,大汉发兵十万征讨,历时几年后将其平定。征和三年(前90年),羌部趁李广利投降匈奴之际,再次联合匈奴反叛汉朝,最后也被剿灭了。

解忧仍然不解道:"西羌又不是没有乱过,妹妹是不是过虑了?我听说西羌人迁徙的地方乃不毛之地,日子过得很清苦,所谓人穷思归,河湟故地那美丽富饶的河谷山川,就是他们梦中的家园啊!我想他们可能是在朝廷允许之下,重回故土只是为了游牧吧!再说了,历史上发生过的两次事件说明,虽有匈奴主使,西羌也没翻起多大的浪。另外,西羌远离西域,与我们这么多年的努力和心血又何干呢？"

元康三年（前63年），光禄大夫义渠安国出使西羌，先零部落狼何趁机向他提出，越过湟水南下游牧的要求。有着羌人血脉的义渠安国为情所动，在得到西羌人回乡只是为了放牧的保证后，二话不说就答应了他们的请求。之后，羌人便如洪水般南下，势不可挡。

"错！"冯嫽变色道，"这绝不仅仅是为了重返家园的游牧行为，我判断应是受阿尔扎唆使，西羌诸部中有人以此为幌子，包藏祸心！西羌人以前虽然数次同大汉为敌，但都仅限其中的一两个部落，并不像现在这样结盟南下。如果不出所料，下一步将举行盟誓，结束内部仇杀，一致对外。首当其冲的将是汉河西四郡受到进攻，他们目的是打通西羌与匈奴的通道……"

解忧开始意识到问题的严重性，不禁大惊失色。

冯嫽的声音越来越大："西羌与匈奴的通道一旦打通，就可以把汉朝的势力驱逐出河西和西域了！如果我们不能识破并及时阻止这个惊天大阴谋，汉朝在西域包括河西的势力可能丧失殆尽，大汉梦寐以求的统一西域大业不仅难以实现，甚至连漠北的百年战争成果也将烟消云散！"

"如此，岂不又倒退到了高祖时期？！"解忧惴惴不安道。

"是呀！如今匈奴日渐窘迫，属国尽叛，其作困兽犹斗的唯一希望就是西羌。所以，阿尔扎秘密潜入羌部策划内外联动，想以此击碎我大国之梦！"冯嫽一语中的。

忽然，解忧心有灵犀道："妹妹如此焦急地找我，是为了未雨绸缪，让我给朝廷紧急上奏书吧？"

"不错，要提醒朝廷重视河西郡县的防范，让郑哥哥的屯田军开赴河西镇守，力保老将军赵充国平定西羌之乱。"冯嫽直言不讳。

解忧大惑不解："河西郡县防范的重要性，妹妹前面说得很明白了，只是，汉将之中勇猛之人无数，为何要我只保举赵老将军呢？"

冯嫽之所以认为赵老将军最合适，理由如下：

一是因其勇。天汉二年秋，李广利率三万骑兵出酒泉，进击天山，击败匈奴右贤王的回军途中，被匈奴重兵包围，粮食短缺数日，伤亡惨重。幸假司马赵充国率壮士百余人，拼死冲破匈奴包围，李广利率军紧跟其后，方得脱险。

这次突围战中,他一人身上居然有二十多处战伤,武帝亲自验伤后嗟叹不已。二是因其功。当年就是赵充国与霍光一起策立的宣帝刘询。同时,他还抓获了匈奴的西祁王,平定了武都羌人反叛作乱。三是因其谋。赵充国前不久献计,认为汉匈远隔大漠,就算劳师糜饷再度远征,恐怕也难收到好的效果。与其亲自动手,不如发动那些久遭匈奴压迫的北方部落攻打匈奴,汉朝可坐收渔翁之利。汉宣帝接受了他的建议,在经济上对匈奴压制和封锁,不让其恢复元气。同时结好北方大部落丁零,支持其对匈奴开战,以致匈奴疲于应付丁零,放弃了在车师与汉的争夺。四是因其知。赵老将军从小生活在羌部,跟羌人打过多年交道,对羌人的心思习性了如指掌。

综上所述,冯嫽信心满满地道:"姐姐,你说还有谁比赵老将军更适合出征西羌呢?"

"嗯,只是赵老将军已是七十多岁的耄耋老人……"解忧欲言又止。

冯嫽深谙解忧内心的思虑,她微微一笑,巧妙应对道:"正是因为赵老将军年岁太大,而西羌之地又是高原寒冷的极地,陛下虽有意启用老将军,又怎么好意思直接说出口呢?更何况其他年轻将军早已摩拳擦掌准备披挂上阵了。不过,此次西羌战役责任重大,关乎西汉多年来的战争成果,关乎西域今后的命运走势。赵老将军对这一点比谁都清楚,比谁都希望亲自出征,只是自己年事已高,他不可能向年轻人那样主动请战……"

"这么说,上书既可遂了陛下的心意,又能圆了赵老将军心愿。"解忧顿感欣慰。

冯嫽眉眼一挑,轻松笑起来。

果真如冯嫽所料,渡过湟水的西羌部落酋长开始聚会盟誓。说起西羌部落,可谓多如牛毛。由于部落之间资源匮乏,彼此交相攻伐,厮杀不休,一直未形成一个强有力的联盟。

此时,先零部落二首领狼何,悄悄瞥了一眼大首领杨玉,发现他朝自己点了点头,目光中充满鼓励。杨玉是一个充满野心又老谋深算的人。他表面上归顺汉朝,被封为归义羌长,但内心仍然很不满足,梦想成为西羌国王。为此,杨玉一边讨好汉朝,一边私结匈奴,始终在寻找壮大自己的机会。阿尔扎到西羌后，首先联系的人就是杨玉。这让他既高兴又担心，高兴的是终于有了实现野心的机会，担心的是他并不知道胜算有多少。为此，杨玉把狼何引荐给阿尔扎，自己则在幕后观察。阿尔扎很快明白了杨玉的野心，也深知他的圆滑，尽管自己很鄙视他，但又少不了他的暗中支持，因为杨玉在西羌众多部落首领中，还是具有一定影响力的。

狼何这时昂首挺胸站到众酋豪对面，扯开嗓门道："今天，我们终于南下成功了！这次为什么能成功？首先要感谢一个人，是他给我们出了个好主意！"

接着，他朝人群一伸臂，一个汉子快步走上来，站到他的身边。

狼何目视着汉子，声音激动道："他，就是匈奴使者阿尔扎。感谢他！感谢他的好主意！"

阿尔扎先向众人抱拳示意，然后嘴角挂着冷笑道："羌人兄弟们，这下该明白了吧？如果不是按照我的主意结盟南下，你们永远都别想重回美丽富饶的河湟故地，那令你们魂牵梦绕的家园！"

"结盟！结盟！"众酋豪异口同声。

狼何接着高声道："对，只有结盟，我们才有未来！今天，我先零部召集诸位，就是要结成统一的联盟，只有这样，我们才能最终回到土地肥美的河西和西域放牧。你们说，好不好？"

"好！"众酋豪因激动而振臂高呼。

狼何这时顿了一下，接着道："可是，汉朝不答应，还要追究我们的责任！"

众人开始发出唏嘘之声。

"汉朝使者义渠安国不是答应了吗？我们可以好好向汉廷说明原委啊！"罕部首领靡当儿首先支着。

开部首领靡忘接道："我们重回故地，只是想在这里过自由自在的游牧生活，并不愿与大汉为敌！"

"我们不想与大汉为敌，可大汉愿意与西羌和平相处吗？就说这次结盟南下吧，汉朝视我们为侵略成性的野蛮人，才出尔反尔，怕是要兴师问罪来了！大家说，我西羌该怎么办？"狼何语气里充满了煽动性。

气氛仿佛凝固了，一下子静得只有人们的呼吸声。

"那我们也不能与大汉为敌,对抗是没有出路的!"罕部首领靡当儿和开部首领靡忘打破了短暂的平静,不约而同道。

"当然!"狼何继续道,"我们西羌虽有短暂的结盟,但本质还是一盘散沙,战斗力连西域一个小国都不如,与大汉对抗怎么会有出路呢?所以,从今天开始,我们西羌各部要解除仇怨,交换人质,订立盟约,握手言和,组建一个团结紧密的西羌联盟,到那时还用怕什么呢?"

"是啊!"阿尔扎附和着,雄心万丈道,"虚间权大单于让我转告诸位,他还答应借兵给西羌,有我匈羌联合,什么也不用怕啊!"

说完,阿尔扎放声大笑。

靡当儿和靡忘的脸上掠过几丝不满。他们挑眼朝杨玉看去,见他未置可否,不再言语。

神爵元年(前61年),春寒料峭。

一支两千人的骑兵在河湟大地上疾行,领队的大旗迎风噗啦啦展开,旗上绣着斗大的"义"字,旗下战马上端坐一人,正是大汉使者义渠安国。

其实,在冯嫽得到羌人结盟南下的消息时,老将军赵充国也正在向宣帝禀明可能出现的不利后果。事情的后续发展已经清楚地证明了这一点。根据赵充国的建议,汉廷决定立刻派使者去完成下面的紧急任务:一是分化离间和瓦解西羌联盟,破坏匈奴的阴谋计划;二是巡视边塞和囤积粮草,重视强化守御。鉴于义渠安国与羌人的特殊关系,他再次被朝廷委以完成此次任务的重任。

义渠安国的骑兵队伍到了羌人聚居处附近,扎下营寨。人马稍作安顿,他就马不停蹄地在军帐中连夜召集先零等西羌的三十多个部落首领聚议。

一些部落首领对夜间聚议本就不满,他们嘟嘟囔囔,言语粗鲁,似乎不把义渠安国放在眼里。

义渠安国怒道:"你们见到本大人还这等粗鲁和轻狂,真乃野蛮之人!"

"哈哈……我们是野蛮人!义渠大人不也流有我羌人的血液吗?请问大人难道不是野蛮人吗?!"一个部落头人粗声粗气地讥讽道。

义渠安国不听则罢,一听更是火冒三丈:"我当初正是因为恋着故旧的情分,才答应了你们的要求,谁知你们这些可恶的蛮夷,出尔反尔,竟敢欺骗本大人的感情,让我在朝廷颜面尽丧……"

"看来义渠大人今晚不是来安抚我们,也不是解决问题的,是要大动干戈兴师问罪的吧?"另一个部落头人明显在火上浇油。

此时,什么瓦解羌人的联盟,破坏他们与匈奴的阴谋诡计,早被义渠安国抛到九霄云外。他情绪忽然亢奋到了极点:"是又怎么样?难道还要本大人今天饶过你们吗?!"

"不饶,又该当如何?"狼何进一步挑衅道。

义渠安国的身体明显开始抖动,奋力指着狼何吼道:"你不是解仇交质订立盟约吗?你不是勾结匈奴对抗大汉吗?你们这些野心家不是准备秋天马肥之际叛乱吗?来人,把狼何,不,把他们所有人给我抓起来!"

一群看似早有准备的武士手持利器蜂拥而上。

羌人部落首领们虽然进帐前都缴了械,但赤手空拳的他们仍然不甘俯首就擒,场面立即一片混乱。

"全部给我杀无赦!"义渠安国近乎癫狂地下达了命令。

如同切瓜剁瓢,狼何等部落首领的脑袋全都开了花。

此时,已经杀红眼的义渠安国仍不解恨。他干脆一不做二不休,发兵向羌人聚居区进攻,成千羌民被诛杀斩首,一时之间哭天喊地,血流成河……

杨玉一个人不停地在房间里转着圈。他那夸张的表情和有些失态的动作尽显内心的惊恐失措和悲愤交加。正在这时,阿尔扎带着烧白酒走了进来。

杨玉惊异道:"使者这时带来烧白酒干什么?"

"喝呀,给将军压压惊!"阿尔扎一边说着,一边把酒倒进了酒器里。

狼何已死,阿尔扎考虑他今后能利用的最佳人选非杨玉莫属了。尽管阿尔扎早就知道杨玉圆滑,但他更了解他的野心。一个人一旦有了野心,便很容易成为被人利用的砝码,对此,阿拉扎可谓了然于胸,屡试不爽。

杨玉端起酒,大口一干而尽,然后激愤道:"聚义的部落首领全部被砍了,我羌人同胞惨遭杀戮啊!"

"汉朝如此凶残,人性何在?信义何在?将军认为其还可以相信和依靠吗?"阿尔扎大口一饮而尽后,又把酒杯蓄满。

"汉朝背信弃义,滥杀无辜,哪还有半点信任可言?从今以后,我与其水火不容,势不两立!"杨玉大口喝完酒,重重地将酒器掷在地上,顿时摔得粉碎。

阿尔扎故作义愤填膺状，因势利导道："祸兮，福之所依。汉朝大肆杀戮，让西羌各部对其恐惧与愤怒交加，现在各部无不同仇敌忾。如此，也给将军你创造了一个千载难逢的大好机会啊！"

"千载难逢的大好机会？"杨玉故作惊讶。

"是啊！"阿尔扎大声道，"汉朝的滥杀并不能让西羌分崩离析和俯首称臣，相反，只要将军你这时登高一呼，包括靡当儿、靡忘在内的各个部落都会群豪响应……"

隐藏在杨玉深处的心思被阿尔扎一语道破，他内心虽然激动不已，但仍表现得波澜不惊。

阿尔扎激情地补充道："西羌活动区域面积之大可比匈奴，人口约六七十万人，差不多相当于我大匈奴的人口。今后开战，可轻易组织起几万人的军队，到时候将军可以和我大匈奴一样建国，与汉朝分疆而治！"

看杨玉依然面无表情，阿尔扎暗暗骂了一句"老狐狸"，然后信誓旦旦地承诺："将军尽管放心，我匈奴大单于定会鼎力相助，与你的西羌联军遥相呼应，保你稳操胜券！"

"好！我决定联络西羌各部，揭竿而起！"杨玉终于下了决心。他这时凝视着阿尔扎，狡黠道，"大匈奴对我如此支持，使者不知有何要求？"

阿尔扎微微一愣，然后直言不讳地道："攻下鄯善和敦煌，切断汉朝与西域的通道，把郑吉的西域屯田兵孤悬绝域，让他坐以待毙……"

"最后实现驱逐汉朝势力，重振大匈奴在西域的辉煌！"杨玉接口道。

二人不禁相视一笑。

接下来，杨玉鼓动原本松散的西羌各部立即组成西羌联军，向汉朝边塞城邑发动猛烈的攻击，连续杀死多名地方官员。义渠安国遭到西羌联军重击，伤亡惨重，所携兵器、粮草、辎重损失殆尽，他本人也仓皇逃亡……

四月的河湟一带，草木刚刚吐芽，到处一片恬静。然而，行军的马蹄声踏碎了田野的春梦，铺天盖地的战争乌云，严实地笼罩住头顶这片蓝天。

放眼天地之间，有一支大汉的骑兵队伍宛如长龙，只见锦旗招展，刀枪闪耀。帅旗下，一位银须飘飘的老将军横刀立马，威风凛凛。

他，就是自称宝刀未老的讨羌将军赵充国。

战端开启后,汉廷对具体派谁领兵征讨西羌莫衷一是。多数人主张趁西羌联军立足未稳,与匈奴还未实现联动,派大军集中优势兵力一举剿灭。汉宣帝这时正为自己错用义渠安国损失惨重而痛悔。如今,他希望选一个持重之人,能妥善处理好西羌问题。其实,他心目中最理想的人选就是赵充国。只是赵老将军年岁已高,刘询正为此举棋不定之时,解忧公主的上书打消了他的顾虑,坚定了他启用赵老将军的决心。汉宣帝先后两次派人打探赵老将军的想法,并就作战方略征求了他的意见。

打探之人回来后,向宣帝启奏道:"赵老将军认为,战争是一个国家的大事,不能不郑重其事,所以,他愿亲自征讨西羌。老将军还表示,百闻不如一见,主帅只有到战争前线实际调查之后,才能制定合理的作战方案。"

刘询大悦:"太好了!"

40

赵充国率领大军渡过水流湍急的黄河,越过有"死亡峡"之称的四望峡,成功抵达了平羌指挥部——西部都尉府。

早在大军进入湟水一带前线,赵充国就亲自派出小股士兵乔装打扮,深入西羌刺探军情。之后的行军中,赵充国军队几次遇到西羌小股队伍,虽完全有能力予以灭之,但他都坚持不予出击。

刚到西部都尉府,赵充国就接到密报,说是有位羌人俘虏高呼冤枉。老将军一听,顿时来了精神,立即赶到牢房,见了那位羌人。

羌人名叫雕库,是西羌罕部首领靡当儿的亲弟弟。当初,在先零部落杨玉起兵造反的时候,罕部首领靡当儿并不愿参加,还让自己的亲弟弟跑到都尉府告密。可就在这个当口,靡当儿等人受到杨玉胁迫,不得已参与了叛乱。这下,雕库百口莫辩,被当成军中奸细,受了不少皮肉之苦。

听完雕库的哭诉,赵充国心中大喜:真乃天助我也!

赵充国当即把他带出牢狱,不仅让医官为他疗伤,还安排人好生招待。一个多月之后，雕库的伤势痊愈，肤色也开始恢复红润。

赵充国把他召到帐中，关心道："怎么样？最近，各方面还满意吗？"

"满意！小人以前只听说大汉宽仁，这下真真切切感受到了！"雕库感激道。

赵充国忽然话题一转，"我准备放你回去！"

雕库有些不敢相信自己的耳朵，意外道："将军要放我回去？"

"当然！"赵充国点头，声音洪亮道："放你回去之前，我要告诉你，义渠安国滥杀无辜引起大汉皇帝的震怒，他早已畏罪自杀了！本将军只诛杀有重罪的反汉羌人，对于受蛊惑者，可以不予追究。大汉皇帝还有令说，只要羌人不再继续反汉，并能诛杀那些继续反汉的头人，朝廷不但不再追究，还会有重金赏赐！"

"大汉仁爱！我一定要劝哥哥回头，还要向更多羌人兄弟宣传大汉是仁义之师！"雕库叩谢行礼，感激之情溢于言表。

"好，你现在就可以回到亲人身边团聚了。这些是赠送给你的盘缠，带上它上路吧！愿你一路顺风！"赵充国说罢，让侍卫把提前准备好的银两递给雕库。

雕库感激涕零，顿首再拜，恋恋不舍地离开了汉军营帐，返回羌地。

赵充国到了西部都尉府后，大军始终按兵不动，每天杀牛宰羊，好吃好喝，却不知老将军葫芦里卖的什么药。

在赵充国看来，西羌人本来是一盘散沙，被匈奴人浇了盆水后变成泥块，后来让义渠安国这个混蛋一把火烧成了陶瓷。但再硬的陶瓷也有细缝，不是铁板一块。赵充国要做的就是找到这些细缝，想办法让它越裂越大，裂成碎片，一碎再碎，碎成无数片，重新变回散沙。可要做到这一点，只能用热胀冷缩的办法跟它慢慢熬，千万不能用拳头硬打，硬打或许也可以把陶瓷打碎，但最多只能碎成几片，且将比以前更锋利，同时自己的手还会伤痕累累，这是自己找罪受，万万不可取。

而前面的雕库，正是他找到西羌这块陶瓷上的细缝。

赵充国认为，西羌与匈奴不同。匈奴早成气候，骄悍难制，而西羌造反方始，各怀其心，且大多是被威逼利诱的，真正坚决反汉的没有几个。既然羌人很有可能变成大汉的顺民，我们为何要将他们一把推开，让它变成第二个匈奴呢？

赵充国坚持，战争的终极目标是和平，而不是两败俱伤。汉羌本来交融而居，纯战争是解决不了问题的，必须孤立混在西羌联军中的一小撮野心家，重在平息事端，而非扩大问题，否则大汉将陷入对羌作战的泥潭中不能自拔。

正是基于以上的战略思考，进驻西部都尉府后，赵充国严防城池，坚守不战。不管杨玉如何挑战叫骂，他都充耳不闻，视而不见。

一日，杨玉叫骂得连自己也觉得无聊，只好气呼呼地收兵回帐。

他一看到阿尔扎，有点沮丧道："你说，赵充国是不是像个狡猾的老乌龟，任凭你风吹浪打，他只管把头缩进脖子里，等我们疲惫不堪时猛地伸出头，咬一口就让我们一命呜呼？"

"是啊！我也看到了这个问题，他这是想拖垮我们！"阿尔扎回答。

杨玉叹息："我最担心的就是久拖不战，现在部落首领里已开始有人埋怨后悔了。西羌联军毕竟是个松散的联盟，平日积怨较深，现在虽聚在一起，但人心不齐。一旦形势不利，我担心骑墙派、投降派就会肆无忌惮地露头，不等赵充国动手，我们内部就会瓦解而分崩离析！"

"将军分析得有理。"阿尔扎说完，兴奋地话题一转道，"赵充国不和西羌联军作战，将军你也可以主动出击！"

杨玉内心微有警觉道："使者莫非还因惦记西域，让我出兵攻打河西四郡？"

"不错。"阿尔扎笑道，"将军难免有些太敏感，奇袭河西有何不好？一旦取胜，不仅粉碎了赵充国的阴谋，还能鼓舞士气，更重要的是我大匈奴的右臂得以恢复，与西羌连成一片，匈羌大军协调联动，左右臂同时出击，到那时赵充国这个老匹夫又有什么可害怕的呢？"

杨玉沉思片刻，先点点头，继而摇头道："汉朝就像早有所料，听说在河西屯有五千精兵，还把郑吉召到河西镇守……"

"那又何妨？对郑吉，我不敢保证，但酒泉太守辛武贤善战不善兵，加之立功心切，对赵充国早就存有不满，对他只需略施小计。"阿尔扎自信得很，最后一拍胸脯道，"此事就包在我身上了！"

接下来，阿尔扎着手付诸行动。

赵充国让辛武贤留守酒泉，自己也按兵不动，令后者既不理解又满腹郁闷。辛武贤独坐帐内正闷闷不乐，突然吵嚷之声从帐外传来。

"外面怎么回事？"辛武贤扯着嗓门问。

侍卫跑步进帐禀报："外面有个叫花子，说是来指点将军加官晋爵的！"

"哦？让他进来吧！"辛武贤好奇道。

叫花子由侍卫引领，一进入大帐就双手抱拳朝辛武贤祝贺道："将军印堂发亮，加官晋爵的机会到了！"

"那你就说说理由吧，如果在理，本将军赏你；如若胡诌八扯，本将军一刀砍了你！"辛武贤故意黑着脸道。

叫花子嘿嘿一笑问："将军心烦是因为赵充国按兵不动吧？"

辛武贤大吃一惊，从上到下再次打量一番此人，认真地点了点头。

叫花子以抱打不平的语气大声道："赵充国那个老匹夫太不厚道，他是早已封侯，知道自己年纪一大把也没啥奔头了，却还要占着帅位，硬是按兵不动，挡住将军杀敌立功的封侯之路，可恨啊！"

见辛武贤对自己的话完全听了进去，叫花子进而鼓动道："将军，您是蒸蒸日上，赵充国那老匹夫是回光返照，再怎样也压不住您的锦绣前程！"

辛武贤大悦，不知不觉口吻客气起来："请先生明示，本将军该如何行事？"

"很简单，禀明圣上，直陈利害，将军即可加官晋爵！"叫花子说得举重若轻。

看辛武贤神情仍有狐疑，叫花子口若悬河道："将军是否想到，赵充国久拖不战将会带来什么后果？那就是军粮供给不足。严寒即到，军卒会深感不适，战斗形势也将处于不利。更为重要的是，汉廷君臣亟须一场胜利，好向天下黎民有个交代。"

"请先生赐教，如何才能及时迎来一场胜利？"辛武贤给叫花子赐座，以示礼贤下士。

叫花子旋即起身，弓腰对着辛武贤的耳畔一番密语。

辛武贤早已听得眉飞色舞，最后高声大笑道："赏！"

叫花子离开辛武贤后，马不停蹄地回到杨玉营帐。

杨玉见易容成叫花子的阿尔扎回来，禁不住放声笑道："游说成功了吗？"

"嗯！"阿尔扎一边回答，一边卸装，露出本来面目。

杨玉接着道："底气不足嘛！郑吉没被说服？"

"郑吉会认出我来，哪敢去说服他。"阿尔扎心情略有不爽道，"从辛武贤帐中出来时，我竟然和郑吉撞了个正着，你说是不是晦气！"

杨玉一惊道："郑吉认出你来了？"

"应该是没有……"阿尔扎用力搜索着回忆。

杨玉放下心道："那就好！"

"我故意当着辛武贤的面提起郑吉的勇武，他说要拉上郑吉一块参与。"阿尔扎还是难掩成功的喜悦。

"好呀，大事可成！"杨玉兴奋地击节道。

果然没多久，辛武贤的好消息传来，他被汉宣帝提拔为破羌将军。阿尔扎和杨玉更是欣喜若狂，离他们大事可成的日子越来越近了。

原来，辛武贤按照阿尔扎的指导，很快给汉宣帝上了一道奏书：请求皇上允许他和郑吉趁当下粮草充足，赶在天冷之前，分两路由酒泉、张掖出兵，用战马背负三十日的粮食辎重，采取合击的战术，奇袭西羌的罕、开二部，夺取他们的牛羊和妻儿，给西羌人以沉重打击。

汉宣帝收到奏书后，派人把它送给赵充国。赵老将军看后，在给汉宣帝回复的奏书中，对辛武贤的作战方案进行了全盘否定。

他首先认为，骑兵最重要的是机动性，战马背负三十日粮草远袭千里，速度快不了不说，对方凭借熟悉有利的山势地形，想打就打，不想打就躲，何况汉军早已疲惫不堪，对方正可以逸待劳，哪里有什么胜算的把握？其次，匈奴一直对河西虎视眈眈，如果分两道把酒泉、张掖的骑兵都派走，西羌的主力和匈奴势必乘虚而入，切断河西通往西域的道路。如此，河西不保，西域将失；第三，西羌人叛乱的领导者是先零部落，其他部落多是被鼓动、裹挟参加的，应免除罕、开等部落的罪过，集中力量先打击先零部落。

等赵充国的回复奏书到达后，宣帝把他和辛武贤的奏书同时拿到朝堂上廷议。结果是众臣一面倒向辛武贤。反对赵充国的大臣振振有词地认为，罕、开等部虽然不是叛乱的核心领导者，但毕竟是叛乱的参与者，先从外围剪除叛军羽翼，灭其气焰，符合先弱后强、避实击虚的战争规律。

汉宣帝虽有犹豫，最后还是根据廷议结果，下达了作战方案：采纳辛武贤奏书中的出兵计划，同时命令赵充国引兵西进，与辛武贤、郑吉的骑兵两面夹击䍐、开二部，以达重创西羌联军的作战效果。

几乎与此同时，一封来自河西郑吉的求助信被急火火地送到冯嫽和解忧的手上。

信中道，赵老将军不畏抗命，坚持自己的主张。郑吉也表示，为了配合老将军，他已做好准备，努力拖住辛武贤出兵。解忧一下感到事态的严重性，不禁忧心忡忡道："虽然将在外君命有所不受，但直接对抗圣命是要被杀头的啊！"

"不抗命又如何？难不成让郑吉跟着去打一场注定失败的战争？让赵老将军去攻打他费尽心思要争取过来的䍐、开二部？"冯嫽强调，"如果这样做，正中了敌人的诡计！"

"什么诡计？"解忧想起信中说，有一个叫花子模样的人到过辛武贤的大帐，还与郑吉迎面相遇，虽然不知道那人是谁，但从身形上判断应是匈奴人无疑。接着，辛武贤就给皇帝上了奏书。

冯嫽提醒道："这绝不是巧合！"

"难道，辛武贤和郑吉准备攻打西羌的这场战争是匈奴人策划的阴谋？"解忧因吃惊略显失态。

"不错，阿尔扎早就去了西羌，主谋非他莫属！正是他，利用辛武贤立功心切，也利用了朝廷的破羌心切，精心策划了这个调虎离山之计。"冯嫽异常笃定，不觉提高了声音，脸色蕴怒："这是一个相当阴险的毒计，将直接给汉朝带来两大祸端：首先，酒泉和敦煌两郡的兵马本就不多，让辛武贤和郑吉的大军调离，刚好给西羌和匈奴人创造了乘虚而入的机会；其次，汉军攻打䍐、开二部时，杨玉必引先零部来救援。这样一来，原本与先零同床异梦且有旧怨的䍐、开二部会心怀感恩，反而会与先零部结成更加紧密的联盟。而以此联盟的精兵再去胁迫其他西羌小部叛乱，那么，汉军要面对的羌人就会越来越多，局面会变得越发不可收拾，破羌就不是一两年的问题，也许数年都难安！"

解忧倒吸一口凉气，急切道："形势如此严峻，妹妹认为怎么办才好？"

"抗命势在必行,没有其他更好的办法!"冯嫽态度异常坚定,继而解释道,"抗命仅是手段,主要目的是一个'拖'字。当然,拖是拖不下去的,还要'辩',陛下并非不通道理之人。"

"赵老将军和郑吉弟都在拖,他们知道怎么辩吗?"解忧放心不下。

冯嫽宽慰道:"赵老将军是聪明人,他肯定知道积极上书谢罪,陈明利害,以求皇上的理解与支持!"

"妹妹认为结果会怎样?圣意会有变吗?"解忧忽然来了精神。

冯嫽突然笑道:"那就要看姐姐的了!"

"看我?哦,是让我再上奏书!"解忧自问自答,豁然开朗。

河西军营。战马嘶鸣,兵器闪亮,旌旗迎风漫卷。破羌将军辛武贤一身盔甲,横刀立马,正准备发兵西羌。

突然,宣旨官飞马赶到,要辛武贤和郑吉听旨。

二人赶紧跪地接旨。

宣旨官大声宣读后,辛武贤当时傻眼了。他做梦也没想到,圣意改变得如此之快:令他和郑吉留守河西,盯紧匈奴,没有圣上旨意,军队不可轻动!

辛武贤顿感沮丧至极,一旁的郑吉长长松了一口气。

原来,汉宣帝细读解忧的十万加急奏书后,被匈奴人阿尔扎的阴谋惊出一身冷汗。

匈奴虚闾权单于根据阿尔扎的调虎离山之计,亲率精骑,准备乘虚一举夺取河西。杨玉也雄心勃勃,计划在辛武贤和郑吉率兵攻打䍐、开二部时,利用自身山地作战的优势以逸待劳,全面击垮辛武贤和郑吉的军队,进而提振西羌人的士气,巩固各部落间的团结,壮大西羌联军的军威。于是,杨玉把羌军一分为二,一支准备回师救援䍐、开二部,另一支由他亲自率领,伺机而动欲偷袭河西的汉军,与虚闾权单于互相策应。

解忧公主及时上书,让汉宣帝意识到问题的严重性,也意识到先前决策的鲁莽和失误。他立即重新下了两道圣旨。第一道旨是给辛武贤和郑吉的,第二道旨是给赵充国的:同意他先打先零部落,即刻打、安心打,并告诉他,河西的兵不发了,只为防守羌人和匈奴联合突袭。

虚闾权单于对汉朝作战方案的突然变化始料不及。面对屯驻在河西的大汉重兵高度戒备而又防守严密的阵势，虚闾权单于不敢断然冒进，最后只好选择先退避三舍，伺机再作打算。可汉军始终枕戈待旦，根本没有给他转圜之机。无奈之下，虚闾权单于不得不偃旗收兵。

让杨玉万万没想到的是，一直紧闭城门高挂免战牌的赵充国却突然率领西部都尉府的所有骑兵，向他的先零部落发动了猛烈进攻。

先零部落对突如其来的袭击完全没有准备，顿时士气崩溃，兵卒纷纷丢盔弃甲，向湟水老巢抢渡。不料河道狭窄人太多，拥挤在一起的羌兵在湟水里淹死数以千计不说，还导致河道堵塞，后面的人也过不去，队伍乱作一团，正好给追赶上来的汉军捡了个现成。汉军直接斩首和俘虏的羌兵达数千人，还缴获了大量粮食辎重等战利品。

首战大捷，靡忘等西羌之前摇摆不定的小部落首领在雕库的动员和带领下，积极来到赵充国的军帐，要求投诚归汉。这些西羌小部落首领纷纷承诺，从今以后再不与汉廷为敌。赵充国当即答应既往不咎，还特别设宴盛情款待了他们。靡忘等部落首领感动万分，当即指天立誓："我若再反，天诛地灭！"

随着西羌小部纷纷重新归附大汉，先零羌联络起来的西羌联盟迅速瓦解和崩溃了。平叛成功后，赵充国主动令其骑兵主力就地屯田，同时还把土地分给羌人耕种。

河湟大地，羌汉和谐交融，到处一派安居乐业的欣欣向荣之景。

杨玉大败之后，自刎身亡。死前，他把自己一步一步走向毁灭，成为孤家寡人的责任全部归咎为阿尔扎的怂恿和误导。所以，兵败如山倒后，他首先就斩杀了阿尔扎。

阿尔扎被杀的消息传来，挛鞮居次啕大哭，长久无法自拔，每每想到阿尔扎对她关怀和帮助，都会黯然神伤。如今，她唯一能依靠的人就是布都渠大翕侯了。自从见过昆仑萨满老神巫后，布都渠大翕侯坚定地站在泥儿和她一边。这是她最后的希望，也是对她最大的安慰。

虚闾权单于率领军队，从河西空手回到龙城后，一直心有不甘。想想这些年来与汉朝在西域争夺中，自己屡遭不顺，现在联合羌人谋求河西的计划又彻底破灭，他深感郁闷窝火。虚闾权单于决定再倾举国之力，出动十余万精骑，以狩猎为名沿汉朝边塞一路观察，准备在防御松懈疏忽之处，出兵狠狠劫掠一番。

汉朝再以威震匈奴的大汉营平侯赵充国、长罗侯常惠为统领,率四万余铁骑北上,分屯边塞,同时与西域名将郑吉的河西守军会师,与匈奴大军展开对峙。

匈奴大军闻知来者为此三人后,徘徊不定,始终不敢近前。不久,虚闾权单于急火攻心,口吐鲜血,于军中一病不起。匈奴大军赶紧掉头撤回漠北。赵充国和常惠遂收兵还朝,郑吉奉诏再次返回西域。

匈奴这厢,右贤王屠耆堂和二阏氏已是如胶似漆。那日,两人正偷享鱼水之欢,突然传来单于归天的消息。

对此,屠耆堂有些错愕,二阏氏则兴奋不已,无限深情地凝视着情郎的眼睛问:"我讨厌现在偷偷摸摸的日子!"

"这不挺好吗?你想要怎样呢?"屠耆堂不解道。

"我想要和你光明正大地在一起,还要做一回大阏氏!"二阏氏娇滴滴的声音里透着坚决。

"啊!"屠耆堂强压着惊喜的情绪道,"此话当真?你真能助我登上单于之位?"

二阏氏先郑重其事地点点头,接着,双目逼视着屠耆堂的眼睛追问道:"你愿意与我生死与共吗?"

"愿意!我可以向昆仑神发誓……"屠耆堂刚要起誓,二阏氏立刻伸手捂住对方的嘴巴,两人如水的目光胶着片刻,彼此身影又叠到一起……

41

白天的喧嚣悄然退去。夜幕,像一个硕大的穹庐,笼罩着乌孙草原上无数个小小的毡帐。

传话的侍女前脚刚走,乌大都好奇地朝冯嫽道:"右夫人有什么紧要的事,难道明儿去就晚了吗？"

"我正有急事想要找她呢，这下一举两得！"冯嫽笑道。

乌大都摇头感叹："这才几天不见啊！"

看冯嫽迫不及待的样子，乌大都也不多问，陪着她一块儿去了解忧的宫殿。解忧公主正等在那里，翁归靡也在。彼此见过礼之后，各自落座。

解忧开门见山道："日逐王派密使联系郑吉都尉，说他有意归汉，郑都尉一听喜出望外，当即答应下来，现在正忙着迎降事宜。"

冯嫽的嘴角微扬："右夫人连夜召我来，就是为了分享这件大喜事？"

"你真的认为这是件大喜事？"解忧冷静地反问。

"迎降日逐王等于匈奴在西域的最后一根钉子就要被拔除了。"冯嫽并未受公主影响，语气中充满激动和欣喜。

解忧的脸色不禁凝重起来，轻摇了一下头，声音幽幽道："冯夫人的美好心愿当然不错，只是有迹象表明，日逐王分明是诈降！"

"诈降？是司马校尉在信中这么认为的吧！"冯嫽很是不以为然。

"你怎么知道是司马校尉？"解忧大吃一惊。

冯嫽神秘地浅笑了一下回道："我还知道，司马校尉认为日逐王有诈，再三劝郑都尉不可轻信去迎降，可郑都尉就是不听……司马校尉因担心郑都尉的安危，所以派人送信给右夫人，希望您能劝说郑都尉停止冒险行为！"

"冯夫人对此早已知情？"翁归靡神色略显讶异。

冯嫽轻笑道："是啊！不瞒昆莫和右夫人，司马校尉前脚派人送信给你，郑都尉后脚就派人送信给我了。司马校尉托夫人劝阻郑都尉，而郑都尉托我劝夫人尽管放心！"

"怎么放心？除非郑都尉能说服我们！"解忧还是忧心忡忡。

冯嫽敛起笑容，认真建议道："郑都尉既然认准了日逐王，我们都要支持他！"

"可司马校尉认为，日逐王有诈降嫌疑，你怎么能在这么大的事情上感情用事，偏信郑都尉，同意他去冒险呢？"解忧颇为不满地质问道。

此时，翁归靡和乌大都二人也不约而同向冯嫽投去疑惑的目光。

"这不是我们要相信谁的问题，关键得看日逐王是否有诈降的动机。"冯嫽把焦点引向了问题的实质。

解忧声音洪亮道："怎么会没有？日逐王乃是匈奴的亲王之一，其封地连绵千里，草盛马肥。他属下的僮仆都尉每年从西域征收不少税赋银粮，军资后勤保障充足丰富。他麾下的一万两千骑兵极有战斗力，是匈奴的一支虎狼之师。现在一仗未打，他凭什么真心归汉？匈奴的单于新立，日逐王急于通过诈降术立上一功，以此作为见面礼，向新任单于邀功请赏也未可知。这也正是司马校尉和我们所担心的。"

"司马校尉的观点听起来很有道理，其实并非如此。"冯嫽言毕，下意识地起身离位，声音越发激扬："匈奴已是强弩之末，早已风光不再。就说日逐王治下的僮仆都尉吧，现在已被车师前国卡住了脖子，本身就没有多大的空间可供腾挪，加上多年来实行苛捐杂税，长期的压榨让西域诸国纷纷不满。日逐王手下虽有一支如狼似虎的骑兵队伍，但汉军一旦和西域各国联合起来，他又怎能敌得过数倍于己的多国联军？更有甚者，匈奴内部正朝着分崩离析的方向一路狂奔，大势已去啊！"

"冯夫人是说虚闾权单于新丧，匈奴内部势必因争权夺利发生分裂吗？"翁归靡问道。

冯嫽肯定道："正是，昆莫！据郑都尉刚从匈奴得到的消息，虚闾权单于丧期未满，二阏氏与其弟都隆奇合谋，突然发动政变，拥立屠耆堂为匈奴的握衍朐提单于。屠耆堂从当上单于的第一天起，就拼命排除异己，大肆诛杀且提侯先单于一脉的匈奴贵族，大量任用乌维先单于一脉的子弟。现在，匈奴王公贵族之间的新仇旧怨就像爆发前夜的火山，表面平静实则正波涛暗涌。日逐王是新单于重点打击的对象之一，面对猛于虎的人祸，他不得不为自己的未来考虑，何况汉廷对归顺者一向妥善安置，封赏有嘉。综上，日逐王没有诈降的动机。"

解忧闻言表示信服，只是突然想起的另一件事，让她很是不解。小右夫人先贤格带着儿子乌就屠刚去过其兄长日逐王那里省亲，解忧向她打探先贤掸归汉之事，她则坚称毫不知情。

解忧十分困惑道："你说，小右夫人真会一点都不知晓吗？"

"不是不可能啊！"冯嫽接着补充，"小右夫人虽然崇尚汉朝，她的态度也许能影响到兄长日逐王,但先贤掸是一只狡猾的狐狸,归降是一个斗智斗勇和讨价还价的过程,他不可能提前把消息透露给先贤格。所以,归降一事复杂多变啊!"

"这么说,日逐王即便一开始不是诈降,在迎接的过程中,也难保不临时变卦反复。郑都尉仍然面临着诸多考验和凶险?"解忧之前稍微放下的心不禁又紧张起来。

"郑都尉对困难和危险早有应对方案,只要我们大力支持他,相信他一定能够化险为夷,于西域建奇功!"冯嫽激情昂扬道。

紧接着,冯嫽就郑吉迎降日逐王的应对方案,与翁归靡、解忧和乌大都一起进行了一番认真的分析和完善。

日逐王寝帐内,先贤掸和外甥乌就屠正聊得热火朝天。

先贤掸大笑道:"你小子赖在我这里不走,原来是别有企图啊!"

"舅舅不是夸我有野心嘛,可头脑不够灵光,想跟您讨教讨教!"乌就屠嘿嘿一笑。

先贤掸认真道:"头脑是一个重要方面,没有机会也不行。就拿你现在的情况来说,布都渠大禽侯挺泥儿,翁归靡选择元贵,你就是再有野心和头脑,也得看以后是否有机会。当然,凭借头脑往往可以创造机会!"

"哦,头脑创造机会……"乌就屠喃喃道,似在极力领悟其中深意。

先贤掸略一沉吟:"就拿你舅舅我现在来说吧,新篡位的单于大肆诛杀异己,眼看就要清算到我头上了。为了不被剪除,我主动联系郑吉归汉,就是要为日逐部创造一个机会!"

"嗯,舅舅为什么不把归汉的想法告诉我母亲,而去联系郑吉呢?我母亲与右夫人、冯夫人关系亲近,她们一旦上表汉朝皇帝,保证给你封官晋爵。"乌就屠面露困惑。

先贤掸加重语气道:"看看,你这样的想法就是没有头脑,换句话说,就是毫无谋略。"

"为什么与郑吉联系就是有头脑和谋略呢?"乌就屠深感不解。

先贤掸呵呵一笑:"你想呀,如果我把归汉的打算直接告诉你母亲,很容易让人认为，我就是死心塌地地归汉了。这样的话，归降之路反而得不到足够重视。如果汉朝皇帝再随心所欲地下一道诏书，可能会轻易就把日逐部打发了，到那时我们就是有其他不同想法，也不便多提了。现在与郑吉联系，情况就大不一样了，很容易让人猜测我是否诈降，是否会临时反水。正是因为有了这些不确定性，我才好与郑吉他们讨价还价，提出三个有利于日逐部的条件：一是我们最为关心的安置问题，首先提出了要对日逐部所有人既往不咎，然后请求把日逐部众安置在水草肥美的河曲地带，同时对大头目要官封九卿和列侯以上；二是为试探郑吉的诚意，我提出受降地点设在远离西域的乌员；三是为了防止汉军以受降名义将计就计对日逐部突然发动大规模袭击，我和郑吉约定只能带他手下的屯田卒来受降。"

"原来同样一件事，做法不一样，效果大不同啊！"乌就屠赞叹不已。

此时，一侍者快步进来，把一封信函递给先贤掸。

乌就屠这时起身，朝先贤掸行右手抚胸礼道："多谢舅舅指教，你先忙吧！我明日就启程回乌孙了。"

先贤掸点头，也没忘最后教诲道："你一定要记住，光有野心不行，头脑创造机会！"

送走乌就屠，先贤掸打开信函仔细一看，原来是郑吉写给他的。

他从头到尾认真地看了一遍，不禁连声称赞道："提醒得及时啊，我险些犯了方向性错误！"

郑吉在来信中说，武帝时期曾筑受降城并派赵破奴率两万大军，接应匈奴左大都尉投降，结果他投降不成反被单于处死，赵破奴的大军也遭重兵围堵，几乎全军覆没……郑吉认为，从以往经验看，匈奴贵族叛逃多因单于派兵围追堵截而失败，这是前车之鉴！匈奴如果发现日逐部的兵马异常调动，定会派大军阻止，先贤掸的举义恐难成事。这种状况下，他再贸然迎降，无疑自掘坟墓。所以，日逐王在归降路线的选择上，一定要用好障眼法，不能引起匈奴单于和右贤王的怀疑，以免遭围追堵截，坏了大事。

解忧在郑吉原来迎降日逐王方案的基础上，坚持新组建一支西域联军交由郑吉率领，以防迎降过程中发生不测事件，确保万无一失。在征求冯嫽的意见时，后者虽然料定郑吉不会率领西域联军去迎降，但这对于他来说百利而无害，所以她也不便直言说破，只是一笑而过。龟兹王绛宾主动支援两万人马，乌孙王翁归支援一万五千人马，其他小国共派出一万五千人马。这样，一支五万人马的西域联军很快就组成了。

随着约定的迎降日期临近，郑吉和司马熹又在迎降方式上产生分歧。司马熹要郑吉按照解忧公主的要求，亲率西域联军去乌员接受日逐王的投降。郑吉果如冯嫽所料，坚持履行约定，只带领屯田卒前往。他的这个决定不仅出乎司马熹和解忧等人的意料，而且让屯田士卒们亦感到不安和惊慌。

迎降出发前夕，郑吉在渠犁屯田营里将众屯田卒召集在一起喊话动员。

他首先扫视了一遍萎靡不振的队伍，大声喝问："我等是去受降的，还是去投降的？"

"当然……是受降的。"有人小声惴惴回答。

郑吉面色严肃，不怒自威道："既然我们是去受降的，诸位兄弟为何如此惊惶？都给我打起精气神，挺起腰板，把头昂起来，拿出咱大汉军人的气魄和威武！"

接着，他再次扫了一眼队伍，铿锵有力道："是我郑某人决定以区区三百名屯田兄弟，去迎降拥有一万两千精骑的日逐部的。也许你们都担心害怕，万一有变，我们岂不死无葬身之地？实际上，你们不用太担心日逐部人多势众，兵强马壮。日逐部为什么要归顺汉朝？是因为匈奴内部的尖锐矛盾和激烈斗争，尤其是新任单于手中的屠刀已高高悬在日逐王的头顶，随时都有落下的可能。所以，日逐部正在为他们自己寻找一条光明大道！如果我们能成为日逐部的引路人，让他们把希望寄托于汉朝，我等也不枉背井离乡，建功西域，报效大汉朝廷！"

郑吉略一停顿，整理一下自己的思路，继续激情昂扬道："其实，日逐王在心理上，又何尝不对我们刚调集到的西域多国联军产生戒备呢？这就是我之所以只带领众兄弟前往的原因。说白了，就是为了消除日逐王对汉朝的提防之心，尽显我们大汉的诚意！当然，同时也不愿让日逐王的内心小瞧了我等。诸位兄弟知道，日逐部的军队多年来从没有伤过元气，是匈奴最有战斗力的一支队伍，他们作战神勇，以一当十，所向无敌。如果我不是带着诸位兄弟而是带着西域五万联军到日逐王约定的乌员去受降，日逐部极有可能心生疑虑，进而动摇。一旦日逐王反水，我们不仅错过了一次大好机会，今后再也难争取他们的归降了！假如因为我们的心不诚，致使日逐部半途倒戈，那我等岂不成了千古罪人？现在我这样做，虽然有不小的风险，但是除此之外，再没有其他更好的良策了，何况，这也正是我们建立奇功、报效朝廷的大好机会啊！"

郑吉亮开嗓门高喊："有没有怕死的？怕死的可以留下，不怕死的就跟我走！"

"跟郑都尉走！跟郑都尉走！"人群纷纷举起手中兵器，齐声高呼。

此时，郑吉的屯田队伍士气大振，个个精神抖擞，斗志昂扬，威风凛凛。

旌旗漫卷，马蹄声声。

郑吉率领着诸位屯田兄弟，列成两支纵队，向乌员飞奔而去。他们昼夜兼程，在夜色的掩护下，还奇袭了车师后国，攻破王都兜柴城，稍作休整后赶到了乌员。

日逐王率领部众有意通过向故地一带迁移，打消匈奴单于和长期监视他的右贤王的警觉。随后，他忽然从西南而下，直奔乌员。先贤掸这一路线的选择，虽然绕了不少道，但在障眼法的掩护下，他的队伍行进得很顺利，没有遭遇到一起围追堵截。在抵近乌员的三十里之外，日逐王下令安营扎寨。

秋高气爽，艳阳高照。

迎降的日子终于到来。郑吉带领众屯田卒，从装扮一新的乌员城飞马而出。他身着大汉朝服，其他人也都焕然一新。

郑吉在离乌员二十里处迎候。

此时，日逐王率领大小十二个头目和所部人马，正拔寨朝乌员方向行进。

为了表示最大的诚意，郑吉对日逐王提出的归降条件满口答应。尤其对日逐王最为关心的日逐部安置等一系列问题，及时上奏朝廷，并且有了回音。宣帝对日逐王愿意率部归汉一事，大为赞赏，不仅答应日逐王归顺后封他为归德侯，还答应对他属下的大小头目依次封官晋爵，并将其所部百姓安置在水草肥美的河曲一带，是放牧还是耕种，由他们自由选择。日逐王再也没有什么可顾虑和担心的了，脸上露出了满意的笑容。

正在此时，前行的探报纵马返回来报："启奏大王，在乌员城外二十里的路上，郑吉率领手下的屯田队伍，已早早在那里迎接等候！"

"好！"先贤掸脱口道，"汉朝言而有信，郑吉有胆有识，敢以三百屯田卒，迎降我一万两千人的精骑，本王为他的诚意感动，更钦佩他的胆略和勇气！"他驻足逡巡了一下自己旌旗飘扬、弯刀闪亮、声势浩大的队伍，长叹一声："单于不容，我等已是丧家之犬。汉朝如此厚待，本王焉能心生旁骛！本王要真心实意地归降！"

说罢，日逐王让队伍放下旗帜，束戈卷甲，自己则肉袒牵羊。

郑吉见日逐王真心可鉴，之前悬着的心也完全落地了。彼此见过礼之后，先贤掸当众将象征日逐王权力的令符和僮仆都尉的印证等物交予郑吉。郑吉双手捧出卷着的军旗交给先贤掸，后者命部属换下已放倒的匈奴狼头大旗，高高竖起大汉龙旗……

接下来，郑吉亲自护送日逐王一行到达长安。

神爵二年（前60年），汉宣帝正式册封归降的日逐王为归德侯，赏赐其田宅府第，让他留居长安，所部军人编入北营，仍由他亲自指挥。

对日逐王的顺利归降，解忧和冯嫽感到无比激动和兴奋。然而，让这对姐妹意想不到是，常惠和郑吉两兄弟从天而降，一同来到乌孙。

常惠的主要任务是奉宣帝诏，先颁旨废除匈奴在西域统治近百年的僮仆都尉，然后对西域地方大小三百七十六名大小首领进行册封，颁发汉朝金印紫绶，授予他们管理本地事务的权力。为了让汉朝与乌孙亲上加亲、两国的联盟更加稳固，常惠还有一个光荣的使命，就是沟通相夫公主与元贵的婚事。

郑吉这次前来，走马上任西域都护一职。他因打垮了车师，收降了日逐王，威震西域，宣帝为嘉奖他的功勋，封其为安远侯，并正式设立西域都护府，任命郑吉为汉朝首任派驻西域的最高军政长官。西域都护除直接掌握领导汉朝在西域的驻军外，还可以调遣西域诸国的军队，负责守护西域丝绸之路南北两道的安宁，保障其畅通无阻。

青春的时光如西北大漠的风沙，想抓都抓不住。当解忧、冯嫽、常惠和郑吉再次齐聚西域，昔日的青丝已变华发。

易变的是容颜，不变的是当初的壮志豪情。

回想起武帝提出封禅大昆仑后，历经昭帝、宣帝三朝的努力，大汉设置了西域都护，他们四人都以身许国，尤其是常惠和郑吉，功成名就，不仅当年个人的梦想成真，大国之梦也已实现……想到此处，昔日四兄妹无不激情澎湃，竟相视哽咽无语……

冯嫽激情难抑道："从张骞出使西域开始，到郑吉哥哥建立西域都护，算来已八十年。我大汉君臣和黎民百姓前赴后继、不忘初心，历经四十年坚持不懈地寻梦、追梦，才有了今天的圆梦……"

"是啊！如今西域诸国归顺，初步实现了天下大统、四海归一，关于我昆仑封禅的奏书，也不知陛下可有考虑否？"解忧喃喃道。

郑吉兴奋道："公主放心，圣上已有言在先，在西域政通人和、百姓乐业的安定祥和局面出现后，陛下将驾临昆仑举行封禅大典！"

"这些都离不开西域都护府的努力。郑大都护，你责任重大啊！"常惠笑道。

解忧认真道："看来组建西域都护府时不我待！为了那隆重的日子早些到来，我建议冯嫽妹妹协助郑吉兄弟。"

郑吉和常惠一听，马上点头称是。

冯嫽微微一笑表示默认，话锋一转道："我看陛下还有更宏大的想法！"

"什么宏大的想法？"解忧和郑吉不禁异口同声。

冯嫽略作思索，十分认真道："圣上是要等匈奴归降后，再举行昆仑封禅！因为到那时，中原、西域和匈奴是一家了，沿途才能畅通无阻，昆仑封禅将成为人心所向！"

"这一天怕是难以到来吧！我最了解他们祖上沿袭下来的习俗——宁肯战死沙场，也不会向他人俯首称臣。"常惠摇头道。

冯嫽神情自信道："此一时彼一时！这世上就没有一成不变的事物。"

为了及早发挥西域都护府的作用，解忧公主亲自送冯嫽前往乌垒，协助郑吉处理西域都护府组建事宜。返回时，解忧公主又顺路去了趟龟兹探望女儿弟史。常惠早已马不停蹄赶回长安，相夫公主远嫁乌孙一事已定，正等着他亲自护送呢。

42

夜幕降临，左夫人的毡帐里灯火通明。

自从得到相夫公主已到敦煌郡，左大将元贵和右大将乌大都前往迎亲的消息后，挛鞮居次更加愁肠百结。因为翁归靡在元贵和相夫完婚后，就要把昆莫之位正式传给元贵，她和泥儿望眼欲穿的昆莫大位，眼看就要花落别家，不要说泥儿不甘心，挛鞮居次更是咽不下这口气。自从阿尔扎死后，再也没有人帮她出主意，为她排忧解难，虽然布都渠大翕侯力挺泥儿……正当她胡思乱想之际，泥儿匆匆跑进来。

"怎么啦？什么事那么着急？"挛鞮居次盯着儿子问。

泥儿大声道："乌就屠说昆莫突然患病了！"

"翁归突然患病了！"挛鞮居次嘀咕了一句，突然顿足道，"太好了，真乃昆仑神助我母子啊！"

说完，她和泥儿一起假惺惺来到翁归靡的寝帐探望。小右夫人先贤格和她的儿子乌就屠正在一旁服侍。

挛鞮居次向先贤格装模作样地询问了翁归靡的病情，并征求道："昆仑老神巫是位神医，听说不管什么疑难杂症，吃上他抓的几副药，保证药到病除。能否把他请来，尽快为昆莫除去病灾？"

昆莫睁开眼看了看左夫人，未置可否，目光里似有怜色。先贤格点了点头。

挛鞮居次这时悄悄朝泥儿挤了挤眼，含意深刻道："快去，连夜出发，无论如何也要把昆仑老神巫请来，为昆莫把脉祛病！"

泥儿会意，点头离去。

美丽的龟兹国延城，绿树成荫，鲜花争艳。

解忧在女儿弟史的陪同下，兴致盎然地于街边漫步，欣赏延城初夏的美景。远处，浓郁的芳香沁人心脾，她很快找到散发香气的源头，只见一串串黄色小花缀满枝头。女儿笑着告诉她，树名叫沙枣，在龟兹有"香树"之称。之所以被称为香树，是因为龟兹国的女人一年四季喜欢用沙枣花泡水喝，把它晒干做枕芯用。久而久之，龟兹女人虽不使用香料，但身上常年带有这种迷人的芳香。龟兹小白杏刚刚上市，虽然个头不大，解忧品尝了一下，感觉甘之如饴。

街面上人头攒动，熙熙攘攘的人流中，除了本地龟兹回鹘人外，还有满脸络腮胡子的波斯人、红头发蓝眼睛的天竺人、面皮白皙的汉人，以及穿着袈裟的僧侣。店铺里生意兴隆，来自汉朝的各色炫目丝绸、蜀锦最亮人眼。

弟史笑道："绛宾不仅学来汉朝的晨钟暮鼓，还大力促进两地商贸交流。母亲你看，延城已成丝绸蜀锦的中转站了！"

"好啊！我相信西域各国人民的日子将越来越红火！"解忧的脸上，流露出言语无法表达的欣慰之情。

突然，有侍者向解忧大声奏报："翁归靡病危！"

解忧一听，差点晕厥过去。在女儿弟史的陪同下，她紧急返回乌孙。一路上，解忧的眼泪止不住扑簌簌落下。

寝帐内的卧榻上，翁归靡面容苍白，神情痛苦，黑色的血渍顺着嘴角渗出。他努力睁开眼睛，喃喃轻呼"解忧"二字，慢慢合上双目。

解忧心焦如焚地冲进帐内，上前俯身在翁归靡的耳畔哭喊："昆莫！昆莫！"

翁归靡的嘴角似乎动了几下，头开始歪向一侧，眼帘已经闭合。这时，有一滴泪水顺着翁归靡的眼角溢出。

窗外，乌云密布，电闪雷鸣……

解忧拼命摇晃着翁归靡的身体，嘶声哭喊道："昆莫，你不能走，不能走啊！我们的元贵马上就回来了，你不想看着他大婚，看他继任昆莫之位吗？！"

"痴心妄想！昆莫之位本是我的！"此时，一个闪电把泥儿轻蔑微笑的嘴角映射得十分夸张，那丑陋得有些变形的脸上充满了挑衅。

解忧悲愤交加地盯着泥儿道："你……你……翁归靡尸骨未寒，你要让乌孙变天不成？"

"那又怎样？当初的白纸黑字谁能抹掉？"泥儿气势汹汹。

"好啦！还是先让翁归靡的亡灵安心归天吧！"一声响雷过后，小右夫人先贤格十分不满地瞅了泥儿一眼，悲痛地大声阻止道。

不久，解忧真正体会到了什么是"叫天天不应，叫地地不灵"。元贵和右大将乌大都尚在迎亲的路上，冯嫽也不在自己身边，她感觉就像被人缚住了手脚，被置于千年孤岛上，一切是那么孤独无助，又是那么无能为力！在布都渠大翕侯的全力支持下，解忧只能眼睁睁看着挐鞮居次等人挟持乌孙的长老大会，以军须靡的遗言为依据，迅速让泥儿登基，成为乌孙的新昆莫。

西域都护府的组建工作快要大功告成了。新修的都护府门楼仿照长安风格，整座官邸秦风汉韵十足。都护府的官差人员除部分为汉人外，面向西域各国选拔人才，经由郑吉和冯嫽面试，人事安排也已到位。冯嫽还协助郑吉就都护府的管理、运转程序，准备拿出一套管理制度。她正在挥毫，以漂亮的蝇头汉隶撰写、整理各项规章制度。

翁归靡驾崩、乌孙变天的消息不啻头顶上的震天雷鸣，惊脱了冯嫽手中的小毫，还失手将墨泼洒了一地。

冯嫽和郑吉略作商量，因放心不下解忧，火速返回乌孙，直奔公主寝宫。

乌孙汉公主大殿内，解忧形容憔悴。她一身白色素服，站立在香案一旁，目睹翁归靡的灵位，神情悲哀至极。

解忧一见到冯嫽，扑上去抱住她失声痛哭，声音里尽显悲戚和愤怒。冯嫽好言相劝一番，她才停了下来。

解忧哽咽道："我从先贤格的神色语气里推断，翁归靡是慢性中毒而死，罪魁祸首非左夫人母子莫属！"

"嗯。"冯嫽点头。

解忧气愤地说："他们为了夺得昆莫之位，阴险地毒害翁归靡，现在泥靡竟然厚颜无耻地要续娶我，我……我怎能再嫁这种人魔？！"

冯嫽一时无语。

少顷，冯嫽喃喃道："泥靡要续娶姐姐，绝不是他的本意，一定是挐鞮居次授意的！"

"为什么？"解忧问。

冯嫽分析道:"姐姐你想呀,泥靡立足未稳,尤其恐惧大汉做出激烈反应。他们之所以这样做,其主要目的,首先是向汉朝表明汉乌联盟不破,同时也是先稳住姐姐这一方的势力,可谓一箭双雕!"

"白日做梦!我们不上他们的当,不让其阴谋得逞!"解忧挣脱冯嫽,发狠道。

冯嫽一声长叹,颇显无可奈何道:"怎么不上他们的当?肥王居次他们虽然惧怕汉朝做出激烈反应,但姐姐可仔细想过,对于泥儿抢班夺权,汉朝又能怎么做?"

"这还用想吗?"解忧义愤填膺道,"汉朝把相夫公主嫁给元贵,不就是想巩固汉乌联盟,世代友好吗?如今泥靡半路弑君夺权,汉朝⋯⋯能答应?"

冯嫽摇了摇头,轻声道:"姐姐可曾想过,泥靡继承昆莫之位,是军须靡早就定好的,并且有当时几方约定的书面记录,既合情又合理。更何况王位继承属于乌孙内政,现在又生米煮成了熟饭。因此,汉朝并不太可能派兵强行干涉,极有可能顺其自然,静观时局变化!再说,我前面讲过,泥靡要续娶姐姐是为了表示汉乌联盟的延续,汉朝还有什么理由兵戈相向呢?另外,从细君公主的先例看,就算姐姐不同意,汉朝也不会反对关于泥靡续娶,这毕竟是他们的祖制。"

"也罢,我再嫁就是了!"解忧低头默认了命运。

冯嫽也有片刻的恍惚。

解忧苦涩地笑了笑,喃喃道:"趁现在还没有完全撕破脸皮,我答应下来,还能维持汉乌联盟⋯⋯以后的事,只能走一步看一步了⋯⋯只要为了大汉,我做什么都心甘情愿!"

说完,姐妹两人泪流满面地再次紧紧拥在一起。

元贵和乌大都刚进入敦煌郡,还没有见到相夫公主,就得到父亲亡故和乌孙变天的噩耗。因担心母亲也遭毒手,元贵已无心思迎亲,与乌大都一商量,当即掉转马头。元贵和乌大都返回乌孙时,和泥靡的属下发生了激烈冲突,元贵寡不敌众,中箭受伤。幸亏右大将力拼,元贵才捡了一条命,最后逃到龟兹。

常惠护送相夫公主在敦煌郡始终没有等到元贵来迎亲,等来的却是乌孙发生的悲剧。他单枪匹马到乌孙保护并安慰解忧，恰遇西域都护郑吉也在，这才放下心来重返敦煌，遵循宣帝诏令，护送相夫公主返回长安。

乌孙的这次重大变故以解忧同意再嫁泥靡暂时告一段落。

就在举行简单的收继仪式当晚，解忧独自一人在房间里素面朝天，不施粉黛。一盏烛火摇曳不定，显得没精打采，一如她的心情。

突然，门声轻响，一个身影闪了进来。

解忧不禁警觉道："谁？"

"不要自作多情，你以为他会来吗？哈哈……"随着一个女人幸灾乐祸的笑声，挛鞮居次走到解忧面前，讥讽挖苦道，"别以为我儿子会要你，你只不过是他暂时还值得利用的筹码！"

"你……你来干什么？请你出去！"解忧又惊又怒。

挛鞮居次笑道："我以前是你大姐，现在也算你的长辈，怎么，这就是你们汉人的待客之道？"

"你到底想干什么？"解忧不无烦恼道。

挛鞮居次冷冷道："我想和你聊聊！"

"聊什么？"

"你远嫁乌孙，到底是为了什么？"

"和你的使命一样！"解忧回答。

挛鞮居次摇了摇头："我……我不仅仅是为了大匈奴，否则，我早就倦了、累了、沉寂了！"

"那你为了什么？"解忧问。

挛鞮居次大声道："我是为了与你这个可恶女人的战斗！"

"与我战斗？"解忧一脸惊奇。

挛鞮居次这时变得面目狰狞道："是的，从你一到乌孙，我就发誓要打败你，甚至除掉你，可屡屡失手……我就是要抓住一切机会，把你打倒……可惜阿尔扎不在了，但正是他的谋划，最终帮我打败了你这个一直高傲着头颅的女人，让你匍匐在我们母子脚下，哈哈……哈哈……"

突然，挛鞮居次扑通倒地，浑身痉挛，嘴角泛起白沫。

"左夫人！左夫人！"解忧大声惊呼，弯腰把挛鞮居次的头轻轻托起。

这时，嘈杂的脚步声传出，泥靡带头冲进来，隐约听到母亲最后留下的几句话："刘解忧……我……我终于赢了你！我……太高兴了，只是没想到……我……这么……突然……就可以去见……阿尔扎了……最后，请……你转告……泥靡，把我……和阿尔扎……按……你们汉人……的方式，葬……葬在一起！"

左夫人重重地闭上眼睛，脸上带着一丝满足的笑意。

泥靡这才省悟过来，失声呼唤道："母亲！母亲！"

汉朝的认可、解忧的再嫁，让泥靡逐渐暴露出他狂傲暴烈的本性，人们暗地里都称他"狂王"。以前左夫人在世时，泥靡行事还有所顾忌，如今母亲撒手而去，其狂王的本性越发变本加厉。为了实现自己的权力野心，泥靡急于愈越刘解忧这一鸿沟。

然而此时，昆仑老神巫事件败露了。该事件实际上是阿尔扎生前设的一个骗局。昆仑老神巫根本就是子虚乌有，只不过是由一个匈奴巫师冒充的，施毒致死了翁归靡。后在解忧和冯嫽的不懈努力下，她们寻着蛛丝马迹，很快揪出经手的真凶。这位匈奴巫师为了保命，供认是泥靡指使他下毒的事实，同时还道出他欺骗布氏所编造的惊天谎言。

冯嫽听罢痛心疾首："他们经营长久的大骗局，我竟然丝毫不察！"

解忧悲愤交加道："妹妹，我想公开揭露泥靡……"

"不可！"冯嫽凝思半晌后，摇头道，"姐姐想过没有，就是揭露了泥靡的恶行，眼下又能怎样？不说掌管乌孙军队的左大将已换成了他的私生子细沈瘦，就说布氏虽是受到蒙骗，当初才力挺泥靡，但现在生米已煮成熟饭，布家想为女儿争取的左夫人名号，也基本上木已成舟，就差一个形式了，此时要布氏彻底转变恐怕不能……所以，现在公开揭露不仅不是时候，相反，还破坏姐姐与泥靡的关系，毕竟以夫妻为名可暂时维系目前的政治平衡！如果轻举妄动，真不知泥靡会怎样丧心病狂……"

"妹妹是让我继续忍下去吗？"解忧痛彻心扉的声音里充满了哀怨。

"我要姐姐少安毋躁，卧薪尝胆！"冯嫽正色道，"布都渠大翕侯为人还算正派，狂王泥靡阴谋夺权的下三烂手段也许会为他所不耻，姐姐先悄悄以实情告之,看他什么态度……西域都护府那边还有些未完事宜,我还要去些时日,望姐姐保重!"

解忧颔首,与冯嫽提前告别。

随后,冯嫽去了乌垒。让她万没有料到的是,狂王泥靡已迫不及待要打破与解忧以夫妻之名维系的短暂平衡。首先,他与匈奴大单于秘密联络,准备聘匈奴公主为左夫人,以此建立新的联盟,寻找外部靠山;其次,他先解除了乌大都的右大将职务,然后旧账重提,拘押了元贵,并把矛头直指解忧公主。

与此同时,解忧寻找机会,把昆仑老神巫的冒充事件有理有据地告知了布都渠大翕侯。她本不愿声张,只想让大翕侯一人获悉,试探一下他对此事的态度,不想隔墙有耳,被布娇当听到了。

无意间掌握内幕的布娇当莫不感到又羞又恼又愧。羞的是,布氏竟被此弥天大谎所蒙蔽;恼的是,泥靡对布家只是利用,之前许诺她的"左夫人"之名迟迟不予兑现,现在又忙着迎娶匈奴公主,让她窝了一肚子火。愧的是,她忽然甚感愧对元贵,如今他沦落到目前的险境,正是她布娇当助纣为虐的结果!于是,布娇当瞒着泥靡,悄悄把元贵放了出去。

狂王为此勃然大怒,当即找布娇当兴师问罪。有着火爆脾气的布娇当哪里肯低头认罪,马上以牙还牙,立即揭露他毒害翁归靡、编造谎言欺骗利用布氏的恶行。

泥靡听罢暴跳如雷,狂怒之下,把布娇当羁押起来,打入思过宫。泥靡原计划将元贵解职定罪后,再把解忧囚禁起来,如今,却被火爆脾气的布娇当搅了局。无奈之下,他只好与解忧公主继续维持相互利用的夫妻之名。

43

恰在此时,汉朝派卫司马魏和意、副侯任昌二人护送解忧的小儿子大乐从长安到了乌孙。

宾主见面落座后,面对汉朝娘家来人,解忧言谈之间百感交集,尤其说到翁归靡被毒死、泥靡篡位、相夫公主出塞被汉朝召回、自己忍辱负重再嫁……如今，泥靡狂妄自大，对以她为代表的亲汉势力疯狂打压……目前，泥靡又大张旗鼓张罗着迎娶匈奴公主为左夫人，眼看多年建立的汉乌联盟毁于一旦，她心痛不已，掩面深泣。

魏和意猛地抓起腰间宝剑，怒道："泥靡如此狂妄，他眼里还有没有大汉？！"

"朝廷以汉乌联盟之大局为重，才睁一只眼闭一只眼，不想他如此不识时务，真乃该死！"任昌握紧了拳头道。

"对！泥靡这是自作死不可活！"魏和意附和道。

解忧想起冯嫽之前对她说过的话，不禁一声叹息，脸上泛起苦涩的笑容："只是，朝廷碍于这是乌孙内政，也不便强行干预……"

"朝廷不便行事，我们个人可以除恶！"任昌看了一眼魏和意，义愤填膺道。

"不错，身为大汉男儿，当学傅介子！"魏和意慷慨激昂。

解忧听罢，面呈欣慰之色道："我赞成卫司马和副侯二人的意见，阻挠乌孙再次与匈奴联姻结盟，也只有如此了！"

"好！有公主这个态度，泥靡时日不长矣！"魏和意和任昌异口同声。

接下来，解忧和魏和意、任昌三人商定，以汉使护送大乐回乌孙为由头，由公主在自己的宫殿内设宴，为汉使接风洗尘，迎接大乐归国，并邀请"狂王"参加，届时对他实施行刺，必将稳操胜券。

谁知，泥靡决定亲自设宴，同时把地点改在乌孙接待外国使者的馆驿里。

解忧不便多言，原先的周密谋划半途而废。如此，兵器是带不进馆驿了。少了兵器如何行动？

忽然，任昌兴奋起来："有了！"

"有了什么？"解忧和魏和意满脸疑问。

任昌狡黠一笑："你学的舞蹈这下派上用场了！"

"你要我利用剑舞之机刺杀狂王？"魏和意暗暗点头。

解忧赞赏道："把宴席设在接待外国使者的馆驿是泥靡自己定的，这样，他对我们就不会有太多戒备心了。酒过三巡，趁大家兴致最高的时候，再提出剑舞肯定会被应允，到时候就有下手的时机了！"

三人不禁会意一笑，开始为刺杀行动进行必要的准备。

馆驿内，宾主依次坐定。乌孙能来的权贵基本都到了，每个人面前都摆上美食佳肴和马奶酒及葡萄酒。侍者一边在每人面前放上大块炖羊肉，一边推介道："这是昆岗吃碱草的羊羔肉，肉质可以说是不老不嫩不肥不瘦，趁热吃味道最鲜美！"

魏和意抓起大块羊肉啃了一口，果然鲜美无比，咂咂嘴赞道："这哪里是人间的羊肉，分明是天上的龙肉嘛！"

一句话逗得宾主哈哈大笑。

魏和意和任昌趁着欢乐的气氛，一边给狂王敬酒，一边道："感谢昆莫亲自设宴款待，我们二人回国后定要在陛下面前美言，请他多多给昆莫赏赐金银和上等的丝绸！"

"好！好！"泥靡听得心花怒放，很是受用。

觥筹交错中，宾客大碗喝酒，大块吃肉。同时，还先后观看了乌孙的劲歌热舞和西域的杂耍。

任昌这时给狂王敬酒，并向魏和意提议道："卫司马舞跳得非常好，何不在昆莫面前露两手？"

"狂王"早已酒酣耳热，欣然答应。

魏和意宽袍广袖，铿锵起舞，其动作似醉非醉，张弛有度，辗转有力，看得人们鼓掌喝彩。

任昌再次向狂王建议道："卫司马的剑舞更精彩，不知大王是否想看？"

"不行！不行！剑作为兵器，岂能在昆莫面前舞之？"魏和意故意推辞。

泥靡稍微思索道："不妨，我早听说汉宫有剑舞一说，今有幸目睹，焉能错过？"

"大王要看，在下只能献丑了！"魏和意谦虚道。

此时，狂王命护卫递给魏和意一把还未开刃的剑。他先比画了几下，遂娴熟起舞，指、点、劈、刺，一招紧似一招，一式快过一式，时而守紧门户，时而大开大合，看得宾客赞声连连，眼花缭乱……

突然，魏和意飞身跨步，向泥靡蹿去。只见他一挥手中剑，剑尖抖动直奔狂王咽喉刺去。"狂王"随即奋力闪避，虽躲过咽喉要害部位，还是一个不及，走偏的剑锋深深刺向他的臂膀，顿时鲜血迸流。

馆驿顿时大乱。

"狂王"用手捂住臂伤，夺路而逃，冲到馆驿外，慌乱地蹿上战马，使马儿放开四蹄，向老窝北山深处狂奔而去。因不明所以，在刺杀行动中受到惊吓的乌就屠与其他参加宴席的王公贵族，也都纷纷逃离国都赤谷城，逃往北山深处的安全地带。

刺杀"狂王"未遂，魏和意和任昌在公主宫内惴惴不安。

魏和意顿足道："我死不足惜，只是没能亲手杀了'狂王'，这下还要牵连公主！"

"主意是我出的，不如把我们二人交给'狂王'处置，杀剐任便，只是不能连累公主啊！"任昌大义凛然道。

解忧摇了摇头，镇定自若道："事已至此，不论你们怎么做，我都脱不了干系。泥靡对我早就想除之而后快，只因惧怕我是大汉公主，眼下还不敢奈我何。此策乃因我起，你们的大义之举，也是为了维护汉乌联盟，我想朝廷最终会体察并宽宥卫司马和副侯二位大人。龟兹比较安全，还请二位大人抓紧前往龟兹避难，以免落入狂王之手！"

魏和意和任昌听罢，认真合计了一下，认为言之有理，这才听从解忧公主的建议，当即与她话别，匆匆忙忙前往龟兹。

卫司马和副侯离开不久，就从公主大殿外传来嘈杂之声。解忧出门一看，左大将细沈瘦亲自带兵将自己的宫殿封锁得严严实实。

一见解忧，细沈瘦便似仇人见面分外眼红。他手持弯刀，怒气冲冲地向公主走去，同时大声吼道："我要砍了那两个谋害我父王的汉使逆贼和你这位幕后主使！"

"汉使已前往龟兹去，有本事到那里要人去！"解忧面无惧色，目光森冷地盯着细沈瘦，义正词严道，"本公主就站在你的面前，要命的话随时拿去，只怕过不了三五日，西域都护郑吉一声号令，西域各国的军队集结完毕，也要拿走你的性命！"

细沈瘦闻言愣了一下神，刹那之间，一匹快马突然赶到。

来人翻身下马，朝细沈瘦道："昆莫口令，左大将且勿莽动！"

细沈瘦颔首问道:"遵命!父王现在伤势如何?"

"伤势不轻,有些感染,不过暂无大碍!"来者说完,将细沈瘦叫到一边,对他耳语一阵,后者点头会意。

随后,让解忧惊讶的是,公主大殿外的封锁不知什么时候忽然解除了……

一轮皓月悬挂在乌孙的夜空。斗转星移,数日瞬息而过。

"狂王"和细沈瘦出奇的平静,却让解忧公主萌生了一股复杂的烦忧。连日来,她夜不能寐,食不甘味,怅对头顶那轮起落复始的明月,似有山雨欲来的不祥之感。

此时,西域广袤的原野上,有一支汉朝使团,迎着扑面而来的风沙,朝乌孙方向快速行进。使团的主使由车骑将军府的长史张翁担任,副使是宫廷御医官季都。这是汉朝根据泥靡的报告,向乌孙派出的使团。使团已向"狂王"通报,此行目的有三:一是带来朝廷赠予泥靡的大量金银和丝绸缯彩;二是派来汉医给"狂王"疗伤;三是负责查清刺杀泥靡事件的起因和真相。

泥靡的伤虽不致命,却已感染,伤口红肿,发展下去不堪设想。季都到来后,亲自赴北山为他治疗、敷药、包扎,红肿褪去,伤势一天好似一天。

季都和张翁的殷勤表现让泥靡和细沈瘦父子的气消了一些,明显友好客气起来。泥靡不仅提供二人好吃好喝,还送给两人几张乌孙特有的名贵雪豹皮,同时,分别赠予他们一匹从大宛交换来的"天马"。

吃人嘴短,拿人手软。张翁和季都对查明谋刺泥靡一事越来越消极以待。

季都问:"长史大人,泥靡势必不会轻饶刺客,亦不会放过幕后指使,您看该如何处置?"

张翁老奸巨猾地笑道:"谋杀国君在汉朝也是死罪。现在事实明摆着,只要再有公主的人证,就可以定魏和意和任昌二人的死罪。至于解忧公主,是个烫手的山芋,交由朝廷处理为妙!"

"公主如果不愿作证呢?"

张翁面露不屑:"不追究她是幕后主使已经够便宜她了!再说,我们此行的目的就是要给昆莫和朝廷一个交代。事实再清楚不过,就算不愿作证,也不由她说了算!"

"长史大人莫非要讯问公主，让她作证？"季都有些吃惊。

张翁轻描淡写道："那又如何？对她连讯问都不做，你我怎么向泥靡交代？"

"不知魏和意和任昌是否也要押回乌孙审问？"季都继续道。

张翁一锤定音道："我看不必多此一举，作为全权处理此案的特使，我们就让西域都护府直接把此二人押回长安处理吧！"

解忧对张翁和季都要询问自己，又气又恼。此前，她得知"狂王"伤口感染的消息，心中大喜，不料竟然被张、季这两个愣头青给医好了。两人到乌孙后，一头扎进北山泥靡那里，与身在赤谷城的她只见过一两次面，对她有关汉乌联盟、西域稳定和商贸畅通等关乎汉朝大计的见解，半点都没听进去。

讯问地点就设在公主宫殿的偏殿内。

张翁先是朝解忧公主拱了拱手道："公主殿下安康！卑职奉朝廷之命，察断此案，不敢贻误，还望公主见谅！"

解忧冷冷地哼了一声。

张翁面色一紧，直截了当道："魏和意和任昌行刺乌孙昆莫，此乃惊天大案。公主圣明，此二人合谋，还请画押作证，以便严惩图谋不轨的肇事者，也好给昆莫和朝廷一个交代！"

"岂止他们二人合谋，还有我一份，分明是我们三人！"解忧森冷地笑道。

张翁似乎没有听出解忧的话外之音，赔笑道："公主真乃爽快之人，只需您画个押，证明他们二人图谋不轨即可。"

说着，张翁让人把提前写好的口供拿到公主面前。陡然之间，解忧怒由心生，她看也不看，伸手将它打落在地。

"你……你……我念你是公主，才只追究魏、任二个逆贼责任，不想你如此不识抬举！"张翁气得喘起了粗气。

解忧再也顾不得公主的威仪，怒吼道："本公主就不识抬举了，你能怎么样？人是我挑拨起来的，事是我主谋的，与他们二人无关，有本事就冲我来吧！"

"王子犯法，与庶民同罪！你这忤逆的女人，只会搬弄是非，争权夺利！为了让自己的儿子当上昆莫，居然大逆不道地行刺乌孙的昆莫，现在不仅不知悔改，而且气焰如此嚣张，不信本官就治不了你！"张翁气急败坏地说完，起身离座，快步走到解忧面前，一把揪住她的头发，使劲把她的头按到案上，让季都压紧她的双臂，又令人用力钳住解忧的手，在又一份准备好的口供上画了押，才悻悻离去。

解忧只觉头皮像刀削了般钻心疼痛，有几缕带血迹的发丝脱落。半晌，她才打起精神，硬撑着站起来，回到公主大殿。

解忧披散着头发，疼痛、委屈、耻辱紧紧攫住她高傲的心灵，泪水瞬间淌满脸颊……她的内心充满了负罪感。倘若没有她的画押，魏和意和任昌或许还有活路，如今，她却亲手杀了他们……解忧不知道朝廷将如何处置自己，即使在这次刺杀事件中她能得以保全，良心也会让她的后半生生不如死……解忧突然想到了死，想到一了百了……她抓过宝剑，双目一闭，欲自刎颈……

"不可！不可啊！"

随着一声急促的呼喊，解忧举剑的手被来人一把抓住。她睁眼一看，竟是冯嫽。

行刺泥靡失败的消息，冯嫽早已知道。之所以迟迟没有回到公主身边，是因为她急着完成西域都护府最后的收尾工作。当然，最主要的原因还是她判断，泥靡当时不敢拿解忧公主怎么样。当冯嫽得知卫司马和副侯逃往龟兹避难后，她便料到，泥靡必然会把刺杀案件上报给汉廷，如此，解忧公主还有什么可担心的呢？于是，冯嫽放心地坚持到最后，直到西域都护府的收尾工作全部完成。她从乌垒回到乌孙，直奔公主宫内，做梦也没想到，恰逢解忧公主受辱，更未想到，会发生眼前这惊人的一幕。

"怪我来晚了，没及时照顾好姐姐！"冯嫽哽咽自责道。

"妹妹！"解忧百感交集地叫一声，手中的宝剑落地，抱住冯嫽号啕大哭。

冯嫽轻轻拍了拍解忧，安慰道："姐姐，我们之前多大的风浪没有经历过？曙光就在眼前，为何要做这等傻事？"

"妹妹你说，张翁和季都是否代表朝廷？他们这样对待我，是不是朝廷的意思？我真的酿成大错了吗？"解忧把讯问受辱的经过向冯嫽痛述了一遍，满含热泪的双目充满迷茫。

冯嫽这时掏出手绢，轻轻擦拭了一下解忧的泪眼，气咻咻道："只是我怎么也没有想到，张翁、季都这两个狗官吃里扒外，胆敢如此恃强侮辱姐姐！他们这样做，怎能代表朝廷？汉朝当初承认泥靡，也是无可奈何之举。如果现今能除掉他，让元贵继任昆莫，才是皆大欢喜呀！姐姐与卫司马、副侯的所为并没有错，你们的行为是符合朝廷本意的啊！"

解忧的脸上闪过一丝欣慰之情，很快又黯淡下来。她痛悔不已地喃喃道："魏和意和任昌因我的画押恐性命不保，这让我情何以堪，心何以安哪！我还有何面目见人呢？！"

"姐姐不必过于自责，行刺失败，卫司马和副侯二人注定死路一条，与你画不画押关系不大！"冯嫽劝慰道。

解忧既悲痛又不解道："他们也是心中有大义，为了朝廷才舍生忘死，为何皇上就不能体谅呢？"

"怪只怪魏和意、任昌谋划不周，行动失败！"冯嫽叹息一声，无奈地解释道："此时，汉朝为平息'狂王'之怒，只好拿他二人做替罪羊，同时，派出张翁和季都作为使者，前往乌孙尽力安抚，目的就是先稳住'狂王'父子，让他们多活一阵，再伺机筹谋……"

解忧听毕，心头更加委屈和愤怒道："可张翁和季都这两个狗官，竟然完全不理解朝廷的良苦用心，反而站在敌对方，对我肆意侮辱打骂！"

"真是可恼又可恨！"冯嫽鼓励道，"姐姐给朝廷上奏吧！把你心中的委屈和受到的羞辱，都写出来禀明圣上，请陛下为你做主！"

解忧红着眼圈点点头。随后，她取出一块白色绢帛，咬破食指为笔，饱蘸血泪，直抒胸臆……

宣帝看罢解忧上奏的血书后，大发雷霆，当即责令廷尉府严加查办。

正如冯嫽分析，张翁、季都二人都没有理解并贯彻好朝廷的用意和策略，反而被"狂王"恩惠所收买。张翁还恃强欺凌公主，触犯皇家禁忌，回到长安后，与魏和意、任昌一前一后被处死了。季都返回长安时，"狂王"为了感谢他的救命之恩，亲率十余骑送出了北山。季都不仅没有抓住机会除去"狂王"，反而帮他治好了病，回到长安后，也获宫刑下狱……至此，刺杀"狂王"的事件算是平息了。

44

　　然而,一波刚平一波又起。
　　由于"狂王"的恶行,布都渠大翕侯羞愧难当,加之他急于迎娶匈奴公主而冷落了布娇当,自然也难再获布氏家族支持。与此同时,泥靡与解忧公主的斗争也呈白热化,前者越发陷入自我孤立的境地。有野心又学到通过"头脑创造机会"的乌就屠,充分把握当时的有利形势,四处扬言说匈奴的军队就要来北山帮他,使得乌孙上下人心惶惶。许多不明真相之人纷纷到北山归附于他。乌就屠的势力迅速壮大,很快异军突起。兵强马壮之后,乌就屠开始向"狂王"和其子细沈瘦发难,很快攻陷了他们。接着,乌就屠又迫不及待在北山自立,当上了乌孙昆莫。
　　乌孙接二连三地变天,一度让解忧公主感到手足无措。
　　冯嫽来到公主寝宫,却兴高采烈地道:"姐姐,这次乌孙变天是阴转晴,大好事啊!"
　　"大好事?乌就屠当昆莫怎么反而成了大好事?"解忧拧紧了愁眉。
　　冯嫽笑道:"'狂王'是朝廷不得已才承认的乌孙国王,乌就屠除掉他,不正是替汉朝做了想做的事吗?再说,乌就屠虽然擅自当了乌孙昆莫,但我认为汉朝一定不会答应。这样,元贵的机会不就来了吗?"
　　"妹妹是说,汉朝这次会出手干预,扶持元贵登上昆莫之位?"解忧转忧为喜。
　　冯嫽笑道:"是呀,岂止是出手干预,甚至兵戈相向。可是,为了两国百姓免遭生灵涂炭,我不希望这样发展下去!"
　　"那妹妹又有什么好办法?"解忧语气充满了期待。
　　冯嫽思考了一会儿,郑重其事道:"我要赴北山劝说乌就屠!"
　　"劝说乌就屠?妹妹想过没有,你这样做是有很大风险的?"解忧不无担心道。

冯嫽轻松道："姐姐别忘了，我是他干娘！"

"此一时彼一时！亲娘又能怎样！妹妹不知权力是个大魔咒吗？能让人变成恶魔，弑父弑母在所不惜？"解忧忧心忡忡道。

冯嫽先点了一下头，接着又使劲摇头笑道："话虽如此，可事在人为嘛！姐姐就等我的好消息吧！"

"好呀！那就提前祝妹妹一帆风顺。"见冯嫽自信满满，解忧的神色略有和缓。

辞别前来送行的乌大都、解忧和元贵等一行人，冯嫽独自打马驶向北山深处。北山离赤谷城不过半日多行程，她很快到了乌就屠的昆莫驻地，见到了他。俗话说"无事不登三宝殿"，对于冯嫽的不请自来，乌就屠心中已猜出八九分。

乌就屠故作若无其事道："是什么风把干娘你吹来了呀？"

"是长安的风将我吹来的，来唤醒阁下的头脑。"冯嫽板着脸，回敬的话语同样不失诙谐。

乌就屠不由一愣，佯装水波不兴道："长安还是风平浪静得很吧，没听说有什么动静啊？"

"既然如此，您可以高枕无忧地做您的乌孙昆莫了！"冯嫽的语气别有意味。

乌就屠听出弦外之音，却一脸不屑道："即便长安浪大风急又如何？本王深居北山，又碍着他们什么事了？这手也伸得太长了吧！"

"糊涂透顶啊！"冯嫽生气起来，板着脸，却还是保持耐心道，"乌孙和大汉是盟国，泥靡是汉朝明确承认的昆莫，你擅自攻杀了他，怎么能说不关汉朝的事呢？"

"汉朝不是也讨厌泥靡吗？解忧公主行刺未遂，我不就是做了大汉想做，却还没做到的事吗？再说，汉朝既然能承认'狂王'，为何就不能认可我？"乌就屠有些愤而不平。

冯嫽加重了语气，表情威严道："话不能这么说！你攻杀'狂王'固然是急汉朝之所急，其真实目的则是自己谋逆篡位！大汉之所以容忍'狂王'，是因为他有军须靡的继位诏书。你有什么？什么也没有，有的仅是膨胀而危险的野心！"

"干娘也太不把我放在眼里了。我是一无所有,但我有来自乌孙百姓的支持,有靠战马弯刀说话的乌孙大军,有匈奴外家军队的鼎力相助!"乌就屠斗志昂扬,随后冷笑道,"干娘这次来,想仅凭口舌之利就要我让出昆莫之位,便宜元贵那小子吗?"

冯嫽想到欲扬先抑的办法,佯装生气道:"乌就屠,我跋涉到此闭塞之地,还不是为了你!你却毫不领情,还和我针锋相对!你既然有这么大的能耐,就当我什么都没说,你好自为之吧!"

说完,冯嫽扳鞍上马,准备扬鞭而去。

乌就屠忽然放声大笑道:"既来之则安之!干娘请留步!你认为我还会放你离开北山吗?"

"乌就屠,你小子出息了!想把干娘怎么样?软禁起来作为人质吗?"冯嫽黑了脸。

乌就屠收住笑容道:"是啊!有大名鼎鼎的冯夫人在此,我岂不安全多了?"

"你小子真是想多了,我在汉地不过就是一个卑贱的侍女。扣下我做人质,既不能为你阻挡一丝长安吹来的腥风,也不能为你遮半点长安飘来的血雨。"冯嫽从容不迫地说完,忽然开怀大笑起来,"长安的腥风血雨,来得更猛烈些吧!我不怕与这位昏君同归于尽!"

乌就屠听后觉得在理,不由心虚,马上赔笑道:"我前面说的是玩笑话,干娘到北山自然是为了我好,我感激还来不及呢!"

冯嫽见攻心术奏效,继而道:"识时务者为俊杰,通机变者为英豪!"

乌就屠内心的惶恐越来越清晰。他再也压抑不住自己,只得强撑道:"干娘,汉朝真的要出兵征伐我?"

冯嫽正色道:"那还有假?辛武贤驻扎在敦煌郡的大军正引弓待发。同时,朝廷还命西域都护郑吉在西域各国调兵遣将。你掂量掂量,到底有没有能力在与汉军以及西域各国联军的作战中取胜?"

"恐怕不行!"乌就屠踌躇道,"干娘之所以要告诉我这些,是为了逼我让出昆莫之位?"

冯嫽忽然拉长了脸道:"干娘之所以告诉你这些,是因为你是个聪明人,应慎重把握，及早取舍，免得令自己陷入绝境！"冯嫽进而语重心长道，"现实就是这样残酷，你要正确面对！"

乌就屠听后有些动情，沉吟良久，回复道："我乌就屠就领干娘这个情！只要朝廷答应我的条件，怎么安置我都遵从！"

"条件可以提，但绝不能得寸进尺，否则汉朝不仅不会答应，反而认为你居心叵测！"冯嫽提醒道。

乌就屠感激地点点头，一番深思熟虑后，斩钉截铁地说："汉朝必须给我一个封号，哪怕是一个不大的封号！否则，我联络外家匈奴拼死也要一搏！"

"这才是明智之举！"冯嫽露出志得意满的笑容。

此时，宣帝正在为乌孙内乱犯愁。大汉君臣对乌就屠自立昆莫的行为不予认可，做好了军事干预的准备。但在如何用兵的问题上，西域都护郑吉、敦煌郡太守辛武贤的奏报各有道理，分歧严重。宣帝决定诏郑吉、辛武贤回朝，亲自主持一场廷议，充分听取大家的意见，再拿主意。

经过西域都护府奏报，宣帝对冯嫽单人匹马只身劝说乌就屠的行为大加赞赏，立即宣她到长安面圣。冯嫽接到圣谕后，迅速动身，昼夜马不停蹄赶至长安，参与廷议。

宣帝一览众臣，开门见山道："诸位爱卿，翁归靡生前把元贵定为乌孙王位继承人，若不是泥靡夺权，元贵早就是乌孙昆莫，相夫公主也早嫁过去了。如今，乌就屠杀死泥靡，又抢了元贵的王位，自立为昆莫。朕再无法容忍乌孙这样内乱下去，决定对乌孙用兵，扶持元贵登上昆莫之位，各位对此有何想法，尽管直言不讳。"

敦煌郡太守辛武贤出列启奏道："陛下，敦煌郡现有军队一万五千人，臣已派人到乌孙北山完成测量地形、打井开渠、运粮建仓等作战准备。现恳请皇上恩准，臣将亲率部队一举打垮乌就屠，还政于元贵！"

辛武贤自从被封为破羌将军后，一直没有机会杀敌立功，对此耿耿于怀。宣帝这次要对乌孙用兵，对他来说是一个难得的机会。他早已摩拳擦掌，急不可待了。

"陛下，臣以为辛将军此言差矣！"西域都护郑吉出列反对道。

"爱卿有何高见？"宣帝道。

郑吉直言道："辛将军的队伍从敦煌长途跋涉到乌孙，陛下难道不认为，这已是一支疲劳之师，还能有多大的战斗力？况且，乌就屠的部队不仅精心备战，也在养精蓄锐，辛将军凭什么就一定能打败对手？"

"不是还有都护你征召的西域联军吗？莫非将军打算坐山观虎斗，眼看我等不能取胜而袖手旁观？"辛武贤有点气急败坏。

郑吉微笑以对："如果我率领西域联军也参与讨伐乌就屠，将会面临什么最坏结果？"

"乌就屠初步实现了个人野心，只会吃软不吃硬，必将联合匈奴负隅顽抗，拼个鱼死网破。"一旁的冯嫽忍不住接话道。

辛武贤不屑一顾地笑道："如今匈奴内讧不断，一会儿是五单于争立，一会儿又是单于两兄弟相残，哪还有什么值得一提的战斗力？本将军现在还要奏请陛下，准我趁此良机出兵，一举将匈奴彻底征服，以绝后患！"

"将军所言更为不妥！"冯嫽言辞果断，引起群臣的关注和好奇。

宣帝朝着冯嫽道："朕现在向众臣们介绍一下，她就是当年自愿作为解忧公主的侍女，陪嫁到遥远乌孙的冯嫽。朕可是听说，她经常持汉节走访西域各国，向他们宣扬大汉的华丽丝绸和文明礼仪，每到一个国家都备受欢迎。她现在的声望在西域三十六国中，无人不知无人不晓，早被各国尊称为冯夫人了！"

"原来她就是冯夫人啊！"除了个别老臣外，不少大臣还是第一次见到冯嫽，对她的传奇经历惊叹不已。

宣帝接着前面的话题问冯嫽："冯夫人为何对辛将军所言如此反对？"

冯嫽上前跪拜行礼，严肃认真道："启奏陛下，臣女以为，既然匈奴内斗，连年战乱，大汉最好静观其变，相信不久就会有大批匈奴部落逃难来此，正可借此敞开大门，广施恩惠。如果我朝以为这是剿灭匈奴的好机会，从而大举出塞远征，两国百姓惨遭生灵涂炭不说，按匈奴人宁折不弯的性情，必然将在强敌压境之下，摒弃前嫌合力对外，我朝岂能推波助澜？"

"有道理！"朝堂上有人忍不住附和，也有人发自内心地称赞。

宣帝领首，露出惊喜之色道："冯夫人以为如何处置乌就屠为好？"

冯嫽慷慨陈词道:"孙子云,不战而屈人之兵,乃为上上策。臣女不赞同辛武贤将军贸然剿灭乌就屠,也不赞同郑吉将军率领西域联军参与征讨,更不同意把乌就屠逼入匈奴的怀抱。如此,岂不使形势变得更加复杂?汉乌几十年的联盟恐前功尽弃!所以,臣女前不久亲自去了趟北山,劝乌就屠及早放弃昆莫之位。"

"嗯,郑都护向朕奏报过。你是如何想到劝说乌就屠的?有结果吗?"宣帝关心道。

冯嫽洋洋洒洒道:"启奏陛下,乌就屠虽自立为昆莫,可名不正言不顺。他在内心深处日夜担心汉朝征讨大军会从天而降。我正是抓住他的心病,运用攻心为上的策略,通过口舌之利,说服他就范。只要汉朝赐他一个封号,哪怕是一个不大的封号,他都愿听从朝廷安置!"

"空口无凭,你能保证乌就屠言而有信,绝不反水?"辛武贤以近乎质问的口吻问。

冯嫽略微停顿,微微笑道:"这就要看辛将军和郑将军的配合了。辛将军屯驻敦煌的队伍和郑将军征调西域的联军只需大造声势,隐忍不发,让乌就屠切实感受到大军压境的紧张即可。相信不用一刀一剑,乌就屠就能遵从汉朝的安排。"

"给乌就屠一个封号,岂不是与元贵分疆而治?问题能算解决吗?"辛武贤依旧穷追不舍。

冯嫽不紧不慢地道:"又有何妨?陛下最在乎的是乌就屠归附朝廷是否心诚。只要真心归附汉朝,就是大汉联盟的成员,陛下还会在乎其他吗?"

"冯夫人所言甚合朕意!"话毕,宣帝面朝众臣由衷地称赞道,"朝中无数须眉男儿又有多少能比得上冯夫人的智慧谋略?朕现任命冯夫人为持节正使,由竺次、甘延寿充任副使,郑吉和辛武贤二位将军配合,即刻返回乌孙,妥善处置乌孙之乱!"

"诺,陛下!"冯嫽等众人行礼谢恩,领命而归。

回到乌孙,冯嫽一方面对乌就屠晓以利害,言明汉朝同意给他封号的要求;另一方面也大扬汉军之威,让乌就屠彻底丢掉侥幸和幻想,接受现实。

最后,冯嫽手捧汉宣帝诏令,传乌就屠到赤谷城领旨,赐他"小昆莫"的封号，管辖人口面积四万帐。元贵获封"大昆莫"，统理乌孙事务，管辖人口面积六万帐。冯嫽还代表汉宣帝为大、小昆莫赐赏汉朝的官印绶服。

长罗侯常惠因放心不下解忧公主，主动向朝廷请缨，再赴西域。宣帝深为感动，准他率领三校人马进驻乌孙赤谷城屯田戍边，以便扶持解忧公主和元贵靡母子。

于是，解忧、冯嫽、常惠和郑吉四人再次在西域相聚。他们在为西域都护府的成功设立倍感自豪，为乌孙内乱的和平化解欢欣庆祝的同时，还想到先帝昆仑封禅的诺言，想到了宣帝归顺匈奴的目标。

自从握衍朐提单于被呼韩邪单于打败自杀后，匈奴内讧不止。呼韩邪单于稽侯珊是虚闾权单于的儿子。虚闾权单于去世后，稽侯珊未能继位逃到左部，借助左地贵人的兵力，击败握衍朐提单于，自立为呼韩邪单于。随后，匈奴内讧，互相残杀，五单于争立。后发展至郅支单于与呼韩邪单于两兄弟对立的局面。

此时，辛武贤作为代表性人物，在那次廷议时，当着冯嫽的面请求趁机发兵匈奴，遭到她的坚决反对。

宣帝当时微笑征询道："冯夫人以为该怎样对待匈奴？"

"臣女以为，现在对待匈奴同样可以采用当年赵充国老将军对西羌采取的招降纳叛之策。具体来说，就是呼韩邪单于刚刚兵败，只要他愿意归顺大汉，朝廷即可趁机扶立他，以此加速匈奴亲汉势力与反汉势力的决裂，逐步取得匈奴的完全臣服。"冯嫽深思熟虑道。

宣帝听完颔首道："如此甚好，只是怎么才能让呼韩邪单于归顺呢？"

"呼韩邪单于兵败难支，决定出走单于庭，我有信心抓住这个大好机会游说他，让稽侯珊早日归顺我大汉！"

"好！"汉宣帝满怀豪情道，"冯夫人辛苦了，只要呼韩邪单于能归顺，我大汉与西域各国还有西羌、匈奴等诸部，将是四海一家，天下晏然！昆仑封禅之路就畅通无阻了……"

不久，前往汉朝归降的匈奴人数果然日渐增多。为了安置源源不断的南下匈奴降者，汉宣帝听取了冯嫽的建议，增设西河、北地两个属国。

呼韩邪单于部下的左伊秩訾王与先贤格从小青梅竹马，一起长大，对她一直心有爱慕。乌孙内乱的和平解决，让先贤格更加清楚地看到大汉的仁义和宽容。当听说冯嫽要游说呼韩邪单于归汉时，她自告奋勇率先说服左伊秩訾王归顺汉朝，然后，主动陪冯嫽来到单于大帐。

呼韩邪单于一时拿不定主意，召集贵族长老当着冯嫽和先贤格的面，商讨如何抉择。

一位大臣强烈反对道："我们匈奴人向来崇尚勇敢、力量，战死沙场是壮士的豪举，从来就不耻向他人俯首称臣！"

"是啊，即使汉朝十分强盛，也不能够兼并匈奴。我们怎么能够玷污匈奴人的名声，被其他各国和部落嘲笑呢！"另一位大臣附和。

冯嫽一听，针锋相对道："错！彼一时此一时，那时匈奴国强，现在力弱，怎么能同日而语？何况大汉现在正是兴盛之时，那些西域筑城而居的国家都归顺了汉朝，就连乌孙那样的大国亦从善如流，匈奴不过苟且逞强罢了！"

先资格紧接着道："我听说西域各部纷纷归附汉朝，以能得到大汉眷顾而倍感光荣。最近不是有很多匈奴人前往汉地，说是为了躲避匈奴内部战乱，更重要的还是对大汉物质和精神文明的无限倾慕，想过上文明富裕的好日子。对此，单于还有什么可犹豫的呢？"

"如果我们归顺大汉，就能平安生存，否则只有灭亡！"左伊秩訾王也坚定地说道。

呼韩邪单于和匈奴的贵族长老终于被说服了。呼韩邪单于率领部众向南，亲自来到汉朝边塞五原郡，为到长安入觐汉宣帝做精心准备。

尾篇 昆仑阁

他年名上凌烟阁,岂羡当时万户侯

甘露二年（前52年）的一天，威严的汉廷朝堂之上，宣帝刘询正在主持一场关于礼仪制定的朝会。

除解忧公主外，冯嫽和常惠、郑吉也应诏从西域赶回长安参加。

宣帝首先道："匈奴的呼韩邪单于已决定新年过后，前来长安朝觐。今天讨论的第一个问题，是朝觐礼仪。这是一次意义非凡的入觐，朝觐礼仪事关朝廷的威信仁义，我想听听众臣的意见，请各位直言不讳，朕一律免责。"

礼仪官太常出列启奏道："陛下，臣以为，呼韩邪单于的归顺只是迫于形势，对于汉廷寸功未建，以位次在诸侯王之下的礼仪接待就已给足他面子了。故而在入觐之时，单于应向皇帝称臣，以'臣昧死'作为上奏陛下时的用语，并要再拜。"

太仆紧接着道："我大汉乃泱泱文明大国，礼仪之邦。愚臣认为，匈奴乃野蛮之邦，呼韩邪单于首次来中原朝觐，应以威示之，让他有如履薄冰的谦卑心。否则，他心无惧念，定会傲视汉廷，以后会轻而易举地背信弃义。"

汉宣帝皱了皱眉，不经意地扫视了一眼常惠、冯嫽和郑吉。

常惠这时出列行礼之后，直言道："臣不赞同太常所言。陛下的德威还没有波及整个匈奴，现在呼韩邪作为首位来降的匈奴单于，一定要以客礼待之，位次应在诸侯之上才是！"

"臣同意常将军的意见。"郑吉道。

冯嫽进而分析道："陛下，自董仲舒开始，我朝一直有人认为，匈奴是利动贪人的野蛮部族。太仆刚才的观点，卑臣却不敢苟同。因为匈奴等所谓蛮部，习俗虽区别于礼仪之国，可他们想避害就利，爱亲人朋友，恐惧害怕死亡，和我们并没有什么不同啊！所以，推诚布公，坚守信用，才能赢得他们的信任；恩威并施，分化团结，才能让他们甘心归附。"

汉宣帝频频颔首，然后颇受启发道："冯夫人言之有理。人心都是肉长的，当然可以以心换心！朕为了让呼韩邪单于真心归附，赞同对他的礼遇在诸侯之上。为彰显我大汉天恩，朕还决定对他进行重赏……"

"陛下英明！"众臣齐声高呼。

丞相出列行礼后，大声奏道："圣上，呼韩邪单于来归是件大事，标志着大汉国威达到鼎盛。因此，朝觐礼仪场面应当大气、热烈、隆重，要尽显我大汉威仪，开后世之先河，以供子孙仿效而流芳啊！"

宣帝笑道："丞相有何高见，快讲给朕听！"

"臣以为朝觐礼仪应设在长平阪的渭水桥，桥上搭台，更显居高临下；桥下地势开阔，可容纳数万人。以呼韩邪单于为首的天下大小蛮夷君长，皆肃立在渭水桥下，恭迎大汉天子，山呼万岁……那激动人心的一刻将永载史册！"丞相激情澎湃道。

"丞相所言甚好！由爱卿具体安排！"汉宣帝准奏。

"陛下圣明，大汉威武！"朝堂上齐声高呼。

"罢了！罢了！"宣帝双手一展宽大的袍袖，难掩喜色道，"现在讨论第二个问题，就是昆仑封禅之礼。太常，还是由你先说说吧！"

太常跪拜行礼之后道："相传古时，虽有七十二位帝王举行过封禅之礼，但由于缺乏史料，已不可考。舜、禹之后举行过封禅的只有两人，就是秦始皇和先皇武帝。"

秦始皇统一中国后的第三年（前219年），决定带领齐、鲁的儒生博士七十人，到泰山举行封禅活动。准备行礼时，儒生博士议论纷纷，有说古代天子封禅为避免损伤山上的草木土石，坐的是用蒲草裹车轮的蒲车；也有人认为要扫地而祭，铺上用菹秸做的席。因为所说互相乖异，难以做到，秦始皇一怒之下将他们全部斥退，自己乘车从山南登上泰山之顶去行封礼，并刻石歌功颂德，然后又从山北下来，到梁父山去行禅礼。

汉武帝于元封元年（前110年）春，决定按古礼举行封禅。但是，对于封禅的礼仪，儒生与方士所说各不相同。汉武帝便把封禅祭器拿给他们看，问古礼究竟怎样，但谁也说不出个所以然。汉武帝索性自定礼仪。他先到梁父山举行祭地之礼，然后再到泰山以东设立祭坛，举行祭天之礼，其中坛宽一丈二尺、高九尺，下埋玉牒书。之后，汉武帝与少数大臣登上泰山之巅，举行了第二次的封礼。祭坛共设置三层，四周为青、赤、白、黑、黄五帝坛，杀白鹿、猪、白牦牛等作祭品，用一茅三脊草作为神籍，以五色土杂封，满山放置奇兽珍禽，彰显祥瑞的气象。汉武帝则身穿黄色袍服，在庄严的音乐声中向天地跪拜行礼。为了纪念这次封禅典礼，武帝还特改年号为元封。

太常接着道："秦始皇和先皇武帝封泰山时的祭文秘而不传。不过，秦始皇的祭礼基本上是取自战国祭天帝时所采用的仪式，稍加改造而成。先皇武帝的祭礼是自定采用祭太一神的礼仪。"

"以上封禅之地基本上都在泰山，唯有周穆王在祭祀河神时受到点拨，勉励他勤于祭祀之事，并赐予他春山之宝，指引他远赴昆仑封禅，至于封禅礼仪也无从考证。"丞相接上补充道。

"嗯，封禅不仅需要一整套礼仪，朕听说还要有奇世大功或天降祥瑞。秦始皇封禅泰山，是因为他统一了六国，建立了一个大一统的国家；先皇武帝封禅泰山，是因为他雄才大略，奠定了四夷服、中国尊的大国版图……朕曾彷徨有何德何能，去昆仑封禅？"宣帝第一次坦露心迹，却让众臣为他的虚心感到惊叹。

冯嫽启奏道："圣上太过自谦了。陛下以受苦之身，开拓大汉中兴之势，长安儿歌都在传唱呢！"

"如何传唱？"刘询好奇道。

"歌曰：汉宣之世，政教明，法令行，边境安，四夷亲，单于款塞，天下殷富，百姓康乐，其治过于文景帝时……"冯嫽大声朗诵。

宣帝这时手扶须髯，沉吟片刻道："朕设立西域都护府也好，归附匈奴单于也罢，都不过是遵照先皇武帝的大国之梦，做一点皇帝应当做的事……昆仑封禅，乃先皇武帝之遗愿，朕愿代其了却，史官就不必记载了。同时，昆仑路遥，费用开支不小，故要轻车简出，不能奢靡太大。至于这次封禅，重在祭祀祖山昆仑，所以封禅礼仪也不必烦琐，朕看参照祭祀之礼便可！"

"陛下圣明，陛下考虑周全！"群臣的高呼声再次响彻朝堂。

长安的新桃刚换下旧符，人们还沉浸在新年的余韵之中，呼韩邪单于在正月前来朝拜。宣帝同意呼韩邪单于只称藩臣而不报名。

朝堂之上，内卫官正在大声宣读宣帝赏赐呼韩邪单于的财礼清单："黄金二十斤，钱二十万，锦绣、绸缎、各种细绢八千匹，丝绵六千斤，玉石装饰的宝剑一把、佩刀两个、弓一张、箭四十八支，有韜套的长戟十支，安车一辆，马鞍马辔一套，马十五匹，衣衫被褥七十一套。"

接着，呼韩邪单于也把自己从匈奴带来的，数量少了很多的珍宝财物，献给了汉宣帝。

朝会典礼结束后，汉宣帝派使臣带领单于先至长平阪住宿，自己也从甘泉移驾池阳宫住宿。

朝觐礼仪正式开始时，汉宣帝从池阳宫乘车舆前往渭桥。此时，道路两旁人山人海。汉宣帝登上渭桥之前，由丞相召集西域各国君主、各诸侯王、列侯等数以千计人，全部到渭桥下夹道迎接。宣帝登临渭桥以后，为突显对呼韩邪单于的重视，下诏允许他不必参拜，同意他左右大臣列队观瞻。

朝觐礼仪的高潮是汉宣帝登上渭桥观阅台之时。渭桥之下的数万人同时向宣帝朝拜，并齐呼万岁，声如惊雷，振动屋瓦，让呼韩邪单于及其部属无不对天朝大国之威仪瞠目惊叹！

朝觐礼毕，汉宣帝还在建章宫，为呼韩邪单于备下欢庆酒宴，并以宫廷所藏珍宝，让他大开眼界。

呼韩邪单于在长安待了一个月。二月，汉宣帝才送他回国。

呼韩邪单于向汉宣帝请求，希望留在大沙漠之南的光禄塞下。宣帝不仅准奏，还派长乐卫尉高昌侯董忠、车骑都尉韩昌率领骑兵一万六千，又征发边疆各郡数以千计的士兵、马匹，送他出朔方郡鸡鹿塞。随后下诏命董忠等留下保卫单于，帮助单于征讨不服其统治的匈奴人，转运边疆的谷米干粮，前后共三万四千斛，供给匈奴人食用。

呼韩邪单于大为感动，从此心悦诚服归附于汉朝。

不同于夏日阳光的灼人炽热。深秋午后的阳光又温暖又迷人，而且镶着金黄的颜色。西域那辽阔的大地上，有一队以黄色为主基调的人马，正在朝昆仑山的方向行进，被这秋阳包裹着，更是熠熠生辉。

银盔铁甲的队伍中间，有一驾双马拉的黄色华盖锦车，车辕上插着大汉皇旗，车内之人正是汉宣帝刘询。此番，他既是巡视西域，同时代表先皇武帝赴昆仑封禅。为了让封禅队伍不至过于庞大，费用不至过于奢靡，宣帝把人员大幅缩减，还以身作则，将天子御驾的六匹马压缩为两匹马。人员队伍里主要挑了一些对西域有着重大贡献的功臣代表，以及西域诸国的君王代表。

队伍的前面由西域都护郑吉护卫，后面则是常惠压阵。解忧、冯嫽骑在马上，分立在刘询左右。队伍前后还有龟兹王绛宾、呼韩邪单于稽侯珊、乌孙大小昆莫元贵和乌就屠等。在封禅的队伍之中，还有斩杀莎车王的冯奉世。

汉宣帝的封禅队伍从西域都护府出发，首先去了昆岗巨人部落，拜望了那位近百岁的巨人酋长。别看酋长岁数大，却精神矍铄，眼不花，耳不鸣。

与巨人酋长互致寒暄之后，汉宣帝刘询直奔主题道："赴祖山昆仑封禅，乃是先皇汉武帝当初的大国之梦，老酋长不仅亲自践行，还是当时的见证者。如今梦圆，朕代先皇封禅大昆仑，如何能少得了您老人家呢？"

"谢陛下惦记，老朽不胜荣幸，非常愿意前往。"巨人酋长又道："听说陛下在渭桥之上接受万人朝拜时，还举行了一个功画麒麟阁的活动？"

元狩元年（前122年），汉武帝刘彻在打猎时，狩得一头有祥瑞之兆的白麟。武帝亲自作了一首《白麟之歌》，将原来的年号"元朔"改为"元狩"，以示吉祥。后为表示纪念，又在未央宫中修筑了一座麒麟阁。

"正是！朕早年漂泊民间历尽苦难，非常念旧感恩，越是在普天同庆的日子，越是想到四方戎狄臣服，辅佐大臣的功劳不可磨灭。故朕命画师将当朝的十一位功臣画成图像，挂在麒麟阁内，注明官爵、姓名、生平、功绩等等，隆重推介。这十一位功臣中，霍光是朕最为敬重的老臣，为了表示尊重，故不注名字，只写大司马、大将军、博陆侯，姓霍氏，其次还有赵充国、苏武等十人。"

说到此，汉宣帝非常动情道："先皇汉武帝心中的大国之梦，通过我们君臣多年的努力，尤其是长期活跃在西域的一批人物，舍身忘我的奉献，才使匈奴归顺，西域一统。如今兄弟一家，同往大昆仑封禅。因此，朕也有了创设昆仑阁的想法。"

"好呀！愿陛下把昆仑阁建在昆岗，老朽将竭尽全力，将其永远保护完好！"巨人酋长以积极的态度回应道。

汉宣帝欣然颔首，当即下了一道口诏："朕准奏巨人酋长之请，决定在昆岗设昆仑阁，不问出生贫贱，唯论功排次，请十位西域功臣画像入阁。以供世人瞻仰、思慕和怀念，激励子孙建功立业！"

最后，确定画像入阁的西域功臣分别是：冯嫽冯夫人，大汉公主刘解忧，右将军、壮武侯常惠，西域都护、安远侯郑吉，大汉屯田校尉赖丹，龟兹王绛宾，乌孙昆莫翁归，义阳侯傅介子，光禄大夫、水衡都尉冯奉世九人。而另一人，即冯嫽之父冯使者不注名字，只写"大汉使者冯氏"。他的事迹，深深打动了汉宣帝。汉宣帝决定让巨人酋长引导封禅队伍，先去昆仑寒冰洞探看。

世事万物都在变化，可有些事却一成不变。就像这寒冰洞、这冰棺、这沉睡的人……冯使者仰面平躺，面色平静，仍如从前那样，安逸地长眠……

"父亲……父亲，女儿又来看你啦！"冯嫽上前手扶冰棺，双膝跪地，眼泪像决了堤坝的河流。

"冯大叔，女儿想你了！"解忧下半身跪伏，声音呜咽。

巨人酋长深情地凝望着冰棺，喃喃道："冯兄弟，你当年在给先帝的上书中，认为华夏和匈奴及西域诸国同源于昆仑，华夏本是从昆仑离开的，所以要汉朝回归昆仑、认祖昆仑、封禅昆仑，以华夏文明的繁荣富庶，影响和帮助西域诸国繁荣昌盛、文明开化……这是当初，你作为一个汉人的梦，也是我们西域人的梦，更是一个属于我们共同的梦……如今，西域诸国也好，匈奴也罢，终于都有这样的认同，有了这样的实际行动，真正视华夏为兄弟了……我们已同在昆仑祖神的护佑下，天下一家，兄弟一人……冯兄弟，你的梦也该醒了……"

"是的，父亲，你的梦该醒了！"冯嫽轻声抽泣。

"冯大叔，梦醒的时刻到了！"解忧小声哽咽。

巨人酋长指挥着侍从，一点一点将冰棺打开……冯嫽和解忧目不转睛地盯着里面，喃喃自语："女儿要上昆仑封禅，这是要圆……你的梦，我们大家共同的梦，美梦成真的那一天到来了……睁开眼睛看看吧，你一定会有说不出的欣慰和惊喜！"

冯嫽和解忧通过体暖和内心感应，开始唤醒冯使者。她们的体温迅速传导，冯使者的身体发生了魔术般的变化，原本僵硬的身躯变软，脸色有了红润，眼皮开始跳动……终于，他微微睁了一下双眼，嘴角上掠过一丝笑意，然后戛然而止！

正如巨人酋长所说，仅仅是短暂的一瞬，一切就结束了！

冯使者看到了什么？他一定什么都看到了，汉宣帝刘询、女儿冯嫽、呼韩邪单于稽侯珊等众人；冯使者听到了什么吗？他一定什么都听到了，要不然，他为什么会面露开心的微笑？！

此情此景，无不令汉宣帝刘询唏嘘不已。

他满怀深情地下了第二道口诏："冯使者既是大国之梦的促成者，也是昆仑封禅的倡导者，尽管他现在长眠了，朕也要带上他，让冯使者亲临昆仑封禅大典，然后，再以王侯之礼厚葬！"

当封禅的队伍最后离开昆仑寒冰洞时，外面飘起了纷纷扬扬的雪花。呈六角形的雪花晶莹剔透，飘飘洒洒，如同一枚枚洁白的冥币，以告慰冯使者的英灵……

突然，云端之上，一首美妙的昆仑神曲伴随着舞动的雪花，隐隐约约传来……汉宣帝刘询率先听出唱词的内容，接着是匈奴的呼韩邪单于稽侯珊、乌孙的大小昆莫元贵和乌就屠等，也听清楚了词中所述。

熟悉的词曲旋律，一下吸引了冯嫽、解忧、绛宾和巨人酋长。他们禁不住开始轻吟……其他人也在如痴如醉中，加入吟诵：

穿越时空呀探寻祖先的踪迹

在那场的洪水泛滥中 逃生莽莽大昆仑

云端的昆仑上 有天境湖也有成片的森林

我们的先祖生活惬意儿孙繁盛

说不清哪年哪月哪日 火山地震呀肆虐汹涌

绿色渐渐褪去 大流沙不断逼近

我们命运多舛的祖先呀 齐聚昆岗探索新生
大哥选择黄河畔 二哥远行东海滨 三哥去了大草原
从此有了汉人苗人和丁零人 我们都是一家人
从此有了蛮狄戎夷和中原 我们都是好弟兄
昆仑呀是天地柱 是五岳尊
昆仑呀是帝之都 是东方神
昆仑是中华文化的大同 是华夏文明的龙根
让我们在昆仑神的护佑下 化干戈为玉帛 消除落后纷争
我们向往和谐安宁 崇尚荣辱共生
巍巍大昆仑呀 我们的大昆仑
……

吟诵之声越来越悦耳，越来越洪亮，越来越高亢激昂……声震山谷，响彻云端，意味悠长……

此时，雪花并未减弱，依然漫天飞扬。

"看呀，太阳雪！"不知谁惊奇地大喊了一声。

人们抬头仰望：日头就像一块硕大的雪饼。泛白的阳光下，漫山遍野的雪花，像月宫桂树上落下的玉叶，像美丽的玉色蝴蝶，轻盈、飘逸，开放在天地之间……

汉宣帝挑帘眺望，平生第一次看到太阳雪的奇景！

他忽然大笑道："太阳雪，祥瑞之兆啊！这正是上天的使者受天遣，来同我们一起祭奠昆仑祖山，告慰祖宗之灵！"

车轮辘辘，雪花飘飘。

封禅的车仗隐没在白色精灵一般的雪花丛中……